COSIMA LANG

A Midsummer Night's Deal

FEENPAKT

IMPRESS

Cosima Lang hat schon immer gerne in fremden Welten und abenteuerlichen Geschichten gelebt. In der Schule hatte sie lieber die Nase in einem guten Buch, als auf die Tafel zu schauen. Mit achtzehn fand sie endlich den Mut, auch ihre eigenen Geschichten niederzuschreiben. Ihre Liebe zu Fantasy drückt Cosima Lang auch in Form von Make-up-Looks aus, die sie oft passend zu Büchern gestaltet. Aktuell studiert sie Antike Kulturen und Germanistik und lebt mit ihrem Hund zusammen.

*Vorbemerkung für die Leser*innen*

Liebe*r Leser*in,

dieser Roman enthält potenziell triggernde Inhalte. Aus diesem Grund befindet sich hier eine Triggerwarnung. Am Romanende findest du eine Themenübersicht dazu, die demzufolge Spoiler für den Roman enthält.

Entscheide bitte für dich selbst, ob du diese Warnung liest. Gehe während des Lesens achtsam mit dir um. Falls du während des Lesens auf Probleme stößt und/oder betroffen bist, bleib damit nicht allein. Wende dich an deine Familie, Freunde oder auch professionelle Hilfestellen.

Wir wünschen dir alles Gute und das bestmögliche Erlebnis beim Lesen dieser besonderen Geschichte.

Cosima Lang und das Impress-Team

Prolog

New York City bei Nacht war ebenso phantastisch wie einschüchternd. Tausende Lichter, die in der Dunkelheit funkelten, abertausende Seelen in einer Welt aus Glas und Stahl. Und sie alle taten dasselbe – sie träumten. Von der großen Karriere, der großen Liebe oder dem großen Glück. Denn unter dem stillen Sternenhimmel und seinem halbvollen Mond verurteilte einen niemand für seine völlig überzogenen Träume.

Auch um mich herum redeten alle an diesem Abend aufgeregt über ihre Wünsche und Sehnsüchte. Ich allerdings konnte nicht anders, als heimlich mit den Augen zu rollen. Es war gut, dass ich mich von den anderen am Tisch abgewandt hatte und stattdessen aus dem Fenster auf die Straßen hinunterschaute. Viel lieber beobachtete ich das Spiel der Lichter in der Nacht, als noch eine Geschichte über die Wunder des Theaters zu hören.

»Es ist wirklich wie ein Traum. Man spürt Lloyd Webers Genialität einfach in jeder einzelnen Note. Das könnt ihr euch gar nicht vorstellen.«

Der Abend war eigentlich recht lustig gewesen, bis dieser Möchtegernbroadwaystar, Johnny, aufgetaucht war und die ganze Konversation an sich gerissen hatte.

Aus dem Augenwinkel lugte ich hinüber zu meinem Zwillingsbruder William, der mit voller Konzentration an den Lippen dieses Angebers hing. Ich kannte Will gut genug, um zu wissen, dass er sich für seinen Kumpel zwar freute, aber gleichzeitig den Stich der Eifersucht verspürte.

»Wie hast du diese Rolle denn nun bekommen?«, fragte mein Bruder flehend.

»Oh, mein lieber William, das ist mein Geheimnis.« Wie ein König thronte

Johnny an der Stirnseite des Tisches. Er ging völlig auf in der Hingabe der anderen, sonnte sich in seinem Moment des Ruhms. Sogar ich als Theaterlaie wusste, dass irgendein Platz im Ensemble nicht mit einer Hauptrolle vergleichbar war. Hier jedoch, inmitten arbeitsloser Schauspieler, wirkte es so, als hätte Johnny die Rolle des *Phantoms* ergattert. Ich hingegen träumte gerade nur noch von meinem warmen, weichen Bett.

Irgendeine Macht schien es an diesem Abend gut mit mir zu meinen, denn kurz darauf machte sich die kleine Gruppe zum Aufbruch bereit. Mir war nicht länger nach Smalltalk, also beließ ich es zum Abschied bei einem Lächeln.

Die wummernde Musik der Bar verstummte endlich, als sich die Tür hinter mir schloss. Die Nachtluft hier draußen war eiskalt und klar, winzige Schneeflocken tanzten im Licht der Laternen. Obwohl es bereits Ende Februar war, hatte sich ein Schneesturm über der Stadt ausgetobt. Nun versank New York unter einer frischen Schicht aus weißem, flauschigem Schnee.

Mehrmals holte ich tief Luft, während ich meinen Blick über die vor mir liegende Straße gleiten ließ. Sogar um drei Uhr morgens war hier immer noch die Hölle los – was sicher auch daran lag, dass es Samstagnacht war. Die New Yorker geierten nach Party und Feiern, nach Leben und Liebe. Nach Ablenkung und Ausschweifung.

Doch für mich war in dieser Nacht das Maximum erreicht, ich sehnte mich einfach nur nach der Stille meiner Wohnung.

»Bist du dir sicher, dass wir nicht gemeinsam fahren sollen?« William trat hinter mir aus der Tür. Das grelle Licht der Straßenlaternen ließ sein elegantes Gesicht kantig wirken und warf dunkle Schatten unter seine Augen. Er trug einen von diesen schicken Wintermänteln, die eigentlich viel zu teuer waren, um sie mit Schneematsch zu versauen.

Hinter ihm verließ sein heutiges Date, eine niedliche Fee mit großen braunen Augen, ebenfalls die Bar. Zwar hatte ich an diesem Abend nicht viel mit ihr sprechen können, aber sie schien nett zu sein. Ein wenig tat es mir leid, dass William ihr wahrscheinlich noch vor dem Morgengrauen das Herz brechen würde.

»Das wäre doch nur ein Umweg für euch beide.« Aus der Tasche meines dicken Winterparkas fummelte ich die schon etwas abgetragenen Handschuhe. »Wenn ich durch den Park laufe, bin ich viel schneller da. Ich schreib dir, sobald ich zu Hause bin. Ihr beide solltet euch mal lieber darum bemühen, noch ein Taxi zu bekommen.« Bevor einer der beiden noch etwas erwidern konnte, machte ich auf dem Absatz kehrt und stapfte davon.

Natürlich hatte William recht, es war gefährlich, nachts alleine durch die Stadt zu gehen. Allerdings tat ich dies nun schon seit Jahren und sah darin keine Gefahr mehr für mich. Normalerweise ging ich in Begleitung meiner Hündin Rosa, doch ab und an auch im Alleingang. So aufregend und wild New York am Tage war, so idyllisch und mysteriös konnte es in der Nacht sein.

Die dicke Schneedecke dämpfte die Geräusche um mich herum, sodass der Central Park in einer beinahe unnatürlichen Stille vor mir lag. Nur wenige Fußabdrücke zeichneten sich auf dem frisch gefallenen Schnee ab. Mit kindlicher Freude und gleichzeitig auf die versteckte Eisschicht bedacht wanderte ich extra an den Stellen entlang, an denen der Schnee noch glatt und unberührt war. Das kalte Weiß würde meine Spuren schon sehr bald wieder verschlucken, doch bis dahin blieb ein kleiner Teil von mir hier zurück.

Jetzt, am Wochenende, war der Schnee ja noch unterhaltsam, aber es graute mir schon davor, am Montag zur Arbeit zu müssen. Dann würde es wieder vorbei sein mit Winterwunderland und das Schneechaos würde die Stadt beherrschen. Bis dahin jedoch, beschloss ich, den späten Winter noch einmal richtig zu genießen.

Winzige Eiszapfen baumelten von den kahlen Bäumen um mich herum. Viele der Äste hingen dank des Gewichts tiefer, sie bildeten Torbögen, unter denen ich mich hindurchducken musste. Außer dem leisen Knirschen des Schnees unter meinen Schuhen war nichts weiter zu hören.

Diese Stille war schon seltsam. Der plötzliche Schneefall schien viele der Nachtschwärmer vertrieben zu haben. Verübeln konnte ich es ihnen nicht, durch die nasse Kälte bereute ich meine Entscheidung inzwischen auch ein wenig. Das fehlende Leben im Park verlieh ihm eine Aura des Schaurigen, so als würden in den tiefen Schatten um mich herum unbekannte Monster lauern. Ein ums andere Mal drehte ich mich um, doch war außer mir keine Seele zu entdecken.

Sogar die Elfen – winzige bezaubernde Wesen, kaum größer als ein Daumen – trauten sich bei diesem Wetter nicht aus ihren Verstecken. Im Gegensatz zu ihren noblen Verwandten, den Feen, lebten sie ausschließlich in der Natur und scheuten den Kontakt zu den Menschen. Doch des Nachts kamen sie gerne heraus, um zwischen den Bäumen zu tanzen. Heute Nacht allerdings bei dieser Kälte würden ihnen sicher die zarten Flügel gefrieren.

Vor mir machte der Weg eine Biegung nach rechts, woraufhin sich die Skyline vor mir öffnete und den Blick auf das höchste Gebäude von New York freigab. Der Erltower thronte über der Stadt als andauerndes Denkmal daran, wem sie eigentlich gehörte.

Sogar auf die Entfernung hin sah ich, dass in den meisten der schier unendlichen Fenster weiterhin Licht brannte. Die Feen arbeiteten noch bis spät in die Nacht hinein, beschäftigt mit dem Führen ihres Reiches. Nicht zum ersten Mal fragte ich mich, wie es wohl im Inneren dieses Monstrums aus Stahl, Glas und Natur aussah. Der Tower war weltweit bekannt dafür, ein gewaltiger vertikaler Garten voller bunter und außergewöhnlicher Pflanzen zu sein.

Langsam setzte ich meinen Weg fort, weiterhin vorsichtig, um auf der Eisschicht, die sich unter dem Schnee gebildet hatte, nicht auszurutschen. Die Hälfte der Strecke hatte ich zum Glück schon zurückgelegt, denn inzwischen spürte ich die Kälte der Nacht durch meine Klamotten hindurchkriechen. Die Reste des Alkohols in meinem Blut halfen leider auch nicht mich warm zu halten.

Morgen musste ich unbedingt noch einmal mit Rosa herkommen. Schnee hatte sie schon immer geliebt und so ein langer Sonntagsspaziergang würde uns beiden sicher guttun. Mit etwas Glück würden ein paar von unseren bekannten Hundebesitzern ebenfalls diese Idee haben, dann könnte sie sich mit den anderen Vierbeinern austoben.

Die Bilder in meinem Kopf zerplatzten blitzartig, als plötzlich aus dem Nichts eine Stimme an mein Ohr drang. Hektisch zuckte mein Blick über die

Büsche und Bäume, bis ich die Quelle dieser Stimme entdeckte. Ein Mann kam deutlich schwankend auf mich zu, das Gesicht unter einer Kapuze verborgen. Schon auf die Entfernung roch ich seine Fahne, ein krasser Unterschied zu der klaren Nachtluft.

Der Kerl murmelte etwas vor sich hin, was ich weder verstehen konnte noch wollte. Mein Magen krampfte sich unangenehm zusammen. Hastig wich ich zur Seite aus, rutschte dabei aber auf dem gefrorenen Weg aus. Der Schrei blieb mir in der Kehle stecken, als ich ein paar feste Finger auf meinem Arm spürte.

»Vorsichtig, Kleines«, murmelte der Typ viel zu nah an meinem Ohr. Sein heißer Atem brannte mir auf der Haut, doch viel schlimmer war sein Mundgeruch nach altem Fett, Zwiebeln und abgestandenem Bier. Prompt wandte ich den Kopf ab und versuchte mich gleichzeitig aus seinem Griff zu befreien. Davon schien der Kerl allerdings wenig beeindruckt.

»Was macht denn ein so hübsches Ding nachts hier alleine? Suchst du Gesellschaft?« Zwar lallte er die Worte, doch nahm ich den bedrohlichen Unterton wahr. Je mehr ich versuchte, mich aus seinem Griff zu lösen, desto fester packte er zu. Schon jetzt war ich mir sicher, dass ich am Morgen Spuren auf meiner Haut entdecken würde. Trotzdem gab ich nicht nach. Der Alkohol in meinem Blut vertrieb die Panik zumindest so weit, dass ich mich nicht davor scheute, mit meinem freien Arm auszuholen und nach dem Kerl zu schlagen.

»Finger weg!«

Leider schienen meine Abwehrversuche keine sonderliche Wirkung zu haben. Anstatt endlich Abstand zu nehmen, kam er sogar noch näher, bis sich sein Gesicht direkt vor meinem befand. »Hab dich nicht so. Wir beide können doch etwas Spaß haben. Bei diesem Scheißwetter braucht man doch jemanden, der einen warm hält.«

Geleitet von meinem Instinkt, erkannte ich meine Chance und rammte mit voller Wucht mein Knie in ihn hinein. Der Kerl grunzte laut auf, bevor er benommen zurücktaumelte und endlich von mir abließ. Ohne ihn noch eines weiteren Blickes zu würdigen, machte ich auf dem Absatz kehrt und versuchte zu fliehen. Leider kam ich nicht weit. Noch bevor ich auch nur einen Schritt tun konnte, wurde der vereiste Boden mir zum Verhängnis. Ich fand keinen Halt, meine Füße rutschten weg und plötzlich fand ich mich auf dem Rücken liegend wieder, den Blick gen Himmel gerichtet. Ein scharfer Schmerz schoss durch meinen Körper und trieb mir die Luft aus den Lungen.

Einen Atemzug lang konnte ich nichts anderes tun, als einfach nur dazuliegen. Dann krachte die Realität wieder auf mich ein, in Form einer angsteinflößenden Gestalt, die sich nun über mir erhob.

»Auf dem Rücken liegen kannst du schon mal«, grollte der Betrunkene von oben herab, ein gieriges Funkeln in seinen Augen. Adrenalin schoss wie glühende Lava durch meine Adern, gefolgt von einer grauenerregenden Angst, die sich in mir festsetzte. Ein klein wenig befriedigt stellte ich fest, dass er den Mund noch immer vor Schmerzen verzog. Wenigstens hatte ich ihn richtig erwischt.

»Als wüsstest du etwas mit einer Frau anzufangen«, giftete ich trotz meiner prekären Lage zurück. Unter gar keinen Umständen würde ich mich vor diesem Kerl schwach zeigen. »Jetzt verschwinde endlich, bevor ich noch einmal zutrete!«

So auf dem Boden liegend war meine Drohung allerdings nicht sehr wirkungsvoll. Trotz meines schmerzenden Hinterns und Kopfes schaffte ich es zumindest, mich auf die Seite zu drehen, um nicht ganz so hilflos dazuliegen. Der Schmerz war erst einmal vergessen, ersetzt durch eine pochende Wut, die auch die Kälte von mir fernhielt.

Aus dem Augenwinkel sah ich, wie der Kerl seine Hand nach mir ausstreckte und dann … plötzlich erstarrte.

Ein dunkler, massiver Schatten hatte sich über uns gelegt. Mit einem mulmigen Gefühl folgte ich dem überraschten Blick des Betrunkenen und bemerkte eine verhüllte Gestalt, die wie aus dem Nichts neben uns aufgetaucht war.

»Ich meine, die Dame hat dir eine klare Anweisung gegeben.« Die Stimme des Fremden war angenehm tief und rau, doch auch kalt wie das Eis um uns herum.

»Das hier geht dich rein gar nichts an, Arschloch«, zischte mein Angreifer, seine Aufmerksamkeit nun ganz auf den Neuankömmling gerichtet.

Diesen Moment nutzte ich, um mich aufzurichten. Dabei wechselte mein Blick immer wieder hektisch zwischen den beiden Männern hin und her. Entweder war der Fremde mir zu Hilfe geeilt oder ich saß jetzt nur noch tiefer in der Scheiße.

»An deiner Stelle würde ich mir ganz genau überlegen, was du nun tun wirst.« Die scharfen Worte des Fremden wurden von einem noch schärferen Lächeln begleitet, das seine spitzen Eckzähne enthüllte. Dank der spärlichen Beleuchtung wirkte sein Gesicht kantig und dunkel, was ihn gänzlich wie ein Raubtier wirken ließ.

»Drecksfee«, lallte mein Angreifer mutig vor sich hin und ergriff gleichzeitig die Flucht.

Einige Augenblicke saß ich nur da und blickte der deutlich schwankenden Gestalt hinterher, wie sie in der Nacht verschwand. Nur langsam sickerte die Realität in meinen Verstand zurück. Die Berührungen des Kerls auf meiner Haut, der Klumpen aus Angst in meinem Magen, das Klopfen meines Herzens, das mir immer noch in den Ohren dröhnte. Gefolgt von einem Zittern, das mir durch Mark und Bein ging.

»Alles in Ordnung bei dir?«, erklang erneut jene raue, warme Stimme an meinem Ohr. Erst da wurde mir wieder bewusst, dass ich nicht alleine war. Langsam wandte ich den Kopf. Der Fremde neben mir kniete auf dem Boden. Dadurch waren unsere Gesichter fast auf einer Höhe, was mich deutlich weniger einschüchterte.

»Geht so«, brachte ich erschöpft hervor. Ein seltsames Schweigen breitete sich zwischen uns aus, während ich weiter versuchte, meine wirren Gedanken zu sammeln. Was gerade geschehen war, hatte sich innerhalb weniger Momente abgespielt und lief nun immer wieder wie ein Film in meinem Kopf ab. Verdammt, das hätte echt übel für mich ausgehen können.

»Danke!« Ich wandte mich nun ganz dem Fremden zu, der immer noch neben mir kniete, den Kopf leicht zur Seite gelegt. Die Wollmütze, die er trug, verbarg seine spitzen Ohren, doch die brauchte es gar nicht, um zu erkennen, dass es sich bei meinem Retter ganz klar um einen Fee handelte. Sogar in dem schummrigen Laternenlicht ging von seiner Haut ein sanfter Schimmer aus, fast so als würde er von innen heraus leuchten. Mehr konnte ich leider nicht von seinem Gesicht erkennen, da er den Schal bis über seine Mundpartie hochgezogen hatte.

»Gern geschehen.« Er reichte mir eine behandschuhte Hand. »Allerdings wäre ich lieber früher aufgetaucht.« Mit einer einzigen fließenden Bewegung erhob er sich zu seiner vollen Größe, wobei er mich mit sich zog.

Für einen Moment schoss mir ein scharfer Schmerz durch die Wirbelsäule, der sich dann als andauerndes Pochen in meinem Hintern einnistete. Das würde sicher einen dicken blauen Fleck geben. Ich unterdrückte den Drang, mir den Po zu reiben und betrachtete stattdessen verstohlen meinen Retter.

Er war mehr als einen Kopf größer als ich, was an und für sich nichts Besonderes war – so gut wie jeder war größer als ich. Der Fremde jedoch ragte nicht nur über mir auf, er war auch breiter als ich. Immer noch warfen die Laternen scharfe Kanten auf sein Gesicht, trotzdem fühlte ich mich von ihm weder bedroht noch eingeschüchtert.

»Danke nochmal«, murmelte ich, in dem Versuch, die Stille zwischen uns zu füllen. Unangenehm berührt stand ich da, unsicher, wie es nun weitergehen sollte.

»Bist du sicher, dass es dir gut geht?« Mein Herz machte einen kleinen Sprung, als er die Hand ausstreckte, um einen Klumpen Schnee aus meinem Haar zu entfernen. »Du bist ziemlich hart auf den Boden gefallen.«

»Oh, mach dir da mal keine Sorgen. Hab zum Glück ordentlich Polsterung.« Meine Stimme klang in meinen Ohren viel zu hoch und gekünstelt. »Da passiert so schnell nichts. Ich hoffe ja eher, dass der Kerl die nächsten Wochen noch ordentlich Schmerzen in den Eiern hat. Aber bei mir ist wirklich alles in Ordnung!«, betonte ich noch einmal, bevor ich schnell den Mund schloss. Es konnte doch nicht sein, dass ich gerade ernsthaft über die Eier eines Kerls sprach, anstatt einfach meine Klappe zu halten.

Für einen Moment erstarrte das Gesicht meines Retters zu einer fast bewegungslosen Maske, dann lachte er leise. »Das war auch ein ziemlich beeindruckender Tritt.«

»Für irgendwas müssen die vielen Kurse in Selbstverteidigung ja gut sein. Auch wenn ich hoffe, solch einen Tritt so schnell nicht wieder anwenden zu müssen.« Ein Schauder überlief meinen Körper, als ich noch einmal durchdachte, was mir da eigentlich passiert war und wie viel Glück ich doch gehabt hatte. Wäre der Fremde nicht aufgetaucht, dann hätte mir bei Weitem Schlimmeres drohen können als ein paar blaue Flecke.

»Wenn du möchtest, kann ich dich ein Stück begleiten«, schlug mein Retter vor, fast so als hätte er meine düsteren Gedanken gelesen.

Ich antwortete ihm nicht sofort. Stattdessen ließ ich meinen Blick noch einmal über seine Gestalt wandern. Die einfachen, dicken Wintersachen ließen nicht viele Rückschlüsse auf ihn zu, genauso wenig wie sein Gesicht, von dem ich immer noch nicht sonderlich viel erkennen konnte. Obwohl er im wahrsten Sinne des Wortes ein düsterer Fremder war, schüchterte mich seine Gegenwart nicht ein. »Wäre sicher das Beste. Vor allem, falls ich mich noch mal hinlege.«

»Das werde ich schon zu verhindern wissen.« Seine Stimme hatte diesen schelmischen Unterton, für den die Feen so bekannt waren. Doch bei ihm lag darin kaum Spott und Spaß, sondern ganz klar ein Hauch von Flirt.

Diesen Gedanken vertrieb ich, so schnell wie er gekommen war, wieder aus meinem Kopf. Falscher Zeitpunkt, falscher Ort und leider auch falscher Kerl. So ansprechend diese ganze Retter-in-der-Not-Masche auch schien, er war immer noch ein Fremder, der sich nachts alleine im Park herumtrieb.

Sorgsam darauf bedacht, immer genug Abstand zwischen uns zu lassen, setzten wir unseren Weg durch den Central Park fort. Inzwischen waren aus den winzigen Eiskristallen, die vom Himmel fielen, große Wattebäuschchen geworden, die sicher schon bald die Spuren der letzten paar Minuten verdecken würden.

Das Knirschen des Schnees unter unseren Füßen war das einzige Geräusch, das unseren Weg begleitete. Die Kälte der Nacht prickelte auf meiner Haut, die klare Luft roch angenehm nach Winter. Immer wieder schielte ich möglichst unauffällig zu dem Fremden, der entspannt neben mir herschlenderte. Seltsamerweise war die Stille zwischen uns nicht unangenehm und ich hatte auch keinen Drang, sie mit sinnlosem Geplapper zu füllen.

Aus diesem Grund überraschte es mich, als der Fremde auf einmal anfing zu sprechen. »Es geht mich ja wirklich nichts an, aber was treibt dich so spät abends noch alleine in den Central Park?«

»Das ist eine echt gute Frage.« Vor allem eine, die ich mir in den letzten Minuten schon mehrmals gestellt hatte. »Irgendwie war mir einfach danach. Nachdem ich den ganzen Abend in einer völlig überhitzen und lauten Bar verbracht hatte, dachte ich mir, die Abkühlung und Ruhe täten mir ganz gut.«

»Keinen Freund, der dich nach Hause begleiten kann?«

Einige Augenblicke grübelte ich darüber nach, ob ich seine Frage beantworten sollte.

»Ich wohne mit meinem Bruder zusammen, aber der ist die Nacht erst mal anderweitig beschäftigt«, erwiderte ich schließlich. Sicher war William inzwischen in der Wohnung seines Dates angekommen, doch, bis es ihn wieder zu uns verschlug, würden noch ein paar Stunden vergehen.

»Hast du keine Angst, nachts alleine im Park?« Skepsis färbte die Stimme meines Retters.

»New York ist am Tage leider genauso gefährlich wie in der Nacht«, antwortete ich mit einem Schulterzucken. Tatsächlich war ich häufiger bei Tageslicht auf der vollen Straße belästigt worden als nachts alleine im Park. Eine Baustelle konnte unangenehmer sein als ein verlassener Park.

»Mich geht es natürlich auch nichts an, aber was treibt *dich* denn so spät abends hierher?«, wechselte ich das Thema.

»Ich mag die Ruhe hier. Da kann man gut abschalten. Außerdem könnte sich ja die Chance ergeben, einer hübschen Frau zu Hilfe eilen zu müssen.« Aus dem Mund eines jeden anderen hätte das unglaublich kitschig geklungen, doch ihm kaufte ich es irgendwie ab.

»Hattest du damit schon mal Glück? ... Also mit dem Retten von Frauen?«

»Bisher noch nicht. Aber es gibt ja bekanntlich für alles ein erstes Mal«, kam es prompt zurück.

»Ich persönlich hoffe ja, dass es das letzte Mal war«, murmelte ich leise.

Für einen Moment ließ er den Blick über seine Schulter wandern, so als wollte er sichergehen, dass uns niemand verfolgte. »Der Kerl hätte auf jeden Fall deutlich mehr als nur einen Tritt in die Eier verdient.« Jegliche Wärme war aus seiner Stimme verschwunden und ein ganz anderer Schauder lief über meinen Körper.

So atemberaubend und einnehmend Feen auch waren, sollte man doch niemals vergessen, wie gefährlich sie sein konnten. Unsicher vergrub ich meine geballten Fäuste in der Jackentasche und senkte den Blick.

Der Fremde bemerkte meinen plötzlichen Stimmungswechsel. »Tut mir leid. Ich wollte dich nicht ängstigen«, flüsterte er tief und warm.

»Schon gut.« Schweigen legte sich erneut über uns, nur wirkte es diesmal nicht friedlich. Aus irgendeinem Grund störte mich das und ich suchte verzweifelt nach einem auflockernden Gesprächsthema.

»Bist du aus New York?« Am liebsten hätte ich mich für die Frage geohrfeigt, doch da war sie schon aus meinem Mund herausgerutscht und wurde von einem weißen Kältehauch davongetragen. Etwas noch Unkreativeres konnte man doch nicht fragen. Der Fremde schien das zum Glück nicht so zu sehen. Die Sturmwolken, die eben noch sein Gesicht verdunkelt hatten, verzogen sich und nun zeigte sich ein kleines Schmunzeln auf seinen Lippen. »Geboren bin ich in Europa, aber ich lebe inzwischen schon so lange hier, dass ich mich als echten New Yorker sehe. Und du?«

»Ich bin nach der Highschool hierhergekommen. Das ist inzwischen auch schon mehr als fünf Jahre her.« Ich ließ meinen Blick über unsere Umgebung wandern. Hoch über den verschneiten Baumwipfeln ragten die Wolkenkratzer auf. In der Ferne waren bereits die ersten Geräusche der Stadt zu hören. »Ich würde mich jetzt nicht als New Yorkerin bezeichnen, aber inzwischen bin ich sehr gerne hier.«

»Das klingt fast schon so, als wärst du nicht freiwillig hierhergekommen?«

Etwas unstimmig wiegte ich den Kopf hin und her. »Ich wurde – sagen wir mal – dazu überredet.« Übersetzt hieß das, dass meine Eltern mich mehr oder minder gezwungen hatten, zusammen mit William nach New

York zu ziehen. Denn der Broadway, das Ziel meines Bruders, befand sich nun einmal hier.

Wie so vieles in meinem Leben war dies nicht meine eigene Entscheidung gewesen. Ich war sozusagen zu Williams Wohle mitgeschleift worden. »Aber geblieben bin ich am Ende aus eigenem Willen. Es ist schon verdammt schwer, sich nicht in diese Stadt zu verlieben.«

»Das stimmt allerdings. Ich kann mir inzwischen auch nicht mehr vorstellen, hier jemals wegzugehen.« In seinen Augen konnte ich dasselbe aufgeregte Funkeln entdecken, das man bei so vielen New Yorkern sah. »Welche Orte liebst du am meisten in dieser Stadt?«

»Den Zoo und die Bibliothek«, antwortete ich sofort. Darüber musste ich gar nicht erst nachdenken. Beides waren Orte, die ich hier als Erstes für mich entdeckt hatte und zu denen es mich immer wieder hinzog. »Deine?«

»Eindeutig der Central Park. Aber nichts übertrifft den Blick über die Stadt.«

»Oh, bist du regelmäßig auf dem Empire State Building?« Außer dem weltbekannten Gebäude gab es nur zwei weitere Tower in New York, von denen man einen solchen Blick hatte.

»So in etwa«, kam es kryptisch von meinem Fremden zurück.

Doch bevor ich weiter nachbohren konnte, waren wir auch schon am Ende des Parks angekommen. Die hell erleuchteten Straßen vor uns bildeten einen starken Kontrast zum halbdunklen Park. Seltsamerweise war ich nun ein wenig traurig, dass ich schon bald zu Hause sein würde.

»Ist es von hier aus noch weit bis zu dir?«

Während ich schon halb auf die Straße trat, blieb mein Retter mit verschränkten Armen in der Dunkelheit stehen.

»Nur ein paar Blocks«, murmelte ich ausweichend.

»Dann komm gut nach Hause.« Da war sie wieder, die Wärme in seiner Stimme, die mir einen Schauer über den Rücken jagte.

»Danke für deine Rettung.« Einem Impuls nachkommend, stellte ich mich auf die Zehenspitzen und drückte ihm einen Kuss auf die kalte Wange. Bevor mich die eigene Peinlichkeit überrollte, drehte ich mich schnell um und eilte davon.

An der nächsten Ampel angekommen, konnte ich jedoch nicht anders, als noch einmal über die Schulter zu schauen. Der Fremde stand weiterhin am Parkeingang, nichts weiter als eine dunkle Gestalt vor dem schneebedeckten Hintergrund.

Kapitel eins

Drei Monate später

Das Klimpern meines Schlüssels wurde begleitet von dem aufgeregten Winseln auf der anderen Seite der Tür. Rosas Schnauze schob sich durch den Spalt.

»Hallo, mein Baby«, gurrte ich ihr entgegen, bevor ich mich an ihr vorbei in die Wohnung drückte. Vor Aufregung war sie ganz aus dem Häuschen gewesen und ihr Schwanzwedeln erinnerte in diesem Moment mehr an einen Propeller. Mit großen, runden Augen blickte sie zu mir auf.

»Willst du raus, Kleines? Leider musst du noch ein wenig warten.« Erst einmal wollte ich in Ruhe ankommen. Eigentlich sollte ich schon seit zwei Stunden zu Hause sein, aber auf Arbeit kam noch im letzten Moment ein Notfall rein.

Jetzt schmerzte jeder Muskel in meinem Körper und ich wollte nichts lieber, als mich in der Badewanne zu entspannen. Doch dafür war später Zeit. Zuerst musste ich herausfinden, ob noch etwas zu essen im Hause war oder ich mit Rosa noch schnell einkaufen musste.

»Will? Bist du da?« Ich schlüpfte aus den Schuhen, nachdem ich meine Jacke aufgehängt hatte. Um diese Uhrzeit sollte mein Bruder eigentlich schon zu Hause sein. »Warst du heute schon mit Rosa draußen?«

Ich erhielt keine Antwort, jedoch hörte ich leise Geräusche aus seinem Zimmer. »Wäre schön, wenn du mal rauskommen würdest!« Mit der Faust schlug ich mehrmals gegen seine Tür. Dann ging ich in die Küche. Wie erwartet sah es hier aus wie auf einem Schlachtfeld. Das Geschirr vom Frühstück stand nicht nur immer noch in der Spüle herum, sondern türmte sich nun zu einem bedrohlich wackeligen Turm auf.

Ein Blick in den Kühlschrank bestätigte meinen Verdacht, dass ich dringend einkaufen musste. Die Erschöpfung nach den langen Stunden auf den Beinen verwandelte sich langsam in Frust, als ich die halbleeren Take-away-Kartons bemerkte, die auf der Theke herumstanden.

»William!« Diesmal hielt ich mich erst gar nicht damit auf, an seine Tür zu klopfen. Stattdessen stürmte ich direkt in sein Zimmer, absolut dazu bereit, ihm den Kopf abzureißen. Doch beim Anblick meines Bruders verpuffte die tobende Wut in mir. Tränenüberströmt und in sich zusammengerollt, lag er auf dem Bett.

»Was ist los?« Langsam und mit erhobenen Händen trat ich näher an ihn heran. In diesem Moment erinnerte er mich an ein verletztes Tier – verängstigt, allein und möglicherweise gefährlich. »Du kannst mit mir reden.«

Einige Augenblicke lag er einfach nur so da, kein Muskel seines Körpers regte sich.

»Ich hab richtig Scheiße gebaut, Nia.« Seine Stimme klang dumpf und hohl – wie aus einem Grab – zu mir herauf.

»So schlimm kann es gar nicht sein«, versuchte ich ihn zu beruhigen, während ich auf dem Bettrand Platz nahm. Mein Bruder konnte eine richtige Dramaqueen sein. Das hier musste also gar nicht so ernst sein, wie es gerade wirkte.

Auf den ersten Blick glaubten die meisten Menschen nicht, dass Will und ich Zwillinge waren oder überhaupt miteinander verwandt. Wir teilten dieselben stahlblauen Augen und braunen Haare und das war auch schon alles. Will war hochgewachsen und schlank, ich klein und rundlich. Er war der Mittelpunkt eines jeden Raumes, den er betrat, während ich mich eher im Hintergrund hielt. Die einzige sonstige Gemeinsamkeit, die wir beide teilten, war unsere Tierliebe.

Aber das alles änderte rein gar nichts an der Liebe, die ich für meinen Bruder empfand. Obwohl er der Ältere war – wenn auch nur bezogen auf wenige Minuten – passte ich immer auf ihn auf. Ihn jetzt mit Tränen in den Augen zu sehen, zerriss mir beinahe das Herz.

Rosa gesellte sich ebenfalls zu uns und rollte sich in Wills Arme zusammen. In langsamen, gleichmäßigen Bewegungen strich er über ihr weiches, hellbraunes Fell. »Du musst mir versprechen, nicht wütend zu werden, Nia. Ich bekomme das alles schon wieder hin.«

»Jetzt erzähl mir erst einmal, was geschehen ist, dann schauen wir weiter.« Das ungute Gefühl, das mich bei seinen Worten beschlich, verdrängte ich, so gut ich konnte.

Will schaute mir nicht in die Augen, als er sprach: »Ich habe einen Deal mit einem Fee gemacht, aber ich konnte meinen Teil der Abmachung nicht erfüllen.«

»Soll das ein Scherz sein? Du hast einen Deal gemacht? Einen verfickten Deal mit einem Fee?« Meine schrille Stimme klang im Zimmer nach. Völlig fassungslos blickte ich auf meinen Bruder herab, der sich nun unter meinem Blick wandte. »Was hast du dir nur dabei gedacht?«

»Es hörte sich an wie eine sichere Sache«, verteidigte er sich schwach.

»Du solltest es besser wissen.« Mein Mitleid hielt sich jetzt in Grenzen. Stattdessen brodelte eine alles versengende Wut in meinem Inneren, die mich auf die Beine trieb. »Wo ist der Vertrag?«, fragte ich und ging unruhig im Zimmer auf und ab.

Mit dem Kinn deutete Will zu seinem Schreibtisch. »Oberste Schublade.«

Das Herz klopfte mir bis zum Halse, als ich die Schublade langsam öffnete, in fester Erwartung, dass sich im Inneren eine Giftschlange verbarg. Doch da lag nur eine unschuldig wirkende Papierrolle, verschlossen mit einem schwarzen Siegel.

Einige Herzschläge lang stand ich wie angewurzelt da, während ich auf das Ding herabsah. Furcht und Wut kämpften in meinem Inneren um die Vorherrschaft und beide schnürten mir die Kehle zu. Bisher hatte ich noch nie einen echten Feenvertrag in den Händen gehalten. Und ehrlich gesagt, hatte ich mir darunter mehr vorgestellt als eine harmlose Papierrolle. Das Schriftstück fühlte sich kühl und glatt in meinen Fingern an. Vorsichtig legte ich es auf den Schreibtisch, brach das Siegel und entrollte es.

Kurz übermannte mich meine Furcht, sodass ich mitten in der Bewegung erstarrte. Mit aller Kraft drängte ich sie zurück, dafür hatte ich jetzt keine Zeit. Als Mensch war ich zu keinerlei Magie fähig. Dennoch spürte ich das leichte Kribbeln der Macht, die vom Schriftstück ausging. Den gedrungenen Text, geschrieben in winzigen, geschwungenen Buchstaben, überflog ich nur schnell. Stattdessen konzentrierte ich mich ganz auf die beiden Unterschriften am Ende: »William Anders« und »Feinri«.

Wills Signatur würde ich unter tausenden erkennen. In unserer Kindheit hatte ich seine öfter gesehen als jede andere. Seitdem ich denken konnte, hatte er sein Autogramm bis zur Perfektion geübt, für den Tag, an dem er endlich berühmt wäre. Normalerweise musste ich bei dieser Erinnerung grinsen, doch gerade schnitt sie wie eine Klinge in mein Fleisch. Wer hatte schon damit rechnen können, dass er sein so viel geübtes Autogramm eines Tages für etwas so Dummes einsetzen würde.

Ohne von dem Vertrag aufzublicken, fragte ich Will: »Wie bist du nur auf diese schreckliche Idee gekommen?«

»Du kennst doch Johnny?« Hinter mir raschelte das Bett, als er sich aufsetzte.

Stumm nickte ich. Natürlich kannte ich diesen Angeber. Und ich verabscheute ihn von ganzem Herzen. Wie sollte ich diesen arroganten Möchtegernstar jemals vergessen? Alle paar Tage tauchte er hier auf, um Will und leider auch mir von dem »unglaublichen Leben am Broadway« zu berichten.

»Er hat mir endlich erzählt, wie er an seine Rolle im *Phantom der Oper* gekommen ist. Durch einen Deal mit einem Fee.«

Entsetzt schüttelte ich den Kopf. »Na und? Bloß weil Johnny sein Leben riskiert, musst du das doch nicht auch machen!«

»Ich hatte nicht vor, mein Leben zu riskieren, ich wollte lediglich meine Karriere voranbringen«, verteidigte sich Will und stand auf.

»Das kannst du sicher auch, ohne so einen Blödsinn zu machen.« Ich war so wütend, dass ich mit dem Vertrag in meiner Hand vor seiner Nase herumwedelte, und dabei völlig vergaß, dass dieses Ding voller gefährlicher Magie war. Rasch nahm ich es wieder herunter. »Man gelangt auch ohne einen Deal an ein Casting.«

»Du verstehst es einfach nicht, Nia! Das ist mein Lebenstraum!« Will war neben mich getreten, die Hände in die Hüften gestemmt. »Alles, was ich brauche, ist eine Chance. Das ist doch wohl nicht zu viel verlangt.«

»Aber deine Freiheit dafür zu verlieren, ist es schon«, murmelte ich erschöpft.

Schweigen senkte sich über uns. Will hatte den Kopf von mir abgewandt, doch ich konnte die Tränen, die in seinen Augen schimmerten, sehen. »Du hast also ein Vorsprechen bekommen. Was wollte der Fee dafür?«

»Es klang nach einer so sicheren und einfachen Sache.« Hektisch fuhr er sich durch die Haare. »Ich sollte lediglich ein paar Pakete für ihn ausliefern.«

»Was war drin in diesen Paketen?«, hakte ich weiter nach, den Blick dabei noch immer auf den Vertrag gerichtet. Mir kamen sofort Drogen, Bomben oder sogar Schlimmeres in den Sinn.

»Keine Ahnung. So etwas habe ich doch nicht gefragt. Es ging um zwanzig Päckchen, die in Manhattan ausgeliefert werden sollten. Johnny musste das Doppelte ausliefern und bei ihm gab es keinerlei Probleme.« Will schaute mich an, als würde dieser Satz alles besser machen.

»Und was ist dann bitte schiefgelaufen? Hast du die Pakete nicht pünktlich abgeliefert oder gar beschädigt?«

»Ich habe eines verloren.«

Aus irgendeinem Grund überraschte mich das nicht. Trotzdem sackte mir der Magen gefühlt in die Kniekehle und brachte mich derart ins Wanken, dass ich mich am Tisch abstützen musste. »Wie genau hast du das Paket verloren?«

»Ich habe heute Morgen sechs Pakete beim Fee abgeholt. Die letzte Ladung, dann hätte ich es endlich geschafft. Ich war so nah dran! Aber nachdem ich alle abgeliefert hatte, stand immer noch ein Name auf der Lieferliste. Ich habe wirklich alles abgesucht. Mein Auto, die Wohnung, ich bin sogar jeden Paketstopp noch einmal abgefahren, um zu gucken, ob das fehlende Päckchen dort ist, aber Fehlanzeige.«

»Scheiße, Scheiße, Scheiße.« Das war das einzige Wort, das mir gerade durch den Kopf ging. Ich glaubte Will, dass er alles getan hatte, um dieses verfluchte Päckchen wiederzufinden. »Scheiße! Vielleicht haben sie dir eins zu wenig gegeben?«

Mit gesenktem Blick schüttelte er den Kopf. »Ich habe die Pakete selbst gezählt, als ich sie angenommen habe. Da waren noch alle da.«

»Wie sieht die Strafe aus?« Es graute mir vor der Antwort, aber ich musste es wissen.

»Zwanzig Jahre Arbeit.« Wills Worte hallten wie ein Glockenschlag durch das Zimmer. Sogar Rosa legte die Ohren an und winselte leise.

»Zwanzig Jahre«, wiederholte ich dumpf.

»Es war doch eine sichere Sache, Tania. Nicht einmal wirklich der Erwähnung wert. Immerhin habe ich schon einmal als Paketbote gearbeitet und ich war mir so sicher, dass nichts schiefgehen kann. Es ging um ein Vorsprechen für Hamilton und ein nagelneues Theaterstück von Miles Conner. Du weißt doch, wie sehr ich ihn verehre, da musste ich einfach ...«

Wills fortlaufenden Monolog nahm ich kaum noch wahr. Meine Gedanken zogen wilde Spiralen und seine Gründe für diesen Deal waren mir, ehrlich gesagt, völlig egal. Für mich spielte es keine Rolle, wieso er sich wieder einmal so tief in die Scheiße geritten hatte. Das Einzige, was zählte, war die Frage, wie ich meinen Bruder da wieder herausziehen konnte, um ihn nicht für immer zu verlieren.

Zwanzig Jahre.

Allein der Gedanke entfachte eine Panik in mir, die ich kaum in Worte fassen konnte. Mein ganzer Körper fing an zu glühen, mir stockte der Atem und Übelkeit setzte sich in meinem Magen fest. Ich wollte schreien, toben, flehen und beten, doch kein klarer Satz formte sich in meinem Kopf.

»Ich muss nachdenken.« Ohne weiter auf seine Worte einzugehen, drängte ich an Will vorbei. Rosa folgte mir auf dem Fuß. Die Wohnung kam mir auf einmal viel zu eng und stickig vor. Ich sehnte mich nach frischer Luft und Ruhe, um klar denken zu können.

Mit routinierten Bewegungen zog ich Rosa ihr Geschirr an, und floh mit ihr hinaus auf die Straße. Wills andauernder Wortschwall folgte mir noch immer, bis die Tür ins Schloss fiel.

Natürlich war es hier draußen auf den Straßen von New York nicht viel ruhiger, doch wummerte mir der Stadtlärm nicht so sehr in den Ohren wie Williams Stimme.

Ich verstand meinen Bruder nicht, aber das war ja nichts Neues. Es war schon immer Wills Traum gewesen, Schauspieler zu werden. Sein einziges und absolutes Bestreben, von dem ihn rein gar nichts abbringen konnte: weder die Ablehnungen von den Schauspielschulen noch die Zurückweisung beim Casting. Ganz zu schweigen von finanziellen Problemen.

Das hatte ich immer an ihm bewundert. Diese Zielstrebigkeit, diese innere Sicherheit, dass das, was er für sich anstrebte, irgendwie und irgendwann erreichbar sein würde. Doch je älter wir wurden, desto weiter rückte dieser Traum in die Ferne. Ich hatte schon lange eingesehen, dass dies nur eine Fantasie für Will bleiben würde. Er aber glaubte noch immer daran.

Dennoch, wie konnte er nur so gedankenlos und naiv sein und einen Deal mit einem Fee eingehen? Jedes Kind wusste, dass Feen berüchtigt waren, einen über den Tisch zu ziehen. Aber Menschen waren wohl aus Verzweiflung bereit, so ziemlich alles zu tun.

Verzweiflung.

Mitten in der Bewegung blieb ich stehen. Will war absolut verzweifelt, deshalb hatte er diesen Deal gemacht. Fünf Jahre waren wir nun schon in New York und während ich mich hier eingelebt, einen festen Job und einen klaren Weg für meine Zukunft hatte, hielt er sich mit Gelegenheitsjobs über Wasser, die ihn niemals weit bringen würden. All seine harte Arbeit, all das Bestreben, das Hoffen, das Wünschen, das Versuchen, immer und immer wieder, zahlte sich nicht aus.

Wir waren in die Stadt, die niemals schläft, gekommen, um Wills Träume zu erfüllen. Stattdessen jagte nur ein Misserfolg den nächsten.

Verdammt nochmal, war ich denn wirklich so blind gewesen und hatte es nicht gesehen?

Meine Füße hatten mich wie von alleine bis zum Hudson River getragen. Der scharfe, kalte Wind trieb den Geruch von Salz mit sich. Die Lichter der umliegenden Stadt spiegelten sich auf dem schwarzen Wasser, die leise dahingleitenden Schiffe erinnerten an riesige Schattenmonster, die das Farbspiel durchbrachen.

Einen Moment lang stand ich nur da, während um mich herum das Leben normal weiterging. Die New Yorker waren noch auf den Beinen, auf dem Weg nach Hause, zur Arbeit, zum Essen oder einfach nur unterwegs, um den Kopf freizubekommen. Ganz egal, wohin man in dieser Stadt ging, wirklich alleine war man nie. Doch achtete hier kaum jemand auf den anderen. Die meisten waren viel zu sehr mit ihrem eigenen Leben, ihren eigenen Problemen beschäftigt.

Ich fühlte mich wie betäubt. Eben noch hatten brennende Wut und Angst mich von innen heraus verbrannt, doch jetzt lagen Furcht und Verzweiflung wie ein Eisklumpen in meinem Magen.

Vielleicht hätte ich etwas tun können, um Will zu helfen, bevor er ausgerechnet diesen riskanten Strohhalm ergriff.

Vielleicht hätte ich mehr für ihn da sein sollen, damit er sich nicht so verloren fühlte.

Vielleicht ...

Rosa zerrte ungeduldig an der Leine und blickte mit großen Augen zu mir auf. Sie hielt rein gar nichts vom Herumstehen, vor allem dann nicht, wenn sie nicht weit von uns einen hübschen Park witterte. Noch immer tief in meine Gedanken versunken, ließ ich mich von ihr dorthin führen.

Es musste doch einen Ausweg geben, damit Will nicht in den Dienst dieses Feen trat. Irgendetwas im Kleingedruckten oder ein Schlupfloch. Immerhin hatte er das Paket ja nicht vernichtet, sondern lediglich verloren. Es konnte immer noch jederzeit wieder auftauchen. Möglicherweise konnte auch ein Anwalt helfen.

Diesen Gedanken verwarf ich jedoch sofort wieder. Das unfaire und gemeine an diesen Deals war ja, dass sie außerhalb menschlicher Gesetze standen. Waren die Verträge erst einmal unterzeichnet, konnte einem weder Polizei noch Anwalt helfen, aus den Verträgen wieder herauszukommen.

Der Name des Fees war Feinri. Das klang alles andere als düster. Vielleicht war der Fee nett und hatte Mitleid mit meinem Bruder. Ich hatte von einem

Fall gehört, in dem im Nachhinein der ganze Vertrag für ungültig erklärt wurde. Leider konnte ich mich nicht mehr an die Details erinnern. Aber das gab mir einen Funken Hoffnung.

Plötzlich blieb Rosa neben einem Busch stehen und schnupperte daran ausgiebig. Zwischen den dicht gewachsenen Blättern bewegten sich winzige goldene Funken, die von einem sanften, kaum hörbaren Klingeln begleitet wurden. Eine besonders mutige Elfe traute sich heraus und schwirrte um Rosas Nase herum. Ich musste schmunzeln, als meine arme verwirrte Hündin nieste, bevor sie versuchte, nach dem kleinen Wesen zu schnappen.

»Oh nein, das lässt du schön bleiben.« Schnell zerrte ich Rosa weiter. Für Menschen waren Elfen zwar nicht gefährlich, aber bei Tieren konnten sie eine allergische Reaktion hervorrufen. Auf der Arbeit hatten wir schon den einen oder anderen armen Hund behandeln müssen, der eine Elfe mit einem Leckerli verwechselt hatte. Kein sonderlich schöner Anblick.

Mit einem leisen Seufzen machte ich mich auf den Weg zurück zur Wohnung. Inzwischen hatte sich mein Gemüt etwas abgekühlt, auch wenn ich einer Lösung immer noch keinen Schritt näher gekommen war. Meine Gedanken wanderten zurück zum Fee, in dessen Schuld sich mein Bruder nun befand.

Vielleicht lohnte es sich ja, einmal mit ihm zu sprechen? Das Schlimmste, was passieren konnte, war, dass er nein sagen würde und Will seine Strafe antreten musste. Mehr konnte uns doch nicht geschehen, oder?

Zurück in der Wohnung raste Rosa direkt in die Küche zum Futternapf, während ich zu Will ging. Er hatte sich wieder auf seinem Bett zusammengerollt, aber aufgehört zu weinen. Er lag reglos da und starrte an die Decke.

Ich wollte ihn so gerne trösten und ihm versprechen, dass alles wieder gut werden würde, doch blieben mir die Worte im Halse stecken.

Im Tiefkühler wartete noch ein Becher Eiscreme, der sonst nur zum Einsatz kam, wenn Will mal wieder bei einem Casting abgelehnt wurde. Aber Eis und ein schlechter Horrorfilm würden es diesmal vermutlich nicht richten können.

Als ich in sein Zimmer kam, blickte er nicht einmal in meine Richtung.

Erst als ich mit dem Vertrag in der einen und einem Feuerzeug in der anderen Hand mitten im Zimmer stand, saß er auf einmal aufrecht. »Was tust du da? Das wird den Handel nicht auflösen!«

Mein Plan war riskant und, um ehrlich zu sein, auch etwas dämlich, aber ich hatte keine Zeit bis zum Morgen zu warten, um den Fee aufzusuchen. »Nein, aber der Fee wird sich uns auf diese Weise zeigen und wir können schon heute Abend mit ihm reden.« Das zumindest wusste ich. Trotzdem klopfte mir das Herz bis zum Halse, als ich die kleine Flamme an den Rand des Papiers hielt. Doch noch bevor sie irgendwelchen Schaden anrichten konnte, materialisierte sich eine Gestalt vor mir. Erschrocken biss ich die Zähne zusammen.

Der Fee Feinri trug einen edlen schwarzen Anzug, seine blonden Haare waren zurückgegelt und das Lächeln in seinem Gesicht triefte vor Hochmut. Es war schon ein sehr seltsamer Anblick: Wir konnten ihn sehen – oder besser durch ihn hindurchsehen – und dennoch befand er sich nicht wirklich in unserer Wohnung. Diese Astralprojektion war für Feen die Möglichkeit, so schnell wie möglich beim Vertragspartner aufzutauchen, sollte es ein Problem geben. Zum Beispiel eine offene Flamme, die am Papier leckte.

»Das ist eine selten dumme Idee«, sprach er mit hochnäsiger Stimme. Er schnippte mit den Fingern und das Feuerzeug in meiner Hand erlosch. Der Vertrag hatte nicht einmal Rußflecken davongetragen.

»Ich wollte lediglich deine Aufmerksamkeit bekommen«, kam ich direkt auf den Punkt. Trotz meines heftig klopfenden Herzens klang meine Stimme überraschend gefasst und entschlossen. »Eines der Pakete ist verloren gegangen, wir ...«

Bevor ich weitersprechen konnte, unterbrach der Fee mich. »Das klingt ganz so, als wäre es euer Problem!«

Trotz seiner bösartigen Worte fuhr ich unberührt fort. »Wir wollten lediglich um etwas mehr Zeit bitten, um das Päckchen wiederzufinden.«

Der Fee verdrehte die Augen. »Das alles interessiert mich nicht. Der Vertrag wurde nicht erfüllt, demnach steht William Anders von nun an in meinem Dienst. Es ist nicht mein Problem, dass er so unfähig ist. Wer verliert schon ein Paket?«

Sein herablassender Ton und dieses Von-Oben-herab-Gehabe entfachte meine Wut erneut. »Mein Bruder ist vielleicht manchmal ein Esel, aber das heißt noch lange nicht, dass er diese Strafe verdient. Alles, was wir wollen, ist eine weitere Chance.«

Das Lächeln verschwand aus Feinris Gesicht. »Oh, das hättest du nicht sagen sollen. William tritt seinen Dienst Anfang des nächsten Monats an, pünktlich um Mitternacht. Bis dahin werde ich euch beiden eine Lektion erteilen.« Damit verschwand er genauso schnell, wie er gekommen war.

»Verdammt nochmal.« So viel zu »was kann schon Schlimmes passieren«! »Wir werden noch eine andere ...« Die Worte blieben mir in der Kehle stecken, als ich mich zu meinem Bruder umdrehte.

Das Wesen auf dem Bett trug Wills Kleidung und saß auch genau dort, wo er eben noch gesessen hatte. Aber mir blickte kein Mann entgegen, nicht einmal mehr ein Mensch. Es sah grotesk aus, wie der Eselskopf aus den Schultern meines Bruders hervorwuchs. Noch schlimmer jedoch war das Gefühl, als mir seine Augen aus dem grauen Fell entgegenblickten. Ein ohrenbetäubender Schrei vermischte sich mit Wills unmenschlichem »I-Ah« und Rosas Winseln.

Kapitel zwei

»Das macht dann 120,28 Dollar. Ich hole Ihnen noch schnell die Medikamente.« Ich schenkte der Dame vor mir ein gezwungenes Lächeln, bevor ich kurz nach hinten ins Lager verschwand. Durch die halb offen stehende Türe konnte ich noch die Geräusche aus unserem Wartebereich hören, das Winseln, Bellen und Mauzen der wartenden Patienten.

Vor Müdigkeit schaffte ich es kaum, die Augen aufzuhalten, während ich aus den Schränken die Medikamente für die arme Katze holte, die aktuell an einem Nierenstein litt. Meine Finger wanderten über die Pappschachtel, ohne dass ich eines der Etiketten las.

»Das solltest du besser wieder zurückstellen«, erklang eine melodisch raue Stimme direkt neben mir. Eine blasse Hand erschien in meinem Blickfeld und nahm mir die Packung wieder ab. »Außer, du willst die arme Mieze auf einen Trip schicken?«

Mit einem tiefen Seufzen ließ ich die Stirn gegen die Schulter meiner besten Freundin fallen. Hyacinth war ein gutes Stück größer als ich, fast schon so groß wie mein Bruder. Ihr langes rotes Haar war heute wie an jedem anderen Tag zu einem kunstvollen Zopf geflochten und warme, braune Augen blickten mir unter ihrem Pony entgegen.

»Ich bin heute nicht ganz bei der Sache.« Ihr gewohnter Duft, nach Lavendel und Honig, stieg mir in die Nase. Für einen Moment fühlte ich mich sicher und geborgen, bis die Wirklichkeit wieder auf mich einrieselte.

Gespielt überrascht hob Hyacinth die schmale Augenbraue. Neben ihrem außergewöhnlichen Namen hatte Hyacinth auch das sanfte Schimmern der Haut und die anmutigen spitzen Ohren von ihrer Feenmutter geerbt. Lediglich die langen Eckzähne fehlten ihr, was sie im Gegensatz zu ihren Vollblutverwandten zarter wirken ließ. Eine Tatsache allerdings, von der man sich lieber nicht täuschen lassen sollte.

»Ach, darauf wäre ich ja gar nicht gekommen. Was ist los, Tania?«

Kurz schüttelte ich den Kopf. »Erzähle ich dir in der Mittagspause, gerade ist keine Zeit dafür.« Schließlich war das, was ich zu erzählen hatte, nichts, was man mal eben zwischen Tür und Angel besprach. Nachdem ich heute fast zu spät zur Arbeit gekommen war – nach einer beinahe schlaflosen Nacht –, hatte ich keine Zeit mehr gehabt, mit ihr zu sprechen. Seitdem war der Morgen in einem andauernden Strom aus Patienten und besorgten Besitzern vergangen, der mich immerhin von dem Wirrwarr in meinem Kopf abgelenkt hatte.

»Ich mache das hier fertig«, fuhr meine beste Freundin fort. »Kümmere du dich mal um den nächsten Patienten.«

Dankbar lächelte ich sie an, bevor ich mich durch eine zweite Tür verdrückte. Hier hinten war es viel ruhiger als vorne beim Empfang, dafür war der Geruch nach Desinfektionsmittel deutlich stärker. Ich unterdrückte ein Niesen, während ich in Untersuchungsraum drei trat.

Doktor Shaw, unsere Tierärztin, stand dort bereits hinter ihrem Schreibtisch. Wie alle Feen hatte sie ein jugendliches Aussehen und wirkte kaum älter als Ende zwanzig. Doch hinter ihren klugen Augen verbargen sich mehr als zweihundert Jahre Wissen und Können. Damit war sie die älteste Fee, die ich bisher kennengelernt hatte. Der aktuelle Patient, ein schneeweißes Kaninchen, saß mit zitterndem Näschen mitten auf dem Untersuchungstisch.

Ich klammerte mich mit aller Kraft an die Aufgaben, die mir meine Chefin zuteilte, damit meine Gedanken nicht zurück zum gestrigen Abend wandern konnten. Erleichtert darüber, dass dieser kleine Patient der letzte vor dem Feierabend sein sollte, führte ich meine Arbeit, so ruhig es ging, aus. Doch das Zittern meiner Hände bekam ich nicht unter Kontrolle.

Nachdem das Häschen versorgt war, begleitete ich die Besitzer noch bis zur Tür, um mich dann zu Hyacinth hinter dem Empfangstresen zu gesellen.

»Das war dann erst mal der Letzte.« Mit einem erleichterten Grinsen schloss Scott, einer meiner Kollegen, die Vordertür ab. Der Regelbetrieb war für heute beendet und sobald wir die stationären Patienten versorgt haben würden, hatten Hyacinth und ich unseren Feierabend erreicht.

Ich brachte nicht einmal mehr ein Lächeln zustande. Stattdessen ließ ich die Stirn auf den Schreibtisch vor mir sinken. Die Müdigkeit und Verzweiflung lag wie eine dicke Decke auf mir, machte mir das Atmen und Denken schwer.

»Tania, ist alles in Ordnung bei dir?« Doktor Shaw war mein betrübter Gemütszustand natürlich nicht entgangen. Ich spürte, wie sie und Hyacinth hinter meinem Rücken einen besorgten Blick austauschten.

»Nein«, schaffte ich noch zu sagen, bevor ich die Tränen nicht mehr zurückhalten konnte. Vor Will hatte ich es noch irgendwie geschafft, mich zusammenzureißen, doch jetzt war das Maximum überschritten. Die Wut über den Deal und die Angst um meinen Bruder zerfraßen mich langsam von innen.

Behutsam strich Hyacinth mir über die Haare, bevor sie mich in ihre Arme zog. »Oh Sweetie. Lass alles raus!«

Einige Minuten saßen wir nur so da, während ich mir die Seele aus dem Leib heulte. Die warme Umarmung meiner besten Freundin ließ meine Hemmungen in sich zusammenfallen. Irgendwann versiegten die Tränen endlich so weit, dass ich wieder mehr von meiner Umgebung wahrnehmen konnte.

Alle anderen Tierarzthelfer waren aus dem Wartebereich verschwunden, lediglich Doc Shaw lehnte noch an der Wand neben uns. Ihr sonst so entspanntes Gesicht war gezeichnet von Sorge und Mitgefühl.

Doch meine Aufmerksamkeit galt in diesem Moment meiner besten Freundin, die voller Unruhe zu mir herabsah. »Du erzählst mir jetzt bitte sofort, was los ist, ansonsten verliere ich hier noch den Verstand!« Der strenge Ton ihrer Stimme passte nicht zu ihrem liebevollen Gesichtsausdruck.

Es dauerte einige Sekunden, bis ich den richtigen Ansatz gefunden hatte, doch dann sprudelte alles aus mir heraus. Mit jedem Wort, das ich über den arroganten Fee und Wills Schicksal verlor, nahm meine Wut zu. Ohne es zu merken, redete ich mich immer mehr in Rage, bis ich am Ende beinahe schreiend zusammenfasste: »Jetzt sitzt Will zu Hause. Er weigert sich, die Wohnung zu verlassen. Und ich weiß nicht, wie es weitergehen soll.«

Nachdem ich mit der Erzählung geendet hatte, folgte dankbare Stille, die mir Zeit gab, meine Tränen zu trocknen.

Will hatte sich heute Morgen nicht einmal mehr aus dem Zimmer getraut, als ich zur Arbeit aufgebrochen war. Immerhin hatte er Rosa zu sich geholt – so war er wenigstens nicht ganz alleine.

Ich konnte verstehen, wieso er sich einsperrte. Die Aussicht darauf, zwanzig Jahre seines Lebens zu verlieren, musste ihm den Verstand rauben. Mal ganz abgesehen davon, dass er sich in seinem aktuellen Zustand nirgendwo sehen lassen konnte. Ich wollte ihm so gerne helfen, doch gerade sah ich keine Option.

»Fuck«, murmelte Doc Shaw leise. Die ganze Zeit über hatte sie schweigend zugehört, kein Muskel hatte sich in ihrem Gesicht gerührt, doch nun konnte sie ihre Wut nicht mehr verbergen. »Es gibt echt Arschlöcher auf der Welt.« Das sanfte Schimmern, das wie bei jedem Fee von ihrer Haut ausging, verblasste etwas, als sie die Zähne fletschte. »Will hätte es wirklich besser wissen sollen.«

Hyacinth würdigte ihren Kommentar lediglich mit einem Augenrollen, dann wandte sie sich wieder mir zu. »Ich weiß ganz genau, was in deinem Kopf vorgeht, Tania. Aber nichts davon ist deine Schuld. Nicht, dass William diesen Deal gemacht hat und erst recht nicht, dass er ihn versaut hat.«

»Aber der Eselskopf ist schon irgendwie meine Schuld«, widersprach ich schuldbewusst.

»Auch der nicht. Dieser Fee ist ein Arsch. Und so wie ich William kenne, hätte er sicher selbst schon bald etwas angestellt, das ihn in eine ähnliche Situation gebracht hätte.« Sie rümpfte die Nase und schüttelte den Kopf. »Egal was dein Kopf dir jetzt einreden will, nichts davon ist deine Schuld, hörst du?«

Kläglich nickte ich. So war meine beste Freundin. Bereit, mich vor der ganzen Welt zu verteidigen und, wenn nötig, sogar vor mir selbst. Nur leider änderten ihre Worte gerade recht wenig an meinen Schuldgefühlen gegenüber Will. Für den Deal war er ganz allein verantwortlich, aber die Verwandlung hatte ich ihm eingebrockt. »Ich kann ihn nicht für zwanzig Jahre verlieren, Hyacinth.«

Wer konnte schon sagen, wohin der Fee meinen Bruder schicken würde. Die bekannten Regeln, die es für die Verträge gab, machten einem nicht wirklich Mut. Zwar war darin verankert, dass Menschen keine lebensbedrohlichen Aufgaben zu verrichten hatten und Feen sicherstellen mussten, dass es ihren menschlichen Dienern körperlich gut ging. Dennoch konnte das Fee auslegen, wie Fee wollte. Am Ende der Dienstzeit musste der Mensch lediglich atmen und lebensfähig sein.

»Das werden wir zu verhindern wissen«, sprach Doc Shaw plötzlich, als hätte sie meine Gedanken gelesen. »Ich möchte jetzt erst einmal, dass du nach Hause fährst und dich ausruhst, Tania. Hyacinth kann dich begleiten, ich übernehme das Versorgen der Tiere. Heute Abend werde ich vorbeikommen, nach deinem Bruder schauen und dann überlegen wir uns eine Lösung.«

»Bist du dir sicher? Ich will dich nicht mit der ganzen Arbeit alleine lassen«, versuchte ich sie zu überzeugen. Es graute mir davor, wieder nach Hause zu gehen und mich dort gezwungenermaßen mit der Realität auseinandersetzen zu müssen.

»Ja, ganz sicher. Die Handvoll stationärer Patienten kann ich auch allein versorgen. Du musst dich erst einmal beruhigen und einen klaren Kopf bekommen. Jetzt raus mit euch beiden, ich möchte hier ungern bis spät in die Nacht festsitzen«, scheuchte uns Doc Shaw im strengen Ton, aber mit ehrlich besorgter Mine hoch. Liebevolle Strenge war ihr Markenzeichen.

Mit zitternden Händen machte ich mich daran, meine Sachen zusammenzupacken. Ich spürte, wie am Rande meines Verstandes eine nahende Panikattacke nur darauf lauerte, sich auf mich zu stürzen, sobald meine Konzentration auch nur einen Moment nachließ. Als wir hinaus in die sanfte Mittagssonne traten, atmete ich mehrmals tief durch.

Vor uns lag ein gutes Stück Fahrt, um von der Praxis bis nach Hell's Kitchen, meinem Wohnort, zu kommen. Ohne Auto wäre mein Arbeitsweg um einiges länger gewesen, doch da Hyacinth aus Prinzip keine öffentlichen Verkehrsmittel benutzte, konnte ich fast immer mit ihr fahren. Glücklicherweise konnte meine beste Freundin mich lesen wie ein Buch und so schwiegen wir die meiste Fahrtzeit über.

Erst als wir in den Lincoln-Tunnel einbogen, fand ich meine Stimme wieder. »Weißt du, wie Will aus diesem Vertrag herauskommt?«

»Leider nein, meine Familie macht keine Verträge mit Menschen.«

»Wäre auch zu einfach gewesen.« Erschöpft lehnte ich den Kopf gegen die Fensterscheibe.

»Wir werden eine Lösung finden«, murmelte Hyacinth sanft. Dann folgte langes Schweigen zwischen uns.

Eine halbe Stunde später hielt Hyacinth vor meiner Wohnung. »Geh du schon mal rein, ich suche noch einen Parkplatz und besorge etwas zu essen«, wies sie mich an. Wortlos kam ich ihrer Anweisung nach und schleppte mich ins Haus.

Diesmal stürmte mir keine aufgeregte Rosa entgegen, stattdessen begrüßte mich absolute Stille. Einen Moment überkam mich die Panik und ich eilte, so schnell ich konnte, quer durch die Wohnung. Wills Zimmertür war immer noch von innen verschlossen, also lehnte ich lediglich die Stirn gegen das kalte Holz. Wenigstens konnte ich ihn nun leise schnauben hören. »Ich bin wieder zu Hause. Hyacinth kommt auch gleich vorbei. Wir wollen zusammen eine Lösung finden. Hörst du, Will?«

Ich erhielt keine Antwort.

Wieder brannten die Tränen in meinen Augen. So fest ich konnte, kniff ich sie zusammen und versuchte mich zu beherrschen. Die Position, in der ich mich hier befand, fühlte sich schrecklich vertraut an: Will, der sich in seinem Zimmer vor der Welt versteckte, und ich auf der anderen Seite der Tür, die versuchte alles wieder in Ordnung zu bringen.

Als die Wohnungstür aufging, erwartete ich beinahe, dass meine Mutter hereinkommen würde, mit ihrem üblichen vorwurfsvollen Gesichtsausdruck. Ich fühlte mich, als wäre ich wieder vierzehn Jahre alt gewesen und hätte für das Verhalten meines Bruders Rede und Antwort stehen müssen. Als wäre es meine Schuld gewesen, dass er nicht rauskommen wollte.

Doch es war Hyacinth, die bewaffnet mit einem Pizzakarton in die Wohnung kam. Als sie mich entdeckte, blieb sie für einen Moment stehen. »Nein«, wies sie mich an. Auf ihrem Weg in die Küche packte sie mich am Arm und zog mich bestimmt hinter ihr her. »Du wirst nicht in diesen Kaninchenbau fallen, Tania.«

Kraftlos sackte ich auf einem Hocker zusammen. »Ich kann nicht anders. Er ist mein Bruder.«

»Ja, und er ist auch ein erwachsener Mann, der selbst für seine Scheiße verantwortlich ist. Ganz egal, was dein verkorkster Verstand dir gerade sagt, es ist nicht real. Die Realität ist, dass Will sich selbst in die Scheiße geritten hat.« Mit einem herausfordernden Ausdruck in den Augen stellte sie mir ein Stück Pizza hin.

Hyacinth kannte mich einfach zu gut. Sie wusste, wie mein Verstand arbeitete, wie meine Selbstzweifel sich immer wieder wie eine Schlinge um meinen Hals legten. Wie das Verhalten meiner Eltern mich noch heute prägte. »Ich hätte es vielleicht verhindern können. Oder dabei helfen, die Pakete auszuliefern.«

»Stimmt, hättest du. Aber da Will dir nichts erzählt und dich auch nicht um Hilfe gebeten hat, kannst du dir keinen Vorwurf machen. Und unter gar keinen Umständen lässt du dir von jemandem Schuldgefühle einreden. Sollen deine Eltern doch ihren Hintern in die Stadt schwingen und sich selbst um das Problem kümmern!«

Ich wollte nicht an unsere Eltern denken. Alleine die Vorstellung, mich ihnen stellen zu müssen, machte mir das Atmen schwer. Ohne es zu wollen, legte ich mir bereits eine Erklärung bereit, die Will verteidigte und mir die Schuld zuschob: »Er hat alles gegeben, um seinen Traum zu erreichen. Und ich habe es nicht geschafft, ihm zu helfen.«

Über den Tisch griff Hyacinth nach meinen Händen. »Tu dir das nicht an, Sweetie. Konzentrier dich darauf, was noch kommen wird, was wir noch tun können, und nicht auf das, was bereits geschehen ist. Du bist stärker als das. Und jetzt iss deine Pizza, bevor sie kalt wird.«

Schweigend und ohne großen Appetit kaute ich auf dem Pizzastück herum, dabei wanderte mein Blick immer wieder zu Wills Zimmertür. Er hatte sich immer noch nicht blicken lassen und langsam regte mich das auf. Niemand konnte ihm helfen, wenn er sich die ganze Zeit versteckte. Gerade als ich aufstehen und ihn noch einmal bitten wollte, herauszukommen, klingelte es an der Tür.

Rosas unterdrücktes Bellen drang aus Wills Zimmer. Hyacinth lief eilig zur Haustür, während ich mein Glück noch einmal bei meinem Bruder versuchte. Die Zimmertür öffnete sich, allerdings nur einen Spalt, sodass Rosa herausshuschen konnte. Freudig bellend begrüßte sie unseren neuen Gast.

Einen Moment nahm Doc Shaw sich Zeit, meine Hündin zu begrüßen, dann wandte sie sich mit ernster Miene mir zu. »Wo ist er?«

Mit dem Kopf deutete ich in Richtung Wills Zimmer.

Nachdem er auch nicht auf ihr Klopfen reagiert hatte, hämmerte ich gegen die Tür. »Will, bitte schwing deinen Arsch da raus, ansonsten können wir dir nicht helfen.«

Als Antwort erhielt ich nur ein klägliches »Ih-Ah.«

»Jetzt steck dein verletztes Ego endlich weg. Wenn du nicht den Rest deines Lebens als Esel verbringen willst, komm raus.« Mein Bruder war schon immer viel zu besessen von seinem Aussehen gewesen. In unserer Kindheit war es das eine oder andere Mal vorgekommen, dass er zu spät zur Schule kam, und das nur, weil seine Frisur nicht richtig saß.

Mein Flehen hatte den gewünschten Erfolg: Der Schlüssel drehte sich im Schloss um und die Tür schwang auf. Eingehüllt in eine Decke trat Will heraus, sorgsam darauf bedacht, dass niemand seinen Kopf sehen konnte.

Doc Shaw hatte für sein Auftreten genauso wenig Verständnis wie ich. Ungeduldig trat sie auf ihn zu und riss die Decke herunter. Beim Anblick des Eselskopfes konnte ich nicht anders, als den Blick abzuwenden.

»Oh Scheiße.« Hyacinth schüttelte den Kopf, bevor sie mir ein weiteres Stück Pizza reichte. »Dass er dadurch allerdings nicht mehr sprechen kann, ist eine gute Sache.« Für sie war mein Bruder: *ein elender Schwätzer, dessen Mund selten etwas Kluges hervorbrachte* (ihre Worte, nicht meine).

»Kannst du es rückgängig machen?«, fragte ich Doc Shaw ohne große Hoffnung.

Sie schüttelte den Kopf. »Leider nicht. Für diese Art der Magie bin ich beim besten Willen nicht stark genug. Aber ich kann etwas anderes versuchen, dann könnte er wenigstens seine Stimme wieder benutzen.«

Hyacinths enttäuschtes Schnauben ignorierte ich. Während Doc Shaw meinen Bruder ins Wohnzimmer zog, schlüpfte ich noch einmal in sein Zimmer und holte den verhassten Vertrag hervor. Vielleicht konnten die beiden Feen etwas darin lesen, was ich als Mensch übersehen hatte.

Ein sanftes magisches Knistern erfüllte für einen Moment die Wohnung. Dann hörte ich die kratzige Stimme meines Bruders und wäre beinahe zusammengesackt.

»Vielen, vielen Dank. Ihr könnt euch ja gar nicht vorstellen, wie schrecklich es ist, wenn man nicht sprechen kann. Und dann dieses Gesicht. Ich sehe aus wie ein Monster. So kann ich doch nirgendwo mehr hingehen. Was für eine Schande.« Will saß auf dem Sofa, die Hände im Schoß gefaltet, während seine großen Ohren sich aufgeregt von rechts nach links drehten.

»An das Gesicht musst du dich wohl erst mal gewöhnen.« Hyacinth warf ihm einen langen, herausfordernden Blick zu, bevor sie sich neben Doc Shaw stellte und den Vertrag studierte.

Ich hätte meinem Bruder gerne etwas Aufmunterndes gesagt oder ihm versprochen, dass nun alles wieder gut werden würde, aber ich brachte kein Wort heraus. In diesem Moment fühlte ich mich nutzlos, denn gerade jetzt wollte ich sein Fels in der Brandung sein. Doch ich war einfach nicht stark genug.

»Der Vertrag ist wasserdicht«, verkündete Hyacinth nach einigen Minuten. »William hat das Paket nicht abgeliefert und demnach seinen Teil nicht erfüllt. Da kann man nichts dran machen.«

Ich versuchte, mir meine Enttäuschung nicht anmerken zu lassen. »Spielt es denn keine Rolle, dass es lediglich verschwunden ist? Es kann immer noch wieder auftauchen.« Hoffnungsvoll blickte ich zwischen Hyacinth und Doc Shaw hin und her.

»So funktioniert das nicht, Tania. Es spielt keine Rolle, wieso das Paket nicht angekommen ist. Nach dem Recht der Feen ist der Vertrag immer gültig, ob die Pakete ausgeliefert wurden oder nicht.« Meine Chefin schenkte mir ein mitfühlendes Lächeln.

»Entschuldigt mich, bitte«, verkündete Will mit gebrochener Stimme. »Ich werde mich wieder in mein Bett verkriechen und weinen.« Die Decke wie ein Cape um seine Schultern geschlungen und mit hocherhobenem Kinn schritt Will aus dem Wohnzimmer. Etwas zu laut fiel die Tür hinter ihm ins Schloss. Kurz darauf drangen die Klänge einer Broadway-Ballade aus seinem Zimmer.

Einen Augenblick lang schaute ich ihm nach. »Nein«, verkündete ich mit überraschend fester Stimme. »Das akzeptiere ich nicht. Es muss doch jemanden geben, der uns mit diesem Vertrag helfen kann.«

Meine beiden Kolleginnen sagten kein Wort, aber tauschten bedeutungsvolle Blicke aus. »Was verschweigt ihr mir?«

Eine lange Stille folgte auf meine Frage. Der wortlose Kampf, den die beiden ausfochten, wurde am Ende zugunsten meiner Besten entschieden. »Eine Möglichkeit gäbe es da vielleicht noch«, rückte Hyacinth endlich mit der Sprache heraus. »Es gibt eine Person, die solche Verträge auflösen kann, wenn *er* denn will.«

»*ER?* Wer soll das sein?« Sie sollte es nicht so spannend machen.

»Der Feenkönig.«

»Perfekt! Großartig, na, das ist doch super«, stieß ich geradezu hysterisch aus. Der König! Soweit ich wusste, war der Feenkönig die oberste Instanz in der Feenwelt. Er hatte den Handel und dessen Regeln ins Leben gerufen und zusammen mit den menschlichen Regierungen festgelegt. Das war allerdings schon vor Jahrhunderten gewesen. »Dann werde ich ihn fragen. Ich marschier einfach in den Tower und frag ihn. Er hat ja bestimmt nichts anderes zu tun!«

»Das kannst du nicht. Es ist als Mensch beinahe unmöglich, eine Audienz bei König Oberon zu erhalten«, gab Doc Shaw zu bedenken. »Außerdem – und es tut mir leid, dass ich es sagen muss – kann es sein, dass du es dann nur noch schlimmer machst. Denn mit einer Audienz beim König wegen des

Vertrages würdest du den Fee beleidigen, dem dieser Vertrag gehört.« Ihre Worte ließen mir einen Schauder über den Rücken laufen, aber davon durfte ich mich nicht abschrecken lassen. Das konnte ich einfach nicht.

»Ist das wirklich die einzige Möglichkeit?«, fragte ich meine Chefin.

Doc Shaw und Hyacinth nickten.

»Dann muss ich es trotzdem versuchen, Doc.«, brachte ich energisch hervor. So schnell würde ich mich nicht geschlagen geben. »Und wenn ich Beweise vorbringe oder einen weiteren Deal anbiete?«, überlegte ich weiter.

Meine Chefin schien von dieser Idee wenig überzeugt zu sein. »Selbst wenn du eine Audienz beim König bekommen solltest, kann es noch Monate dauern, bis du vortreten darfst.«

Dann war es für Will vielleicht schon zu spät.

»Vielleicht auch nicht«, wandte Hyacinth nun ein. »Wenn du es wirklich versuchen willst, dann weiß ich, wie du zu Oberon gelangen könntest.«

»Und wie, bitte?« Doc Shaw schnaubte abwertend.

»Morgen Abend findet im Erltower der Walpurgisball statt. Da hättest du eine Chance, mit dem König zu sprechen.« Meine Beste flüsterte die Worte lediglich, dabei war sie darauf bedacht, dem Blick unserer Chefin auszuweichen. »Tom kriegt doch wie jedes Jahr zwei Karten und er hätte sicher nichts dagegen, dieses Jahr zu Hause zu bleiben. So wie ich ihn kenne, freut er sich sogar darüber. Du kommst einfach als meine Plus-One mit, dann wird auch niemand Fragen stellen.«

Doc Shaw stieß ein fassungsloses Keuchen aus. »Das ist keine gute Idee. Solche Feste sind nicht für so etwas gedacht. Du könntest Oberons Wut heraufbeschwören. Dann kann keiner mehr sagen, was geschehen wird.«

Doch ich musste darüber gar nicht erst nachdenken. »Es ist mir egal, ob es gefährlich ist. Wenn das meine einzige Chance ist, dann werde ich sie ergreifen. Lasst uns auf einen Ball gehen.«

Hyacinth schenkte mir ein aufmunterndes Lächeln. »Dann brauchst du wohl ein Kleid.«

Kapitel drei

Ich erkannte mein eigenes Spiegelbild kaum wieder. So schick hatte ich nicht einmal zu meinem Prom ausgesehen. Außerdem konnte ich nicht aufhören, mit den Fingern über den kostbaren, kühlen Stoff meines Kleides zu fahren. Jedes Mal, wenn ich mich bewegte, sah es so aus, als würden tausende kleine Sterne auf dem dunklen Blau leuchten. Als Hyacinth es mir im Laden gezeigt hatte, war ich sofort verliebt gewesen.

»Du bist wunderschön«, murmelte sie mit belegter Stimme hinter mir. Im Spiegel trafen sich unsere Blicke und ich erwiderte ihr Lächeln.

»Das habe ich nur dir zu verdanken. Wo sonst hätte ich so schnell ein Kleid herbekommen, vor allem in meiner Größe?« Mit den Fingerspitzen fuhr ich den herzförmigen Ausschnitt entlang, der in kurzen Ärmeln endete, die meine Schultern frei ließen.

»Dieses Kleid ist wie für deine Kurven gemacht.« Liebevoll umarmte sie mich von hinten und schob meine Haarmähne zur Seite. »Wir müssen häufiger mal so schick ausgehen.«

Meine beste Freundin überprüfte erneut ihren Lippenstift, bevor sie ein letztes Mal ihr Kleid zurechtzupfte. Wie immer sah sie unglaublich toll aus. Der dünne Stoff floss wie flüssiges Silber an ihrem Körper herunter und schmiegte sich an ihre Kurven. Während es vorne hochgeschlossen war, ließ ihr Rücken tief blicken.

»Jetzt reicht es aber. Wir haben lange genug unser eigenes Spiegelbild bewundert.«

Die fröhliche Stimmung, die mich eben noch durchströmt hatte, war mit einem Mal verschwunden. Hyacinth und ich waren nicht zum Spaß so rausgeputzt. Hierbei ging es um die Freiheit meines Bruders. Seufzend bückte ich mich nach den Schuhen. »Danke nochmal, dass ich mitkommen darf.«

»Nicht dafür. Tom ist es, der dir dankt, nicht mitkommen zu müssen.«

Besagter Tom, Hyacinths Verlobter, saß im Wohnzimmer auf dem Sofa, den Kopf über seinen Laptop gebeugt. Da er in der Behörde für Mensch-Fee-Koexistenzen arbeitete, bekam er jedes Jahr zwei Karten für den Walpurgisball. Als wir hereintraten, ließ er ein leises Pfeifen ertönen. »Atemberaubend.«

»Wenn das mal kein Kompliment ist«, flüsterte Hyacinth mir zu. Aus Toms Mund war es das tatsächlich. Der Mann sagte nicht viel, aber wenn er sprach, dann hatte es Bedeutung.

»Warte nicht auf uns, Schatz.« Hyacinth schenkte ihm einen so leidenschaftlichen Kuss, dass ich den Blick abwenden musste.

»Oh, eine wichtige Sache hätte ich beinahe vergessen.« Auf ihrem Weg durchs Wohnzimmer schnappte Hyacinth sich eine Holzschatulle. »Eine kleine Leihgabe meiner Eltern.«

Im Inneren verborgen lagen zwei verzierte Dolche auf rotem Samt. Etwas verwirrt blickte ich zwischen den Dolchen und Hyacinth hin und her.

»Es ist eine alte Feentradition. Wenn man eines ihrer Feste besucht, gibt man am Eingang seine Waffen ab. Damit ist allen klar, dass man in reinen Absichten kommt und Frieden sucht«, erklärte sie, während sie mir einen der Dolche reichte.

Er wog schwer und fühlte sich kalt an in meiner Hand. Die Scheide und der Griff waren beide reich mit Blumen- und Vogelzeichnungen verziert und als ich die Klinge herauszog, zeigten sich feine, wirre Linien auf ihr. »Feen sind schon seltsam.«

Hyacinth zuckte lediglich mit den Achseln, nachdem sie ihre Waffe in ihrer Clutch verstaut hatte. »Gerade bei Festlichkeiten am Hof wird auf so etwas geachtet, also halten wir uns besser daran.«

»Mit einem Schwert würde ich mich wohler fühlen«, murmelte ich, während ich meinen Dolch in meiner Handtasche verschwinden ließ. »Das weiß ich wenigstens zu führen.«

»Ein Showkampf-Schwert vielleicht. Ein Feenschwert wiegt hingegen viel mehr.« Hyacinth streckte mir lächelnd die Zunge heraus, als ich beleidigt die Nase rümpfte. Dann folgte ich ihr aus der Tür.

Die kurze Strecke zwischen Hyacinths Wohnung und dem Erltower legten wir zu Fuß zurück. Wir waren nicht die Einzigen, die an diesem Abend schick herausgeputzt auf die Straße traten. Die Walpurgisnacht wurde von ganz New York gefeiert.

Aus den umliegenden Bars und Restaurants drangen Musik und laute Stimmen. Feen und Menschen waren zusammen unterwegs, der eine oder andere bereits angetrunken. Alles wirkte auf den ersten Blick friedlich. Doch bei genauerem Hinsehen fielen mir die Polizisten und Feensoldaten auf, die unauffällig an den Straßenecken oder vor besonders beliebten Bars standen. Dies war zwar eine Nacht des Feierns, aber unter dem Einfluss von Alkohol kochte so mancher unterschwelliger Konflikt gerne mal hoch.

Mit jedem meiner Schritte öffnete sich der Schlitz des bodenlangen Kleides und legte mein Bein bis zum Oberschenkel frei. Noch vor ein paar Jahren hätte ich mich niemals getraut, in so einem Outfit aus dem Haus zu gehen, geschweige denn, mit jemandem wie Hyacinth an meiner Seite. Damals hätte ich in jedem Blick, der mir galt, Spott gelesen. In meiner Vorstellung hätte sich jedes Flüstern und Lachen gegen mich und mein Aussehen gerichtet und die ganze Welt nur boshafte Worte für mich übriggehabt.

Genau aus diesem Grund hob ich nun den Kopf und straffte die Schultern. Ich war schon lange kein von meinem Übergewicht verunsicherter Teenager mehr. Mein Körper war nichts, für das ich mich schämen musste, vor allem nicht dann, wenn ich so ausgesprochen gut aussah wie an diesem Abend.

Heute Nacht ging es nicht darum, dass ich mich in einer Ecke verkroch, in der Hoffnung, dass mich niemand sah. Ich wollte wahrgenommen werden, alle Augen auf mich lenken. Immerhin hatte ich nur diese eine Chance, den König der Feen von mir zu überzeugen.

Ich klammerte mich an mein Selbstbewusstsein und diese große Aufgabe, als sich endlich der Erltower vor uns erhob. Der Sitz des Feenhofs war von Nahem sogar noch beeindruckender als aus der Ferne. Das Hochhaus nahm einen ganzen Block ein, eigentlich war es schon fast eine kleine Stadt. Die faszinierende Kombination aus Stahl, Glas und Natur reichte bis hinauf in den langsam dunkler werdenden Himmel.

Jedes zweite Stockwerk des Towers war offen, sodass Bäume und Büsche dort frei wachsen konnten. In der Nacht wurde der wild wachsende Wald von bunten Strahlern beleuchtet, die dem Ganzen etwas Mystisches verliehen. Heute hingen zusätzlich noch Laternen in den Ästen, die die umliegenden Blätter in allen Regenbogenfarben erleuchteten. Zwei goldene Löwen, geschmückt mit lieblich duftenden Blumenkränzen, bewachten stolz den Haupteingang.

Die Straße vor dem Erltower war abgesperrt, sodass Limousinen in aller Ruhe vorfahren konnten. Die Elite der Welt gab sich an diesem Abend die Ehre, darunter Politiker, Schauspieler, Sänger und der eine oder andere menschliche Adelige. Bei dem Anblick all dieser Persönlichkeiten verließ mich prompt mein Selbstbewusstsein.

Hyacinth ließ sich davon wenig beeindrucken. Mit zielstrebigen Schritten drückte sie uns an dem roten Teppich und dem Blitzlichtgewitter der lauernden Paparazzi und Kamerateams vorbei. An den goldverzierten Glastüren stand eine ganze Reihe schwarzgekleideter Feen, die die Einladungen überprüften. Mit einem einnehmenden Lächeln überreichte Hyacinth einem Fee unsere Tickets und zog mich energisch mit sich durch den Eingang. Bisher hatte ich den Erltower nur von außen gesehen und mich immer gefragt, wie es wohl im Inneren aussähe. Nun war ich tatsächlich hier und hatte meine Antwort.

Prunkvoll traf es nicht einmal ansatzweise. Wenn schon der Eingangsbereich aus Marmor, Glas und Chrom bestand, wie sahen dann wohl die anderen Stockwerke aus?

Was mich jedoch am meisten verblüffte, war die Art und Weise, wie die Natur in die Umgebung eingebaut war.

Dass Eingangsbereiche mit Blumenkübeln und Hauspflanzen dekoriert wurden, schien mir nicht ungewöhnlich. Was ich aber noch nie gesehen hatte, waren echte – in den Boden eingelassene – Beete oder Wasserfälle, die an den Wänden herunterrauschten. Statuen aus Stein und Holz sowie Skulpturen aus Stahl und Glas stellten Feen und Tiere dar, die sich zwischen den Pflanzen hin und her bewegten.

»Heilige Scheiße«, entfuhr es mir, als ein schillernd bunter Vogel an uns vorbeiflog, um sich elegant auf einem naheliegenden Ast niederzulassen. »Ist das alles echt?«

»Ein Heiligtum der Feenmagie.« Hyacinth schenkte unserer Umgebung keinen zweiten Blick. »Alles in diesem Tower lebt. Der König selbst hat diesen Ort erschaffen. Legenden – oder eher Gerüchten – zufolge, sind die Pflanzen mit seiner Lebensenergie verbunden.«

»Ist das wahr?«, fragte ich und strich mit den Fingerspitzen über eine leuchtend rote Lilienblüte.

Hyacinth zuckte mit den Schultern. »Bisher hatte ich noch keine Chance, ihn zu fragen, aber vielleicht kommen wir ja heute Abend dazu.«

Bei der Erwähnung des Feenkönigs, erinnerte ich mich wieder an den traurigen Grund meines Besuches und der Zauber, der diesen Ort umgab, war mit einem Mal verblasst. Schließlich war ich nicht als Touristin hier, sondern, um eine Aufgabe zu erfüllen, und so blieb keine Zeit, die Wunder meines Gegners zu bestaunen. Also verdrängte ich die Schönheit um mich herum, um meine Gedanken ganz auf mein Ziel dieses Abends zu richten: Oberon.

Der Weg führte uns durch die Eingangshalle hin zu einer langen Reihe Aufzüge mit jeweils einem Liftboy in Gestalt eines rot uniformierten Pucks. Auf den ersten Blick wirkten diese Wesen wie Feenkinder: klein, außergewöhnlich hübsch und spitzohrig. Doch bei näherem Betrachten, fiel auf, dass sie anders waren. Feenhaut schimmerte hell, Puckhaut hingegen sah matt und grünlich aus. Ein wenig erinnerte sie an frisches Moos. Ihre Augen besaßen weder Iriden noch Pupillen, sondern waren gänzlich von einer Farbe durchflutet. Ihre Fähigkeit, sich in jedes Tier zu verwandeln und zu teleportieren, machte sie zu wertvollen Untergebenen der Feen.

»So viele auf einmal habe ich noch nie gesehen«, flüsterte ich Hyacinth zu, als sich die Aufzugtüren schlossen.

Sie zuckte mit den Schultern. »Mit Pucks habe ich genauso wenig Kontakt wie mit Elfen. Niemand von ihnen ist sonderlich sozial, dafür sind sie ihrem Herrn gegenüber umso loyaler.«

Ebendiesem Herrn würde ich bald gegenüberstehen. Ein brennender Druck setzte sich in meiner Magengegend fest, als wir mit dem Lift gen Himmel schossen.

Noch bevor sich dessen Türen öffneten, hörte ich bereits gedämpfte Musik. Mein Herz klopfte nun so heftig, dass ich Angst hatte, es würde mir gleich aus der Brust springen. Unauffällig griff ich nach Hyacinths Hand, als wir hinaus in einen kurzen Flur traten. Dann ließen wir uns von der Menge mittreiben, die zielstrebig auf ein paar massive Flügeltüren zulief. Helles Licht und Musik ergossen sich förmlich über uns, als sich die Türen öffneten.

Vor uns erstreckte sich ein großer Saal, entsprungen wie aus einem Märchen. Eine lange Treppe führte nach unten, wo sich Paare im Takt der Musik drehten. Ich ließ meinen Blick für einen Moment über das Orchester schweifen, welches gerade einen Walzer anstimmte, und schließlich hinauf bis zur Decke. Unfassbar. Für einen Augenblick vergaß ich zu atmen.

Tausende Blumen in den wildesten Farben schwebten in einem stürmischen Tanz direkt unter der kunstvoll verzierten Decke. Jede von ihnen leuchtete und schimmerte, so als würde eine Flamme in ihrem Inneren brennen. Feiner Goldstaub fiel von ihren Blättern und rieselte herab auf die Gäste.

»Tania«, riss Hyacinth mich aus meiner Bewunderung. Wir standen immer noch an den obersten Stufen der Treppe, neben uns eine unbekannte Fee, die mir auffordernd die Hand entgegenstreckte.

»Oh, klar.« Mir fiel die seltsame Tradition wieder ein, von der Hyacinth berichtet hatte. Mit zittrigen Fingern holte ich den Dolch hervor und reichte ihn der wartenden Fee. Diese platzierte meinen neben dem von Hyacinth in einer einfachen schwarzen Schatulle, bevor sie uns mit einer kleinen Verbeugung in den Saal entließ.

»Dann wollen wir mal.« Meine Beste hakte sich bei mir ein, ehe wir gemeinsam die Treppe hinunterschwebten. Ich genoss diesen kleinen Moment. So sehr war ich mir noch nie wie eine Prinzessin vorgekommen. Vor allem auch, weil einige Umstehende uns beobachteten. Mit einem breiten Lächeln erwiderte ich die Blicke.

»Wie wollen wir vorgehen?« Hyacinth zog mich in eine ruhige Ecke, nicht weit von der Treppe entfernt, von der aus wir eine gute Sicht auf den ganzen Saal hatten. »Willst du dich direkt auf Oberon stürzen oder lieber noch ein wenig warten, bis er schon leicht angesäuselt ist?«

Wie heraufbeschworen tauchte in diesem Moment ein Kellner neben uns auf, der uns ein Tablett mit Champagnerflöten reichte. Da jeder andere im Saal ebenfalls eine in der Hand hielt, bewaffnete ich mich, ohne jedoch von dem schimmernden Getränk zu kosten. So ganz vertraute ich dem vielen Glitzer hier nicht.

»Könntest du es bitte nicht so klingen lassen, als würde ich versuchen, Oberon ins Bett zu kriegen?«, zischte ich Hyacinth an, die sich – im Gegensatz zu mir – erst einmal einen großen Schluck Champagner genehmigte.

»Du hast den Mann ja noch nicht einmal gesehen.« Unter meinem bösen Blick zuckte sie kurz zusammen. »Ist ja schon gut. Ich halte mich zurück, bis wir deinen Esel von einem Bruder gerettet haben. Das war jetzt aber echt der letzte Spruch!«

Ich konnte nicht einmal wütend auf sie sein, schließlich war sie genauso angespannt wie ich. So ging sie mit diesem Gefühl um, Humor als Verschleierung. »Hast du Oberon schon irgendwo entdeckt?«

Sie schüttelte den Kopf. »Hier sind ein paar hundert Leute, so einfach ist das leider nicht. Wir müssen wohl bis zur Begrüßungsrede warten.« Unauffällig warf sie einen Blick auf ihr Handy. »Aber bis dahin dauert es noch etwas.«

»Na gut, dann würde ich sagen, teile und herrsche. Ich will mich hier etwas genauer umsehen, vielleicht entdecke ich ihn ja schon vorher.«

»Bist du dir sicher, dass unser Plan so funktioniert?« Skeptisch blickte sie mich an.

»Ich denke, es ist der beste, den wir haben. Ich muss Oberon alleine und ungestört erwischen, dann kann ich mein Anliegen vorbringen. Vielleicht kann ich ihn dann davon überzeugen, sich Wills Vertrag noch einmal anzusehen.«

Bei dem Gedanken an meinen Bruder zuckte ich innerlich zusammen. Er saß gerade zu Hause und hatte keine Ahnung davon, was hier vor sich ging. Ich hatte es nicht geschafft, ihm von meinem Plan zu erzählen, denn ich konnte einfach unmöglich vorhersagen, wie er reagieren würde.

»Wir haben bloß eine Chance, Hyacinth.« Nur bisher hatte ich es leider noch nicht geschafft, mir die richtigen Worte zurechtzulegen, was mich jetzt noch unruhiger werden ließ. Das musste ich meiner Besten gegenüber nicht aussprechen, sie verstand mich auch ohne Worte.

»Gut, behalt aber dein Handy im Auge. Ich schaue mich mal auf der Tanzfläche um. Vielleicht entdecke ich ja ein paar Bekannte, die hier arbeiten, und mir Infos geben können.« Mit einem aufmunternden Lächeln drückte sie meine Hand, bevor sie in der Menge verschwand.

Eine Weile stand ich unentschlossen herum und beinahe bereute ich, dass ich Hyacinth weggeschickt hatte. Aber die Wahrheit war, dass ich sie so weit wie möglich, aus allem raushalten wollte. Doc Shaws Warnung hallte immer noch in meinem Kopf wider. Diese ganze Aktion konnte alles nur noch schlimmer machen. Meine beste Freundin hier mit reinzuziehen, war gar nicht gut.

Nein, ich würde dem Feenkönig alleine gegenübertreten müssen. Bevor ich mich allerdings in dieses Abenteuer stürzte, wollte ich erst mal meine Umgebung erkunden. Das war eine der Lektionen, die ich im Schwertkampf gelernt hatte. Kenne dein Umfeld, damit du es dir zunutze machen kannst. Wer konnte schon vorhersagen, ob ich nicht plötzlich die Flucht ergreifen musste.

Auch der riesige Festsaal war eine Verschmelzung aus Moderne und Natur. Roter Efeu hatte die Wände in einem so intensiven Farbton überwuchert, dass er beinahe künstlich wirkte. Ich widerstand dem Drang, mit den Fingern darüberzustreichen. Ich hatte das Gefühl, dass alles in diesem Tower lebendig war. Einige Minuten lang ließ ich mich von der Menge treiben, darauf bedacht, immer am Rand entlangzulaufen. Neben dem Orchester war eine kleine Bühne aufgebaut, auf der sich gerade nichts regte, und ein enormes Buffet erstreckte sich entlang der gegenüberliegenden Wand.

Doch was mich besonders reizte, war die deckenhohe Fensterfront, die auf einen Balkon hinausführte. Dieser Saal befand sich im 90. Stock. Der Ausblick von hier oben musste umwerfend sein. Doch so sehr ich mir auch wünschte, diesen Ausblick genießen zu können, musste ich mich nun auf etwas anderes konzentrieren.

Immer noch mit dem Champagnerglas bewaffnet, trat ich etwas weiter in den Saal hinein in Richtung Tanzfläche.

Nicht allzu weit gekommen, vernahm ich eine bekannte Stimme. Ein Stück von mir entfernt stand Feinri, der verdammte Fee, dem nun mein Bruder gehörte, und lachte aus vollem Halse. Ich hatte damit gerechnet, dass auch er heute Abend hier sein würde, wollte ihm allerdings lieber aus dem Weg gehen. Wut brodelte erneut in mir auf und ich bemühte mich, sie zurückzuhalten. Eine Szene konnte ich mir hier und jetzt nicht erlauben. Noch bevor er mich bemerkte, setzte ich rasch zum Rückzug an.

Schwungvoll drehte ich mich um und … prallte direkt gegen einen Mann. Die Champagnerflöte rutschte mir geradewegs aus den Fingern. Dank der lauten Musik konnte es um uns herum sicher niemand hören, doch mir schmerzte das zerklirrende Glas in den Ohren. Hektisch warf ich einen Blick über meine Schulter, ob Feinri auch nichts gehört hatte. Doch der war bereits von den Massen verschluckt worden.

»Vorsichtig«, erklang eine tiefe, warme Stimme vor mir.

Als ich den Kopf wieder nach vorn wandte, verwob sich mein Blick mit den unfassbarsten Augen, die ich jemals gesehen hatte. Ein intensives Violett, in dem goldene Sprenkel leuchteten, umgeben von dichten schwarzen Wimpern.

Der Fee, zu dem sie gehörten, war alles in allem atemberaubend. Trotz meiner hohen Schuhe ragte er über mir auf, die breiten Schultern füllten den elegant geschnittenen Anzug aus.

»Alles in Ordnung?« Seine Frage lenkte meine Aufmerksamkeit zurück auf sein Gesicht, vor allem auf die edel geschwungenen Lippen, die ein charmantes Lächeln umspielte. Das kantige Kinn und die hohen Wangenknochen waren gezeichnet von einem dunklen Dreitagebart. Seine verwuschelten, braunen Haare verliehen ihm einen Gerade-aus-dem-Bett-gestiegen-Look. Seine Haut schimmerte, passend zu seinen Augen, in einem sanften Gold und die spitzen Ohren wurden halb von seinen Haaren verdeckt.

Mehrmals blinzelte ich, während ich mich innerlich zur Ordnung rief. Verdammt nochmal, gerade war nicht der richtige Zeitpunkt, einen Fee anzuhimmeln. »Ja, natürlich. Es tut mir leid.« Unsicher lächelnd beäugte ich die Scherben auf dem Boden, die sich sogleich vor meinen Augen in Luft auflösten. »Oh, wow.«

»Dein erster Ball im Tower?« Seine Frage war unschuldig, doch ließ sie mich irgendwie nervös werden.

»Wie kommst du darauf?« Unauffällig trat ich einen halben Schritt nach hinten, um etwas mehr Abstand zwischen uns zu bringen.

»Du kennst anscheinend den Ordnungszauber nicht, der über dem Festsaal liegt. Hier gehen regelmäßig Gläser oder anderes zu Bruch, da wird vorgesorgt.« Seine Stimme blieb warm und freundlich, doch entging mir nicht, dass sich seine Augenbrauen ein wenig zusammenzogen.

»Ordnungszauber, extrem praktisch. So was könnte ich auch gebrauchen«, murmelte ich leise. Eine seltsame Unsicherheit hielt mich an Ort und Stelle. Etwas an dem Fee kam mir bekannt vor, so als hätte ich ihn schon einmal gesehen, seine Stimme schon einmal gehört, doch ich konnte den Finger nicht drauflegen. Tief in meinen Erinnerungen kribbelte es, doch so sehr ich auch grübelte, mir wollte nicht einfallen, woher wir uns kannten. »Kennen wir uns?«

Einige Herzschläge lang erhielt ich keine Antwort, stattdessen betrachtete er mich nur intensiv. Dann lächelte er. »Nein, wir sind uns noch nicht vorgestellt worden.«

»Oh, na dann.« Jetzt hatte ich mich lange genug merkwürdig verhalten. »Noch mal Entschuldigung, dass ich dich gerammt habe.«

»Soll ich dir ein neues Glas Champagner besorgen?« Seine plötzliche Frage überraschte mich.

»Nein danke. Ich wollte heute Abend nicht trinken.«

»Dann hättest du ja beide Hände für einen Tanz frei.« Ein spielerisches Funkeln trat in seine Augen, das mich erneut atemlos machte.

»Hä?« Mein Hirn hatte sich kurzzeitig verabschiedet, anders konnte ich das Quietschen nicht erklären, das mir entfuhr.

»Ob du gerne mit mir tanzen würdest?« Einladend hielt er mir die Hand hin.

»Ich kann nicht tanzen«, murmelte ich lahm. Diese ganze Situation überforderte mich. Ich hatte mit vielem gerechnet, nur nicht damit, dass mich jemand zum Tanzen auffordern würde.

»Jeder kann tanzen. Lass mich dich einfach führen.« Der Fee lächelte mich breit an und ich konnte nichts anderes tun, als zurückzulächeln.

Noch bevor ich mir eine gute Ausrede überlegen konnte, ergriff er meine Hand und zog mich Richtung Tanzfläche. Seine selbstsichere Art überrumpelte mich so sehr, dass ich mich nicht einmal wehren wollte, als er die Hand auf meine Hüfte legte. Unsicher schielte ich durch meine Wimpern zu ihm hinauf.

Sein Lächeln rief in mir Bilder von Sonnenschein und Blumenfelder hervor. Warm, sanft und einladend. Ein angenehmer Schauer rieselte über meinen ganzen Körper und auf einmal fühlte ich mich, als hätte ich doch eines der Champagnergläser geleert. Unter seinem intensiven Blick fing meine Haut an zu kribbeln.

Doch ehe wir wirklich anfangen konnten zu tanzen, verstummte das Orchester plötzlich. Zu hören waren im Saal nur noch die zahlreichen Stimmen der Gäste. Sie wandten sich nach und nach der Bühne zu, aber diese blieb noch immer leer.

»So spät ist es also schon. Bitte lauf nicht weg, ich muss nur schnell etwas erledigen.« Der Fee zwinkerte mir zu, bevor er an mir vorbei und in Richtung Bühne schritt. Die Massen teilten sich vor ihm, Menschen wie Feen senkten den Kopf, als er an ihnen vorbeischritt.

Mein Magen ballte sich zusammen, als hätte jemand hineingeschlagen, während er auf die Bühne trat. »Meine werten Gäste, ich begrüße Sie auf dem diesjährigen Walpurgisball!«

Oh Fuck.

Kapitel vier

Das Rauschen in meinen Ohren war so laut, dass ich die weitere Ansprache des Feenkönigs nicht verstand. Panisch zuckte mein Blick durch die Menge, auf der Suche nach Hyacinth, doch von ihr fehlte jede Spur. Niemand achtete auf mich, trotzdem wurde ich das Gefühl nicht los, dass ich beobachtet wurde.

Wie in Zeitlupe wandte ich mich wieder der Bühne zu, wo Oberon nun ein Champagnerglas erhoben hatte. Seine Haltung war entspannt und lässig, seine Worte hielten die ganze Menge gefangen. Den Blick jedoch hatte er auf mich gerichtet.

Hitze arbeitete sich von meinem Dekolletee hinauf zu meinen Wangen. Panik vermischt mit Adrenalin schnürte mir die Kehle zu und machte jeden weiteren klaren Gedanken zunichte. Keiner der Pläne hatte beinhaltet, dass er mich zuerst fand und dann auch noch zu einem Tanz aufforderte. Der Drang, wegzulaufen, übermannte mich und ich gab ihm nach.

Ich drängte mich durch die Menge, dabei spürte ich weiterhin seine Augen auf mir. Ohne groß nachzudenken, rannte ich durch die breiten Glastüren hinaus auf den Balkon. Erst als die frische Nachtluft über meine nackte Haut strich, kam ich wieder zum Stehen. Kaum die Umgebung wahrnehmend, ließ ich mich kraftlos auf eine Bank sinken.

Was war nur los mit mir? Schließlich war ich doch hierhergekommen, um mit Oberon zu sprechen. Dass er mir so unter die Haut ging, hatte ich jedoch nicht erwartet. Klar, Feen waren immer gut aussehend und charmant, aber er übertraf sie alle.

Ich hatte wirklich Glück gehabt, dass ich in ihn hineingestolpert war.

So hatte ich es zumindest schon einmal geschafft, seine Aufmerksamkeit zu erregen. Eigentlich hätte es gar nicht besser kommen können. Er hatte mich angesprochen, so konnte ich mir die Peinlichkeit ersparen, mich ihm an den Hals zu werfen, wie Hyacinth es so schön beschrieben hatte.

Doch leider fehlte mir immer noch ein genauer Plan, wie ich den Deal meines Bruders ansprechen sollte. So gewinnend und freundlich Oberon mir in den letzten Minuten auch erschienen war, er musste noch eine andere Seite an sich haben. Wie sonst konnte er schon seit Jahrhunderten König der Feen sein? Verdammt nochmal. Mutlos und völlig überfordert von der ganzen Situation vergrub ich mein Gesicht in den Händen. Irgendwie hatte ich mir das alles anders vorgestellt. Weniger öffentlich, weniger nervenaufreibend, weniger unter die Haut gehend.

Ohne es zu wollen, sah ich immer wieder Oberons Augen vor mir. Sein komplettes Auftreten war eindrucksvoll gewesen und etwas an dem tiefen Violett wollte mir schlichtweg nicht mehr aus dem Kopf gehen. Wenigstens wusste ich jetzt, wieso er mir so bekannt vorgekommen war. Es gab ein paar wenige Fotos vom Feenkönig in den Medien, die meisten davon allerdings aus der Ferne aufgenommen oder verschwommen. Für jemanden, der mehrmals im Jahr solche Partys veranstaltete, hielt er viel auf seine Privatsphäre.

Ich war so tief in meine Gedanken versunken, dass ich die Musik, die wieder eingesetzt hatte, erst bemerkte, als sich die Balkontür öffnete. Ein langer Schatten legte sich über mich.

»Bisher bin ich noch nicht vielen Frauen begegnet, die vor mir die Flucht ergreifen.« In Oberons Stimme schwang ein amüsiertes Lächeln mit.

Langsam blickte ich zu ihm auf. Seine schwarze Gestalt hob sich gegen den leuchtend bunten Hintergrund des Festsaals ab. Im Inneren hatten sich die Paare wieder auf der Tanzfläche eingefunden. Hier nach draußen wagte sich jedoch niemand.

Oberon schien mein Schweigen als Einladung zu deuten, sich zu mir zu gesellen. Verließ dieses einnehmende Lächeln denn niemals seine Lippen? Mit aller Kraft riss ich den Blick von seinem Mund los und betrachtete noch einmal den Rest seiner Gestalt. Erst jetzt bemerkte ich, dass er im Gegensatz zu den anderen Männern auf dem Ball weder Krawatte noch Fliege trug. Sein schlichtes, weißes Hemd stand ein wenig offen und er hatte sich auch nicht die Mühe gemacht, sein Jackett zuzuknöpfen.

»Ich habe nicht die Flucht ergriffen«, stellte ich klar, doch die Worte kamen nur zögerlich über meine Lippen. In meinem Kopf wollte sich einfach kein vernünftiger Satz bilden, mit dem ich die ganze Situation ansprechen konnte. Damit herauszuplatzen, war allerdings auch unmöglich.

»Meine Rede war also einfach nur wieder langweilig. Nach ein paar Jahrhunderten sollte ich sie wohl mal ändern.« Entweder bemerkte er meine Sprachlosigkeit nicht, oder es war ihm schlichtweg egal. Oberon ging ein paar Schritte und blieb nicht weit von mir entfernt stehen. Seine intensiven Augen waren von mir abgewandt, stattdessen schaute er über die hell erleuchtete Stadt unter uns.

In diesem Moment wurde mir einmal mehr klar, dass er nicht nur der König der Feen war, sondern über die ganze Stadt herrschte. New York gehörte zur Hälfte ihm, von den meisten Immobilien bis hin zu unzähligen Firmen. Egal wohin man sich wandte, Oberon hatte irgendwie immer seine Finger im Spiel.

Seltsamerweise beruhigte mich dieser Gedanke. Er erinnerte mich daran, dass ich es hier nicht mit einem einzelnen Mann zu tun hatte, sondern mit einer Institution. So umwerfend er als Feenmann auch war, das, wofür er stand, war es nicht. Es konnte mir völlig egal sein, welchen Eindruck Oberon am Ende dieses Abends von mir hatte, einzig und allein Wills Schicksal zählte.

Gerade als ich zum Sprechen ansetzte, drehte er sich wieder zu mir um. »Du hast meine Frage noch nicht beantwortet.« Das Licht aus dem Festsaal beleuchtete nur sein halbes Gesicht, wodurch seine Augen im Dunkeln lagen, seine Lippen jedoch nicht. Das Lächeln war immer noch charmant, doch mit dem Aufblitzen der Eckzähne hatte es auf einmal etwas Raubtierhaftes. Obwohl ich es nicht sehen konnte, spürte ich, wie sein Blick meinen Körper rauf- und runterwanderte.

Den seltsamen Schauer, der mich in diesem Moment überkam, verdrängte ich sofort wieder. Unter gar keinen Umständen würde ich jetzt darüber nachdenken, was er bedeutete. »Auf welche Frage bezieht Ihr Euch, Mylord?« Höflich und neutral zu sein, war wohl die beste Methode, weiter vorzugehen.

»Diese gespielte Unterwürfigkeit steht dir nicht.« Unmut schwang für einen Moment in seiner Stimme mit. »Würdest du gerne mit mir tanzen?« Erneut hielt er mir seine Hand entgegen.

Mit steifen Gliedern erhob ich mich. »Ich muss dich aber vorwarnen, ich kann wirklich nicht tanzen.«

Sein Lachen war tief und warm, absolut einnehmend und ich musste mich zusammenreißen, nicht mitzulachen. »Das Risiko gehe ich sehr gerne ein.«

Bevor mein gesunder Menschenverstand mich noch vom Gegenteil überzeugen konnte, ergriff ich seine Hand. Doch bereute ich die Entscheidung bereits in dem Moment, in dem der Feenkönig mich wieder hinein in den Saal führte und sich sofort hunderte Augen auf uns richteten. Ihn schien das überhaupt nicht zu stören. Doch diese nervige, grausame Stimme, die schon mein ganzes Leben in meinem Kopf hauste, meldete sich nun zu Wort.

Sie starren dich alle an und verurteilen dich.

Alle lachen über dich.

Sobald du ihnen den Rücken zudrehst, werden sie über dich lästern. Wie fett du bist, wie hässlich, wie unwürdig.

Ich konnte die Stimme weder abstellen noch verdrängen. Also ließ ich sie zu, ließ sie all die gemeinen Dinge sagen, die mein Unterbewusstsein sich zurechtlegte. Ungeweinte Tränen brannten auf einmal in meinen Augen, doch würde ich nicht zulassen, dass ich der Stimme diese Lügen glaubte. Tief und langsam atmete ich ein und aus, jeder Atemzug begleitet von einem Gegenargument.

Sie alle starren mich an, weil ich mit ihm herreinkomme.

Sie bewundern das Kleid, meine Frisur, den Mann an meiner Seite.

Sobald ich ihnen den Rücken zudrehe, werden sie flüstern. Sich fragen, wer ich bin und wieso Oberon sich für mich interessiert.

Ihre Blicke gelten ihm und nicht mir. Noch bevor der Abend vorbei ist, werden sie mich vergessen haben. Also vergesse ich ebenfalls.

Mein inneres Zwiegespräch hatte nur wenige Sekunden gedauert, wir hatten nicht einmal den ganzen Saal durchquert. Immer noch verfolgten uns die Blicke, doch jetzt traute ich mich, einige von ihnen zu erwidern. Wie ich es mir schon gedachte hatte, überflogen die meisten Feen meine Gestalt nur flüchtig, bevor sie sich ganz auf ihren König konzentrierten.

»Ignorier sie einfach.« Mitten auf der Tanzfläche blieb Oberon stehen. Unter zusammengezogenen Augenbrauen blickte er mir entgegen. Seine Nähe war so intensiv, dass ich meine Aufmerksamkeit nur auf ihn richten konnte.

Erst da bemerkte ich, dass ich seine Hand etwas zu fest umklammert hielt. »Das würde ich ja gerne, nur mag ich es nicht sonderlich, wenn ich angestarrt werde«, gab ich ehrlich zu. »Ich versuche es zu vermeiden, so oft ich kann.«

Normalerweise versuchten die Leute, mich nach so einem Geständnis mit hohlen Phrasen davon zu überzeugen, dass ich mir um so etwas doch keine Gedanken machen musste und dass mich doch keiner anstarren würde. Ich war überrascht, als Oberon sagte: »Es tut mir sehr leid, wenn du dich deswegen unwohl fühlst. Das wollte ich nicht.«

»Schon okay«, winkte ich nach einigen Augenblicken ab. »Man kann sich nicht auf ewig vor der ganzen Welt verstecken. Außerdem verdient dieses Kleid es, angestarrt zu werden.« Ich war kurz davor, ihm zu präsentieren, dass dieses umwerfende Kleidungsstück auch noch Taschen hatte, riss mich aber im letzten Moment zusammen.

»Die Frau, die es trägt, allerdings auch«, murmelte er so leise, dass es beinahe von der Musik übertönt wurde. Die Wahrheit seiner Worte spiegelte sich in seinen Augen wider. »Ich habe dich noch gar nicht nach deinem Namen gefragt«, wechselte er in diesem Moment zu meiner großen Erleichterung das Thema.

»Tania.«

»Sehr erfreut, Tania.« Er sprach meinen Namen langsam aus, Silbe für Silbe, so als würde er ihn kosten.

Diesmal zögerte ich keine Sekunde, seine Hand zu ergreifen. Es war keine Lüge gewesen, dass ich eine schreckliche Tänzerin war. Meine Erfahrungen bestanden aus ein paar Jahren Ballett, als ich noch auf der Grundschule war, und einigen Tanzstunden für meinen Prom. Die hätte ich mir allerdings sparen können, da an jenem Abend niemand mit mir tanzen wollte.

Oberon schien das nicht zu stören. Er drückte meine Hand aufmunternd und riss mich aus meiner Erinnerung. Seine andere Hand legte sich federleicht auf meine Hüfte. Dennoch spürte ich die sanfte Berührung durch den Stoff des Kleides. Mein heftig pochendes Herz ignorierte ich, so gut ich konnte, als er mich näher an sich heranzog, bis uns nur noch wenige Zentimeter voneinander trennten.

Auf einmal fühlte sich seine Nähe fast schon zu intensiv an. Die Hitze seines Körpers, die rauen Schwielen seiner Hände und sein Geruch. Verdammt nochmal, wie konnte ein Mann nur so gut riechen. Wie feuchter Wald nach dem Regen, wie süßer Wein und seltsamerweise wie Eisen. Ich erinnerte mich daran, dass Feen eigentlich Eisen mieden, da sie darauf allergisch reagierten. Es ergab also überhaupt keinen Sinn, dass er danach roch.

Unauffällig räusperte ich mich, damit meine Gedanken nicht länger um Oberons Geruch und sein Auftreten kreisten. Obwohl ich seinen Augen eigentlich ausweichen wollte, hob ich den Blick. Das warme Licht des Saales betonte die goldenen Sprenkel in seinen Iriden, was mein Herz noch schneller schlagen ließ.

Das Orchester spielte einen Walzer und während die anderen Paare sich elegant um uns drehten, tanzten wir beinahe nur an Ort und Stelle. Oberons ganze Aufmerksamkeit lag auf mir. »Bist du heute Abend alleine hier?«

»Nein, ich bin das Date meiner besten Freundin.« So als hätten die Worte sie heraufbeschwört, entdeckte ich in diesem Moment Hyacinth nicht weit von uns in der Menge. Sie schenkte mir ein aufmunterndes Lächeln, dabei ließ sie ihre Augenbrauen anzüglich tanzen. Es juckte mir in den Fingern, ihr einen Vogel zu zeigen, doch hielt ich mich zurück.

»Klingt spaßig.«

»Nicht unbedingt. Eigentlich wäre ich lieber zu Hause geblieben«, murmelte ich mehr zu mir selbst.

»Was führt dich dann heute Nacht hierher?« Aufrichtiges Interesse zeichnete sich in seinem Gesicht ab.

Jetzt oder nie!

»Um ehrlich zu sein ... Du«, gestand ich mit einem nervösen Klumpen im Magen.

Fast schon musste ich lächeln, als der große Feenkönig auf einmal sprachlos vor mir stand. Diese Situation gab es sicher nicht oft. Kaum hörbar räusperte er sich, bevor er seine Worte wiederfand. »Dann bleibt nur die Frage, bist du hier, um mich zu verführen oder zu töten?«

Diesmal war es an mir, überrascht die Augenbrauen zu heben. »Sind das denn die einzigen beiden Optionen?«

»Es sind die häufigsten.«

»Du kannst dich glücklich schätzen, es ist keine der beiden.«

Behutsam zog Oberon mich näher zu sich heran, sodass sich die wenigen Zentimeter Abstand zwischen uns völlig schlossen. Der Rest des Saales schien auf einmal unendlich weit weg, die Geräusche wie durch Watte gedämpft.

»Zu schade.«

»Auf welche hättest du denn gehofft?«, konnte ich mir nicht verkneifen zu fragen.

Eine Antwort erhielt ich nicht, jedoch zuckte sein Blick für einen Wimpernschlag zu meinen Lippen. »Wieso sucht jemand wie du ausgerechnet nach mir, Tania?«

Die Art, wie er die Frage stellte, ließ mich zusammenzucken. Sicher meinte er es nicht böse, doch die grausame Stimme in meinem Hinterkopf setzte prompt wieder zum Sprechen an. Schnell verdrängte ich sie, genauso wie das aufregende Kribbeln, das mir über den Körper tanzte.

»Es geht um einen Deal.« Die Worte kamen nur zögerlich über meine Lippen.

»Ein Deal zwischen dir und mir?«, fragte er. Meiner Meinung nach klang er ein wenig zu erfreut über diese Aussicht.

»Nein, ich will keinen Deal eingehen, sondern brauche Hilfe, um einen Deal aufzulösen.« Schnell sprach ich weiter, bevor mich der Mut wieder verließ. »Mein Bruder ist einen Handel mit einem Fee eingegangen. Ich bin überzeugt, dass es sich dabei um ein falsches Spiel handelt.«

»Du beschuldigst also einen meiner Untergebenen, dass er betrügt?« Alles

Spielerische war aus Oberons Gesicht gewichen. Seine Augen waren hart, sein Mund zusammengepresst. Die Musik spielte zwar weiter, doch er stoppte mitten in der Bewegung. Immer noch lagen seine Hände auf meinem Körper, nun spürte ich aber das Knistern von Magie, das von ihnen ausging. Die Worte blieben mir in der Kehle stecken, also nickte ich lediglich.

Einen Augenblick lang betrachtete mich der Feenkönig nachdenklich. Dann nickte auch er knapp.

Wie schrecklich klein und unbedeutend ich mir plötzlich vorkam. Ein Gefühl, das sich nur noch verstärkte, als er einen Schritt zurücktrat.

In diesem Moment tauchte wie aus dem Nichts eine Puck neben uns auf. Vor Schreck entfuhr mir beinahe ein lauter Schrei.

Sie war auf ihre Art wunderschön, mit hellgrüner Haut, pechschwarzen Haaren, dunklen Augen und spitzen Ohren voller Goldringe.

Nicht eine einzige Sekunde wanderte ihr Blick zu mir, ihre ganze Aufmerksamkeit lag auf Oberon. »Ihr habt gerufen, Mylord?«

»Robin, du musst einen Fee für mich finden.« Der Feenkönig knurrte beinahe, dabei behielt er mich genau im Auge. »Wie lautet der Name?«

Exakt diese Situation wollte ich doch eigentlich verhindern. Trotzdem straffte ich die Schultern und hielt seinem Blick stand. »Feinri.«

Die Puck nickte, bevor sie genauso schnell verschwand, wie sie aufgetaucht war. Fast wünschte ich mir, dass das Wesen hiergeblieben wäre, denn nun war ich wieder alleine mit Oberon. Inzwischen hatten die Umstehenden bemerkt, dass sich zwischen uns beiden etwas verändert hatte. Einige von ihnen unterbrachen ihren Tanz, andere bewegten sich weiter im Takt der Musik, ihre Augen dabei jedoch auf uns gerichtet.

Der Feenkönig sagte immer noch kein Wort, doch sprach sein Blick Bände. Er war mehr als nur verstimmt von meiner Aktion. Und ich bereute plötzlich das, was ich hier tat. Eine alles verschlingende Angst drohte von mir Besitz zu ergreifen und ich sehnte mich nach Unterstützung an meiner Seite. Im Augenwinkel meinte ich Hyacinth zu erkennen, die in der Menge der Zuschauer ganz vorn stand. Doch traute ich mich immer noch nicht, den Blickkontakt zu brechen. Angespannte Stille folgte.

Endlich tauchte die Puck wieder auf und mit ihr der mir verhasste Fee im Schlepptau. Auch er beachtete mich nicht, stattdessen verbeugte er sich so tief vor dem Feenkönig, dass er beinahe den Inhalt seines Weinglases verschüttete.

»Mein König, Ihr habt nach mir verlangt?«, nuschelte er mit schwerer Stimme.

»Feinri, welche Deals hast du in den letzten Monaten abgeschlossen?« Oberons Stimme hallte durch den ganzen Saal, dabei übertönte sie sogar das Orchester.

Feinris Blick folgte seinem, bis er an mir hängenblieb. Es dauerte einige Sekunden, doch dann zeigte sich Erkenntnis in seinem Gesicht und mit einem Mal wirkte er gar nicht mehr so betrunken. »Du!«

Ja, ich, du Bastard.

»So sieht man sich wieder«, sagte ich stattdessen mit zuckersüßer Stimme.

In Oberons Gesicht zeigte sich wieder eine Regung. War das etwa ein Funken Amüsement, der kurz in seinen Augen aufblitzte?

»Diese Menschenfrau beschuldigt dich des Betrugs«, begann er seine Rede. Und in meinem Kopf erklang:

Lasset die Spiele beginnen.

Kapitel fünf

»Bei allem Respekt, Eure Majestät, sie hat rein gar nichts mit diesem Deal zu tun.« Feinri blickte auf mich herab, so als wäre ich nicht mehr als ein Kaugummi, das unter seiner Schuhsohle klebte. Das Lächeln, welches er hingegen Oberon schenkte, triefte nur so vor Unterwürfigkeit.

Unauffällig verdrehte ich die Augen, bevor ich mich wieder zu Wort meldete: »Es geht dabei um die Zukunft meines Bruders, natürlich geht es mich etwas an.«

»Wie ich den beiden Menschen bereits erklärt habe, ist der Deal völlig legitim. Ich habe ihn mehrmals geprüft und dem Mann sogar einen kurzen Aufschub gewährt«, fuhr Feinri fort, als hätte ich gar nichts gesagt.

»Von diesem Aufschub höre ich zum ersten Mal.« Sosehr ich es versuchte, ich schaffte es einfach nicht, gefasst zu bleiben. Diese ganze Situation zerrte an meinen Nerven. Die gaffenden Zuschauer, Feinris hochnäsige Art und allen voran Oberons eiskaltes Schweigen. Nicht ein verdammter Muskel zuckte in seinem Gesicht, keine Gefühlsregung war in seinen Augen zu lesen.

»Es ist nicht meine Schuld, dass dein Bruder dir nicht alles erzählt, Menschlein.« Feinri hatte doch tatsächlich die Dreistigkeit, mich zu verspotten und dabei auch noch zu lachen. Heiße Tränen brannten mir in den Augen, als auch aus dem Publikum vereinzeltes Gekicher zu hören war.

Mein Blick wanderte zu Oberon. »Wäre es möglich, diese Unterhaltung im Privaten zu führen?«

»Du hast sie hier begonnen, also wirst du sie auch hier zu Ende führen.« Seine Stimme war scharf wie eine Rasierklinge. Beinahe stolperte ich einen

Schritt zurück. Für einen Moment lang verschwamm meine Sicht, bevor ich die Tränen hektisch wegblinzelte.

Nein, ich würde vor den Augen dieser Feen nicht weinen oder Schwäche zeigen. Bis hierher war ich gekommen, jetzt würde ich auch weitergehen. »Mein Bruder hat um etwas mehr Zeit gebeten, damit er den Deal doch noch einhalten kann. Genau darum bitte ich nun noch einmal.«

»Als würde dein Esel von Bruder seinen Teil erfüllen, wenn er mehr Zeit hätte«, warf Feinri mir vor.

»Das ist noch lange kein Grund, ihn zu bestrafen«, keifte ich zurück.

»Aber es hat Spaß gemacht.« Dieses hämische Lächeln hätte ich ihm am liebsten aus dem Gesicht geprügelt.

Doch bevor ich meinen gewalttätigen Fantasien nachkommen konnte, sprach Oberon wieder. »Von welcher Bestrafung sprechen wir hier?«

Seine plötzliche Frage warf mich aus der Bahn. Der rote Schleier der Wut verschwand, stattdessen sah ich dabei zu, wie Feinri das Lächeln gefror, während alle Farbe aus seinem Gesicht wich. Ich wusste nicht, was gerade für ihn schiefgelaufen war, aber es konnte nur zu meinem Vorteil sein.

»Mein König, das Menschlein versteht nicht, wovon es spricht.« Seine Stimme klang auf einmal flehend, sein Blick wirkte nervös.

Jetzt war es an mir, böse zu lächeln.

»Du wagst es, mir die Frage abzusprechen, Feinri? Tania, antworte bitte.« Auffordernd nickte Oberon mir zu.

»Als mein Bruder und ich um eine weitere Chance gebeten haben, verpasste Feinri ihm einen Eselskopf. Jetzt sitzt mein Bruder zu Hause fest und kann sich nirgendwo mehr blicken lassen.«

»Der Mensch hat seine Dienstzeit noch nicht angetreten und doch wurde ihm bereits eine Strafe auferlegt?« Fragend hob Oberon die Augenbraue in Feinris Richtung.

»Mein König, diese beiden Menschen haben mich und die Heiligkeit des Handels beleidigt. Er hatte sowieso nur noch wenige Tage in Freiheit. Da habe ich es möglicherweise ein wenig mit der Strafe übertrieben. Aber um das wiedergutzumachen, bin ich bereit, eine ganze Woche Dienstzeit zu kürzen.«

Wie mich dieses Wort aufregte. »Dienstzeit«. Was für eine nette Umschreibung für Sklavenarbeit. »Was ist schon eine Woche, wenn er zwanzig Jahre seines Lebens verliert.«

Bevor ich mich in einem Anflug rasender Wut auf den Feen stürzen konnte, stellte Oberon sich mir in den Weg. »Sosehr es mich auch verstimmt, einen meiner Untergebenen des Betrugs zu beschuldigen, scheint hier doch mehr an der Sache dran zu sein als ursprünglich gedacht.«

Diesmal schrie ich wirklich auf, als plötzlich zwei Feenwachen neben mir auftauchten – zumindest glaubte ich, es seien Wachen, anders konnte ich mir ihre sichtbaren Pistolen nicht erklären. Keiner von ihnen legte die Hand an mich, aber ich hatte keinen Zweifel daran, dass sie mich hinter sich herziehen würden, sollte ich mich nicht von alleine bewegen. Panik überschwemmte meinen Körper und ließ die ganze Welt um mich herum verschwinden. Dennoch hielt ich mich auf den Beinen.

Oberon steuerte mit langen Schritten auf eine der Saaltüren zu. Zwei Wachen führten Feinri und mich hinter dem Feenkönig her. Getuschel begleitete unseren Weg. Als Hyacinth ebenfalls mitgehen wollte, hielt eine fremde Fee sie zurück. Was diese zu ihr sagte, verstand ich auf die Entfernung nicht, aber ihr Gesicht verdunkelte sich. Einige Augenblicke sah es so aus, als würde mir Hyacinth trotzdem folgen, dann blieb sie resigniert zurück.

Die beiden Wachen führten mich aus dem hell erleuchteten Festsaal in einen düsteren, langen Gang. Hier gab es keinen alles überschattenden Luxus, keinen Marmor, keine funkelnden Kronleuchter. Etwas sagte mir, dass ich mich hinter den Kulissen des großen Feenimperiums befand.

Meine Begleiter führten mich zu einem Aufzug, der uns mehrere Stockwerke nach oben brachte, zurück in den Luxus von zuvor. Auch wenn es hier deutlich gediegener wirkte als in den anderen Stockwerken, die ich bisher gesehen hatte. Hier bestand der Boden aus schwarzem Marmor, doch war er zum größten Teil von einem dicken, grauen Teppich verdeckt. An den strahlend weißen Wänden hingen Bilder von bekannten Künstlern. Ich konnte sie zwar nicht benennen, wusste aber, dass jedes einzelne ein kleines Vermögen wert war.

Auch hier hatten Natur und Moderne sich wieder zu einem eindrucksvollen Schauspiel zusammengefunden. Exotisch aussehende Schlingpflanzen wuchsen aus großen, steinernen Töpfen und bildeten einen Baldachin aus Blättern über unseren Köpfen. Zwischen ihnen fiel weißes Licht auf den Flur herab, das mit der Stille im Gang allem etwas Unwirkliches verlieh. Nicht einmal unsere Schritte waren zu hören.

Vor einer großen Flügeltür ließen meine beiden Aufpasser endlich von mir ab. Sie bezogen Stellung neben den anderen Feen, die wie unbewegliche Statuen unweit der Tür standen. Keiner von ihnen würdigte mich eines Blickes oder eines Wortes, doch ich wusste auch so, wohin mich mein Weg geführt hatte.

Wie hunderte Ameisen brannten Angst und Panik unter meiner Haut. Der Drang, mich zu kratzen, wurde so stark, dass ich ihm kaum widerstehen konnte. Es graute mir davor, was hinter dieser Tür auf mich warten würde. Aber ein Zurück gab es jetzt nicht mehr. Länger konnte ich es nicht mehr aufschieben, also trat ich durch die Tür.

Der König der Feen herrschte nicht von einem Thronsaal aus, sondern aus einem ultramodernen Büro, von dem man einen sagenhaften Blick über die Stadt hatte. In diesem Moment lehnte er an der Kante des massiven Schreibtisches, seine alles durchdringenden Augen direkt auf mich gerichtet. Auf dem Weg hier hinauf hatte er das Jackett abgelegt, doch leider verstärkte das den raubtierhaften Eindruck nur noch mehr.

Gegen das trockene Brennen in meiner Kehle half kein Schlucken und mich laut zu räuspern, wagte ich nicht. Mit aller Kraft riss ich mich von Oberons Anblick los und konzentrierte mich ganz auf den Feind.

Feinri stand an der gegenüberliegenden Wand, die ebenfalls völlig von wild wachsenden Pflanzen überwuchert war. Zum ersten Mal wirkte er nicht von sich selbst überzeugt und hochnäsig. Stattdessen erkannte ich echte Angst in seinen Augen.

Wenn sogar der Fee jetzt Panik schob, was würde dann wohl mich erwarten? Meine Reue, diesem wenig durchdachten Plan nachgekommen zu sein, wuchs mit jeder Sekunde.

Stille lag über dem Raum und die beiden Männer schienen zu Statuen erstarrt. Ich hingegen konnte einfach nicht regungslos dastehen. Die Angst zerrte mir so sehr an den Nerven, dass ich beinahe wild drauflosgeplappert hätte. Unangenehme Situationen brachten diese Seite immer in mir hervor. Mein sowieso schon viel zu loses Mundwerk entwickelte dann ein Eigenleben.

Mehrmals setzte ich zum Sprechen an, doch klappte ich den Mund immer wieder zu. Die Stille zog sich in die Länge und mit ihr auch meine zehrenden Nerven. Immer wieder fiel mein Blick auf Oberon, der so bewegungslos dastand, dass ich kurz daran Zweifel hatte, dass er überhaupt noch atmete.

Meine Lippen öffneten sich abermals, als die Tür zu meiner rechten aufging. Es dauerte einen Moment, bis ich den Eselskopf unter der Kapuze erkannte. »Will.« Ich fiel meinem Bruder um den Hals.

Für einen kurzen Augenblick erwiderte er die Umarmung, dann drückte er mich entschlossen von sich.

»Tania, was hast du getan?« Seine Aufmerksamkeit sprang zwischen mir und den beiden Feen hin und her.

Schuld nistete sich in meinem Inneren ein, als ich den Schmerz und Verrat in seinen Augen bemerkte. Ich hatte ihm nichts von meinem Plan erzählt. Denn Will hätte nie zugelassen, dass ich das hier im Alleingang durchzog. »Ich wollte dir nur helfen«, verteidigte ich mich schwach.

»Darum habe ich dich aber nicht gebeten!« Seine Worte trafen mich so hart, dass ich einen Schritt rückwärts stolperte.

Große, warme Hände legten sich um meine Oberarme. »Das ist keine Art, jemandem zu danken.« Oberon stand auf einmal so nah hinter mir, dass ich die Vibration seiner Stimme an meinem Rücken spüren konnte.

Erst da schien mein Bruder sich wieder zu erinnern, wo und in wessen Gegenwart wir uns gerade befanden. An einem anderen Tag hätte ich seine völlig übertriebene Verbeugung vielleicht lustig gefunden, doch in diesem Moment war mir eher nach Weinen zumute.

»Eure Majestät, ich bin meiner Schwester dankbar, aber ich wollte niemals, dass sie sich so in Gefahr bringt.«

»Setz die Kapuze ab«, wies Oberon ihn an, ohne auf seinen Kommentar einzugehen. Nachdem er seine Hände von meinen Armen gelöst hatte, überkam mich sofort das Gefühl der Sehnsucht. Ich wünschte sie mir zurück, die Wärme seiner Haut.

Doch dann zeigte Will uns allen sein Eselsgesicht und

das, was mich nun von innen erhitzte, war die Wut auf Feinri.

Der Feenkönig betrachtete meinen Bruder einen Moment lang, bevor sich seine wortlose Aufmerksamkeit ganz auf den Fee richtete. Dieser tat sein Bestes, um ruhig und gefasst zu wirken, doch entgingen mir das Zittern seiner Hände und sein fest zusammengepresster Kiefer nicht. Gut so, sollte er vor Angst bibbern.

»Die Dienstzeit dieses Menschen beginnt erst in fünfundvierzig Minuten.« Oberon machte eine kleine Handbewegung und schwups, lag der Vertrag in seinen Händen. »Trotzdem hast du, Feinri, ihm bereits eine Strafe auferlegt.«

»Ich versichere Euch, mein König, die Respektlosigkeit der beiden Menschen mir gegenüber rechtfertigt eine solche Strafe.« Feinris Stimme zitterte, doch wich er Oberons Blick nicht aus.

»Das ist mir vollkommen egal.« Mit einer lässigen Bewegung warf der Feenkönig den Deal auf den Schreibtisch. »Du hast damit eine der obersten Regeln gebrochen.«

»Also kann man den Vertrag auflösen?«, fragte Will mit neuem Mut. Oberon schwieg.

»Ich habe einen Fehler gemacht, mein König, ja«, wandte Feinri ein. »Aber, wenn Ihr mir erlaubt, anzumerken: Das ist doch kein Grund, den Vertrag für ungültig zu erklären. Mein Angebot steht: Ich bin gerne bereit, seine Dienstzeit um einen Monat zu verkürzen.«

So ein unterwürfiges Getue, dachte ich nur und verdrehte die Augen.

Oberon schwieg noch immer. Lediglich eine Augenbraue zuckte. Diese ewigen Dialogpausen zerrten weiter an meinen Nerven. Wieso konnten Feen nicht einfach mit der Wahrheit herausrücken?

»Der Vertrag wird nicht für ungültig erklärt«, verkündete Oberon schließlich. Neben mir klappte Will theatralisch auf dem Boden zusammen, während Feinri das Lächeln eines Siegers zur Schau trug.

»Allerdings verdient der Mensch eine zweite Chance, um für seine Freiheit zu kämpfen.«

»Ich werde alles tun, was nötig ist«, schwor mein Bruder am Boden.

»Diese Aufgabe ist nicht für dich, Will, sie ist für Tania.« Oberons ganze Aufmerksamkeit richtete sich nun wieder auf mich. »Immerhin warst du es, die heute in meinen Turm eingedrungen ist, um nach einer Lösung zu suchen.«

»Ich hatte eine Einladung«, konnte ich mir nicht verkneifen zu sagen und Oberons Reaktion darauf war – wer hätte das gedacht – nicht mehr als eine erhobene Augenbraue.

»Jetzt zu deiner Aufgabe, T-a-n-i-a.« Die Art, wie er meinen Namen aussprach, jagte mir einen angenehmen Schauer über den Körper. »Erfüllst du sie, ist dein Bruder frei. Solltest du jedoch scheitern, dann werden seine Dienstjahre unter Feinri verdoppelt. Und du wirst genauso lange in meinem Dienst stehen.«

Vierzig Jahre!

Mein ganzes Leben wäre verloren. Erst mit Anfang sechzig wäre ich wieder frei. Ein Schicksal, das Will ebenfalls teilen müsste.

Dennoch, es bestand die Chance, dass wir beide freikämen. War es wirklich wert, diese Chance zu ergreifen?

»Wie sieht die Aufgabe aus?«, hörte ich mich fragen. Dabei schaffte ich es sogar, meine Stimme fest klingen zu lassen.

»Was? Nein, unter gar keinen Umständen!« Will hatte sich endlich wieder vom Boden erhoben, doch würdigte ich ihn keines Blickes. Meine ganze Aufmerksamkeit lag auf dem Feenkönig vor mir. Für eine Sekunde war mir, als hätte ich Bestätigung in seinen Augen aufblitzen sehen.

»Eigentlich ist es eine sehr einfache Aufgabe, Tania. Alles, was du tun musst, ist, einen Liebestrank zu brauen und ihn mir bis zur Sommersonnenwende zu überreichen. Ich bin sogar so freundlich, dir das Rezept zur Verfügung zu stellen.« Zwischen seinem ausgestreckten Mittel- und Zeigefinger erschien ein Stück Papier.

Bevor ich danach greifen konnte, hielt Will mich zurück. »Ich werde diesen

Trank brauen, denn ich will nicht, dass meine Schwester hier mit hineingezogen wird.« Er wartete nicht einmal auf meine Antwort, sondern verstellte mir den Weg zu Oberon. »Tu das nicht, Nia! Sonst sind wir beide verloren!« Er deutete in Richtung Feinri.

Dieser hatte zwar schweigend zugesehen, trug aber dabei das größte, gemeinste Lächeln zur Schau, dass ich je gesehen hatte. Natürlich war das nur ein Trick. Etwas anderes zu denken, wäre naiv gewesen. Aber das war mir egal, dies hier war die einzige Chance, die wir hatten.

»Dieser Handel gilt ausschließlich für Tania.« Oberon redete weiter, als hätte es Wills kleine Unterbrechung gar nicht gegeben. »Und er kann nur noch bis Mitternacht eingegangen werden, danach tritt der Mensch seinen Dienst an.«

Mir blieb also keine Zeit, das lange und ausführlich zu überdenken. »Woher soll ich wissen, dass nicht auch hier falsch gespielt wird?«

Diesmal hielt der Feenkönig sein amüsiertes Lächeln nicht zurück. »Ich spiele immer fair, dies ist also ein einmaliges und vertrauenswürdiges Angebot. Ich schlage vor, ihr beide besprecht das in Ruhe untereinander.« Damit deutete er in Richtung Tür.

Mir war es recht, endlich wieder dieses Büro zu verlassen. Ich konnte kaum klar denken, solange meine ganze Umgebung mich an Oberon erinnerte. Dieser führte uns ohne große Umschweife oder Erklärungen in einen nahegelegenen Besprechungsraum.

»Wenn du deine Entscheidung getroffen hast, findest du mich auf dem Ball«, verabschiedete er sich knapp. Die unterschwellige Botschaft in seiner Stimme und sein intensiver Blick entgingen mir dabei nicht. Ich wurde erneut das Gefühl nicht los, dass wir uns schon mal begegnet waren.

Jetzt erinnerte ich mich, es war schon ein paar Monate her im eingeschneiten Central Park: *Der fremde Retter mit warmer Stimme ...*

Noch bevor Oberon gänzlich aus der Tür verschwand, rief ich ihm hinterher: »Treibst du dich eigentlich öfters nachts im Park herum und rettest Damen in Nöten?«. Ich musste einfach fragen.

Er legte den Kopf schief. »Nicht in letzter Zeit, nein.«

Irritiert nickte ich und vertrieb die Erinnerung aus meinem Kopf. Gerade spielte es auch gar keine Rolle, ob wir uns kannten. Ich musste jetzt eine Entscheidung fürs Leben treffen.

Ich hielt den Blick abgewandt, als Oberon hinausging und die vier Wachen an der Tür Stellung bezogen.

»Das wirst du nicht tun, Nia.« Mein Bruder packte mich an den Oberarmen, sodass ich ihm nicht ausweichen konnte. »Du nimmst diesen Deal nicht an.«

»Welche Wahl habe ich denn?« Ich riss mich von ihm los, um schnell etwas Abstand zwischen uns zu bringen. Gerade jetzt musste ich Ruhe bewahren, bevor alles nur noch schlimmer wurde.

»Lass mich meine Strafe absitzen. Vielleicht finde ich dann noch eine andere Möglichkeit, da rauszukommen. Was sind denn schon zwanzig Jahre?«

Ich kaufte Will seine starke Fassade keinen Moment ab. »Es ist trotzdem zu viel, William. Es sind unendlich lange Jahre, die du verpassen wirst. In denen du nicht dein Leben leben kannst, allein, weit weg von allen, die du liebst. Weit weg von mir. Dieser Feinri ist ein Arschloch ohnegleichen, der diese Demütigung heute sicher nicht so einfach vergessen wird. Er wird es an dir auslassen. Zwanzig Jahre lang!«

Doc Shaw hatte recht gehabt, dank meiner Einmischung hatte ich alles am Ende nur noch schlimmer gemacht. Selbst wenn ich den Handel mit Oberon nicht einging und Will seine zwanzig Jahre ableistete, würde Feinri diese ihm zur Hölle machen. Wer konnte schon sagen, als was für ein Mensch mein Bruder wieder zu mir zurückkehren würde.

»Ich will nicht, dass du dein Leben für mich riskierst«, flehte Will weiter. Tränen rannen aus seinen Augen und blieben in seinem Fell hängen. Wie leid er mir tat. Es war meine Schuld, dass er so aussah.

»Bitte, Will, ich muss das jetzt tun. Ich könnte mir niemals verzeihen, dich hier so zurückgelassen zu haben. Und unsere Eltern könnten mir das auch nicht verzeihen! Ich liebe dich, also halt die Klappe und lass mich deinen Arsch retten.« Bevor er noch weiterdiskutieren konnte, eilte ich aus dem Raum.

Die Beziehung zu meinem Bruder war niemals einfach gewesen – und würde es auch sicher nie werden – aber ich war bereit, mein Leben für ihn zu riskieren. Denn er würde genau dasselbe für mich tun.

Kurze Zeit später trat Will ebenfalls zu mir in den Flur. Dankbar für die Unterstützung meines Bruders ließ ich mich Seite an Seite mit ihm von den Wachen zurück in den Ballsaal führen. Mein Herz zog sich zusammen, als Will mit steifem Rücken eintrat und die vielen neugierigen und mitunter angewiderten Blicke ertragen musste.

Von der ehemals so ausgelassenen Stimmung war nicht mehr viel übrig, stattdessen lag eine angespannte Stille über allem. In der Hoffnung, selbstbewusst zu wirken, schritt ich mit erhobenem Kopf durch den Saal, direkt auf Oberon zu.

Neben einer mir unbekannten Fee stand Hyacinth, welche die Arme um ihren Oberkörper geschlungen hatte. Für einen Moment trafen sich unsere Blicke, allerdings wirkte ihr Lächeln bei Weitem nicht so aufmunternd, wie sie vielleicht hoffte.

Ich riss meinen Blick von meiner besten Freundin los und konzentrierte mich stattdessen ganz auf den Mann, der am anderen Ende des Saals wartete. Oberon lehnte völlig entspannt an der Tür, die auf den Balkon führte, scheinbar sehr zufrieden mit sich und der Welt. Die Wut, die mich in diesem Moment überkam, nahm ich dankend an. Lieber war ich rasend als verängstigt.

Tausende Augen folgten mir, während ich auf den Feenkönig zuschritt. Ich hatte keine Ahnung, wie viel die Ballgäste von allem mitbekommen hatten. Doch ihrem erwartungsvollen Gaffen zufolge, waren sie wohl ziemlich gut im Bilde gewesen.

»Ich nehme den Deal an«, verkündete ich Oberon so laut, dass jeder im Saal mich hören konnte. Seine Lippen hoben sich zu einem triumphierenden Raubtierlächeln und ich bereute augenblicklich meine Entscheidung.

»Das war die richtige Entscheidung, Tania.« Oberon trat auf mich zu, bis uns nur wenige Zentimeter voneinander trennten. Einige Augenblicke schaute er mich schweigend an. Sein Blick wanderte über meinen Körper und blieb dann an meinen Lippen hängen.

»Du hast Zeit bis zur Sommersonnenwende in sechs Wochen, um einen funktionierenden Liebestrank zu brauen und bei mir abzuliefern.«

Um uns herum wagten einige Gäste es, leise zu lachen. Doch ein einziger tödlicher Blick von Oberon brachte sie alle wieder zum Schweigen. »Sollte dir dies gelingen, dann löse ich den Handel deines Bruders auf. Ihr beide seid frei und könnt gehen. Solltest du jedoch versagen, tritt dein Bruder vierzig Jahre in Feinris Dienst und du vierzig in meinen. Keine zweite Chance, kein Wenn und Aber.«

»Ich habe verstanden.« Genauso wie ich begriff, dass das alles hier eine riesige Schau war, die wir für die gaffenden Zuschauer aufführten. Oberon war sich wohl sicher, dass jeder seiner Gäste von unserem Handel wusste.

»Dein Bruder bleibt bis zur Sommersonnenwende in meinem Gewahrsam. Wir wollen ja nicht, dass er versucht zu fliehen.« Der Feenkönig deutete zwei seiner Wachen an, neben Will Stellung zu beziehen.

»Ihm darf nichts geschehen. Bitte!« Flehend blickte ich zu Oberon auf.

»Das wird es nicht, keine Sorge. Du bekommst ihn in ein paar Wochen am Stück und gesund wieder zurück.« Seltsamerweise beruhigten seine geflüsterten Worte mich.

»Dann lass es uns endlich hinter uns bringen.« Mir war nicht wohl dabei, Will hier alleine zurückzulassen, aber je schneller ich diesen Vertrag unterschrieb, desto eher konnte ich damit beginnen, den Liebestrank zu brauen.

Kurz zuckten Oberons Mundwinkel, dann trug er wieder seine eiserne Maske zur Schau. Mit einer kleinen Verbeugung öffnete er mir die Tür zum Balkon. Nach einem letzten Blick über die Schulter zu meinem Bruder trat ich hinaus in die kühle Nacht. Ich spürte den Feenkönig hinter mir, eine Präsenz aus Macht, Magie und Geheimnissen.

»Wo ist jetzt der Vertrag?« Ich wollte es einfach nur noch hinter mich bringen. Man beobachtete uns immer noch, doch beschlugen die Glasscheiben auf einmal wie von Geisterhand und die vielen Gaffer waren nur noch schemenhaft zu erkennen. Das half allerdings recht wenig gegen das aufgeregte Kribbeln in meinem Bauch, welches mich übermannte, als ich nun alleine mit dem Feenkönig war.

Ich entdeckte den verhassten Vertrag verlassen und unscheinbar auf einem Tisch liegend. Was jedoch fehlte, war ein Stift. Das entrollte Papier hatte unter dem ellenlangen Text zudem gar keinen Platz für meine Unterschrift gelassen.

»Du wirst nichts unterschreiben, Tania.« Erneut stand er so nah, dass ich seine Körperwärme spürte und sein Geruch meine Sinne flutete. »Ich schließe meinen Handel nicht mit Stift und Papier ab.«

»Wie dann?«

»Ich habe dir den Deal vor Zeugen erklärt und du hast ihn angenommen. Alles, was jetzt noch fehlt, um ihn zu besiegeln, ist ein Kuss.«

»Ist das dein Ernst?!« Ich wusste nicht einmal, was ich davon halten sollte.

»Voller Ernst. Unser Handel wurde ursprünglich nicht mit Stift und Papier besiegelt, sondern mit Magie. Beide Parteien müssen etwas geben, damit alles seine Richtigkeit hat. Sei es nun in Form von Blut oder eben eines Kusses. Falls dir der Blutschwur jedoch lieber ist, …«

»Nein.« Ein wilder Sturm an Gefühlen bahnte sich seinen Weg durch meinen Körper, dabei ließ er Spuren der Wut, Verzweiflung und … Vorfreude zurück. Ein Kuss war etwas völlig anderes als eine Unterschrift auf einem Blatt Papier.

Ein Kuss mit Oberon …

Stopp! So durfte ich gar nicht erst denken. Ich würde hier nicht einen Mann küssen, sondern einen Deal mit dem Feenkönig abschließen. An mehr durfte ich nicht denken. Und im Gegensatz zu einem Blutschwur ließ ich dabei nichts von mir zurück. So ein kleiner, unbedeutender Kuss war innerhalb einer Sekunde verflogen. Weder musste ich mich dabei selbst verletzen, noch etwas mit ihm austauschen. Ein flüchtiger, schneller Kuss. Nicht mehr.

Aber immer noch ein Kuss mit ihm …

Bevor mein Unterbewusstsein noch auf andere grandiose Ideen kam, überwand ich den wenigen Abstand, der uns beide trennte. Trotz der Highheels musste ich mich auf Zehenspitzen stellen, um auf die richtige Höhe zu kommen. Ein kurzer Schmatzer auf die Lippen, mehr nicht.

Doch leider verpuffte jeder logische Gedanke in meinem Kopf in dem

Moment, als sich unsere Lippen berührten. Ein Blitzschlag schoss direkt durch meinen Körper und löschte alles andere aus. Nur am Rande bekam ich mit, wie Oberon die Arme um mich schlang, um mich näher zu sich heranzuziehen.

Seine Lippen waren warm und fest. Zu seinem mir die Gedanken vernebelnden Duft mischte sich nun der Geschmack von Wein und etwas Dunklerem, Bitterem. Ich vertiefte den Kuss, wollte mehr von seinen Berührungen, seinem Duft und seinem Geschmack. Ein leises Keuchen entschlüpfte meiner Kehle, als ich für einen Augenblick Luft holte. Oberon gluckste vergnügt.

Erst als ich das behutsame Streicheln seiner Zunge auf der Unterlippe spürte, kehrte das Bewusstsein mit einem Schlag in mich zurück. Hektisch atmend drehte ich den Kopf zur Seite, in einem Versuch, mich von diesem Zauber zu befreien.

Oberon hatte weiterhin die Arme um meine Mitte geschlungen und drückte mich an seine Brust. Erst da bemerkte ich, dass meine Hände flach auf seinem Hemd lagen, unter den Daumen spürte ich sogar seine nackte Haut.

Völlig überrumpelt löste ich mich aus seiner Umarmung, ehe ich ein paar Schritte nach hinten stolperte. Das Herz pochte mir so wild in der Brust, dass ich mir sicher war, er würde es hören. An all die anderen Gefühle, die gerade durch meinen Körper tanzten, wollte ich gar nicht erst denken.

»Der Handel ist besiegelt.« Oberons Stimme klang noch tiefer und rauer als zuvor. Diesmal hatte er den Kopf abgewandt, sodass ich lediglich sein Profil vor dem dunklen Nachthimmel erkennen konnte. »Dir ist es jetzt frei zu gehen. Außer natürlich, du möchtest den Rest des Balls genießen.«

»Ganz sicher nicht.« Ich wollte hier nur noch weg.

Im Festsaal empfingen mich wieder laute Musik und hunderte Stimmen, die durcheinander sprachen. Anscheinend hatten die Gaffer ihr Interesse verloren, nachdem wir hinter einer undurchsichtigen Wand verschwunden waren.

Es störte mich ein wenig, dass ich Oberon dafür dankbar sein musste. Ich wäre vor Scham auf der Stelle tot umgefallen, wenn mich jemand dabei beobachtet hätte, wie ich mich ihm an den Hals geworfen hatte. Nun wandten sich einige der Gäste wieder mir zu. Unauffällig wischte ich mir über den Mund, in der stillen Hoffnung, so auch die Erinnerungen zu vertreiben.

Ich musste nach Hause. Weg von diesem Ort voller Magie, Verführungen und Täuschungen. Unter den Umstehenden suchte ich nach Will, doch konnte ihn nirgendwo entdecken.

»Sie haben ihn bereits weggebracht.« Auf einmal stand Hyacinth neben mir, einen mitfühlenden Ausdruck im Gesicht. Sie versuchte, mich nicht in den Arm zu nehmen oder mit leeren Floskeln zu beruhigen, wofür ich ihr sehr dankbar war.

»Ich konnte mich nicht einmal mehr verabschieden«, flüsterte ich mehr zu mir selbst. Eigentlich hätte mich das erneut wütend machen sollen, doch ich fühlte im Inneren nur Leere. »Lass uns von hier verschwinden.«

»Tania!« Als ich Oberons Stimme hörte, zuckte ich unwillkürlich zusammen. Ich wollte mich nicht umdrehen und ihm schon wieder ins Gesicht schauen müssen. Aber natürlich blieb mir nichts anderes übrig. Er stand nun zwei Schritte von uns entfernt, einen Zettel in der Hand. »Das Rezept des Liebestranks, du kannst es sicher gut gebrauchen.«

»Danke«, zischte ich mit einem letzten Funken Wut und riss ihm das Papier aus den Fingern. »Bis in sechs Wochen.«

»Bis bald.«

Auf dem Absatz drehte ich mich um und rannte aus dem Saal. Dabei war es mir völlig egal, dass die Gäste mir hinterherstarrten. Alles, was ich wollte, war, den Feenkönig weit, weit hinter mir zu lassen.

Kapitel sechs

Die Welt schien mir unendlich weit entfernt, als ich zurück zu den Aufzügen eilte. Ich bemerkte weder, wie wir hinabfuhren, noch wie ich den Tower verließ. Erst, als ich am Arm zurückgerissen wurde, rieselte meine Umwelt wieder auf mich ein.

Hyacinth hatte sich mir in den Weg gestellt, ihre Hände waren wie Schraubstöcke. »TANIA! Hörst du mich jetzt endlich?« Einige umstehende Passanten warfen uns verwirrte Blicke zu, anscheinend lief sie mir schon länger hinterher.

»Was ist?«, fragte ich irritiert.

»Wie, was ist?« Ihre Augen wanderten aufmerksam über meinen ganzen Körper, so als suchte sie nach irgendwelchen Verletzungen. »Bitte sprich mit mir!«

Natürlich wusste ich, worauf sie hinauswollte, doch gerade konnte ich keinen klaren Gedanken fassen. Die letzten paar Stunden rauschten in Dauerschleife wie ein schlechter Film vor meinen Augen ab, einzelne Momente traten mit besonderer Schärfe hervor.

Oberon auf der Bühne.

Unser Tanz.

Der Moment, als ich ihm die Wahrheit gesagt hatte.

Feinris Bösartigkeit.

Der neue Handel.

Mein Bruder, mit Tränen in den Augen.

Der atemberaubende Kuss und Oberons Abschiedsworte.

Dann begann alles wieder von vorne. Jede neue Runde schnürte mir fester die Luft ab, bis ich das Gefühl hatte, zu ersticken. Im Augenwinkel bemerkte ich, wie immer mehr Menschen mich anstarrten, doch zum ersten Mal in meinem Leben war es mir völlig egal. Alles um mich herum schien verzerrt, unendlich weit weg und gleichzeitig viel zu nah.

»Ich muss nach Hause«, presste ich zwischen zusammengebissenen Zähnen heraus. Sogar Hyacinths Nähe ertrug ich in diesem Augenblick nicht mehr.

»Bist du dir sicher?« Immer noch lösten sich ihre Finger nicht von meinem Arm. »Du kannst mit zu mir kommen.«

»Ich will einfach nur noch nach Hause.« Für einen Moment erkannte ich meine eigene Stimme nicht wieder. Sie war hohl und flach. »Nur noch nach Hause.«

Hyacinth nickte. »Dann bringen wir dich nach Hause.« Sie schlang einen Arm um meine Schulter, bevor sie an den Straßenrand trat, um ein Taxi heranzuwinken. Zwar konnte ich von hier aus zu Fuß zur Wohnung laufen, doch hatte ich ernsthafte Bedenken, ob meine Beine mich so weit tragen würden.

Es dauerte nur einen Moment, bis ein Wagen direkt neben uns hielt. Ich wehrte mich nicht, als meine Beste mich auf den Rücksitz beförderte, um dann dem Fahrer die Adresse zu geben. »Ruf mich an, wann auch immer du willst«, murmelte sie zum Abschied, bevor sie mir einen Kuss auf die Wange gab und die Autotür schloss.

Von der Fahrt nach Hause bekam ich rein gar nichts mit. Irgendwann hielt das Taxi, ich bezahlte und stieg aus. Vor der Haustür blieb ich für einen Augenblick stehen. Den Schlüssel hatte ich bereits in der Hand, doch irgendwie schaffte ich es nicht aufzuschließen. Jeder Gedanke, jede Handlung schien in Zeitlupe abzulaufen. Mir kam es vor, als würde ich direkt neben mir selbst stehen, mir selbst zuschauen, wie ich dachte und handelte.

Mein Bruder war nicht mehr in dieser Wohnung. Er war weg, irgendwo gefangen, weit weg von mir. Ich warf einen Blick über die Schulter. Der Tower ragte in weiter Entfernung in den Himmel.

Hoffentlich geht es ihm gut.

Als ich es endlich bis in unsere Wohnung schaffte, schien auf den ersten

Blick alles wie sonst. Im Wohnzimmer brannte immer noch das Licht, sogar der Fernseher war an. Rosa kam schwanzwedelnd auf mich zu, doch brachte nicht einmal sie mich zum Lächeln.

Auf dem Weg in mein Zimmer schaltete ich Fernseher und Licht aus. Wills Tür stand offen. Eine unendliche Leere ging von dem Raum aus, so als würde alles Leben fehlen. Ich wusste nicht, wie lange ich so dastand und nur hineinstarrte, doch regte ich mich erst wieder, als Rosa mir gegen die Hand stupste.

Ohne mich aus dem Kleid zu schälen und noch mit den Schuhen an den Füßen, brach ich auf meinem Bett zusammen.

Die Tränen kamen erst gar nicht. Ich fühlte sie weit hinter meinen Augen, das gemeine Brennen, der Kloß im Hals, der Druck auf der Brust. Doch konnte ich einfach nicht loslassen. Erst, als Rosa zu mir aufs Bett hüpfte und sich an mich schmiegte, brach der Schmerz aus mir heraus.

Ich weinte, keine Ahnung wie lange.

Irgendwann versiegten die Tränen endlich.

Ich aber blieb reglos liegen. Rosas warmer Körper und ihre großen, verständnisvollen Augen waren das Einzige, was ich noch wahrnahm.

Als ich das nächste Mal weiter als bis zu meinem Bettrand blickte, fiel bereits helles Tageslicht ins Zimmer. In meinem Kopf pochte ein grausamer Schmerz, der ziemlich gut zu meiner trockenen Kehle passte. Ich wollte nichts lieber, als mich in dem warmen Deckenkokon zu verkriechen und den Rest der Welt auszusperren. Doch Rosas leises Winseln hielt mich davon ab.

Das letzte Mal war sie gestern Abend draußen gewesen, wobei ich nicht sagen konnte, wie lange das schon her war. Mein Handy lag immer noch in der Handtasche, die mir irgendwo im Flur von der Schulter gerutscht war.

Mit steifen Gliedern stemmte ich mich mühsam vom Bett hoch. Einen Moment lang drehte sich alles um mich herum. Ich blieb so lange sitzen, bis das Drehen vorüber war und ich aufstehen konnte.

Wilde Gedanken lauerten in meinem Kopf, bereit, sich auf mich zu stürzen, um mich mit Krallen und Zähnen in die Finsternis zu ziehen. Ich konnte meine Schuld und Reue beinahe noch auf meinen trockenen Lippen schmecken: salzig, bitter und irgendwie süß. Mit aller Macht schob ich all das, was geschehen war, von mir, während ich durchs Zimmer tapste. Ich musste erst einmal wieder halbwegs funktionieren, bevor ich mich mit allem auseinandersetzen konnte.

Das umwerfende Kleid landete als ein trauriger Haufen in meiner Zimmerecke, gekrönt von den elenden Highheels. Nach duschen stand mir gerade nicht der Sinn, stattdessen schlüpfte ich in eine alte Jogginghose und einen weiten Pulli. Rosa wartete bereits neben der Tür auf mich.

Mit einem Seufzen bückte ich mich nach meiner Handtasche, um das Handy hervorzuholen.

Während ich mit Rosa die wie üblich volle Straße Richtung Fluss entlangging, schaute ich meine Nachrichten durch.

Die meisten davon waren von Hyacinth, mehr oder minder eine pro Stunde, in denen sie sich nach mir erkundigte. Mehrmals tippte ich eine Antwort, nur um sie dann direkt wieder zu löschen. Ich konnte nicht einmal selber sagen, wie es mir gerade ging. Irgendwie fühlte sich alles absolut taub an.

Versteckt unter all den Nachrichten entdeckte ich noch etwas anderes. Will hatte mir auf die Mailbox gesprochen, ziemlich genau um elf Uhr gestern Nacht. Mit einem Schlag kehrte der Kloß in meinem Hals zurück.

Ich wartete, bis wir im Park waren. Dort suchte ich mir eine ruhige Bank, von der aus ich über den Hudson sehen und gleichzeitig meine Hündin beobachten konnte. Meine Hände zitterten ungemein, als ich die Nachricht abspielte.

»Hey, Nia. Hier sind auf einmal ein paar Feen aufgetaucht, die mich mitnehmen wollen. Das alles, was passiert ist, tut mir so unendlich leid, aber bitte mach dir keine Sorgen um mich. Ich werde da schon wieder rauskommen, du wirst sehen. Zwanzig Jahre sind doch nichts. Ich liebe dich.«

Er klang so ruhig, so gefasst. Völlig im Reinen mit seinem Schicksal. Mehrmals hörte ich mir die Nachricht an, bis meine Tränen auf einmal verschwunden waren. Ich konnte es mir nicht mehr erlauben, in meinem eigenen Elend zu versinken, stattdessen musste ich mich ganz auf die Aufgabe konzentrieren, die nun vor mir lag.

Mit neu gefasstem Mut spazierte ich mit Rosa zurück in die Wohnung. Dort angekommen gab ich ihr Futter, während die Kaffeemaschine lief. Als das Koffein durch meine Adern rauschte, sprang ich schnell unter die Dusche, um die letzten Reste der Nacht von meinem Körper zu waschen.

Dann schickte ich Hyacinth eine kurze Nachricht, dass ich noch am Leben war und bald zu ihr kommen würde.

Danach wandte ich mich ganz diesem bescheuerten Liebestrank zu. Wie schwer konnte die Zubereitung schon sein? Den immer noch sauber gefalteten Zettel holte ich aus den Tiefen meiner Handtasche hervor.

Sorgsam entfaltete ich ihn, dann begann ich den Text darauf laut vorzulesen: »Was zur Hölle?«

Nicht einen einzigen der Buchstaben, die dort mit feiner, geschwungener Schrift geschrieben standen, konnte ich entziffern. Mehrmals drehte ich das Papier in alle möglichen Richtungen. Doch rein gar nichts änderte sich. Das Rezept war in einer Sprache verfasst, die ich nicht verstand.

»Dieser verdammte Fee!« Innerlich verfluchte ich den Feenkönig mit den buntesten Worten von hier bis zum Mond. Der Deal war nicht einmal vierundzwanzig Stunden her und schon zog er mich über den Tisch.

Ich verspürte den Drang, den Zettel in tausend kleine Fetzen zu zerreißen. Doch ich hielt mich zurück. Bloß, weil ich die Sprache nicht verstand, hieß das noch lange nicht, dass ich sie nicht lesen konnte.

In diesem Moment vibrierte mein Handy in der Hosentasche. Ein kurzer Blick zeigte einen weiteren Anruf von Hyacinth. Anstatt ranzugehen, packte ich das Rezept in die Tasche und machte mich auf den Weg zu meiner Besten.

Es lagen nur ein paar wenige Blocks zwischen Hyacinths Wohnung und meiner. Normalerweise nahm ich für diese Strecke die U-Bahn, doch heute brauchte ich die Bewegung. Dabei konnte ich vielleicht meine Gedanken ein wenig ordnen.

Es war kurz nach Mittag, New York versank vollkommen im Alltag. Bewohner und Touristen drängten sich auf dem Bürgersteig, die vielen

Wagen auf den Straßen lieferten sich ein wahres Hupkonzert. Wie jedes Jahr nach der Walpurgisnacht mischten sich auch einige verlorene Feiernde unter die Menge. Es war ein seltsames Gefühl, dass das Leben hier normal weiterging.

An jedem anderen Tag würde ich nun auf der Arbeit sitzen, mich mit verletzten Haustieren und gestressten Besitzern befassen, während Will entweder bei irgendeinem Casting wäre oder sich mit seinen Freunden zum Textlernen treffen würde. Am Abend würden wir zusammen essen, wobei ich kochen und Will – wie immer – nicht den Abwasch erledigen, sondern damit bis zum nächsten Tag warten würde.

Mit Tränen in den Augen betrat ich Hyacinths Wohnhaus. Ich schenkte dem Portier ein schmales Lächeln, sammelte mich wieder und stieg in einen der Aufzüge.

Oben angekommen, hörte ich Stimmen im Hausflur. Eine davon war ganz klar Hyacinths Stimme, die andere – rau und melodisch – kannte ich nicht. Ein seltsames Gefühl nistete sich in meiner Magengegend ein, als ich vorsichtig den Gang entlangschlich.

Hyacinth war gerade dabei, eine hochgewachsene Fee mit langem braunem Haar zu umarmen. Leider konnte ich nicht verstehen, was genau die beiden dort besprachen, aber sie wirkten ziemlich vertraut. Die Fee kam mir bekannt vor. Doch erst, als sie sich plötzlich zu mir umdrehte, erinnerte ich mich. Sie war dieselbe Feenfrau, mit der Hyacinth gestern Nacht gesprochen hatte, als ich mit Oberon … beschäftigt war. Ich hatte nicht gewusst, dass sie sich kannten.

Die beiden lösten sich wieder voneinander. Also wandte ich schnell den Blick ab, um beim Starren nicht ertappt zu werden – im Falle meiner Besten fast unmöglich, denn sicherlich hatte sie mich längst bemerkt.

Die fremde Fee begab sich in Richtung Aufzug, dabei kam sie direkt an mir vorbei. Ihr Blick wanderte kurz meinen Körper hinauf und hinab, dann lächelte sie knapp und ging weiter. Wieder eine dieser umwerfend schönen Feen, die so ausdruckslose Masken zur Schau trugen.

»Wer war das?«, fragte ich Hyacinth, ohne sie zu begrüßen.

»Helene, eine alte Freundin von mir.« Sie winkte mich in die Wohnung herein.

»Sie war gestern auch auf dem Ball.« Den Kloß in meinem Hals überspielte ich mit einem kleinen Räuspern.

»Stimmt, sie ist eine von Oberons Beratern.« Im Wohnzimmer angekommen, schmiss Hyacinth sich aufs Sofa und deutete mir an, mich neben sie zu setzen.

»Kennst du Oberon etwa?«

»Gott, Tania, nein. Natürlich nicht. Wenn das so wäre, dann hätte ich dich nicht auf diesen verfluchten Ball geschleppt. Helene ist eine alte Freundin meiner Mutter, wir kennen uns schon, seit ich klein war. Bis vor ein paar Minuten dachte ich noch, sie hätte mich vergessen.« Sie deutete auf den Esstisch, auf dem eine Schatulle stand. »Sie hat mir die Dolche zurückgebracht.«

Mit einem Seufzen ließ ich mich neben sie fallen. »Die hatte ich ja ganz vergessen.«

»Ich auch, bis eben Helene vor der Tür stand.« Sie fasste ihre langen Haare hinter dem Kopf zusammen. »Deinem Bruder geht es übrigens gut.«

»Hat sie das gesagt?«

Sie nickte. »Viel konnte Helene mir nicht sagen, aber so viel ist sicher. Im Tower wird ihm nichts geschehen. Also mach dir keine Sorgen.« Liebevoll drückte sie meine klammen Finger.

Mehrmals wiederholte ich ihre Worte im Kopf, bis sie zu meinem Mantra geworden waren.

Will geht es gut.

»Dann sollten wir jetzt an die Arbeit gehen.« Vorsichtig holte ich das Rezept hervor und legte es in ihre ausgestreckte Hand. »Das ist in einer Sprache geschrieben, die ich nicht kenne.«

»Da hast du wohl recht.« Hyacinth rümpfte die Nase, während sie den unliebsamen Zettel betrachtete. »Ich bin mir ziemlich sicher, dass das Altfeeisch ist. Ziemlich altes Altfeeisch.«

»Kannst du es lesen?« Ein winziger Funken Hoffnung keimte in mir auf.

»Schätzchen, ich bin in den Neunzigern des letzten Jahrhunderts geboren.

Ich kenne echt niemanden, der das noch spricht, geschweige denn lesen kann.« Entschuldigend zuckte sie mit den Schultern.

»Auch deine Freundin Helene nicht?« Noch war ich nicht bereit, aufzugeben.

»Die hat erst vier Jahrhunderte auf dem Buckel.« Hyacinth machte eine wegwerfende Handbewegung. »Leider keine Hilfe.«

»Na, fantastisch.« So viel dazu. Nicht mal vierundzwanzig Stunden waren vergangen und schon war ich am Ende meines Könnens angekommen.

»So schnell gebe ich nicht auf.« Hyacinth ließ sich von meiner Mutlosigkeit nicht aufhalten, sondern holte ihren Laptop hervor. »Es gibt doch nichts, was das Internet nicht weiß. Googleübersetzer wird es schon richten!«

Ihr Glaube in die Allwissenheit des Internets wurde jedoch leider in der nächsten halben Stunde vollkommen zerstört. Weder Google noch eine andere Suchmaschine oder eine kurze Fernsuche in der Bibliothek konnten uns weiterhelfen. Altfeeisch war anscheinend der Inbegriff einer toten Sprache.

Frust fraß sich wie Säure durch meinen Körper. Er zermalmte meine Nerven zu feinen Partikeln, während er gleichzeitig eine unruhige Energie durch meine Adern trieb. Irgendwann hörte ich Hyacinth nicht einmal mehr zu, wie sie leise fluchte, sondern schaute aus dem Fenster.

Ich hatte meine Beste immer ein wenig für den Ausblick beneidet, doch verblasste er im Vergleich zu dem der letzten Nacht. Vom Erltower aus hatte ich das Gefühl gehabt, mir läge die ganze Stadt zu Füßen. Wie musste dann erst der Blick aus dessen oberstem Stockwerk sein?

Gerüchten zufolge erstreckte sich Oberons Penthouse über die komplette obere Etage. Ungewollt wanderten meine Gedanken zurück zum Feenkönig und zu unserem Kuss. Immer noch prickelten meine Lippen ein wenig.

Eigentlich wollte ich gar nicht an den Feenkönig denken, doch nun, wo er bereits wieder in meinem Kopf herumgeisterte, kam mir eine Idee: Ich suchte nach jemandem, der Altfeeisch sprach. War er dafür nicht die beste Adresse? Doch alles in mir wehrte sich gegen den Gedanken, ihn so bald wiedersehen zu müssen.

»Tania.« Hyacinth schnipste mit dem Finger direkt vor meiner Nase. »Ist jemand zu Hause?«

»Kein Grund, unhöflich zu werden«, schnauzte ich sie etwas ungehalten an, bereute es aber sofort wieder. »Tut mir leid, ich stehe gerade einfach unter Strom.«

»Alles gut, Sweetie. Ich verstehe das ja.« Mit einem finalen Seufzer klappte sie ihren Laptop zu. »So kommen wir auf jeden Fall nicht weiter.«

Der nächste spitze Kommentar brannte mir auf der Zunge. Schnell schluckte ich ihn herunter und sagte lieber: »Danke für deine Hilfe.«

»Ich gebe noch nicht auf«, versicherte sie mir. »Bloß weil das Internet nichts hergibt, heißt das noch lange nicht, dass wir nichts finden werden. Kann ich ein Foto von dem Text machen?«

Abwesend nickte ich. Sie hatte recht, es musste noch irgendeinen Weg geben, dieses Gekritzel zu entziffern.

»Ich werde mal meine Mum fragen, vielleicht kennt sie jemanden, der diese alte Sprache noch spricht. Und wenn nicht, dann vielleicht jemanden, der uns weiterhelfen kann.«

»Danke nochmal.« Ich hielt es einfach nicht mehr aus, nur herumzusitzen. »Ich muss erst mal den Kopf frei bekommen, dann kann ich weiterschauen.«

Ich war schon halb aus der Wohnung, als Hyacinth mich am Arm festhielt. »Ruf mich an, wann auch immer du willst, ja? Wenn du nicht alleine sein willst, dann kannst du gerne hier schlafen. Oder ich komme zu dir!« Ein bittender Ausdruck trat in ihre Augen. »Ich will für dich da sein.«

»Das weiß ich doch.« So fest ich konnte, schloss ich sie in die Arme. »Ich liebe dich.«

»Ich dich auch, Sweetie. Pass auf dich auf.« Mit einem versucht aufmunternden Lächeln begleitete sie mich zur Tür.

***

Ich hielt es nicht lange in meiner viel zu stillen Wohnung aus. Als ich mir sicher war, dass Rosa es ein paar Stunden ohne mich aushalten würde, suchte ich alle Sachen zusammen und ging zum Sport.

In der U-Bahn hatte ich endlich den Mut gefasst, eine Nachricht an Will zu senden, doch auch oben auf den Straßen, wo ich wieder Empfang hatte, erreichte sie ihn nicht. Ob er überhaupt noch Zugang zu seinem Telefon hatte?

Vor einem unscheinbar aussehenden Stadthaus steckte ich mein Handy wieder in die Tasche. Ich war nicht die Einzige, die gerade ins Studio Blade wollte, denn zu jeder vollen Stunde begann ein neuer Schwertkampf-Kurs. Mir war gerade nicht nach Sparring, ich wollte einzig die überschüssige Energie loswerden, also stieg ich die Treppe hinauf in den ersten Stock.

Während das Erdgeschoss und der Keller für Kurse genutzt wurden, gab es oben mehrere kleine Räume, in denen man alleine trainieren konnte. Zu meinem Glück waren diese gerade leer.

Es war ein gutes Gefühl, das bekannte Gewicht eines Schwertes in der Hand zu spüren. Das war einer der Gründe, weswegen ich Schwertkampf so liebte. Solch eine Waffe in der Hand verlieh einem eine gewisse innere Stärke, ein Gefühl der Macht und Sicherheit, das man sonst nicht oft fand.

Mehrmals ließ ich die Klinge durch die Luft gleiten, um meine Muskeln zu lockern. Danach wandte ich mich dem Dummy zu, der mitten im Raum stand. Gerade ging es mir nicht darum, eine gute Technik abzuliefern oder auf die Haltung zu achten. Ich wollte einfach nur auf etwas einschlagen.

Schon bald lief mir der Schweiß über den Rücken. Die Muskeln in meinen Armen und Beinen wurden langsam müde, mein Atem ging stoßweise, doch von meinem alles zerfressenden Frust war ich immer noch nicht befreit.

Anscheinend half es nicht, sich nur das Gesicht einer gewissen Person auf dem Dummy vorzustellen.

Es war ein seltsamer Zwiespalt, ich wollte nicht an Oberon denken und gleichzeitig konnte ich es nicht sein lassen. Denn auch wenn ich den Gedanken an ihn hasste, war mir doch klar, dass er vermutlich die einzige Person war, die mir mit dem Rezept helfen konnte.

Daran änderte auch kein Schlag gegen den Dummy etwas. Das Schwert rutsche mir aus den zittrigen Fingern. Ob ich es wollte oder nicht, ich musste noch einmal mit Oberon sprechen.

Kapitel sieben

Mit wild klopfendem Herzen stand ich am nächsten Tag in der Eingangshalle des Erltowers. Nervös knibbelte ich am Saum meines Shirts herum, während ich den Blick über die Umgebung schweifen ließ. Niemand achtete auf mich, nicht einmal die Feen, die hinter dem Empfangstresen arbeiteten.

Am Tag war das Foyer genauso eindrucksvoll wie in der Ballnacht, auch wenn die vielen Menschen, die ein- und ausgingen, dem Ganzen nun ein wenig den Märchenzauber nahmen.

Das hatte aber auch sein Gutes, so wurde ich davon wenigstens nicht eingelullt.

Am Empfangstresen angekommen, offenbarte sich mir nun aber ein neues Problem. Freundlich lächelnde Empfangsfeen hatten unter anderem auch die Aufgabe, sicherzugehen, dass niemand in den Tower reinkam, der hier nicht hergehörte. Und, wie mir eine von ihnen zuckersüß lächelnd versicherte, würden sie mich zu Oberon erst recht nicht einfach so durchlassen.

Ich blies die Backen auf und ließ mich auf einen der weichen Sessel fallen. Ich musste wirklich damit aufhören, ohne einen genauen Plan aufzubrechen, ansonsten würde ich niemals irgendwo ankommen. Inzwischen bereute ich es zutiefst, Hyacinths Angebot, mich zu begleiten, abgelehnt zu haben. Sie hätte sicher schon einen Weg gefunden, an den Empfangsfeen vorbeizukommen.

»Was willst du hier?«, sprach eine melodisch hohe Stimme, begleitet von einem leisen Klingeln.

Erschrocken zuckte ich zusammen. Neben mir stand dieselbe Puck, die

Oberon auf dem Ball herbeirief, um Feinri zu finden. Sie trug dieselbe Kleidung. Ihre riesigen, schwarzen Augen schienen direkt in meine Seele zu schauen, als sie den Kopf schief legte.

»Ich wollte mit Oberon sprechen, aber ich komme nicht rein«, erklärte ich kurz angebunden.

»Robin kann dir dabei helfen. Robin kann dich zu König bringen.« Sie nickte so heftig mit dem Kopf, dass ihre schwarzen Locken tanzten.

»Das würdest du einfach so tun?«, fragte ich skeptisch nach. Pucks waren nicht gerade für ihre Hilfsbereitschaft bekannt.

Erneut nickte sie. »Robin hilft, wo Robin kann.« Ihr breites Grinsen enthüllte eine Reihe kleiner, spitzer Zähne. Kurz dachte ich über ihr Angebot nach. Leider hielt sich mein Wissen über Pucks ziemlich in Grenzen. So ganz wollte ich Robin nicht trauen, aber eine bessere Alternative gab es leider nicht. »Dann geh mal vor«, wies ich sie an.

Es fühlte sich seltsam an, von einem Puck begleitet zu werden. Niemand stellte sich uns in den Weg oder wollte wissen, wohin wir gingen. Dennoch spürte ich die Blicke auf uns. Es hatte mich ja schon ein wenig gewundert, dass mich bisher niemand beachtet hatte, immerhin war ich hier eindeutig fehl am Platz. In meinen verwaschenen Jeans und dem simplen Top stach ich auf jeden Fall heraus. Hier sahen alle so elegant aus.

Genervt von mir selbst verdrängte ich diese Gedanken. Gerade war nicht der Zeitpunkt, um in Selbstzweifel wegen meines Aussehens zu versinken. Es sollte mir eigentlich vollkommen egal sein, was diese vielen Unbekannten von mir dachten.

Doch sobald wir durch die Sicherheitsschleuse gegangen waren, intensivierten sich die Blicke. Die meisten Leute machten nicht einmal einen Hehl daraus, mich offen anzuglotzen, so als wäre ich ein Tier im Zoo. Mehrmals wollte ich einem besonders neugierigen Gaffer den Mittelfinger zeigen.

»Habe ich irgendetwas im Gesicht?«, fragte ich endlich Robin, als wir im Aufzug standen.

Sie schüttelte nur den Kopf.

»Wieso starren mich dann alle so an?«

»Feen wissen von Tanias Deal mit König. Es ist der erste Handel, den König in vielen Jahren gemacht hat. Feen sind gespannt, wie er ausgeht.«

»Na fantastisch.« Es gab doch nichts Besseres, als eine Kuriosität für Feen zu sein. Ich biss den Kiefer so fest zusammen, dass es fast schon schmerzte.

Wir fuhren immer höher. Auf der kleinen Aufzug-Anzeige rasten die Zahlen weiter hinauf, so als wollten sie gar nicht mehr zum Stoppen kommen. Anscheinend würde ich Oberon wieder in seinem Büro treffen. Dort hatten wir wenigstens unsere Ruhe.

Ein lautes Ping ließ mich zusammenzucken und die Tür öffnete sich. Der Stress und die Schlaflosigkeit der letzten Tage hatten mich schreckhaft gemacht. Robin schien davon nichts mitzubekommen. Munter hüpfend führte sie mich den Flur entlang.

Am Tage sah hier alles so anders aus. Das Blätterdach unter der Decke war immer noch eindrucksvoll, doch wirkte nun alles bei Tageslicht ein wenig normaler. Fast schon menschlicher. Während ich versuchte mit Robin mitzuhalten, schaute ich mich um.

Der Tower war doch ein einziges Labyrinth. Wir kamen noch an drei weiteren Aufzügen vorbei, bis uns unser Weg zu einer Art Kreisverkehr führte, von dem aus ein Dutzend Flure abgingen. Hier oben schien wieder eine ganz andere Welt zu sein. Die Feen trugen hier keine Anzüge oder Kostüme, sondern militärähnliche Kleidung. Dunkle Hosen und Shirts, dazu feste Stiefel. Der eine oder andere trug entweder eine Waffe an der Hüfte oder sogar ein Schwert auf dem Rücken.

Es kam mir so vor, als hätten wir Kilometer um Kilometer zurückgelegt, da stoppte Robin endlich vor einer Tür.

»König ist gerade beim Training. Mensch findet König dort.« Ehe ich noch etwas erwidern konnte, machte es Plopp, und Robin löste sich einfach in Luft auf.

»Du hättest mir ja auch sagen können, dass er gerade anderweitig beschäftigt ist«, rief ich ihr ins Nichts hinterher. Kurz kam ich mir vor, als würde ich mit mir selbst sprechen, dann drang ein kaum hörbares Kichern an mein Ohr.

Hatten denn alle Feenwesen ihren Spaß daran, sich über uns Menschen lustig zu machen?

Leise vor mich hin fluchend, trat ich durch die Tür in eine beeindruckende Trainingshalle. Trainings- und Cardiogeräte, die sichtlich in Benutzung waren, nahmen den Großteil des Platzes ein, der Rest war von Matten und kleinen Boxringen belegt, auf denen auch einiges los war.

Feen in Sportkleidung und mit Schwertern bewaffnet umrundeten einander oder gingen mit unmenschlicher Eleganz aufeinander los. Damit konnte ich und auch sonst niemand aus dem Blade mithalten, sosehr wir es auch versuchten.

Mein Blick blieb an zwei Kämpfern hängen, die am Ende der Halle trainierten. Ihr Kampf hatte eher etwas von einem Tanz. Einem tödlichen Tanz, so wie die beiden miteinander umgingen. Die Männer kämpften derartig schnell miteinander, dass ich ihnen kaum mit den Augen folgen konnte.

Ihre Glieder verschwammen zu einem Brei aus Muskeln und Fleisch, bis sie auf einmal klar zu sehen waren und ihre Schwerter mit einem lauten Klirren aufeinandertrafen. Anschließend lösten sie sich wieder voneinander, um ihren Tanz von vorne zu beginnen.

So eine tödliche Präzision hatte ich in meinem ganzen Leben noch nie gesehen. Das hier war besser als jeder Film, jede Lehrstunde, denn das hier war echt. Zwei echte Wesen, die kunstvoll mit den Schwertern aufeinander losgingen. Vielleicht nicht mit der Absicht, einander zu vernichten, aber mit dem deutlich sichtbaren Talent dafür.

In diesem Moment jedoch schien der schwarzhaarige Kämpfer eine Schwachstelle in der Verteidigung seines Gegenübers zu entdecken. Anstatt den nächsten Angriff abzuwehren, ließ er den anderen auf sich zukommen, bis dieser ihn beinahe erwischte. Dann riss er sein eigenes Schwert mit einer solchen Kraft nach oben, dass der andere nach hinten stolperte. Mit einer eleganten Bewegung des Handgelenks entwaffnete der Dunkelhaarige seinen Gegner und setzte ihm die Schwertspitze auf die Brust.

Beide standen sich schwer atmend gegenüber. Der Sieger mit dem Rücken zu mir, sein Unterlegener – ein natürlich umwerfend gut aussehender Fee mit flachsblondem Haar – mit erhobenen Händen in meine Richtung blickend. Auch wenn es mir peinlich war, musste ich die beiden weiter anstarren.

Keiner von ihnen trug ein Shirt, was mir einen guten Blick auf ihre durchtrainierten Oberkörper erlaubte. So nett der Blonde auch anzusehen war, konnte ich nicht anders, als den Schwarzhaarigen zu bewundern.

Jetzt, wo er endlich stillstand, bemerkte ich die schwarzen Zeichnungen auf seiner Haut. Von hinten konnte ich nicht viel von dem eindrucksvollen Tattoo erkennen, nur, dass es sich quer über seinen rechten Arm und die Schulter erstreckte.

»Können wir dir helfen?«, fragte mich der Blonde und legte dabei lächelnd seinen Kopf schräg. Ihm schien meine kleine Fleischbeschauung nicht entgangen zu sein.

»Nein, ich suche nur nach jemandem«, krächzte ich nach einem kurzen Augenblick der Stille. Viel peinlicher konnte es nicht mehr werden.

»Vielleicht können wir dir ja doch helfen«, sprach der Dunkelhaarige, immer noch mit dem Rücken zu mir.

Ein Schauder rann mir über den Körper, zuerst heiß, dann eiskalt. Wieso musste ich das Schicksal auch nur immer wieder herausfordern? Als ich nichts darauf erwiderte, drehte Oberon sich zu mir um, ein schelmisches Lächeln auf den Lippen. »Hallo, Tania.«

»Fuck«, entfuhr es mir laut. Ohne es zu wollen, wanderte mein Blick über seinen extrem nackten, extrem verschwitzen und extrem tätowierten Oberkörper. Schwarz-goldene Schnörkel und Linien überzogen seinen kompletten Schwertarm und endeten auf der Brust. Direkt über dem Herzen war ein Symbol zu erkennen: eine in einem Halbmond sitzende Sonne, durchstoßen von einem Schwert.

Mehrmals blinzelte ich, damit ich den Blick von seinem Körper losreißen und ihm endlich in die Augen schauen konnte. Leider machte das die ganze Situation nicht angenehmer. Über die letzten Tage war die Erinnerung an seine faszinierenden Augen abgeklungen, doch nun traf mich die Wirkung wieder mit voller Wucht.

Sosehr ich es auch wollte, ich konnte seinem Blick nicht standhalten.

»Ähm, ich wollte nur …«, stotterte ich irgendwann, als die Stille zu schwer wurde. »Ich muss mit dir sprechen«, schaffte ich endlich zu sagen. Verdammt nochmal, ich konnte nicht zulassen, dass er mich schon wieder derart aus der Fassung brachte.

»Ich stehe dir sofort zur Verfügung«, schnurrte er. Das Schwert locker in der Hand kam er direkt auf mich zu, um dann an mir vorbeizugehen. Dabei ließ sein intensiver Blick nicht einen Moment von mir ab.

Schnell senkte ich meinen Blick, damit er die verräterische Röte auf meinen Wangen nicht bemerkte. Der andere Fee hatte sich inzwischen ein Handtuch um den Hals geschlungen und schlenderte nun völlig entspannt zu mir herüber.

»Wir haben uns noch nicht vorgestellt. Ich bin Lyander.« Mit einem freundlichen Lächeln hielt er mir die Hand entgegen.

Nach einigem Zögern ergriff ich sie. »Tania, aber das weißt du wahrscheinlich schon.«

»Der Buschfunk funktioniert hier ausgesprochen gut. Aber es freut mich trotzdem sehr, dich offiziell kennenzulernen.«

Irgendwie war er mir sofort sympathisch. Er hatte etwas von dem netten Kerl von nebenan, mit dem einnehmenden Lächeln, das die Grübchen in seinen Wangen enthüllte, und den strahlend grünen Augen. Nicht einmal die Eckzähne nahmen ihm etwas von seinem Charme.

»Was führt dich heute hierher?«, fragte er weiter. »Du hast deine Aufgabe doch nicht etwa schon erfüllt?«

Seine unschuldige Frage rief mir den Grund meines Besuches wieder klar in Erinnerung. Daran änderten auch stechende Augen und hypnotisierende Tattoos nichts. »Nein, ich habe nur noch an Oberon ein paar Fragen dazu.«

»Ich bin mehr als erfreut, sie dir beantworten zu können.« Ich hatte nicht mitbekommen, dass Oberon sich zu uns gesellt hatte, bis er auf einmal direkt neben mir stand. Trotz seiner Größe hatte er die Geschmeidigkeit und Lautlosigkeit einer Katze. »Wollen wir dafür in mein Büro gehen?«

»Sehr gerne.« Etwas steif nickte ich. Mit der Hand deutete ich ihm an vorzugehen.

»Wir machen nachher weiter, Lyander.« Oberon klopfte seinem Trainingspartner freundschaftlich auf die Schulter, bevor er sich abwandte.

»Es war schön, dich kennengelernt zu haben, Tania. Viel Glück bei deiner Aufgabe.« Das glaubte ich Lyander sogar.

Mit heftig pochendem Herzen folgte ich Oberon, dabei tat ich mein Bestes, nicht auf seinen Rücken zu starren, der sich nun direkt vor mir befand. Stattdessen schaute ich mich weiter in der Halle um, wobei ich zum ersten Mal die Wand zu meiner linken bemerkte, die voller Waffen hing.

Schwerter, kurz und lang, Dolche, Wurfmesser, Streitäxte, Speere und noch einige andere Waffen, die ich nicht benennen konnte. Sauber und in Reih und Glied aufgehangen, sodass man die wunderschön gearbeiteten Klingen betrachten konnte.

Sie schienen nicht einfach aus Stahl oder Eisen gefertigt, sondern aus einem fremdartigen Material. Mitten in der Bewegung blieb ich stehen, um meiner Neugierde nachzukommen. Die Klingen sahen aus wie holographisches Glas, in dessen Mitte sich ein metallischer Kern verbarg. Sie waren umwerfend, vor allem in Kombination mit den fein gearbeiteten Griffen aus Stein, Holz und vielem mehr.

»Atemberaubend, nicht wahr?« Oberon war ebenfalls stehengeblieben. Die Arme hatte er vor der Brust verschränkt, sodass die Muskeln dort noch stärker hervortraten.

»Woraus bestehen sie?«, fragte ich schnell ablenkend.

»Aus einem Stahlkern, umhüllt von Feenglas. Unzerbrechlich und wunderschön.«

»Wieso ist nicht die ganze Klinge aus diesem Glas?« Mit den Fingerspitzen strich ich über ein Schwert, direkt vor mir.

»Es ist schwer herzustellen und noch schwerer zu verarbeiten. Waffen aus Stahl sind schnell geschmiedet, das Glas dient dann als Schutz über dem Eisen.« Ihm schienen meine Fragen nichts auszumachen, stattdessen reichte er mir sogar ein Kurzschwert.

»Du hattest schon einmal ein Schwert in der Hand?«

»Ich trainiere seit ein paar Jahren.« Leicht verlegen zuckte ich mit den Schultern, bevor ich ihm das Schwert zurückgab.

»Dann solltest du inzwischen ja ziemlich gut sein.« Mit einem kleinen Lächeln hängte er die Klinge zurück.

»So würde ich das nicht bezeichnen.« Ich hatte gar nicht bemerkt, wie nah wir uns plötzlich standen. Sein Blick bohrte sich in meinen und sandte mir ein Prickeln über den Körper. »Wollen wir dann in dein Büro gehen?«

»Natürlich.«

Er trat einen Schritt zurück und ich konnte endlich wieder durchatmen.

Diese Nähe tat mir nicht gut.

Diesmal folgte ich ihm mit gesenktem Kopf, um ihn weder anstarren zu müssen, noch von etwas anderem abgelenkt zu werden. Oberon führte mich aus der Trainingshalle hinaus, einen langen Flur entlang, bis wir uns vor seiner Bürotür wiederfanden.

Erst als er mir die Tür aufhielt, fiel mir auf, dass er immer noch kein Shirt trug. Die Arme vor der Brust verschränkt, trat ich schnell ein, um etwas Abstand zwischen uns zu bringen. Gerade als er mir hineinfolgen wollte, rief jemand nach ihm.

»Oberon, hast du einen Moment?« Ein Fee kam herbeigelaufen. Seine Haut schimmerte mitternachtsblau und in den Händen hielt er einen großen Kaffeebecher.

»Natürlich, Demetri.« Der Feenkönig warf mir einen entschuldigenden Blick zu, bevor er die Tür leicht anlehnte.

Es war ein sehr seltsames Gefühl, alleine in dem Büro zu sein. Diesmal hatte ich wenigstens etwas Zeit, mich genauer umzusehen. Obwohl meine Neugierde mich trieb, hielt ich mich von dem Schreibtisch fern. Stattdessen bewunderte ich die Pflanzenwand. Leider hatte ich so gar keinen grünen Daumen. Mehr als ein Kaktus war bei mir nicht drin und selbst die mussten schon einmal ihr unschuldiges Leben lassen. Mit einem Strauß Blumen konnte man mir da eindeutig mehr Freude machen.

Die Tür fiel hinter Oberon ins Schloss, was mich ruckartig aus meinen

Gedanken riss. Für einen Moment konnte ich einen dunklen Schatten auf seinem Gesicht sehen. Dann zeigte er wieder seinen üblichen Charme. »Was führt dich heute her?«

Aus der Hosentasche holte ich das Rezept hervor. »Mir war klar, dass du nicht fair spielen wirst, aber das ist schon extrem mies.« Fast kam ich mir lächerlich dabei vor, mit dem Zettel vor seiner Nase herumzuwedeln, doch meine Wut war einfach zu stark.

»Ich versichere dir, das ist das Originalrezept, ich habe es selbst geschrieben.« Ihn schienen meine Vorwürfe nicht sonderlich zu beeindrucken.

»Nur lästig, dass es in einer Sprache verfasst ist, die ich nicht lesen kann.«

»Oh, daran habe ich gar nicht gedacht.« Sein unschuldiges Lächeln überzeugte mich nicht.

»Wenn du wirklich fair spielen willst, dann übersetze es mir«, verlangte ich, mit dem Zettel immer noch vor seiner Nase wedelnd.

Seine linke Hand legte sich um mein Handgelenk, während er ihn mir vorsichtig abnahm. »Selbstverständlich werde ich das tun. Wenn du mir eine Frage beantwortest.«

»Ernsthaft?«, grummelte ich leise, doch meine Aufmerksamkeit war zwiegespalten, schließlich hielt er immer noch mein Handgelenk umschlungen. Sein Daumen zeichnete winzige Kreise genau über der Stelle, an der mein Puls wild pochte.

Wie gebannt blickte ich auf seine Hand und den geschmückten Ringfinger. Oberon trug ein einfaches, ringförmiges Band darum, anscheinend aus Eisen. Das war merkwürdig, denn Feen reagierten allergisch auf Eisen.

»Etwas musst du verstehen, Tania. Wir Feen geben nur, wenn wir eine Gegenleistung erhalten.« Sein Blick nahm meinen gefangen und diesmal konnte ich mich nicht abwenden.

Trocken schluckte ich. »Dann stell deine Frage.«

»Wieso Schwertkampf?«

Mit dieser Frage hatte ich nicht gerechnet. Wenigstens war es eine, auf die ich schnell und nicht zu persönlich antworten konnte. »Als wir neu in New York waren, hat Will uns für einen Stagefightkurs angemeldet. Da er hier noch niemanden kannte, wollte er nicht alleine gehen und bat mich ihn zu begleiten. Wie sich herausstellte, hatte mein Bruder dafür weder Interesse noch Talent, aber mich hatte es irgendwie gepackt. Es ist zum einen diese Mischung aus Gefahr und Eleganz, die mich fasziniert, und zum anderen die weltweite Geschichte des Schwertkampfes. Der Kursleiter hat auch ein Studio in Harlem. Er hatte mich damals dahin eingeladen und seitdem gehe ich dort regelmäßig ein und aus. Zufrieden?«

»Sehr sogar.« Sein Lächeln konnte ich irgendwie nicht richtig deuten, aber es sorgte dafür, dass sich mein Magen zusammenzog. Ein weiterer Zettel erschien zwischen seinen Fingern, den er mir dann in die Hand drückte. »Diesmal kannst du es lesen, versprochen.«

Trotz seiner Worte überflog ich das Rezept einmal kurz: ganz klar Englisch. »Danke«, murmelte ich etwas unwillig.

»Kann ich dir sonst noch behilflich sein?« Oberon ließ mein Handgelenk immer noch nicht los.

Eine Frage brannte mir auf der Seele, aber ich war nicht bereit für eine weitere Gegenleistung.

»Nein. Ich werde mich dann jetzt an die Arbeit machen.«

Endlich gab er mich frei, sodass ich ein wenig Abstand zwischen uns gewann. »Halt mich gerne auf dem Laufenden darüber, wie du so vorankommst.«

»Träum weiter.« Mit einem Schnauben und dem Rezept sicher in der Hand wandte ich mich auf dem Absatz um. Oberons leises Lachen folgte mir aus dem Büro hinaus bis nach Hause. Genauso wie die Erinnerung an seine Berührung.

Liebestrank

Blätter einer Blodynblume
***
Elfennektar
***

Gischt aus dem Garten Eden
***
Die Feder einer Liebestaube
***
Gefäß aus goldenem Sand

Schritt eins: Forme das Gefäß aus goldenem Sand in Form eines Herzens.
Schritt zwei: Lasse die Gischt aus dem Garten Eden unter dem vollsten Mond auf offener Flamme brodeln.
Schritt drei: Füge sieben Blätter der Blodynblume hinzu und rühre das Gebräu mit der weißen Feder einer Liebestaube um.
Schritt vier: Süße das Gebräu mit dem Nektar der Elfen.
Schritt fünf: Lasse den Trank im Mondlicht vollkommen abkühlen und fülle ihn sogleich in das gefertigte Gefäß.

Um den Trank zu aktivieren, füge ihm das Blut der Obsession hinzu und verabreiche ihn dem unwilligen Herzen.

Kapitel acht

Das kleine, schneeweiße Kätzchen hatte sich in meinem Arm zusammengerollt und schnurrte wie ein leiser Motor. Am liebsten hätte ich das winzige Wesen gar nicht mehr hergegeben, aber sein Besitzer wäre darüber sicher nicht so erfreut gewesen. Mit einem leisen Seufzen packte ich das Tierchen zurück in seine Transportbox.

Während Doc Shaw noch ein paar Sachen mit dem jungen Mann besprach, machte ich mich daran, schon einmal alles zu desinfizieren. Dabei entging mir nicht, dass er meiner Chefin zwar zuhörte, mich jedoch zwischendurch immer wieder ansah. Als sich unsere Blicke für einen Moment trafen, zwinkerte er mir sogar zu.

Etwas zögerlich erwiderte ich die Geste mit einem Lächeln. Er war irgendwie süß, auf eine menschliche Art. Freundlich, sympathisch, ehrlich.

Mein letztes Date war schon einige Zeit her, das war auch mit einem Kerl gewesen, der nett und menschlich war. Nach zwei Stunden Abendessen stellte sich dann jedoch heraus, dass mich sein Gerede leider langweilte.

Dabei könnte Langeweile doch etwas Gutes sein. Langeweile konnte beständig und bestärkend sein, ohne Aufregung, ohne Drama. Mehr konnte man sich eigentlich nicht wünschen.

Der Besitzer und sein süßes Kätzchen verabschiedeten sich von uns. Diesmal war ich diejenige, die zwinkerte. Ein breites Lächeln erhellte sein Gesicht, als er aus dem Behandlungszimmer verschwand.

»Niedlich«, kommentierte Doc Shaw mit hochgezogenen Augenbrauen.

»Ja, ich liebe Perserkatzen.« Ich ließ meine Handschuhe klatschen, bevor ich mich ans Schrubben machte.

»Die hatte ich eigentlich nicht gemeint.«

»Ich mache das hier dann mal fertig.« Bevor sie mir noch mehr auf die Pelle rücken und weitere zweideutige Blicke zuwerfen konnte, besprühte ich den Untersuchungstisch ordentlich mit Desinfektionsmittel. Mit Erfolg, meine Chefin zog ab.

In gleichmäßigen Kreisen schrubbte ich den Edelstahl. Die schnöde Aufgabe hielt meinen Körper beschäftigt, doch mein Geist konnte frei wandern.

Zurück zu dem hübschen Kerl, der eben noch hier war. Vielleicht war es mal wieder an der Zeit, dass ich ausging. Hyacinth hätte sicher nichts dagegen gehabt, die Stadt ein wenig unsicher zu machen. Sie war eine loyale Vertreterin der Philosophie »Gucken darf jeder mal.«

New York war voll von Singles in allen möglichen Lebenslagen. Auch wenn ich gerade nicht nach einer festen Beziehung suchte, etwas Spaß schadete sicher nicht. An meinen letzten richtigen Kuss konnte ich mich kaum noch erinnern. Das Küsschen auf die Wange, welches ich vor Monaten meinem unbekannten Retter gegeben hatte, zählte ich in diesem Moment nicht.

Mit dem Lappen in der Hand erstarrte ich mitten in der Bewegung. Das stimmte ja gar nicht. Ich konnte mich sogar sehr gut an meinen letzten Kuss erinnern. Immerhin war der nicht einmal eine Woche her.

Aber ich weigerte mich, diesen Kuss mit Oberon als solchen anzusehen. Es war nur eine Unterschrift gewesen, der Abschluss eines Handels, ganz sicher nicht der erste Kuss mit einem Mann seit über einem Jahr.

Mit aller Kraft drückte ich die Gedanken an Oberon, seine Lippen und seinen nackten Oberkörper beiseite und konzentrierte mich ganz darauf, das Untersuchungszimmer auf Hochglanz zu bringen. Das Kätzchen war unser letzter Patient heute gewesen und nach diesem anstrengenden Tag jubelte ich dem wohlverdienten Feierabend entgegen.

Als alles glänzte und blitzte, warf ich meine Handschuhe in den Müll und ging vor zum Empfangsbereich. Die meisten anderen Tierarzthelfer waren bereits nach Hause gegangen. Nur noch Hyacinth wartete dort auf mich und spielte mit ihrem Handy herum.

»Da bist du ja endlich.« Sofort legte sie das Ding weg, um mir ihre ganze Aufmerksamkeit zu schenken.

»Wie geht es dir?«

Wie sehr ich diese Frage inzwischen verabscheute. Seit dem Ball stellte Hyacinth sie mir mehrmals täglich, so als erwartete sie, dass ich irgendwann einfach zusammenbrach. Vielleicht würde ich das eines Tages auch, aber nicht heute.

»Es geht mir gut«, beteuerte ich nun schon zum gefühlt hundertsten Mal an diesem Tag. Hyacinths wenig überzeugten Blick ignorierte ich, als ich mich neben sie setzte.

»Bist du hier soweit fertig?«

»Klaro. Von mir aus können wir gleich los, Sweetie.«

Sie machte sich daran, ihre Sachen zusammenzupacken.

»Moment noch«, erklang Doc Shaws Stimme aus dem Büro hinter uns. Neben dem Empfang war das der einzige Raum in der Klinik, in dem noch Licht brannte.

Meine Chefin saß hinter ihrem Schreibtisch, den Kopf über ein paar Dokumente gebeugt. Als ich näher kam, erkannte ich, dass es sich dabei um das Rezept handelte.

Ganze drei Tage hatte ich über der englischen Übersetzung gebrütet. Ohne Erfolg. Heute hatte ich mich dann endlich getraut, es erst Hyacinth und anschließend auch Doc Shaw zu zeigen, in der Hoffnung, dass sie mir vielleicht weiterhelfen konnten. Mir wäre es deutlich lieber gewesen, wenn ich meine Freunde aus der ganzen Sache hätte raushalten können – ich wollte nicht auch noch ihr Leben zerstören – aber alleine kam ich leider nicht weiter.

»Das Herstellen des Tranks sollte im Endeffekt kein Problem sein. Aber die Zutaten …« Meine Chefin schüttelte den Kopf.

»Das meiste davon ergibt gar keinen Sinn.« Hyacinth zuckte abwertend mit den Schultern.

»Was mir am meisten Sorgen macht, ist die Blodynblume. Soviel mir bekannt ist, existiert diese Blume gar nicht mehr.«

Das hatte meine Googlesuche auch schon ergeben. »Eine verschollene Blume, Gischt von einem Ort, der nicht existiert, goldener Sand. Kein Wunder, dass Oberon mir diesen Deal so freimütig angeboten hat. Selbst mit einem englischen Rezept werde ich diesen Trank niemals brauen können.«

»So einfach kannst du aber nicht aufgeben.« Hyacinth krallte sich förmlich in meinem Arm fest.

»Ich habe nicht gesagt, dass ich aufgebe. Es wird nur deutlich schwerer, die Aufgabe zu erfüllen als gedacht.«

Bedrückende Stille folgte auf meine Erkenntnis.

»Zumindest eine Sache kann ich besorgen«, durchbrach ich das Schweigen. »Die Feder einer Liebestaube.« Dazu hatte das Internet mir immerhin Auskunft geben können. Diese Vögel sahen ganz anders aus, als ich sie mir vorgestellt hatte. Nicht schneeweiß mit einem bauschigen Federkleid, sondern eher unauffällig braun und grau.

»Der Bronx Zoo hält einige von ihnen.«

»Dann hätten wir die erste Zutat ja schon mal. Der Rest könnte komplizierter werden.« Mit einem Kuli klopfte Doc Shaw auf den Schreibtisch.

»Ich habe noch siebenunddreißig Tage, dann muss ich alle Zutaten zusammenhaben.« Da der Trank unter dem Vollmond gebraut werden musste, fielen leider einige Tage weg. Der letzte Vollmond fand zwölf Tage vor der Sommersonnenwende statt. »In ein paar Tagen habe ich die erste Zutat, danach werde ich weiterschauen.«

Immer schön eins nach dem anderen.

»Ich werde weiter überlegen und mich umhören, vielleicht kann ich dir ja noch irgendwie helfen«, versprach mir Doc Shaw. »Jetzt raus mit euch beiden. Ich muss hier noch etwas fertig machen.«

»Danke. Bis morgen.« Ich zog Hyacinth hinter mir her. »Also ich könnte jetzt etwas zu essen vertragen.«

»Geht mir genauso. Tom ist heute noch lange im Büro.«

Gemeinsam traten wir hinaus in die kühle Nacht und gingen zu ihrem Wagen. »Worauf hast du Lust?«

Auf dem Weg in die Stadt überlegten wir, was wir essen wollten. Es war ein seltsames Gefühl, ein so oberflächliches Gespräch mit Hyacinth zu führen. Ich spürte, wie gerne sie in Wirklichkeit über etwas anderes sprechen wollte.

Aber jedes Mal, wenn ich davon anfing, schnürte sich mir die Kehle zu. Darüber nachzudenken, es laut auszusprechen, es anzuerkennen, das alles schmerzte mehr, als ich in Worte fassen konnte. Denn dann verpuffte meine Entschlossenheit wieder und ich wurde von einer Machtlosigkeit ergriffen, die mir die Luft nahm.

Also sprachen wir über alles und nichts. Die Unwichtigkeiten dieser Welt, während wir um das eigentliche Thema herumtänzelten. Als wir bewaffnet mit frischem Sushi in meine leere Wohnung traten, wusste ich, dass wir so unseren Abend nicht weiter verbringen konnten.

Während ich mit Rosa schnell eine Runde drehte, bereitete Hyacinth alles fürs Abendessen vor. Ich musste zugeben, dass es sich gut anfühlte, wieder jemanden in meiner Wohnung zu haben. Ich hatte noch nie zuvor in meinem Leben alleine gewohnt, deshalb fühlte ich mich gerade etwas einsam.

Nachdem ich Rosa gefüttert hatte, rollte diese sich völlig zufrieden mit der Welt unter dem Esstisch zusammen.

Ich nahm Hyacinth gegenüber Platz, die sich sogar die Mühe gemacht hatte, den Tisch ordentlich zu decken.

Einige Minuten aßen wir schweigend, wobei ich mein Bestes tat, ihrem abwartenden Blick auszuweichen.

Irgendwann hielt ich es einfach nicht mehr aus.

»Nun frag schon!«

Sofort legte sie die Essstäbchen zur Seite. »Wie war es, noch einmal mit Oberon zu sprechen? Hat er noch irgendetwas gesagt oder getan?«

»Gesagt hat er nichts weiter. Nur, dass ich ihn auf dem Laufenden halten soll.«

»Soso.« Wissend nickte sie. »Wirst du es tun?«

»Was? Nein! Wieso sollte ich das tun?«

Etwas zu aggressiv griff ich nach einer Californiaroll, die sich zwischen meinen Stäbchen auflöste.

»Ganz ehrlich? Weil er scharf ist. Weil er anscheinend Interesse an dir hat und du das zu deinem Vorteil nutzen solltest.« Bei ihrer Art der Kriegsführung galt: Setz immer alles ein, was dir zur Verfügung steht. Für Hyacinth war ihre Schönheit eine Waffe, die sie nur allzu gerne einsetzte, wenn die Situation danach rief. Auch wenn das für sie in den meisten Fällen durchaus funktionierte, fehlte mir meistens noch das Selbstbewusstsein, um es überhaupt zu probieren.

Also überging ich ihren ersten Kommentar einfach und sagte nur: »Er hat kein Interesse an mir.«

»Das sah auf dem Ball aber ganz anders aus. Na ja, zumindest bis alles nach hinten losgegangen ist. Er hat definitiv mit dir geflirtet!«

»Schön für ihn. Kann er gerne machen! Ich werde aber ganz sicher nicht zurückflirten. Ob er nun ein Shirt trägt oder nicht.«

Mit einem Maki zwischen den Zähnen starrte Hyacinth mich an. »Waf?«

Mist. Erwischt.

Kurz und knapp fasste ich ihr zusammen, wie ich Oberon vorgefunden hatte. Dabei wurden ihre Augen immer größer, bis ich fast schon Angst hatte, dass sie ihr gleich aus dem Kopf fallen würden. »Wieso hast du mir das nicht sofort erzählt? Und noch viel wichtiger, wieso hast du kein Foto gemacht?«

Ich lachte laut auf. »Es war ja schon peinlich genug, dass er mich so beim Starren erwischt hat. Dann auch noch mit dem Handy in der Hand? Vergiss es.« Genau in diesem Moment spürte ich das Vibrieren in meiner Hosentasche.

Das Lächeln gefror mir auf den Lippen, als ich mein Telefon hervorholte. »Scheiße«, fluchte ich leise, während mein Finger über dem Display schwebte. Ich hatte dieses Gespräch schon lange hinausgezögert, noch mal würde meine Mutter sich nicht abwimmeln lassen.

Mit wild klopfendem Herzen nahm ich ab. »Hi, Mum.«

»Tania, na endlich. Ich versuche dich schon seit Tagen zu erreichen.« Ihr vorwurfsvoller Tonfall schnitt mir direkt ins Herz. »Langsam habe ich mir Sorgen gemacht.«

»Es tut mir echt leid. Auf der Arbeit ist aktuell einfach die Hölle los, da kam ich nicht mehr hinterher.« Das war die erste Erklärung, die mir einfiel.

»Oh, das ist aber nicht schön zu hören. Hoffentlich bekommst du auch genug Schlaf, mein Schatz.«

»Natürlich. Mach dir da mal keine Sorgen. Wie geht es euch so?«, wechselte ich schnell das Thema, damit Mum nichts von meinen aufgewühlten Gefühlen mitbekam.

Meine Mutter war eine schreckliche Klatschtante, die nichts lieber tat, als ihre Nase in die Angelegenheiten anderer zu stecken, weshalb sie auch sofort begann, mir lang und breit von den »Skandalen« aus der Nachbarschaft zu berichten. Sosehr ich sie auch liebte, das war einer der Gründe gewesen, mit Will nach New York zu ziehen. Endlich etwas Abstand von ihrer niemals gestillten Neugierde zu bekommen.

»Mum, so gerne ich auch wissen möchte, was deine Nachbarn mal wieder so anstellen, bin ich gerade am Essen. Kann ich dich morgen anrufen?«, versuchte ich sie abzuwimmeln.

»Warum hast du das nicht sofort gesagt, mein Schatz. Ruf einfach an, wenn du Zeit hast.« Ich wollte mich schon verabschieden, da redete sie weiter. »Könntest du bitte deinem Bruder ausrichten, dass er mich auch mal zurückrufen soll.«

Meine Eltern wussten rein gar nichts von Wills Schicksal. Natürlich versuchten sie weiterhin, ihn zu erreichen.

»Will kann gerade nicht telefonieren.« Meine Gedanken rasten, während ich mir eine glaubhafte Lüge überlegte.

»Er nimmt an einem sehr exklusiven Broadwayworkshop teil, der ihm jede Art von Kontakt mit der Außenwelt verbietet.« Das klang nach einer Sache, die mein Bruder tun würde.

»Oh, wieso hat er uns das denn nicht erzählt? Das ist ja großartig! Dann sehen wir ihn sicher bald auf der großen Bühne.«

»Du kennst doch Will, er vergisst schon mal die ganze Welt, wenn es ums Schauspiel geht. Er bleibt wohl noch ein paar Wochen weg, aber danach meldet er sich sicher bei dir.«

»Ach, ich freu mich so für ihn. Mein kleiner Star. Dann hab mal einen schönen Abend, mein Schatz, wir sprechen uns morgen.« Sie hatte schon aufgelegt, bevor ich noch etwas erwidern konnte. Sicher, um sofort zu Dad zu rennen und ihm von der großen Karriere seines Sohnes zu berichten.

Einige Augenblicke starrte ich auf das schwarze Display meines Handys, bevor ich es auf den Tisch legte. Ich bemerkte erst, dass mir die Tränen über die Wangen rannen, als Hyacinth mir eine Serviette reichte.

»Wieso sagst du ihnen nicht die Wahrheit?«, fragte sie leise.

»Was soll das denn bringen? Meine Mutter würde nur den Verstand verlieren oder sich einmischen, was alles nur noch schlimmer machen würde. Nein, es ist besser, wenn sie erst einmal nichts wissen. Ich will sie nicht unnötig ängstigen.« Außerdem wusste ich nicht, ob meine sowieso schon völlig überreizte Psyche einer Diskussion mit meiner Mutter standhalten könnte. Denn es würde eine solche Diskussion geben, dessen war ich mir sicher. Meine Mutter war schon immer sehr gut darin gewesen, die Schuld bei anderen zu suchen. Vor allem dann, wenn es um Will ging. Die Lehrer in der Schule waren schuld, wenn er nicht die Hauptrolle spielte, die Castingdirektoren hatten einfach die falsche Textstelle für ihn ausgewählt, wegen des Wetters hatte seine Stimme versagt. Und wenn das alles nicht passte, dann … ja, dann war ich eben irgendwie schuld gewesen.

Ein Haufen mühevoll verdrängter Erinnerungen lauerten unter der Oberfläche meines Verstandes, nur darauf geiernd, wieder an die Oberfläche zu springen. Kurz schloss ich die Augen, um mich zu erinnern, worum es in dieser Situation wirklich ging. Darum, Will und auch mich zu retten. Schmerzhafte Erinnerungen konnte ich da gerade nicht gebrauchen.

Einige Momente schwieg Hyacinth.

Als sie wieder sprach, wich sie meinem Blick aus. »Aber was ist, wenn du deinen Bruder nicht retten kannst? Wenn sie dich ebenfalls verlieren?«

»Das wird nicht geschehen. Ich werde diesen Liebestrank brauen.« Und nichts würde mich davon abhalten.

Kapitel neun

Obwohl es Donnerstagvormittag war, tummelten sich vor dem Bronx Zoo bereits die Besucher. Es war ein schöner Frühsommertag, die Sonne schien von einem beinahe wolkenlosen Himmel auf uns herab, der Wind trieb den Duft von Blumen mit sich und Vögel zwitscherten ihr fröhliches Lied.

Die Massen, die mit mir in den Zoo drängten, bestanden aus Familien mit kleinen Kindern, Touristen mit Kameras und großen Augen und dem einen oder anderen einsamen Besucher, der wie ich einfach nur seine Ruhe haben wollte.

Seitdem ich nach New York gezogen war, verschlug es mich alle paar Monate hierher. Dieser Ort war einer der ersten in der Stadt gewesen, den ich besucht und in den ich mich sofort verliebt hatte. Meist kam ich alleine her.

Die Hände in den Hosentaschen vergraben, schlenderte ich den Weg entlang. Was vor dem Zoo noch wie eine große Menschenmenge gewirkt hatte, verteilte sich im Inneren so weit, dass alles ruhig und friedlich schien. Die meisten der Besucher waren mit sich selbst oder den Tieren beschäftigt, doch ab und an blickte auch einer zu mir.

Als ein Mann Mitte vierzig mich besonders intensiv anstarrte, zog ich den Kopf zwischen die Schultern. Die kleine Stimme meldete sich in diesem Moment natürlich wieder in voller Lautstärke in meinem Hirn.

Etwas stimmt mit deinem Aussehen nicht. Die Hose ist zu eng, das Shirt steht dir nicht. Du läufst seltsam. Sie alle starren dich an und verurteilen dich.

Anstatt der Stimme zuzuhören, lächelte ich den Mann einfach an. Er reagierte nicht. Natürlich tat er das nicht. Denn in Wirklichkeit starrte er nicht mich an, sondern einfach ins Leere. Dabei hielt er seine Augen zufällig auf mich gerichtet. Mit meiner Kleidung war alles in Ordnung, ich lief nicht seltsam und niemand verurteilte mich. Diese Erkenntnis tat zwar gut, half mir aber nicht, die Stimme in meinem Kopf gänzlich abzustellen. Aber ausblenden konnte ich sie immerhin so weit, um den Tag genießen zu können.

Ich ging vorbei an dem Streichelzoo für Kinder, neben dem die ersten Familien bereits ihre Zelte aufgeschlagen hatten. An einem ruhigeren Tag wäre ich vielleicht ebenfalls in das Gehege gegangen, um die Ziegen und Esel zu streicheln, doch heute war es mir zu voll.

Stattdessen wandte ich mich nach rechts, vorbei an dem Geschenkshop in Richtung der Flamingos. Die Sonne brach sich auf dem klaren, blauen Wasser, in dem die Vögel standen. Einige Fotografen hatten ihre Ausrüstung ausgepackt, um auf das perfekte Foto zu warten.

Mit den Unterarmen stützte ich mich auf das Geländer, um die Tiere ein paar Minuten zu beobachten. Ich konnte die Bewegungen um mich herum spüren, doch beachtete ich sie kaum. Deshalb bemerkte ich den Mann neben mir auch erst, als er sprach.

»Weißt du, woher Flamingos ihre Farbe haben?«, fragte Oberon, ohne mich anzuschauen.

Mir klappte beinahe die Kinnlade herunter. Auf den ersten Blick hätte ich ihn gar nicht erkannt. In der Jeans und dem schlichten grauen Shirt wirkte er wie jeder andere Besucher, eine dunkle Sonnenbrille verdeckte seine aufsehenerregenden Augen. Seine Lippen waren zu einem entspannten Lächeln gebogen, was die Spitzen seiner Reißzähne enthüllte.

»Weißt du es?«, hakte er nach, nachdem ich einen Augenblick lang nicht geantwortet hatte.

Kurz spielte ich mit dem Gedanken, mich einfach umzudrehen und wegzugehen. Oder ihn zu fragen, was er hier tat. Aber etwas sagte mir, dass mich keine dieser Möglichkeiten weiterbringen würde. Also beschloss ich, auf seine Frage einzugehen. »Die Farbe kommt von Carotinoiden, die in Algen enthalten sind. Sie nehmen sie durch die Nahrung auf.«

Bedächtig nickte Oberon. »Wäre es nicht faszinierend, wenn wir das auch könnten? Die Farbe unserer Nahrung annehmen.«

»Verbringst du so deine Zeit? Leute im Zoo mit Fragen durchlöchern und dann philosophische Gedankenspiele vorschlagen?« Ich konnte nicht anders, als ihn breit anzugrinsen.

»Eigentlich nicht. Vielleicht sollte ich das öfters tun?« Trotz der Sonnenbrille konnte ich sehen, wie er mir zuzwinkerte.

»Besser nicht.« Ich stieß mich von der Absperrung ab, um weiterzugehen. Natürlich kam mir Oberon hinterher. Etwas anderes hätte ich auch nicht erwartet. Wir liefen auf gleicher Höhe weiter, aber er sprach nicht mit mir. Dennoch machte mich seine bloße Anwesenheit unruhig.

Wir folgten dem Rundweg durch den Park ein Stück, bis wir zum Schmetterlingsgarten kamen. Ganz der Gentleman hielt Oberon mir die Tür auf und folgte mir dann in das große Gewächshaus. Sobald sich die Tür hinter uns schloss, verstummten die Stimmen der anderen Menschen und leise Klaviermusik drang nun an mein Ohr. Es roch süß und blumig, gleichzeitig aber auch nach nasser Erde und Pflanzen.

»Verfolgst du mich?« Langsam schlenderte ich den Weg zwischen den Büschen entlang und versuchte dabei, nicht auf den Fee in meinem Rücken zu achten.

»Das muss ich gar nicht. Das hier ist der einzige Ort in New York, wo man Liebestauben findet.« Das Milchglas des Gewächshauses hielt das meiste des Tageslichts ab, sodass Oberon die Sonnenbrille abnahm.

Ob mir der Anblick seiner Augen eines Tages nicht mehr den Atem rauben würde? »Also hast du hier einfach gewartet, bis ich auftauche?« Neben einem wunderschön blühenden Hibiskusbusch blieb ich stehen und beobachtete die bunten Schmetterlinge dabei, wie sie um die Blüten herumtanzten.

»Ich habe überall meine Quellen«, murmelte er verschwörerisch.

»Stalker.« Genervt verdrehte ich die Augen. »Was genau erhoffst du dir jetzt davon, mich zu verfolgen?«

»Rein gar nichts.« Völlig entspannt zuckte Oberon mit den Schultern. »Ich bin nur rein zufällig heute hier und habe dich entdeckt. Da dachte ich, kann ich mal nachfragen, wie du vorankommst.«

»Zufällig hier, soso.« Ich wanderte ein Stück weiter bis zum kleinen

Koifisch-Teich, um den einige Vögel herumliefen. Kurz blieb ich stehen, um nicht über einen von ihnen zu stolpern.

»Ob du es glaubst oder nicht, ich bin wegen der Arbeit hier. Es gehört zu meinen Aufgaben, mich um alle Grünanlagen in New York zu kümmern, einschließlich der Zoos.«

Über das Wasserbecken gebeugt, warf ich ihm einen fragenden Blick zu. »Du hast Anteile an den Zoos hier? Wieso wundert mich das nicht?«

Mit einem kleinen Lächeln auf den Lippen zuckte er mit den Schultern. Bevor ich weiter fragen konnte, flatterte ein schneeweißer Schmetterling heran, um auf seiner Schulter Platz zu nehmen. Kurz darauf erschien ein weiterer und noch einer, bis der Feenkönig mich ein wenig an eine lebendige Blume erinnerte. Dieser Anblick ließ ihn völlig unberührt, mir allerdings entlockte er ein herzhaftes Lachen.

»Steht dir irgendwie, diese zauberhafte Dekoration.«

»Ab und an muss man dem Klischee ja entsprechen.«

Vorsichtig nahm Oberon einen der Schmetterlinge in die Hand, um ihn dann mir auf die Schulter zu setzen. Allerdings hielt das kleine Insekt nicht viel von seiner Umlagerung. Nach wenigen Augenblicken flatterte es schon davon.

»Ich hab wohl nichts von einer Blume.« Für einen Moment intensivierten sich unsere Blicke und auf einmal regten sich auch in meinem Inneren Schmetterlinge. Schnell drehte ich mich zur Seite, um durch den Rest des Gartens zu stapfen.

Oberon holte mich am Ausgang wieder ein, wo er mir erneut die Tür aufhielt. Ich wich seinem Blick weiterhin aus und folgte mit gesenktem Kopf dem Rundweg, vorbei an den Bären, bis wir zum Afrikagehege kamen. Die ganze Zeit über polterte mein Herz so heftig in meiner Brust, dass ich mir kaum vorstellen konnte, dass es niemand hörte.

Der Feenkönig schien sich an meiner plötzlichen Stille nicht zu stören. Völlig entspannt schlenderte er neben mir her, blieb stehen, wenn ich es tat, und beobachtete die Tiere. Je mehr Zeit verging, desto unruhiger wurde ich. Die ganze Zeit über wartete ich auf etwas, doch konnte ich nicht sagen, was es war.

»Kommst du oft hierher?«, fragte ich endlich, als die Stille mir zu schwer wurde.

»Wann auch immer ich Zeit habe. Aber beim besten Willen nicht oft genug. Die meisten Tage hänge ich im Büro herum und arbeite von da aus.«

Seine Ehrlichkeit überraschte mich ein wenig.

»Worin besteht die Arbeit eines Feenkönigs eigentlich?« Wie oft hatte man schon die Chance, solche Fragen zu stellen.

Mit der Hand fuhr er sich durch die Haare, was ihnen wieder diesen Frisch-aus-dem-Bett-gestiegen-Look verlieh.

»Viel Papierkram. Politische Krisen aller Art abwenden. Firmen auf Kurs halten. Und dann noch unendlich viele Kleinigkeiten bewältigen, die sich halt so auftürmen.«

»Klingt jetzt nicht so, als würde es viel Spaß machen.«

»Doch, ich liebe meine Arbeit. Immerhin habe ich sie mir ausgesucht. Nur manchmal, da wird sie langweilig. Dann versuche ich mich mit etwas anderem abzulenken.« Einen Wimpernschlag lang lag sein Blick auf mir, dann wandte er sich wieder dem Gehege neben uns zu.

Wie seltsam, dass er sich seine Arbeit ausgesucht hatte. Ich dachte, Könige werden schon als solche geboren. Doch bevor ich diese Frage stellen konnte, kam er mir mit einer Gegenfrage zuvor.

»Womit verdienst du dein Geld?«

»Ich bin Tierarzthelferin in einer Klinik in New Jersey«, plapperte ich drauflos. Immerhin war das ja kein Geheimnis.

»Dann bist du also tierlieb?«

»Sehr sogar. Das bin ich, seit ich denken kann. Als Kind habe ich immer verletzte Tiere angeschleppt, alles, von der Feldmaus bis hin zum Streuner. Der dann doch kein Streuner war. Aber unsere Nachbarn waren sehr glücklich, dass ich ihren Hund zurückgebracht habe.«

»Das hätte ich ja gerne gesehen.«

»Glaub mir, hättest du nicht.« Wild schüttelte ich den Kopf. »Ich habe Rotz und Wasser geheult, als ich den kleinen Schnauzer wieder abgeben musste.

Leider haben meine Eltern meinem Wunsch nach einem eigenen Hund niemals nachgegeben.« Das nahm ich ihnen heute noch etwas übel.

»Aber jetzt hast du ja einen«, merkte Oberon locker an.

»Und du weißt das woher?« Die Sache mit dem Stalker war eigentlich mehr ein Witz gewesen, aber auf einmal war mir so gar nicht nach lachen zumute.

»Gut geraten. Jemand, der Tiere anscheinend so sehr liebt, wird sicher einige zu Hause haben.«

»Eine Hündin«, gestand ich schließlich. »Sie heißt Rosa, ein Mischling. Während meiner Ausbildung habe ich ein Praktikum in einem Tierheim gemacht und da habe ich sie entdeckt. Es war Liebe auf den ersten Blick. Seitdem weicht sie nicht mehr von meiner Seite.«

»Sie klingt wirklich toll.«

»Das ist sie auch. Inzwischen könnte ich mir ein Leben ohne Rosa nicht mehr vorstellen.« Sobald ich wieder zu Hause wäre, würde ich erst mal ausgiebig mit meiner Hündin kuscheln und sie mit Leckerlis verwöhnen.

»Kannst du sie mit auf die Arbeit nehmen? Oder hast du einen Hundesitter?« Ein wenig war ich von dem ehrlichen Interesse in Oberons Augen überrascht.

»So was kann ich mir nicht leisten. Meistens kümmert William sich um Rosa, wenn ich nicht da bin.«

Bei der Erwähnung meines Bruders verzog Oberon kurz das Gesicht. »Da macht er sich wenigstens etwas nützlich.«

»Du scheinst Will nicht sonderlich zu mögen?«

»Er redet sehr viel. Doch nie kommt dabei etwas Kluges heraus.« Bei seinem genervten Gesichtsausdruck musste ich lachen.

»Das haben wir beide gemeinsam. Ich quassele auch immer drauflos, wenn ich nervös bin.«

So wie jetzt gerade.

»Aber vor ein paar Jahren habe ich dann gelernt, auch einfach mal die Klappe zu halten, anstatt mich immer tiefer in die Scheiße zu reiten.«

»Davon könnte dein Bruder sich wirklich mal eine Scheibe abschneiden.« Oberon schüttelte den Kopf.

»Ich richte es ihm aus, wenn ich ihn das nächste Mal sehe.« Einen Augenblick sammelte ich meinen Mut, bevor ich mich traute zu fragen: »Wie geht es ihm?«

»Großartig, soweit ich das mitbekomme. Es fehlt ihm zumindest ans Nichts.«

Bedächtig nickte ich, doch der Kloß in meinem Hals hielt mich davon ab zu antworten.

»In ein paar Wochen siehst du ihn ja schon wieder«, murmelte Oberon sanft.

»Aber auch nur, wenn ich deine bescheuerte Aufgabe löse«, grummelte ich.

»Daran habe ich keinen Zweifel.«

»Ach ja?« Überrascht blickte ich zu ihm auf.

»Du scheinst mir die Art Mensch zu sein, der erreicht, was er sich vorgenommen hat.«

Beinahe musste ich über seine Worte lachen. »Wie kommst du bitte darauf?«

»Es braucht eine ordentliche Menge Mut, sich so auf meinen Ball zu schleichen.«

»Ich möchte nur noch einmal betonen, dass ich eine Einladung hatte und du mich zuerst angesprochen hast.« Das musste ich noch mal klarstellen.

»Eine Einladung, die eigentlich deiner Freundin Hyacinth und ihrem Verlobten gehörte. Wenn wir schon dabei sind, warte doch beim nächsten Mal mit dem Überfall, bis wir fertig sind mit Tanzen.«

Es wunderte mich kein bisschen, dass er von Hyacinth wusste, trotzdem konnte ich nicht anders, als bei der Erwähnung ihres Namens zusammenzuzucken.

»Sie hatte nichts mit dem Ganzen zu tun.«

»Du musst nicht sofort panisch werden, Tania. Es ist etwas Wundervolles, so loyale Freunde zu haben. Außerdem steht in unserem Handel nichts davon, dass du dir keine Hilfe suchen kannst. Deinen Freunden wird nichts geschehen.«

»Nimm es nicht persönlich, aber ich bin lieber vorsichtig als nachsichtig.«

»Hast du generell ein Problem mit Feen oder spezifisch eines mit mir?« Seine Frage erwischte mich so plötzlich, dass ich über meine eigenen Füße stolperte.

Nur Oberons Hand, die sich um meinen Oberarm schloss, hielt mich davon ab, mit dem Gesicht zuerst auf den Boden zu fallen. Es dauerte einige Sekunden, bis ich mich so weit wieder gefangen hatte, dass ich sicher auf beiden Beinen stehen konnte. Oberons Griff löste sich allerdings nicht wieder von mir.

»Ich habe nur ein Problem mit Feen, die andere verarschen. Genauso wie ich ein Problem mit Menschen habe, die so etwas tun. Und was mein Problem mit dir angeht, ich denke, dazu muss ich nicht mehr viel sagen.« Seine Finger schienen sich in meine Haut einzubrennen, genauso wie sein Blick in meinen.

»Ob du es mir glaubst oder nicht, ich habe lediglich versucht, die bestmögliche Lösung für dieses Problem zu finden. Es tut mir sehr leid, dass du möglicherweise die Konsequenzen für das Handeln deines Bruders tragen musst, aber ich muss mich nun einmal auch an die Gesetze halten, die ich selber aufgestellt habe.« Da war er wieder, der Feenkönig, kalt und gefasst.

Etwas an seiner ausdruckslosen, fast schon unmenschlichen Miene regte mich schrecklich auf. Für einige Zeit hatte ich tatsächlich vergessen können, mit wem ich da eigentlich unterwegs war und seltsamerweise hatte ich es genossen. Dass er jetzt diese andere Seite von sich zeigte, machte mich erschreckend wütend.

»Dann tu mir wenigstens den Gefallen und spiel nicht mit mir.« Mit einem Ruck befreite ich meinen Arm aus seinem Griff.

»Das habe ich nicht vor«, versicherte er mir mit tiefer und verschwörerischer Stimme. Schon wieder hatte sich der Ausdruck in seinem Gesicht verändert. Anstelle der kalten Maske zeigte er nun eine Eindringlichkeit, die mir für einen Moment den Atem raubte. Doch bevor ich sie genauer deuten konnte, nickte Oberon mit dem Kopf zur Seite. »Wir sind da.«

Dank unseres Gesprächs hatte ich gar nicht mitbekommen, wie schnell wir den Zoo durchquert hatten. Vor uns öffnete sich der Rundweg zu einem Picknickplatz, der direkt neben einem kleinen See lag, auf dem Enten, Gänse und

Schwäne ihre Runden zogen. Zwischen den noch verwaisten Holztischen hatten sich bereits die ersten Tauben und andere Vögel versammelt. So würden sie nichts verpassen, wenn die ersten Krümel in ihre Richtung fielen.

Genau hier, unter den vielen, leise gurrenden Vögeln war die erste Zutat zu finden.

Kapitel zehn

Oberons Präsenz brannte in meinem Rücken, als ich über den Picknickplatz schritt, um mir einen besseren Überblick zu verschaffen. *Ob du es mir glaubst oder nicht, ich habe lediglich versucht, die bestmögliche Lösung für dieses Problem zu finden.* Seine Worte hallten in meinem Kopf wider, wobei ich das Gefühl nicht loswurde, dass sich dahinter mehr verbarg, als ich fassen konnte.

Doch schob ich jeden weiteren Gedanken daran zur Seite und konzentrierte mich ganz auf die erste Zutat. Was auch immer Oberon sich davon erhoffte, mir hinterherzurennen, damit konnte ich mich jetzt nicht beschäftigen.

Auf der Website des Zoos hatte ich einen kurzen Artikel darüber gefunden, dass es hier auf dem Gelände eine Zucht für Liebestauben gab, da deren Anzahl über die Jahre stark abgenommen hatte. Jetzt, da Oberon hier war, wuchs in mir allerdings der Verdacht, dass wohl auch er ein Interesse an den Tieren hatte. Immerhin wurden ihre Federn für Zaubertränke verwendet.

Wieso auch immer sie nun im Zoo lebten, die Liebestauben flogen hier frei herum, was meine Aufgabe allerdings nicht vereinfachte. Den Blick gen Himmel gerichtet, suchte ich die hochgewachsenen Bäume nach den Vögeln ab. In den dichten, hellgrünen Blätterdächern regte sich so einiges, doch eine Liebestaube konnte ich nicht erkennen.

Auch bei den Vögeln, die auf dem Boden herumliefen, hatte ich auf den ersten Blick kein Glück. Das Gute an Liebestauben war, dass sie sich durch ihr braunes Gefieder sehr einfach von ihren grauen Artgenossen unterscheiden ließen. Doch alles, was ich sah, war ein Meer aus grauen Federn.

»Kann ich dir irgendwie helfen?« Völlig entspannt lehnte Oberon nicht weit entfernt an einem Baum und beobachtete die anderen Vögel, die um uns herumflatterten.

»Klar«, konnte ich mir nicht verkneifen zu sagen. »Die Feder einer Liebestaube wäre super.« Als wüssten diese Viecher, dass ich von ihnen sprach, entdeckte ich prompt in dem Gemenge zwei Exemplare. Zu sagen, dass es schöne Tiere waren, soweit wäre ich nicht gegangen. Aber in diesem einen Moment erschienen sie mir wie die schönsten Vögel der Welt.

Bevor ich allerdings auch nur einen Schritt auf mein Ziel zumachen konnte, erhoben sich beide Tauben synchron in die Lüfte und verschwanden ausgerechnet in dem Blätterdach des Baumes, an dem der Feenkönig lehnte.

Oberon sagte nichts, aber ich konnte das Schmunzeln um seine Lippen sehen. »Möchtest du etwas dazu sagen?«

Immer noch wortlos schüttelte er den Kopf.

Mit einem Seufzen lehnte ich mich neben ihn an den Stamm, meinen Blick weiterhin nach oben gerichtet. »Eine noch gemeinere Aufgabe hättest du dir wirklich nicht ausdenken können.«

»Am Tag meiner Krönung hatte ich mir geschworen, dass ich immer fair sein würde, ganz egal, was geschieht. Ob du es mir glaubst oder nicht, aber ich habe dir keine unlösbare Aufgabe gestellt. Du musst sie nur ein wenig anders angehen.«

Ich senkte den Blick, um über seine Worte nachzugrübeln. Auch wenn sich alles in mir sträubte, glaubte ich Oberon. »Glaubst du, ich bekäme Ärger, wenn ich einen der Vögel einfangen würde?«

»Definitiv. Die haben hier überall Kameras.« Ein Lachen schwang in seiner Stimme mit und jagte mir eine Gänsehaut über den Körper. »Ich glaube auch nicht, dass das nötig ist.«

Bevor ich nachfragen konnte, was er meinte, beugte Oberon sich vor und streckte die Hand nach mir aus. Erst glaubte ich noch, er würde mir über die Wange streichen, doch dann griff er mir ins Haar und zog eine Feder hervor. »Anscheinend wollten die Vögel dir helfen.«

Das Rascheln in den Bäumen über uns vermischte sich mit dem melodischen Gurren einer Taube, welches – so verrückt das auch war – für einen Moment wie Lachen klang.

Mein Blick wanderte zwischen der Feder und Oberon hin und her. Ohne es zu merken, hatte ich mich ebenfalls etwas nach vorne gebeugt, sodass mir wieder sein alle Sinne benebelnder Duft in die Nase stieg. Etwas zögerlich streckte ich die Hand aus, um die Zutat aus seinen Fingern zu pflücken. Eigentlich sollte ich mich jetzt zurücklehnen und auf Abstand gehen, doch wollte mein Körper mir irgendwie nicht gehorchen.

Trocken schluckte ich, als sich die Augenblicke dahinzogen. Sogar im Dämmerlicht zwischen den Bäumen schimmerte das Gold in seinen Augen fast übernatürlich. Im selben Moment erinnerten sie mich daran, wer er eigentlich war – wer ich war –, doch konnte ich mich ihrem Zauber nicht entziehen.

Erst als plötzlich Stimmen an mein Ohr drangen, zog ich mich zurück.

Eine Familie mit Kinderwagen hatte gerade den Picknickplatz betreten und kam direkt auf uns zu. Als Oberon einen kurzen Blick über die Schulter warf, nutzte ich die Gelegenheit und ergriff die Flucht.

Die Feder sicher in der Hand verborgen, stürmte ich davon, den Rundweg entlang.

Mehrmals atmete ich tief ein und aus. Der Geruch nach Pflanzen, Tieren und Essen vertrieb die Erinnerung an Oberons Nähe so weit aus meinem Kopf, dass ich allmählich wieder klar denken konnte.

Einige Herzschläge lang erlaubte ich mir, diesen kleinen Triumph auszukosten. Vor mir lagen sicher noch viele Momente der Mutlosigkeit und Verzweiflung. Also musste ich jeden Erfolg mitnehmen, den ich in die Finger bekam. Ein Schritt näher an Will heran, ein Schritt näher an meine Freiheit.

Eigentlich hätte ich mich sofort auf den Weg nach Hause machen sollen, doch konnte ich mich irgendwie nicht von der Stelle rühren. Möglichst unauffällig blickte ich mich um, auf der Suche nach Oberon. Es dauerte nicht lange, bis ich den Feenkönig entdeckte, wie er völlig entspannt auf mich zuschlenderte.

»Wie geht es nun weiter?« Mit einer geschmeidigen Bewegung setzte er die Sonnenbrille wieder auf.

»Was du machst, weiß ich nicht, aber ich muss jetzt nach Hause fahren. Bis zurück in die Stadt dauert es etwas.« Mit der U-Bahn einmal quer durch New York konnte eine ganz schöne Tortur sein.

»Ich kann dich mitnehmen, wenn du möchtest.« Sein völlig unschuldig vorgebrachter Vorschlag erwischte mich eiskalt.

»Das ist, denke ich, keine gute Idee.« Ruhelos malte ich mit dem Fuß Kreise auf den Boden.

»Was soll schon Schlimmes passieren?«

»Diese Frage möchte ich nie wieder hören«, murmelte ich leise, wobei ich Oberons verwirrten Blick ignorierte. Sosehr ich es an manchen Tagen auch genoss, durch New York City zu fahren, aktuell wollte ich mir den Stress mit der U-Bahn nicht antun.

Hyacinths Worte kamen mir wieder in den Sinn. Ich sollte Oberons Aufmerksamkeit zu meinem Vorteil nutzen. Schneller wieder nach Hause zu kommen, hieß auch, dass ich schneller wieder ans Recherchieren kam. Und vielleicht, mit etwas Glück, konnte ich ihm ja auch noch weitere Informationen entlocken. Wir hatten bereits fast zwei Stunden miteinander verbracht und es war nichts Schlimmes passiert. Also, wie schlimm konnte es schon werden, wenn er mich nach Hause fuhr?

»Ich biete dir lediglich an, dich mit in die Stadt zu nehmen. Nicht mehr und nicht weniger.« Sein Lächeln war einladend und … ansteckend.

»Na gut.« Ich grinste zurück. Den Knoten, der sich dabei in meinem Magen bildete, ignorierte ich. Es war nicht Angst, die ihn zusammenzog, sondern Nervosität. Der Gedanke daran, mit Oberon alleine in einem engen Raum zu sein, machte mich unsagbar nervös.

Den restlichen Weg durch den Zoo schwiegen wir beide. Ich tat mein Bestes, nicht weiter auf ihn zu achten. Stattdessen nahm ich mir noch etwas Zeit, die Gehege und auch die Menschen um uns herum zu beobachteten. Erst da fiel mir auf, dass zumindest einige der Besucher genau wussten, wer an meiner Seite schritt.

Bei den anwesenden Feen wunderte es mich kein bisschen. Die meisten von ihnen wichen seinem Blick aus, deuteten beim Vorübergehen sogar eine kleine Verbeugung an. Doch auch einige der Menschen zeigten ihren Respekt gegenüber dem Herrscher auf eine ähnliche Art und Weise.

Ich lebte nun schon seit Jahren in New York und hatte mir noch nie Gedanken darüber gemacht, was der Feenkönig trieb oder wie ich mich in seiner Gegenwart zu verhalten hatte. Ich hatte in der Überzeugung gelebt, dass ich ihm ebenso wenig begegnen würde wie dem Präsidenten.

Doch es war ganz anders gekommen.

Auf einmal fragte ich mich, wie viele Regeln des guten Benehmens ich eigentlich in der letzten Woche gebrochen hatte. Wenn ich zu lange darüber nachdachte, wunderte ich mich schon ein wenig, dass ich noch so heil davongekommen war.

»Worüber grübelst du?« Oberons Frage riss mich aus meinen Gedanken, gerade als wir aus dem großen Tor hinauf auf den Parkplatz traten.

»Wie schlimm mein Verhalten dir gegenüber eigentlich ist«, gestand ich offen.

»Inwiefern? Ist das hier etwa ein sehr komplexer Versuch, mich zu ermorden?« Diese Möglichkeit schien ihn weniger zu beängstigen, als zu amüsieren.

»Wie oft versucht denn jemand dich zu ermorden?«, konnte ich mir nicht verkneifen zu fragen.

Das Lächeln in seinem Gesicht sagte unendlich viel aus und gleichzeitig nichts. Für einen Moment wich er meinem Blick aus. Dann steuerte er mich zu einem schicken schwarzen Tesla, der im Schatten unter einem Baum parkte. Oberon hielt mir die Beifahrertür auf, dabei kam er mir so nah, dass ich seinen Atem auf meiner Haut spürte, als er sprach: »Du wärst überrascht.«

Um seiner Nähe zu entkommen, blieb mir nichts anderes übrig, als mich auf den weichen Ledersitz sinken zu lassen.

Nachdem Oberon die Tür geschlossen hatte, blieben mir einige kostbare Augenblicke, um meine Gedanken und wilden Hormone wieder zu bändigen. Ich konnte einfach nicht sagen, wieso mich seine Nähe, seine ganze Präsenz jedes Mal so aus der Fassung brachte.

Die Hände im Schoss gefaltet, hielt ich meinen Rucksack zwischen den

Knien fest. Mein Blick wanderte durch den Wagen, der von innen genauso schick war wie von außen.

Als Teenager hatte ich es kaum erwarten können, endlich meinen Führerschein zu machen und damit ein Stück Selbstbestimmung zu erreichen. Aber seitdem ich in New York lebte, hatte ich gerade fünf Mal selbst hinterm Steuer gesessen. Hier bedeutete Freiheit und Selbstbestimmung eher, zu Fuß gehen oder die U-Bahn nehmen zu können. Denn wer wollte sich schon freiwillig in den grauenhaften Verkehr stürzen?

Aus dem Augenwinkel lugte ich zu Oberon hinüber, der den Blick fest auf die Straße vor uns gerichtet hatte. Inzwischen befanden wir uns mitten im dichten Mittagsverkehr der Stadt, da brachte auch der schickste Wagen kein schnelleres Vorankommen.

Die Minuten verstrichen. Nur das leise Radio tönte beschwingt vor sich hin. Unruhig knetete ich meine Finger, die immer noch verborgen in meinem Schoß lagen.

Die Stille wog mit jedem Block schwerer und ich hielt es nicht mehr länger aus. »Ich habe eben darüber nachgedacht, dass ich bestimmt so ziemlich jede höfische Regel dir gegenüber gebrochen habe.«

Zu meiner großen Erleichterung hoben sich Oberons Mundwinkel bei meinen Worten. »Zum Glück lege ich da wenig wert drauf.«

»Aber die Leute in deinem Umfeld tun es. Einige der Besucher haben sich eben sogar vor dir verbeugt. Ich bin mir nicht einmal sicher, wie ich dich eigentlich ansprechen soll. Eure Hoheit, eure Majestät? Darf ich dich überhaupt duzen?«

»Diese Fragen stellst du dir erst jetzt?« Breit grinsend schüttelte er den Kopf.

»Zu meiner Verteidigung, ich hatte in letzter Zeit wirklich anderes im Kopf, als mich mit den königlichen Höflichkeitsregeln zu beschäftigen.«

»Darauf wäre ich niemals gekommen.«

Ein lautes Hupen irgendwo neben uns hielt mich davon ab, darauf zu antworten. Stattdessen löste ich meinen Blick von ihm und blickte aus dem Fenster. Inzwischen waren wir bis nach Manhattan vorgedrungen und das Verkehrschaos nahm weiter zu.

»Oberon reicht völlig«, antwortete er schließlich und schaute mir dabei tief in die Augen.

»Woher weißt du eigentlich, wo ich wohne?«, fragte ich, um abzulenken. Es war mir nicht entgangen, dass Oberon den Weg nach Hell's Kitchen eingeschlagen hatte und nicht in Richtung seines Towers.

»Wie gesagt, dein Bruder redet sehr viel.« Er lächelte.

»Du hast also doch mit Will gesprochen?« Das überraschte mich jetzt.

»Natürlich nicht. Daran habe ich keinerlei Interesse. Aber einer meiner Männer war so freundlich und hat sich bereit erklärt, ein offenes Ohr für deinen Bruder zu haben. Er kommt nicht sonderlich gut mit Einsamkeit klar, oder?«

»Will ist der Extrovertierte von uns beiden. Es fällt ihm leicht, sich anderen gegenüber zu öffnen und sie für sich zu gewinnen.« Darum hatte ich ihn schon immer beneidet. Mein Bruder war einfach ein netter Kerl, den man lieben musste, und es interessierte ihn sehr wenig, was andere Menschen von ihm dachten.

Im Gegensatz zu mir.

»Im Gegensatz zu dir?«, hakte Oberon nach.

Ich zuckte zusammen. Was sollte ich darauf antworten? Ich konnte lügen oder einfach gar nicht reagieren, immerhin schuldete ich Oberon keine Antwort. »Ich bin nicht gut mit anderen Menschen«, hörte ich mich sagen. »Irgendwie habe ich immer das Gefühl, etwas Falsches zu sagen oder zu tun. Mich auf irgendeine Art lächerlich zu machen.«

Dank des dichten Stadtverkehrs standen wir in diesem Moment still und Oberon sah mich an. Er hatte den linken Arm am Fenster abgestützt, seine Hand mit den langen Fingern verbarg seinen Mund. »Den Eindruck hatte ich bisher aber nicht.«

»Was tut man nicht alles, um den zu beschützen, den man liebt.« Gespielt locker zuckte ich mit den Schultern.

»Hoffentlich ist er es wert«, flüsterte Oberon so leise, dass ich es kaum hörte.

»Er ist mein Bruder«, erwiderte ich prompt.

Plötzlich standen wir vor meinem Wohnhaus. Und mit einem Mal kam die Nervosität wieder zurück und schnürte mir die Kehle zu. Zögernd streckte ich die Hand nach dem Türöffner aus, hielt jedoch inne. »Danke fürs Mitnehmen.«

»Immer wieder gerne.« Oberon lehnte sich in seinem Sitz zurück, sein Blick auf mich gerichtet. »Halt mich auf dem Laufenden, wie du so vorankommst.«

Ich ließ mich ebenfalls wieder in meinen Platz sinken. »Wieso sollte ich das bitte tun?«

»Spart mir die Mühe, dir hinterherzuspionieren«, sagte er ernsthaft und brachte mich genau deshalb zum Lachen.

»Ich mache dir deinen Job ganz sicher nicht einfacher. Du mir meinen ja auch nicht.« Während ich sprach, beugte ich mich etwas vor, um ihm entgegenzukommen.

Oberons Blick zuckte zwischen meinen Augen und Lippen hin und her. »Dann wäre es doch viel zu einfach.«

Seine Worte verhallten im Wagen, der mir auf einmal viel kleiner vorkam. Erst da bemerkte ich, wie nah ich Oberon gekommen war. Nun trennten uns nur noch wenige Zentimeter voneinander, doch ich überwand sie nicht. Ein heißer Schauer rieselte über meinen Körper, als ich mir in diesem Moment seine Lippen und unseren Kuss vorstellte. Es wäre ein Leichtes gewesen, den Abstand zwischen uns zu überbrücken und ihn noch einmal zu wiederholen. Noch einmal seinen Mund auf meinem zu spüren, die Hitze seiner Haut auf meiner. Das alles vernichtende Feuer, das mir jeden klaren Gedanken raubte.

Oberon rührte sich nicht. Unbeweglich wie eine Statue saß er da, nur ein feuriges Funkeln flackerte in seinen Augen. Der Wunsch, ihn zu küssen, drohte mich zu ersticken.

»Danke noch mal fürs Mitnehmen.« Mit aller Kraft lehnte ich mich zurück, riss etwas zu heftig die Autotür auf und stolperte aus dem Wagen heraus. Das heftige Pochen meines Herzens trieb mir eine brennende Hitze auf die Wangen. Verlegen wich ich Oberons Blick aus.

»Sehr gerne. Auf Wiedersehen, Tania«, erklang seine raue Stimme hinter mir.

Bei der Erwähnung meines Namens konnte ich dem Drang nicht widerstehen, ihn doch noch einmal anzusehen. Die goldenen Sprenkel in seinen Augen tanzten und mir war, als wollten sie mir etwas sagen. Etwas, von dem ich mich nicht traute, es in Worte zu fassen. »Auf Wiedersehen, Oberon.«

Kapitel elf

Einen Augenblick später stand ich vor meiner Wohnungstür, den Schlüssel in der Hand. Doch anstatt aufzuschließen, spielte ich die letzten Momente in Oberons Wagen immer wieder im Kopf ab. Verdammt nochmal, was war denn eigentlich nicht in Ordnung mit mir? Die Gedanken schossen wie Kugeln durch meinen Verstand, keiner hielt länger als eine Millisekunde an. Kaum Zeit, sie zu sortieren oder darauf zu reagieren. Sie waren jedoch nichts im Vergleich zu meinen Gefühlen, die ich nicht einmal mehr identifizieren konnte.

Mit fahrigen Fingern schaffte ich es endlich, die Tür aufzuschließen und in die Wohnung zu gehen. Es war immer noch ein ungewohntes Gefühl, dass Rosa nicht da war. Doch seit einigen Tagen verbrachte sie die meiste Zeit bei einer Nachbarin, die sich rührend um sie kümmerte. So musste ich mir wenigstens um meine Hündin keine Sorgen machen.

Alleingelassen mit meinen wirren Gedanken und verrückten Gefühlen, verließ ich kurzentschlossen wieder die Wohnung. Ich wollte jetzt nur noch mit einer einzigen Person sprechen. Hyacinth. Auf dem Weg zu ihr fiel mein Blick auf den Erltower, was mich sofort erstarren ließ. Erneut hatte ich Oberons Duft in der Nase und ich meinte, seine Hitze auf der Haut zu spüren ... und beinahe auch seine Lippen auf meinen. Den Rest des Weges hielt ich den Blick gesenkt und meine Gedanken ganz auf die Pflastersteine vor mir gerichtet.

Genauso wie Hyacinth einen Schlüssel für meine Wohnung hatte, hatte ich einen für ihre. Also machte ich mir nicht einmal die Mühe zu klopfen, sondern fiel im wahrsten Sinne des Wortes mit der Tür ins Haus.

»Hyacinth?«, rief ich, noch bevor ich die Tür hinter mir wieder geschlossen hatte. »Ich glaube, ich verliere langsam den Verstand. Die affige Feder habe ich bekommen, aber rate mal, wer ganz z-u-f-ä-l-l-i-g«, ich dehnte das Wort theatralisch, »ebenfalls da war? Oberon!«

Meine Beste erschien bekleidet in einer Yogahose und Shirt im Durchgang zum Wohnzimmer. »Tania, was machst du denn hier?«

Etwas hilflos zuckte ich mit den Schultern. »Dampf ablassen. Hoffen, dass du mir dabei helfen kannst, meinen Verstand wiederzufinden. Der hat sich nämlich anscheinend verabschiedet.« Kurz raufte ich mir die Haare, bevor alles einfach aus mir herausplatzte. »Dieser gottverdammte Fee taucht einfach so neben mir auf, um mir dann die ganze Zeit hinterherzulaufen. Und er redet mit mir, als wären wir alte Bekannte oder Freunde oder so was. Dann hat er doch tatsächlich die Dreistigkeit, mir zu erzählen, dass er fair gehandelt habe.« Während meines kleinen Monologs wanderte ich gedankenverloren durch die Wohnung, bis ins Wohnzimmer. Dort blieb ich stocksteif stehen.

Hyacinth war nicht wie erwartet alleine in ihrer Wohnung. Gerade, als ich hereingestürmt kam, erhob sich die Fee von der Couch. Es dauerte einen Moment, bis ich mich erinnerte, wer sie war. Helene, die alte Freundin von Hyacinth und eine von Oberons Beratern.

Die Worte blieben mir in der Kehle stecken, als sich unsere Blicke trafen. Ein charmantes, wenn auch etwas kühles Lächeln zeichnete sich auf ihren Lippen ab, bevor sie – ebenso wie ich – zu Hyacinth sah. Diese kam hinter mir herein und massierte sich den Nasenrücken, während sie sprach.

»Ich hab irgendwie Besuch.«

»Irgendwie?«, echote ich verwirrt. So seltsam das klang, aber wir beide hatten eigentlich keine Geheimnisse voreinander. Genau deshalb funktionierte unsere Freundschaft ja auch so gut.

Ihre linke Augenbraue zuckte nach oben, während sie unauffällig die Augen verdrehte. Ich wusste, was dieser Blick bedeutete. *Lange Geschichte, erzähle ich dir nachher.* Knapp nickte ich, bevor ich mich wieder der Fee zuwandte.

Diese war einen halben Schritt auf mich zugekommen.

»Mein Name ist Helene. Du bist dann wohl Tania, ich habe schon sehr viel von dir gehört.«

Fragend und, um ehrlich zu sein, etwas verletzt blickte ich zu meiner Besten, die sofort abwehrend die Hände hob.

»Ich habe ganz sicher nicht über dich gesprochen«, verteidigte sie sich entrüstet.

»Dein Bruder redet gerne über dich«, erklärte die Fee.

»Dann bist du also diejenige, die sich um Will kümmert.« Beim Gedanken an meinen Bruder zog sich in meinem Inneren alles schmerzvoll zusammen. »Wie geht es ihm?«

»Gut. Ich würde sogar sagen, ausgezeichnet, wenn man mal von dem Eselskopf absieht. Zumindest viel besser als dem anderen Gefangenen.« Wir drei standen uns im Wohnzimmer gegenüber, jeder die Arme vor der Brust verschränkt.

»Welcher andere Gefangene?« Wie viele Menschen, Feen oder was auch immer hielt Oberon denn bitte in seinem Tower gefangen?

»Dieser Dummschwätzer Feinri. Er ist ebenfalls unser langfristiger Gast, bis diese ganze Situation geklärt ist.« Helenes Rasierklingenlächeln machte ziemlich klar, dass diese Gastfreundlichkeit wenig freundlich war.

»Das wusste ich nicht«, murmelte ich mehr zu mir selbst.

Die Fee wirkte überrascht. »Ich dachte, König Oberon hat dir davon erzählt.«

»Nein, hat er nicht.« Den Stich, den ich dabei verspürte, ignorierte ich. »Wieso wird Feinri festgehalten?« Nicht, dass ich etwas dagegen gehabt hätte, von mir aus konnte dieser Arsch in einem dunklen Loch verrotten, aber mich interessierte schon der Grund.

Helene allerdings wollte mir nicht antworten, das konnte ich an der Art erkennen, wie sie den Blick abwandte und sich den Nacken massierte. »Wenn mein König nicht davon gesprochen hat, dann werde ich es auch nicht tun.«

Der Frust legte sich wieder wie eine Faust um mein Herz und lockerte mir die Zunge. Ich war schon bereit, dieser Fee ordentlich die Meinung zu geigen, doch Hyacinth kam mir zuvor. »Jetzt stell dich nicht so an, Helene. Rück mit der Sprache raus.« Mit belegter Stimme fügte sie noch ein »Bitte« hinzu.

In diesem Moment realisierte ich, dass sich zwischen den beiden mehr abspielen musste, als ich wusste. Hyacinth hatte davon gesprochen, dass sie alte Bekannte waren, doch war ich mir sicher, ob sich dahinter nicht viel mehr verbarg. Gerade war nur leider nicht der Moment, um sie danach zu fragen.

Nach einem Augenblick des Zögerns rückte die Fee endlich mit der Sprache heraus. »Feinri hat einige unserer Gesetze gebrochen und muss sich nun dafür verantworten. Gleichzeitig gehen wir jeden Handel durch, den er in den letzten zehn Jahren abgeschlossen hat, um sicherzugehen, dass es keine weiteren Missbräuche seiner Macht gab. Oberon kümmert sich persönlich um diese Angelegenheit. So wie es jedoch gerade aussieht, wird Feinri sein Recht, Handel abzuschließen, verlieren. Zumindest für ein paar Jahrhunderte.«

Nur langsam drang ihre Erklärung in meinen Verstand vor. Oberon hatte kein Wort davon mir gegenüber verloren. Keine Andeutung, rein gar nichts. Aber von mir verlangte er, dass ich ihn auf dem Laufenden hielt. Das aufkommende Gefühl der Dankbarkeit, dass er bei Feinri hart durchgriff, verdrängte ich mit aller Kraft.

»Wieso hat er mir nichts gesagt?«, kam ich nicht umhin zu fragen.

»Das kann ich dir leider nicht sagen.« Etwas hilflos zuckte Helene mit den Schultern.

»Ich denke, du solltest jetzt besser gehen.« Hyacinth trieb die Fee so schnell aus ihrer Wohnung, dass ich nicht mal mehr Zeit hatte, mich von ihr zu verabschieden. Ihr aufgeregtes Flüstern drang bis an mein Ohr, doch verstand ich leider nicht, was sie sprachen, nur das endgültige Knallen der Tür hörte ich deutlich.

Als sie zurück ins Wohnzimmer kam, schlang ich die Arme um meine Beste und drückte sie an mich. Einige Minuten standen wir einfach nur da und hielten einander fest. Schuldgefühle schnürten mir die Kehle zu. War ich in letzter Zeit so sehr mit mir selbst beschäftigt gewesen, dass ich nicht bemerkt hatte, dass bei Hyacinth auch nicht alles in Ordnung war?

»Möchtest du darüber reden?«, flüsterte ich leise, meine Wange an ihre geschmiegt.

»Viel gibt es da nicht zu erzählen.« Ihre sonst so weiche Stimme klang rau, so als würde sie Tränen zurückhalten. »Helene und ich waren früher mal so etwas wie Freundinnen, doch dann haben wir uns aus den Augen verloren. Als wir uns auf dem Ball begegnet sind, hat sie sich anscheinend wieder an mich erinnert.« Hilflos zuckte sie mit den Schultern. »Jetzt will sie wohl wieder Kontakt mit mir haben.«

Ich spürte, dass sich hinter ihren Worten noch eine längere, herzzerreißende Geschichte verbarg. Doch wenn sie gerade nicht bereit war, mit mir darüber zu sprechen, dann würde ich sie auch nicht drängen. Ein letztes Mal drückte ich sie fest an mich, ehe ich mich von ihr löste.

In Hyacinths Augen schimmerten Tränen, die sie hektisch wegblinzelte. »Wir können uns gerne mit meinem verflixten Leben beschäftigen, wenn wir deines gerettet haben. Jetzt erzähl bitte weiter, was heute geschehen ist.«

An der Hand zog sie mich zum Sofa, auf das wir uns fast gleichzeitig sinken ließen. Die Schuldgefühle wollten nicht ganz verschwinden, aber ich kam Hyacinths Bitte nach. Mit viel zu schnellen und verwirrten Worten beschrieb ich meinen kleinen Ausflug in den Zoo und meine Begegnung mit dem Feenkönig. Erst als ich zu dem Beinahe-Kuss im Auto kam, stockte ich. »Alles, woran ich denken konnte, war, ihn zu küssen.«

Bisher hatte Hyacinth mir schweigend zugehört, das Kinn auf dem angewinkelten Knie abgelehnt. Hin und wieder hatte sie genickt, doch mich ansonsten weitersprechen lassen.

»Wieso hast du es dann nicht einfach getan?«

»Entschuldige bitte!« Ihre Frage erwischte mich so kalt, dass ich sie einfach nur mit offenem Mund anstarrte.

»Jetzt schau mich bitte nicht so an, als hätte ich dich beleidigt, Sweetie. Du willst es vielleicht gerade nicht von mir hören, aber anscheinend ist da etwas zwischen dir und Oberon.« Völlig entspannt zuckte sie mit den Schultern.

»Du hast recht. Ich will es nicht hören!«

Wie konnte sie es wagen? Wie konnte sie wagen, die Gedanken, die ich bisher so gekonnt verdrängt hatte, einfach ans Tageslicht zu zerren? Es zu leugnen, brachte mich nur leider auch kein Stück weiter. Der Feenkönig geisterte durch meine Gedanken, ob ich ihn da haben wollte oder nicht. Sosehr ich es auch wollte, war ich doch nicht in der Lage, ihn aus meinem Kopf zu verbannen. Seine Augen hielten mich gefangen. Ohne es wirklich zu merken, strich ich mit dem Finger über meine Unterlippe.

»Was sagt das über mich aus?«

»Dass du halt auf einen Typen stehst.« Hyacinth konnte damit deutlich besser umgehen als ich.

»Wir können Oberon echt nicht als irgendeinen Typen bezeichnen. Er ist der verdammte Feenkönig.«

»Ich kann dich echt verstehen, Sweetie. Aber Oberon ist keine schlechte Person. Meine Mutter spricht immer nur in höchsten Tönen von ihm. Sie ist darauf stolz, dass er König ist. Das sind die meisten anderen Feen auch.«

»Ich glaube auch nicht, dass er schlecht ist.« Vor allem nicht nach dem, was ich eben von Helene erfahren hatte.

Ich hielt es nicht länger aus, auf dem Sofa zu sitzen und begann, nervös im Wohnzimmer auf und ab zu laufen. Schon auf dem Walpurgisball hatte ich gesehen, mit welcher Anbetung und Verehrung die Feen zu ihrem Herrscher aufschauten. Die Menge an Respekt, die man ihm entgegenbrachte, kam ja nicht von irgendwoher.

»Das ist nicht mein Problem.«

Hyacinth folgte meinem Weg durchs Wohnzimmer mit den Augen. Zehn Schritte in die eine Richtung, zehn in die andere. Weder stellte sie mir eine Frage, noch unterbrach sie meine Gedanken. Immerhin kannte sie mich gut genug, um zu wissen, dass ich gleich von allein weitersprechen würde, sobald ich die richtigen Worte gefunden hatte.

»Er hat aktuell alle Macht in der Hand, verstehst du? Sollte ich diesen Liebestrank nicht brauen, dann werde ich direkt ihm unterstellt. Schon jetzt macht es mich völlig verrückt, dass er alle Fäden in der Hand hat und ich mit rein gar nichts dastehe. Meine wirren Gefühle machen es auch nicht einfacher. Ich kann nicht denken, wenn er da ist, mich nicht richtig konzentrieren. Was, wenn ich einen Fehler mache? Was ist, wenn er nur mit mir spielt?«

Oberons Aufmerksamkeit war nichts, womit ich je gerechnet hatte. Unter den gegebenen Umständen konnte sie doch nicht ernst gemeint sein. Sie musste eine Taktik sein, um mich zu verwirren. Eine Möglichkeit für ihn, Spaß auf Kosten einer Sterblichen zu haben. Mit aller Kraft stemmte ich mich gegen die unsichtbare Stimme in meinem Kopf, die mal wieder ihre vergifteten Worte flüsterte.

Niemals würde ein Mann wie Oberon sich für jemanden wie dich interessieren. Neben ihm bist du nichts weiter, als ein unscheinbares, hässliches Mädchen. Sicher lacht er gerade in diesem Moment über dich.

Wie eine Rasierklinge schnitten mich die Worte – von denen ich rational gesehen wusste, dass sie nicht stimmten. Ich wollte so nicht denken, sollte so nicht denken. Aber die Stimme hatte sich schon immer wenig für die Realität oder meine eigenen Wünsche interessiert.

»Dann spiel *du* ebenfalls mit ihm.« Hyacinths Worte hallten durch den Raum und ließen die Stimme in mir endlich verstummen.

Ich brauchte einen Augenblick, bis ich mich wieder daran erinnerte, worauf sie sich bezog.

»Was genau meinst du?«

»Also, so wie ich das sehe, musst du ihn irgendwie aus deinem System bekommen. Schadet ja nicht, dass du dabei noch etwas Spaß hast.« Vielsagend hob sie eine Augenbraue.

»Schlägst du das gerade allen Erstens vor?« Ungläubig brach ich in schallendes Lachen aus.

»Du musst ja nicht direkt mit ihm schlafen, aber wenn du sowieso die ganze Zeit daran denkst, ihn zu küssen, dann komm dem doch einfach nach. Danach kannst du es abhaken.«

»Und was mache ich, wenn es danach nicht besser wird?«

»Das schauen wir dann, wenn es so weit ist.«

Müde rieb ich mir die Stirn. Ich musste zugeben, Hyacinths Vorschlag klang so durchgeknallt, dass er vielleicht sogar funktionieren konnte. Alleine bei dem Gedanken daran zog sich mein Magen in einer Mischung aus Aufregung, Freude und Furcht zusammen.

»Denk einfach mal drüber nach.« Auffordernd klopfte meine Beste auf den Platz neben sich. »Bis dahin würde ich vorschlagen, dass wir beide uns mit etwas anderem ablenken.«

Dagegen sträubte ich mich nicht weiter. Ein dumpfer Kopfschmerz hatte sich an meiner Schläfe eingenistet, der im selben Takt wie mein Herz schlug. Ich zwang mich, an etwas anderes zu denken. Doch jedes Mal, wenn meine Konzentration auch nur einen Moment nachließ, schlich sich ein einziger Gedanke in meinen Kopf: *Ein weiterer Kuss mit Oberon.*

Kapitel zwölf

In den folgenden Tagen schlich sich dieser Gedanke immer wieder an. Wie ein kaum hörbares Flüstern lungerte er am Rand meines Verstandes herum, immer auf der Suche nach dem nächstmöglichen Moment, um plötzlich laut an die Oberfläche zu dringen. Jedes Mal zuckte ich voller Schuldgefühle zusammen und schaute mich sofort um, so als könnte jemand meine Gedanken lesen.

Ich brauchte dringend Ablenkung. Mit aller Kraft stürzte ich mich also in die Arbeit und in meine Aufgabe. Die Feder hatte ich sicher in einem kleinen Safe deportiert, den Mum uns mal vor ein paar Jahren geschickt hatte. Bisher hatte der nicht viel mehr als unsere Reisepässe aufbewahrt und war mehr ein Staubfänger gewesen. Jetzt war er endlich zu etwas nütze.

Nachdem ich eine kleine Runde mit Rosa gedreht hatte, zog ich mich mit dem Laptop aufs Sofa zurück. Dort hatte ich schon die letzten paar Tage verbracht. Tief versunken in die Recherche für den Liebestrank, während im Hintergrund irgendeine Serie die Stille ausfüllte.

Rosa hatte sich neben mir zusammengerollt, auf dem Platz, der eigentlich Will gehörte. Ab und an strich ich durch ihr weiches Fell, während ihr leises Schnarchen den Raum erfüllte. Trotz der einsamen Momente, die mich immer noch überkamen, war es eigentlich gar nicht so schlimm, alleine zu wohnen. Ich musste mich nicht länger nach jemand anderem richten, wenn es ums Kochen ging. Niemand blockierte ewig das Badezimmer zu seltsamen Zeiten. Es war immer noch chaotisch, aber es war ganz alleine *mein* Chaos, weswegen es mir so viel weniger ausmachte, es zu beseitigen.

Die Tür zu Wills Zimmer allerdings hielt ich weiterhin geschlossen. Ich konnte es einfach nicht über mich bringen, hineinzugehen. Dort wartete *sein* vertrautes Chaos auf mich. Die überall verstreute Kleidung, die Poster und Playbills von bekannten Musicals an den Wänden, sein Sammelsurium an Tassen, die es irgendwie nie zurück in die Küche geschafft hatten. Das war das Bild, das ich schon immer von meinem Bruder hatte. Chaos und Musik.

Wie es ihm wohl gerade im Erltower erging? Soweit ich wusste, hatte er keine Chance gehabt, seine Sachen zu packen. Das Bild einer kahlen Gefängniszelle schlich sich in meinen Kopf, nichts weiter als vier graue Wände, ein winziges Fenster und ein Bett, schmal und hart wie ein Brett. So schnell ich konnte, schüttelte ich es wieder ab.

Müde rieb ich mir die Stirn und kehrte zu meiner Recherche zurück. Inzwischen konnte ich das Rezept in- und auswendig, auch wenn es mir nicht wirklich etwas nützte. Denn leider konnte oder wollte Google mir nicht weiterhelfen.

So einfach es gewesen war, die Feder zu finden, so kompliziert war die Suche nach den anderen vier Zutaten. Aktuell standen für das Gefäß meine Chancen am besten. Alles andere ergab im Moment keinen Sinn. Eine verschollene *Blume, Gischt* von einem Ort, der nicht existierte und *Nektar,* an den es kein Herankommen gab.

Ein *Gefäß, geformt aus goldenem Sand,* damit konnte ich allerdings arbeiten. Zumindest wusste ich grob, was damit gemeint war. Glasbläsereien gab es in New York überraschend viele, was mir allerdings fehlte, war der goldene Sand. Auch darüber hatte das Internet mir nur wenig verraten. Alles, was ich dort fand, war künstlicher Dekosand.

Da ich am nächsten Tag wieder freihatte, schrieb ich mir die Adressen einiger Glasbläsereien heraus. Ich würde jede Einzelne von ihnen abgehen und nachfragen, ob mir dort jemand helfen konnte. Bevor ich mich ins Bett verzog, suchte ich abermals das Internet nach den anderen Zutaten ab, in der Hoffnung, dass sich vielleicht etwas Neues aufgetan hatte. Doch das Glück war nicht auf meiner Seite.

Mit Rosa an mich gekuschelt, lag ich kurz darauf im Bett und starrte an die Decke. Nachts war die Einsamkeit besonders schlimm. Die Geräusche der Stadt drangen durch das Fenster bis an mein Ohr: der niemals endende Krach der Straßen, die Stimmen der Spaziergänger, dazu ab und an das Gurren einer Taube. Es stimmte, New York schlief niemals.

Ich hingegen wollte nur zu gerne einschlafen. Mit einem lauten Seufzen rollte ich mich auf die andere Seite und starrte nun die Wand an. Obwohl die Müdigkeit wie eine Decke über mir lag, kam ich nicht zur Ruhe. Denn jedes Mal, wenn ich die Augen schloss, fand ich mich mit Oberon zusammen in seinem Auto wieder. Allerdings hielt sich mein Verstand nicht daran, was tatsächlich abgelaufen war. Lieber spielte er etwas ganz anderes ab. In meiner Vorstellung zog ich mich nicht zurück, sondern beugte mich vor und presste meine Lippen auf Oberons Lippen.

In diesem Moment änderte sich das Bild in meinem Kopf. Nun saßen wir nicht länger in einem schicken Sportwagen, sondern standen zusammen direkt über den Dächern der Stadt, über uns der Sternenhimmel.

Bevor sich die Szene immer und immer wieder wie von selbst in meinem Kopf abspielen konnte, musste ich mich mit etwas vollkommen anderem ablenken. Vor meinem inneren Auge ging ich also die Patienten durch, die an diesem Tag bei uns in der Klinik waren, und den dazugehörigen Papierkram. Alles, was langweilig, eintönig, normal und Welten entfernt von dem Feenkönig war. Irgendwann übermannte mich dann endlich doch der Schlaf.

***

Am nächsten Morgen, nachdem ich Rosa bei der Nachbarin abgeliefert hatte, fuhr ich mit der U-Bahn einmal quer durch Manhattan bis nach Brooklyn. Leider kam ich nicht oft in diesen Stadtteil, obwohl er so viel zu bieten hatte. Neben den vielen Secondhand- und Vintage-Läden, für die Brooklyn bekannt war, gab es auch zahlreiche niedliche Cafés und Geschäfte, die einen mit den liebevoll gestalteten Schaufenstern lockten. Ich betrat die erste Glasbläserei, die sich in einem hübschen Hinterhof versteckte. Auf den ersten Blick wirkte der große Raum mit dem Betonboden und den Steinwänden mehr wie ein

Kunstatelier, das kleine und große Glaswerke ausstellte. Das Sonnenlicht, welches durch die riesigen Fenster fiel, ließ die verschiedenen Farben der Werke schimmern.

Eine alte, massive Holztheke trennte den Ausstellungsraum von den weiter hinten liegenden Ateliers ab. Viel konnte ich nicht erkennen, doch ich hörte Stimmen und Geräusche, die ich nicht zuordnen konnte.

Kurz nachdem die Glocke verklungen war, die mein Kommen angekündigt hatte, erschien ein Mann und begrüßte mich mit einem Lächeln. »Willkommen bei BrooklynGlas! Wie kann ich dir helfen?«

Im hinteren Bereich des Landens sah ich eine Fee vorüberziehen. Kurz trafen sich unsere Blicke. Dann verschwand sie wieder.

»Hallo. Ich hätte da eine Frage. Nehmt ihr Aufträge an?«, kam ich direkt auf den Punkt.

»Natürlich.« Hinter der Theke holte der Mann einen altmodischen Ordner hervor. »Wonach genau suchst du denn?«

»Nach einem Fläschchen, das geformt ist wie ein Herz.« Ich zweifelte nicht daran, dass man so etwas herstellen konnte.

»Das sollten wir hinbekommen.« Er schenkte mir ein weiteres flüchtiges Lächeln. »Was genau schwebt dir denn vor? Größe, genaue Form, irgendwelche Verzierungen, Farbe?«

Darüber hatte ich mir bisher noch keine Gedanken gemacht, denn all das spielte keine Rolle, solange ich das richtige Material bekäme. »Es ist wichtig, dass das Fläschchen aus goldenem Sand ist.«

Zum ersten Mal blickte der Mann mich tatsächlich an, wenn auch etwas verblüfft.

»Es soll golden sein?«

»Nein, es ist extrem wichtig, dass es goldener Sand ist.«

Seinem skeptischen Gesichtsausdruck entnahm ich, dass er nicht wusste, wovon ich sprach. »Ich denke nicht, dass es so etwas überhaupt gibt. Wir können das Glas golden färben, wenn das hilft.«

»Nicht wirklich.« Ich brauchte echten goldenen Sand, so wie es im Rezept stand. »Aber danke für Ihre Zeit. Einen schönen Tag noch.« So schnell ich konnte, verließ ich den Laden wieder und ließ dabei wohl einen etwas verwirrten Mann zurück.

Ich hatte keine Zeit, herumzulungern und freundliche Gespräche zu führen. Auf meiner Liste standen noch drei weitere Glasbläsereien, die in ganz Brooklyn verteilt waren. Doch bei ihnen allen erhielt ich eine ähnliche Antwort: Goldene Flaschen, ja. Goldener Sand, nein.

»Verdammt!« Mein Fluch hallte von den Wänden des Hinterhofs wider, als ich nach meinem letzten Stopp zurück auf die Straße eilte. Damit waren alle meine Möglichkeiten ausgeschöpft. Zumindest im Moment. Natürlich konnte ich weiter in der Umgebung nach Glasbläsereien suchen, aber das Problem wäre überall dasselbe gewesen. Dieser verdammte goldene Sand.

Erschöpft rieb ich mir den Nacken. Nachdem ich den ganzen Tag wie eine Verrückte durch Brooklyn gelaufen war, machte sich jetzt die Müdigkeit in mir breit. Bevor ich wieder nach Manhattan fuhr, brauchte ich erst mal einen Kaffee.

In beinahe jeder Straße gab es ein Café, das mit feinen Gebäcken in den Schaufenstern und dem Geruch von Kaffee lockte. Genau das brauchte ich jetzt, Koffein und Zucker.

Was es in Brooklyn allerdings auch zur Genüge gab, waren Baustellen. So wie in ziemlich jedem anderen Teil der Stadt. New York war halt immer im Wandel. Mein Weg führte mich an einer besonders großen Baustelle vorbei, die fast die ganze Straße einnahm. Ein riesiges Schild zeigte, was hier entstehen sollte, doch mein Blick konzentrierte sich auf etwas anderes. Links in der Ecke prangte das Symbol des Feenkönigs, eine Mondsichel, in der eine Sonne saß, durchstoßen von einem Schwert. Ich hatte dieses Symbol schon so oft überall verteilt in der Stadt gesehen, doch in meinen Gedanken zeigte sich ein ganz anderes Bild. Oberon oben ohne mit einem Schwert in der Hand. Er hatte sich doch tatsächlich sein eigenes Symbol auf die Brust tätowiert. Oder war das Tattoo zuerst da gewesen?

»Tania.« Ich war so in meine Gedanken versunken, dass ich das erste Rufen nur am Rande mitbekam. Erst als die Stimme noch einmal lauter nach mir rief, blickte ich mich um. »Tania! Hallo!« Nicht weit von mir, in einem Durchgang der Baustellenabsperrung stand Lyander und winkte mir zu.

Einen Augenblick spielte ich mit dem Gedanken, mich einfach auf dem Absatz umzudrehen und um die nächste Straßenecke zu verschwinden. Doch der Fee war bisher freundlich gewesen, also warum sollte ich ihm gegenüber unhöflich sein?

Mit einem ziemlich gequälten Lächeln auf den Lippen überwand ich die kurze Distanz zwischen uns.

»Lyander, was machst du denn hier?« Unsicher verschränkte ich die Hände hinter dem Rücken.

Sein Lächeln war im Gegensatz zu meinem total ehrlich. »Arbeitszeug und so.« Er deutete über die Schulter zu der Baustelle. »Unser aktuelles Großprojekt, da stecken wir alle bis über beide Ohren mit drin.«

»Ihr alle?« Meine Stimme klang eine Tonlage zu hoch. So unauffällig wie möglich, ließ ich meinen prüfenden Blick über die Umgebung wandern. Anspannung machte sich in mir breit, so als würde Oberon auf einmal irgendwo hervorspringen und mich erschrecken.

»Der Rest treibt sich hier auch irgendwo herum, aber frag bitte nicht wo. Was machst du in Brooklyn?« Lächelnd legte er den Kopf schief.

Bevor ich antworten konnte, tauchte ein weiterer Fee auf und so blieb ich Lyander eine Antwort schuldig.

Ich erkannte den Neuankömmling tatsächlich wieder. Was vor allem daran lag, dass er einen riesigen Kaffeebecher in der Hand hielt, an dem er regelmäßig nippte. Demetri bot mir zur Begrüßung weder seine Hand noch ein freundliches Lächeln an, sondern nickte mir nur knapp zu.

Das war der perfekte Moment, um die Flucht zu ergreifen. »Ihr habt sicher ganz viel zu tun. War schön, dich gesehen zu haben, Lyander. Bis bald.« Hastig machte ich auf dem Absatz kehrt und ... stieß mit jemandem zusammen. Noch bevor ich den Kopf hob, wusste ich bereits, wer es war.

»Vorsicht, Tania.« Warm und rau schlossen Oberons Hände sich um meine Oberarme. »Anscheinend treffen wir uns häufiger so.«

»Wenigstens ist diesmal nichts zu Bruch gegangen«, murmelte ich leise.

Mein Herz schlug viel zu schnell, als ich mich auf einmal umgeben von hochgewachsenen Feen wiederfand, deren ganze Aufmerksamkeit nun auf mir lag.

Ohne von mir abzulassen, gab Oberon seinen beiden Männern ein Zeichen, woraufhin sie zurück hinter die Baustellenabsperrung verschwanden. Die beengende Präsenz in meinem Rücken war nun verschwunden, die brennende Intensität vor mir nahm jedoch zu. Oberon schien es nicht eilig zu haben, einen Schritt zurückzugehen. Leise räusperte ich mich, unsicher, wie es jetzt weitergehen sollte. Nachdem ich mehrmals tief durchgeatmet hatte, hob ich den Kopf und sah direkt in seine Augen. »Schön, dich zu sehen. Was führt dich nach Brooklyn?«

Schon wieder diese Frage. Immer noch wusste ich nicht, ob ich sie ehrlich beantworten sollte.

Die ganze Situation wurde auch nicht entspannter, als ich bemerkte, dass uns die Bauabsperrung leider nicht vor neugierigen Augen schützte. Die schaulustigen Feen verbargen ihre Blicke nicht einmal, stattdessen starrten sie Oberon und mich sensationssüchtig an.

»Ich könnte einen Kaffee vertragen«, fuhr der Feenkönig unbeirrt fort, so als würden die Gaffer gar nicht existieren. »Du auch?« Seine Frage war so unschuldig, doch schwang etwas in seiner Stimme mit, was ich nicht ganz benennen konnte. Schließlich spürte ich mich selbst nicken. »Ein Kaffee wäre nicht schlecht.«

Meine Suche in Brooklyn brachte mich nicht weiter, also musste ich jeden Strohhalm ergreifen, der sich mir bot. Vielleicht konnte ich ja etwas aus Oberon herausbekommen.

Kapitel dreizehn

Der Feenkönig schien genau zu wissen, wohin er gehen wollte. Mit hocherhobenem Kopf und zielsicherem Schritt führte er mich die Straße entlang und bog dann rechts ab. Die Selbstsicherheit, die er dabei ausstrahlte, erweckte in mir Bewunderung. Nicht zum ersten Mal fragte ich mich, wie es wohl sein musste, sich keine Gedanken oder Sorgen um die Meinungen anderer zu machen.

Sein Blick war die ganze Zeit geradeaus gerichtet, auf ein Ziel, das ich nicht kannte. Er trug wieder dieselbe Lederjacke wie vor ein paar Tagen, doch auch in einfacher Straßenkleidung strahlte er mehr Erhabenheit aus, als ich verarbeiten konnte.

Schnell wandte ich den Blick ab und schaute auf die Straße vor mir. Ich verstand nicht, wieso ich immer wieder vergaß, wer Oberon eigentlich tatsächlich war. In manchen Momenten fühlte es sich so an, als begleitete mich ein ganz normaler Mann, ein einfacher, netter Kerl mit unfassbaren Augen und einem wundervollen Lächeln. Doch dann trat der Feenkönig wieder hervor und mit ihm die Realität meiner Situation.

Meine Gefühle für ihn waren aus so vielen Gründen falsch. Nicht nur wegen meines Bruders, sondern auch wegen der Tatsache, wer er war und wer ich war. Sobald ich meine Aufgabe erfüllt hatte, würde Oberon mich wieder vergessen – wahrscheinlich schneller, als ich den Erltower verlassen konnte –, doch ich würde weiter mit den Erinnerungen an ihn leben müssen.

Wild schüttelte ich den Kopf, um diese unsinnigen Gedanken zu vertreiben. Den verwirrten Seitenblick, den Oberon mir dabei zuwarf, ignorierte ich. Ich durfte mich nicht von diesen ungewollten Gefühlen aus der Fassung bringen lassen. Eigentlich dürfte ich gar keinen Kontakt mehr mit Oberon haben.

Gerade als ich das einzig Richtige tun wollte – und zwar verschwinden – blieb der Feenkönig stehen. Direkt vor einer zauberhaften Bäckerei. Durch die mit Goldfolie verzierte Glasscheibe konnte ich ins Innere und auf die lange, mit allerlei Leckereien gefüllte Theke blicken. Mein Magen gab ein Knurren von sich. Hektisch drückte ich die Faust gegen den Bauch, um das peinliche Geräusch zurückzuhalten. Da standen wir nun beide, schweigend vor der Bäckerei. Ich konnte seinen Blick auf mir spüren, aber ich wollte gerade nicht in sein Gesicht sehen. Eigentlich hatte ich kein Problem mehr damit, wenn andere Menschen meinen Hunger bemerkten, aber ihm gegenüber kehrte meine Scham zurück. Und zwar mit voller Wucht.

Du bist zu fett, um Hunger zu haben.

Die Stimme in meinem Kopf flüsterte wieder. Nein, sie schrie beinahe.

Jemand, der aussieht wie du, darf nichts essen!

»Tania.« Oberons Stimme war sanft, kaum mehr als ein warmes Flüstern. »Was ist los?«

Es dauerte einen Moment, bis ich mich vom Abgrund des Selbsthasses, der in der Mitte meines Verstandes lauerte, losreißen konnte. »Nichts, alles gut. Ich muss nur dringend los.«

Unbeirrt hielt er mich am Arm zurück. Sein Griff war nicht fest, aber seine Berührung prickelte auf meiner Haut. »Bitte trink einen Kaffee mit mir. Vielleicht kann ich dir ja irgendwie helfen.«

Mein Blick sprang zwischen seiner Hand und seinen Augen hin und her. Sosehr ich es auch wollte, ich verstand diesen Mann einfach nicht. Ich wurde das Gefühl nicht los, dass er versuchte, mir etwas zu sagen, ohne es wirklich in Worte zu fassen.

Die Sekunden zogen dahin. Um uns herum drehte sich die Welt weiter, die Menschen eilten auf dem Gehweg entlang, Autos fuhren auf der Straße vorbei und der Krach der Stadt dröhnte. Oberon hielt meinen Blick weiterhin gefangen, er blinzelte nicht ein einziges Mal.

»Einen Kaffee«, zwang ich mich zu sagen. Gerade war er meine einzige

Spur, meine einzige Möglichkeit, weiter voranzukommen. Wenn Oberon tatsächlich in der Lage war, mir einen Hinweis zu geben, dann kam ich wenigstens voran. Falls nicht, hatte ich nur ein paar Minuten Zeit und etwas von meiner mentalen Stabilität vergeudet.

Knapp nickte Oberon, bevor er mir die Tür aufhielt. Seine Präsenz brannte in meinem Rücken, als ich in die kühle Luft des Cafés trat, wo mich sofort das intensive Aroma von frischem Kaffee empfing. Viel war nicht los. Nur einige der kleinen, runden Tische an der gegenüberliegenden Wand waren besetzt.

Hinter der Theke warteten zwei Feen, die mit ihrer sanft Rosa schimmernden Haut perfekt in dieses Ambiente passten. Unser Erscheinen wurde durch das Klingeln einer kleinen Glocke angekündigt, das ihnen das Zeichen gab, den Kopf zu heben.

Das freundliche Lächeln, welches sie mir schenkten, gefror in dem Moment, als sie bemerkten, wer mit mir eintrat. Dann senkten beide unterwürfig den Blick, die Blonde knickste sogar. Ich war kurz davor, genervt meine Augen zu verdrehen. Doch, was konnten diese Feen schon für meine miese Laune? Stattdessen wandte ich mich ihrem König zu. »Nervt dich diese ganze Unterwürfigkeit nicht manchmal?«

Verwirrt zog er die Augenbrauen zusammen. »Wovon sprichst du? Als unterwürfig würde ich dich jetzt nicht gerade beschreiben.«

Ich musste derart schallend lachen, dass ich vor mir selbst erschrak. Das Geräusch erschien mir viel zu laut. Es hallte im Café wider und sorgte dafür, dass nun alle Feenaugen auf mich gerichtet waren. Schnell kniff ich die Lippen zusammen. »Ich habe nicht von mir gesprochen.«

Oberon führte mich bis zum hintersten Tisch. Ganz der Gentleman zog er mir den vorderen Stuhl zurück und nahm selbst auf dem hinteren platz. Vermutlich wollte er so sichergehen, dass ich mit dem Rücken zur Tür saß, während er den ganzen Laden und durch die Fenster auch die Straße überblicken konnte.

»Ich muss gestehen, dass ich es inzwischen kaum noch bemerke«, beantwortete er meine Frage, nachdem wir beide Platz genommen hatten. »Es ist nun einmal das übliche Verhalten um mich herum.«

Ich schnaubte leise. »Ein wenig undankbar, findest du nicht?«

Einen Moment lang blickte er mich mit undurchdringlicher Miene an, während seine langen Finger einen ungleichmäßigen Rhythmus auf den Tisch klopften. »Du hast recht, das ist es.«

»Mehr hast du nicht dazu zu sagen?« Ich hätte das Thema fallen lassen sollen, aber irgendwie war ich noch nicht bereit dazu. Ich wollte irgendeine Reaktion, irgendeine Rechtfertigung von ihm hören.

Doch bevor Oberon mir antworten konnte, stand auch schon die blonde Fee neben unserem Tisch. Ihr Blick huschte einen Augenblick zwischen uns hin und her, dann konzentrierte sie sich mit einem breiten Lächeln ganz auf den Feenkönig. »Guten Tag, Mylord. Was kann ich Euch heute bringen?«

Oberon schenkte ihr einen flüchtigen Blick, bevor er sich mir zuwandte. »Tania, was möchtest du?«

»Einen Coldbrew-Latte mit Vanillesirup«, gab ich meine übliche Bestellung auf. Die Fee schaute mich nicht an, nickte nur abwesend, während sie sich ihre Notizen machte.

»Kaffee, schwarz.« Bei Oberon klang es weniger wie eine Bestellung, sondern mehr wie ein Befehl. Fast schon fühlte ich wieder meine Augen rollen, da setzte er noch ein »Bitte!« und ein strahlendes Lächeln hinterher.

»Kommt sofort«, hauchte die Fee wie betäubt. Dann schwebte sie förmlich davon. Während sie sich an unsere Bestellung machte, flüsterte sie gleichzeitig aufgeregt mit ihrer Kollegin, wobei die beiden immer wieder in unsere Richtung starrten. Wahre Heldenverehrung lag in ihren Blicken.

»Willst du nichts essen?«, fragte Oberon mich plötzlich. Völlig entspannt lehnte er sich dabei im Stuhl zurück, seinen intensiven Blick wieder auf mich gerichtet. Es war schon fast nervtötend, wie königlich er aussah. Bedächtig faltete ich die Hände vor mir auf der Tischplatte. Ich konnte wohl kaum leugnen, dass ich Hunger hatte. Mein peinliches Magenknurren hatte er definitiv gehört. Aber allein bei der Vorstellung, vor Oberon etwas zu essen, schlug der Hunger in Übelkeit um. »Ich überlege noch, was ich nehme«, antwortete ich ausweichend.

Meine Lüge war mehr als offensichtlich – so sehr wie meine Stimme zitterte –, aber zu meiner großen Erleichterung gab er sich anscheinend vorerst damit zufrieden. »Die Leute verhalten sich mir gegenüber immer gleich, ganz egal ob Feen oder Menschen. Inzwischen bemerke ich es deshalb kaum noch. Es ist Routine.«

Ich war von seiner Ehrlichkeit ein wenig überrascht. »Bloß weil man etwas schon ewig so macht, muss man damit doch nicht auf ewig weitermachen.« Große Worte von jemandem, der seine eigene Routine niemals durchbrach.

»Deshalb habe ich es ja auch schon einmal anders gemacht.«

Leider blieb mir keine Zeit, auf seine kryptische Antwort einzugehen, da in diesem Moment die Kellnerin mit unseren Getränken ankam. Mit einem flüchtigen Lächeln stellte sie das Glas vor mir ab. Dann drehte sie mir den Rücken zu, während ihre ganze Aufmerksamkeit auf dem Feenkönig lag.

»Bitte, Mylord.« Mit besonderer Vorsicht stellte sie die Tasse vor ihm auf den Tisch ab, danach trat sie direkt einen Schritt zurück. Mit professionellem Blick und die Hände vor dem Bauch gefaltet, sprach sie weiter: »Kann ich Euch sonst noch etwas bringen?«

Zu meiner Überraschung senkte sie dieses Mal nicht den Kopf, sondern hielt dem Blick des Feenkönigs stand. Ihr Auftreten hatte nichts von einem aufgedrehten Teenie, der sein Idol traf, sondern war eher respektvoll distanziert. Sofort fühlte ich mich schlecht, weil ich sie falsch eingeschätzt hatte. Anscheinend verwandelte sich nicht jeder vor Oberon in einen dümmlichen Teenager.

»Tania?« Fragend blickte er in meine Richtung. »Hast du dich entschieden?«

Da war sie wieder, die grausame Frage nach dem Essen.

Ausweichend blickte ich zur Seite und betrachtete die ausgestellten Kuchen hinter der Theke, ohne einen von ihnen wirklich zu sehen. »Bisher noch nicht.« Vielleicht konnte ich die Kellnerin so loswerden und mir noch etwas Zeit erkaufen.

»Ich kann Ihnen sehr gerne etwas über unsere Auswahl erzählen, Ma'am.« Zum ersten Mal schaute die Kellnerin mich wirklich an, doch konnte ich in ihrem Gesicht außer ihrem professionellen Ausdruck nichts weiter lesen.

»Das wäre sehr nett«, antwortete Oberon an meiner Stelle.

Ohne ihn anschauen zu müssen, wusste ich, dass er mich stumm mit den Augen herausforderte. Anscheinend hatte er es sich für diesen Tag zur Aufgabe gemacht, mich zur Weißglut zu treiben. Aber das Allerletzte, was ich gerade tun wollte, war, über meine Essgewohnheiten zu sprechen.

Die Kellnerin schien von der Spannung, die zwischen uns lag, nichts mitzubekommen – oder aber sie war so gut in ihrem Job, dass sie sich nichts anmerken ließ. »Wir sind hier ganz besonders stolz auf unseren Apfelkuchen ...«

»Ja«, rief ich aus, noch bevor sie den Satz beendet hatte. Etwas erschrocken blinzelte sie mich an, weshalb ich schnell hinterhersetzte: »Apfelkuchen klingt super.«

Diesmal wirkte ihr Lächeln nicht mehr ganz so professionell, sondern etwas zurückgenommen. »Sehr gerne. Wir servieren ihn hier warm, mit frischer Sahne.«

Ganz fantastisch, nur noch mehr süßes, kalorienreiches Zeug auf meinem Teller. »Das klingt super«, hörte ich mich sagen.

»Klingt es tatsächlich. Ich nehme dasselbe.« Oberon schenkte der Fee ein breites Lächeln, woraufhin sich die Spitzen ihrer Ohren leicht rosa verfärbten.

»Natürlich, Mylord.« Nach einer weiteren Verbeugung zog sie sich zurück und ließ uns alleine.

Den Becher mit Kaffee in meinen Händen haltend, linste ich durch meine Wimpern zu Oberon. Ich konnte in seinem Gesicht sehen, dass er mit dem Thema noch nicht durch war. Wieso auch immer, wollte er anscheinend zu gerne über meinen Hunger sprechen.

Aber dazu hatte er kein Recht. Mein Schmerz und meine Unsicherheit gingen ihn rein gar nichts an. Und anstatt mich weiter von ihm ausfragen zu lassen, würde ich lieber zum Angriff übergehen. »Wieso hast du mir nicht erzählt, dass du Feinri gefangen hältst?«, forderte ich ihn heraus.

Als ich den Namen des Feen erwähnte, verfinsterte sich seine Miene augenblicklich. Eiskalt, undurchdringlich und doch wunderschön. Es zermalmte mich langsam, dass er immer umwerfend war, immer perfekt, ganz egal, wie ich mich fühlte.

»Wann hätte ich es denn erwähnen sollen?«

»Keine Ahnung.« Seine Königsmiene regte mich mit jeder Sekunde mehr auf. »Vielleicht, als du mir wie ein Hündchen hinterhergelaufen bist oder während der Autofahrt. Genügend Gelegenheiten hattest du!«

Bei der Erinnerung an die Autofahrt musste ich wieder an unseren Beinahe-Kuss denken. Die Kühle meines Getränks half leider auch nicht, gegen die sofort in mir aufsteigende Hitze anzukommen. Oberons Gedanken schienen in eine ähnliche Richtung zu wandern. Für einen Wimpernschlag traf sein Blick meine Lippen und ich konnte die kalte Maske bröckeln sehen. Was dahinter zum Vorschein kam, ließ meine Kehle austrocknen und meine Haut prickeln. Für einen Moment konnte ich mich der Illusion hingeben, dass das Verlangen in seinen Augen tatsächlich mir galt.

Der Zauber zwischen uns zerplatzte wie eine Seifenblase, als die Kellnerin mit dem Kuchen zurückkehrte. Beinahe hätte ich aufgestöhnt, als mir der Geruch nach Zimt und Butter das Wasser im Mund zusammenlaufen ließ. Die Fee hatte sich nicht nur beeilt, alles für uns anzurichten, sie hatte sich auch große Mühe bei der Dekoration gegeben.

Der Teller vor mir hatte Foodbloggerqualität. Ein perfektes Stück Apfelkuchen, dazu ein dicker Klecks Sahne, mit etwas Vanillesoße und dann auch noch mit Zimt bestäubt. An jedem anderen Tag und alleine in diesem Café hätte ich mich sofort auf diesen Teller gestürtzt. Aber jetzt schien dieser mich nur zu verspotten.

»Falls ich noch irgendetwas für Euch tun kann, ruft bitte nach mir, Mylord.« Die Worte der Kellnerin drangen nur dumpf an mein Ohr. Ich war viel zu sehr mit dem Anstarren eines simplen Stücks Kuchen beschäftigt.

Ich musste mich ablenken, an irgendetwas anderes denken, als an meinen Hunger. Also kam ich wieder auf unser Gespräch zurück. »Nun. Wieso hast du nichts gesagt?«

Er beugte sich vor, bis er die Unterarme auf den Tisch abstützte. »Lass mich eins klarstellen, Tania. Ich erkläre mich niemandem gegenüber.«

»Arsch«, rutschte es mir heraus, bevor ich mein loses Mundwerk im Zaum halten konnte.

Einen Augenblick lang erstarrte Oberon. Dann brach er auf einmal in schallendes Gelächter aus.

Ich hingegen beobachtete ihn einfach nur fassungslos.

»Ich kann mich nicht einmal mehr erinnern, wann mich das letzte Mal jemand so genannt hat«, brachte er zwischen mehreren Lachern hervor.

»Vielleicht wärst du nicht so einer, wenn man dir es ab und an mal sagen würde.« Kopfschüttelnd nahm ich einen Schluck vom Kaffee, allerdings nur, um mein aufkeimendes Lächeln hinter dem Becher zu verbergen.

»Meldest du dich freiwillig für diese Aufgabe?« Die Spannung war wieder aus seinem Gesicht gewichen, dafür zeichnete sich nun ein langsames Lächeln auf seinen Lippen ab.

»Ich habe schon einen Job, den ich übrigens auch sehr liebe.« Ich nahm die Gabel zur Hand und stocherte im Kuchen herum. Die Sahne fing bereits an zu schmelzen, was das Ganze nicht weniger verlockend machte.

»Die Arbeit mit deiner besten Freundin und einem Haufen süßer Tiere, ich erinnere mich. Hat Hyacinth dir von Feinris neuem Wohnort erzählt?« Seine Frage wirkte so unschuldig, ganz im Gegenteil zu seinem Lächeln.

Mit etwas zu viel Kraft spießte ich ein Apfelstück auf, ohne es jedoch zum Mund zu führen. »Sie hat nichts mit dem Ganzen hier zu tun.«

»Du musst dir keine Sorgen machen, Tania. Deine Freunde sind sicher. Dieser Deal betrifft nur dich und mich.«

Und meinen Bruder. Und dieses Arschloch Feinri. Und sicher noch einen Haufen anderer Personen.

»Ich will trotzdem nicht über meine Freunde oder Familie sprechen.«

Nachdenklich nickte Oberon. »Dann lass uns über dich sprechen, was führt dich heute nach Brooklyn?«

Eines musste man ihm lassen, Konversation konnte er betreiben. Aber noch war ich nicht bereit, über mich zu sprechen. »Du zuerst.«

»Ein großes Restaurationsprojekt. Ich habe den Block erst vor einigen Monaten erworben, jetzt möchte ich ihn zu neuem Glanz erstrahlen lassen.

Aktuell ist es mein einziges Großprojekt und damit verbringe ich die meiste Zeit.«

Es überraschte mich ein wenig, dass Oberon offen mit mir sprach. »Das ist also die Aufgabe eines Königs? Stadtplanung?«

»Manchmal. Wenn es in der Welt gerade mal etwas besser läuft. Ich liebe New York, weißt du. Vom ersten Augenblick an habe ich mich in diese Stadt verliebt. Deshalb will ich alles tun, was ich kann, um sie weiter voranzubringen.« Er blickte an mir vorbei hinaus auf die Straße, so als könnte er von hier aus über die ganze Stadt sehen.

Fast gegen meinen Willen musste ich bei dem Anblick lächeln, denn ich glaubte ihm jedes Wort. »Ich bin schon gespannt, wie es am Ende aussieht.«

Oberons Blick kehrte wieder zu mir zurück. »Jetzt weißt du, was mich hierher getrieben hat. Wie sieht es mit dir aus?«

Ich schob ein weiteres Stück Apfel von der einen Seite meines Tellers zur anderen. Jetzt kam es darauf an. Sagte ich die Wahrheit oder log ich ihn an? Aber was brachte es mir überhaupt, wenn ich eine Lüge erzählte? Er schien ja sowieso schon zu wissen, welchen Schritt ich als Nächstes tun würde. So ganz glaubte ich nämlich nicht, dass wir uns hier rein zufällig getroffen hatten.

»Ich bin auf der Suche nach einer Glasbläserei, die etwas mit goldenem Sand anfangen kann. Nur leider scheint so etwas gar nicht zu existieren.« Der Frust färbte meine Stimme dunkel. Es laut auszusprechen, machte die Sache leider auch nicht einfacher.

Bedächtig nickte Oberon. Im Gegensatz zu mir stocherte er nicht nur in seinem Kuchen herum, sondern genehmigte sich ab und an ein Stück. »Muss ich dich noch einmal an meine Worte erinnern?«

»Nein, mein Gedächtnis funktioniert super, danke der Nachfrage. Aber ich habe in jeder Glasbläserei dieselbe Antwort erhalten. Von dort bekomme ich anscheinend keine Hilfe.« Etwas zu fest knallte ich meine Gabel auf den Tisch und genehmigte mir stattdessen einen Schluck Kaffee.

»Du kennst meinen Preis. Eine ehrliche Antwort von dir für eine ehrliche Antwort von mir«, erinnerte er mich. Dabei war das Raubtierhafte in seine Augen zurückgekehrt.

Ich hatte keine Lust auf ein weiteres Spielchen. »Dabei war ich doch so freundlich und habe dich auf dem Laufenden gehalten. Ist das denn nicht eine Antwort wert?« Ich erwiderte seinen Blick voller Herausforderung.

»Du verstehst also langsam, wie das mit den Deals funktioniert. Freut mich. Aber du hast recht, du hast mich auf dem Laufenden gehalten. Das ist zumindest eine halbe Antwort wert.«

Innerlich knirschte ich mit den Zähnen, aber versuchte mir nichts anmerken zu lassen. Welche andere Wahl hatte ich denn auch? Ich kam nicht weiter. Schon ein halber Hinweis konnte mir vielleicht den Arsch retten. »Was ist der Hinweis?«

»Du warst schon am richtigen Ort, aber hast mit den falschen Personen gesprochen.«

»Ernsthaft?« Das war doch ein Witz. »Da hätte ich mir auch einen Glückskeks kaufen können.« Mit dieser Antwort kam ich nirgendwohin.

Wenig beeindruckt von meinem kleinen Ausbruch, zuckte Oberon mit den Schultern. »Wenn ich dir einen besseren Tipp geben soll, dann kennst du den Preis.«

»Jaja. Ihr Feen und eure Preise«, grummelte ich leise vor mich hin, doch meine Gedanken rasten. Mir lief die Zeit davon und eine bessere Spur hatte ich ja nicht. »Na gut, stell deine Frage.«

»Wieso isst du nichts, obwohl du Hunger hast?«

Kapitel vierzehn

Bist du dir sicher, dass du das essen willst, Tania? Die Stimme meiner Mutter hallte so klar in meinen Ohren wider, dass ich für einen Moment überzeugt war, sie stünde tatsächlich hier im Café.

Du hast nicht wirklich Hunger. Und wenn doch, dann iss doch bitte etwas Vernünftiges!

»Nein!« Ich wusste nicht genau, wem ich widersprach. Oberon oder den Erinnerungen an meine Kindheit. »Nein, das geht dich nichts an. Ich brauche deine Antwort nicht, die Lösung finde ich schon alleine.«

Der Stuhl knarrte laut über den Boden, als ich aufsprang. Doch bevor ich weglaufen konnte, schloss sich Oberons warme Hand wie ein Schraubstock um meinen Arm. »Es tut mir leid. Du musst mir überhaupt nichts sagen. Bitte Tania, es tut mir wirklich leid.«

Kraftlos sackte ich auf dem Stuhl zusammen. Etwas an seiner Entschuldigung war so intensiv, das hatte ich ihm gar nicht zugetraut. Worte brannten in meiner Kehle und ungeweinte Tränen in den Augen, doch konnte ich nichts davon herauslassen.

Oberons Hand wanderte langsam meinen Arm hinab, bis seine Finger sich um meine schlossen. »Ich habe nicht gewusst, dass meine Frage eine solche Reaktion bei dir auslösen würde. Das habe ich nicht gewollt.« Sein Daumen malte kleine Kreise auf meinen Handrücken. Seine Worte verklangen zwischen uns, während ich konzentriert auf unsere verschlungenen Hände schaute. Es dauerte einen kurzen Moment, bis ich das leise Prickeln der Magie wahrnahm, das von meinem Arm aus durch meinen ganzen Körper strömte.

»Verzauberst du mich gerade?«, fragte ich überraschend ruhig. Mein wild pochendes Herz schlug wieder völlig normal und die Panik, die mir eben noch die Luft abgeschnürt hatte, verpuffte. Eigentlich sollte ich mich gerade aufregen, aber irgendwie brachte ich es nicht über mich. Dafür fühlte es sich einfach zu gut an.

»Ein klein wenig.« Oberon hörte auf, meine Hand zu streicheln, zog sich aber nicht weiter zurück. »Ein einfacher Beruhigungszauber. Du sahst so panisch aus und ich wollte dir helfen.«

Einen Moment dachte ich über seine Worte nach. »Das ist nett, aber beim nächsten Mal frag bitte vorher.« Auch wenn ich das warme, weiche Gefühl unter der Haut jetzt schon ein wenig vermisste.

»Versprochen.« Sein Lächeln war sanft und immer noch hielt er meine Hand fest. Ich wusste, dass ich mich von ihm lösen sollte, aber ich konnte nicht. Für einige Minuten saßen wir nur so da. Stille herrschte zwischen uns – ich wagte nicht einmal, zu tief zu atmen – aber ich wurde das Gefühl nicht los, dass Oberon mir etwas sagen wollte. Doch so sehr ich auch in seine Augen starrte, ich verstand die Botschaft nicht.

Das nervtötende Klingeln eines Handys löste uns endlich voneinander. Oberon und ich griffen gleichzeitig nach unseren Telefonen. Mein Bildschirm blieb allerdings schwarz, stattdessen blickte mir mein eigenes Spiegelbild entgegen. Ich sah blass aus, auch wenn meine Wangen deutlich pinker waren als sonst.

»Ja?« Oberons Stimme klang abgehackt und genervt, als er den Anruf annahm. So unauffällig wie möglich beobachtete ich ihn. Während der Anrufer sprach, zog er die Augenbrauen zusammen, mit jeder Sekunde verdüsterte sich sein Gesicht mehr. »Ich bin sofort da«, knurrte er am Ende.

Nachdem er aufgelegt und das Handy wieder in der Hosentasche verstaut hatte, wandte er sich mir zu. »Es tut mir echt leid, aber ich muss los.«

»Kein Problem, ich habe ja zumindest einen halben Hinweis bekommen.« Den kleinen Stich, den mir das plötzliche Ende unseres Treffens bescherte, ignorierte ich erst mal.

»Ich hoffe, es ist nicht allzu schlimm.«

»So ziemlich alles kann sich in eine Katastrophe verwandeln, wenn man es nicht richtig angeht. Deshalb muss ich mich auch direkt darum kümmern.« So elegant wie immer, aber auch etwas angespannt, erhob er sich. »Außerdem gibt es bestimmte Vorkommnisse, um die ich mich immer selbst kümmern werde, ganz egal was kommt.«

Seine Offenheit überraschte mich ein wenig. Ich hatte mehr damit gerechnet, dass er mich mit einer offensichtlichen Ausrede abwimmeln oder gar nichts sagen würde. Klar, er hatte jetzt keine Details mit mir besprochen, aber es fühlte sich trotzdem intim an.

»Ich sollte wohl auch besser los. Immerhin habe ich noch einige Sachen zu erledigen.« Auf dem Weg zur Theke suchte ich in meiner Tasche nach meinem Portmonee, doch noch bevor ich es herausfischen konnte, überreichte Oberon der Kellnerin bereits mehrere Scheine.

»Danke für den tollen Service.« Er schenkte ihr wieder sein Tausend-Watt-Lächeln, auch wenn es diesmal nicht seine Augen erreichte.

Die beiden Feen platzten beinahe vor Stolz nach seinen lobenden Worten. Zum Abschied winkte ich kurz in ihre Richtung, bevor ich hinaus auf die Straße trat und erst einmal tief durchatmete.

Wir waren nicht einmal eine halbe Stunde in dem Café gewesen und doch kam ich mir vor wie eine andere Person. Jedes Mal, wenn ich mit Oberon alleine war, verwandelte sich meine Gefühlswelt in eine Achterbahn, die mich erst aussteigen ließ, wenn all meine tiefsten Gefühle einmal von innen nach außen gekehrt worden waren.

Hinter mir erklang die Glocke der Bäckereitür. Kurz darauf legte sich Oberons warme Hand auf meinen unteren Rücken. »Ich bin ja schon sehr gespannt, wie deine Suche weitergehen wird. Hoffentlich hältst du mich weiter auf dem Laufenden.«

Das Prickeln, welches von seiner Berührung ausging, verdrängte ich. »Ganz sicher nicht, wenn du mir weiterhin so nichtssagende Antworten lieferst.«

»Leider zählt jede Frage nur einmal. Aber ich würde mich sehr freuen, wenn du mich auch so auf dem neuesten Stand hältst.« Bevor ich reagieren konnte, hatte er sich bereits heruntergebeugt und mir einen Kuss auf die Wange gedrückt.

Ein heißes Prickeln breitete sich von dieser Stelle über meinen ganzen Körper aus. Es fühlte sich an, als hätte er zusammen mit seinem unwiderstehlichen Duft meine Haut gebrandmarkt. Völlig hilflos stand ich vor ihm, kein Muskel in meinem Körper wollte mir gehorchen.

»Bis zum nächsten Mal, Tania.« Nach einem letzten Blick schritt Oberon auf seinen Wagen zu, der aus dem Nichts neben dem Café aufgetaucht war.

Ich schaffte es gerade noch, zum Abschied die Hand zu heben. Dann war das Auto im Verkehr der Stadt verschwunden und ich blieb wie bestellt und nicht abgeholt auf dem Bürgersteig zurück.

Oberons Kuss brannte immer noch auf meiner Wange und mit ihm die wilden Gefühle in meinem Inneren.

Scheiße! Das war überhaupt nicht gut.

Nachdenklich strich ich mit den Fingerspitzen über meine Wange. Wenn die Lage vielleicht anders sein würde, wenn ich nicht ich und er nicht – na ja – eben der Feenkönig wäre, wenn die Welt eine andere wäre, dann könnte ich vielleicht mehr mit meinen Emotionen anfangen. Aber so ...

Mir meine Gefühle einzugestehen, änderte nur leider rein gar nichts an der Situation. Dieser Deal schwebte immer noch wie ein Damoklesschwert über meinem Kopf. Ich musste meinen Bruder retten – und auch mich selbst –, da durfte ich mir nicht von den ungewollten Schmetterlingen dazwischenfunken lassen.

Mit diesem Gedanken konzentrierte ich mich wieder ganz auf die Aufgabe, die mich nach Brooklyn geführt hatte.

Du warst schon am richtigen Ort, aber hast mit den falschen Personen gesprochen.

Als ich mit gesenktem Blick die Straßen entlangspazierte, ging ich im Kopf Oberons Worte noch einmal durch. Der gewohnte Krach der Stadt hatte eine beruhigende Wirkung auf mich, sodass ich langsam wieder klar denken konnte. Nachdem sein Duft aus meiner Nase verschwunden war und ich auch den Kuss nicht länger auf meiner Haut spürte, fing mein Hirn endlich wieder an normal zu arbeiten.

Wenn ich in aller Ruhe darüber nachdachte, dann war der Hinweis, wenn auch etwas fadenscheinig, doch alles, was ich brauchte. Bisher hatte ich nur mit Menschen gesprochen.

Da es hier allerdings um einen Feenzauber ging, sollte ich vielleicht eher mit denen sprechen, die sich damit besser auskannten. Und ich wusste auch schon ganz genau, wo ich so jemanden finden würde.

Der Brooklyn Pier lag halb verlassen vor mir, als ich wieder dort ankam. Dies war die einzige Glasbläserei gewesen, in der ich auch Feen gesehen hatte. Mein Blick fiel auf das riesige Buntglasfenster, dem ich bei meinem ersten Besuch kaum Aufmerksamkeit geschenkt hatte. Doch jetzt fiel das Nachmittagslicht darauf und ließ es in allen Farben strahlen. Das Fenster zeigte die Skyline von New York, die sich langsam in einen am Strand gelegenen Palast verwandelte. Ich wurde das Gefühl nicht los, dass dieser andere Ort etwas mit Oberon zu tun hatte.

Als ich in die Glasbläserei trat, empfing mich fast unwirkliche Stille. Auf den ersten Blick schien ich völlig alleine zu sein, dann tauchte die Fee, die mir bei meinem ersten Besuch schon aufgefallen war, wie aus dem Nichts auf. »Ich habe mich schon gefragt, ob du wiederkommen wirst.«

Die Hände in die hinteren Hosentaschen geschoben, kam sie auf mich zu. Ihr kurzes aschblondes Haar war zu zwei Zöpfchen oben auf ihrem Kopf gebunden, was ihre spitzen Ohren und Wangenknochen nur noch mehr betonte. Der waldgrüne Schimmer ihrer Haut passte perfekt zu den grünen Augen. »Goldener Sand.«

»Goldener Sand«, bestätigte ich. »Kannst du mir welchen besorgen?«

»So einfach ist das leider nicht.« Nicht weit von mir entfernt blieb sie stehen und musterte mich mit schräg gelegtem Kopf. »Ich bin Jenny.«

»Tania«, stellte ich mich etwas widerwillig vor. »Ich muss einen Liebes ...«

»Das Liebeselixier«, unterbrach sie mich. »Ich weiß, wer du bist. Ganz ehrlich, das komplette Feenvolk in New York und sicher auch überall auf der Welt weiß inzwischen, wer du bist.«

»Na ganz fantastisch.« Sofort musste ich an mein Gespräch mit der Puck Robin zurückdenken. War das wirklich erst eine Woche her? »Wenigstens muss ich so nicht mehr erklären, worum es eigentlich geht.«

Entspannt zuckte Jenny mit den Schultern, bevor sie sich dem Buntglasfenster zuwandte. »Goldener Sand existiert, aber außerhalb des Feenvolks weiß niemand davon. Und selbst bei uns Feen ist das Wissen fast schon verloren gegangen.«

Langsam war meine Neugierde geweckt. »Aber du weißt noch davon?«

»Hast du schon einmal von Tír na nÓg gehört?« Abwartend blickte Jenny mich an.

Ich schüttelte den Kopf. An Geschichte war ich nie sonderlich interessiert gewesen, von Feengeschichte gar nicht erst zu sprechen. Vielleicht hätte ich mich damit etwas mehr beschäftigen sollen.

Die Fee streckte ihre Hand aus und strich behutsam über das Glasfenster. »New York war nicht immer der Sitz des Hofes. Der erste König herrschte von Tír na nÓg aus, weit ab von den Menschen.«

Der erste König? Oberon war nicht der einzige Herrscher der Feen? So lange ich mich erinnerte, war er der Feenkönig und ich hatte bisher auch nichts anderes gehört. Meine Unwissenheit nagte auf einmal an mir. Ich wusste doch eigentlich rein gar nichts von der Welt, in der ich mich nun befand, und noch weniger von ihrem Herrscher.

»Aus Tír na nÓg stammt unsere Magie, unsere Geschichte, unser ganzes Sein. Aber all das ist für uns alle verloren. Geblieben ist ein verbotener Ort, den heutzutage niemand mehr betreten darf. Genau dort findet man goldenen Sand.«

Wie kann Magie aus einem Ort stammen?

Was ist geschehen, dass man diesen Ort nicht mehr betreten kann? Und vor allem, wieso besteht Oberon so darauf, dass ich die Aufgabe erfüllen kann, wenn dies offensichtlich unmöglich ist?

Innerlich rief ich mich selbst zur Ordnung. Nein, ich glaubte Oberon seine Aussage. Es musste für mich einen Weg geben, an diesen Sand heranzukommen. Mehrmals atmete ich tief durch, bis ich meinen Frust so weit wieder im Griff hatte, dass ich weitersprechen konnte. Die vielen Fragen in meinem Kopf schob ich erst einmal beiseite.

»Und wo finde ich dieses Tír na nÓg?«

Jenny hatte meinen inneren Monolog still abgewartet, jetzt lächelte sie traurig. »In Irland.«

Ganz fantastisch. Auf der anderen Seite der Welt. Das brachte mich gerade auch nicht weiter. »Wieso ist es ein verbotener Ort?«

»So genau weiß ich das leider nicht. Der erste König ist lange vor meiner Geburt gefallen, danach hat König Oberon Tír na nÓg versiegelt. Seitdem ist es irgendwie in Vergessenheit geraten, so viel Schmerz ist anscheinend mit der Geschichte verbunden.«

Ich löste meinen Blick von ihr und konzentrierte mich stattdessen auf das Buntglasfenster. In der Nachmittagssonne hatte das reflektierende Licht etwas Magisches. Aufmerksam betrachtete ich den dargestellten Palast mit seinen fünf großen Türmen, der hohen weißen Mauer und dem Ozean, der sich direkt daneben befand.

Was war an diesem wunderschönen Ort nur geschehen, dass Oberon ihn vor der Welt wegschloss? Mir kam sofort nur eine Erklärung in den Sinn: Krieg.

Es musste eine Art Schlacht, einen Konflikt, einen Kampf gegeben haben. So wie Jenny es formuliert hatte, war der erste Feenkönig dabei ums Leben gekommen. Oder er war getötet worden. Vielleicht sogar von dem Mann, der eben noch meine Hand gehalten hatte?

Ich sah Oberon wieder vor mir, wie er in seiner tödlichen Geschmeidigkeit das Schwert führte. Lyander hatte keinerlei Chance gegen seine Schläge gehabt. Nur zu gut konnte ich mir vorstellen, wie er im Zweikampf oder auf dem Schlachtfeld jemandem das Leben nahm.

Ich wusste rein gar nichts über den Feenkönig. Doch an der Macht blieb er ganz sicher nicht wegen seines Charmes. So genau wollte ich mir gar nicht vorstellen, welche Abgründe sich hinter seiner unmenschlich schönen Fassade befanden.

Hektisch versuchte ich jeden weiteren Gedanken an Oberon und seine im Dunkel liegende Vergangenheit zu verdrängen. Jetzt gerade musste ich mich auf etwas ganz anderes konzentrieren. »Wieso erzählst du mir das alles, wenn ich ja doch nicht an den Sand herankomme?« Der Frust kehrte mit voller Wucht zurück. Ich hatte einfach keine Zeit für solche Spielchen.

»Weil es etwas komplizierter ist, als du denkst, Tania. Auf legalem Weg gibt es keine Möglichkeit, dir den Sand zu beschaffen. Wenn du ihn wirklich haben willst, dann wird es dich etwas kosten.«

Da war es endlich. »Natürlich wird es das. Wie viel genau?«

Einige Herzschläge musterte sie mich von der Seite. »Fünfundvierzigtausend.«

»Dollar?«, quietschte ich. Heilige Scheiße, das war fast so viel, wie ich in einem Jahr verdiente. Ich hatte nicht einmal annähernd genug auf meinem Konto, mein Notfallgroschen war gerade mal ein Zehntel davon. »Was oder wen genau bezahle ich da eigentlich?«

»Im Endeffekt die Schmuggler. Es ist ein großes Risiko, sich den Anordnungen des Königs zu widersetzen. Das Siegel um Tír na nÓg zu brechen, kann mit dem Tod bestraft werden.« Jenny blieb während ihrer Erklärung erschreckend entspannt, so als hätte sie es schon hundert anderen Verzweifelten erklärt.

»Wenn es so gefährlich ist, wieso nehmt ihr dieses Risiko dann auf euch?«, hakte ich nach.

»Was die anderen Schmuggler angeht, kann ich dir leider keine Antwort liefern. Mein Bruder, der Idiot, hingegen, macht es wegen des Adrenalinkicks. Es braucht ein extrem hohes Level an magischen Künsten und Geschick, um die Sicherheitsmaßnahmen des Siegels zu umgehen. Wahrscheinlich will er sich damit etwas beweisen.« Jenny zuckte mit den Schultern.

Nachdenklich betrachtete ich sie. »Machst du dir keine Sorgen um ihn?«

»Er ist erwachsen und das schon seit einigen Jahrhunderten. Wenn er sich unbedingt ins Unglück stürzen will, dann kann er das gerne machen. Ich habe ihn gewarnt und versucht, es ihm auszureden, aber wer nicht hören will, der muss halt fühlen.«

Hm, so konnte man es natürlich auch sehen. »Aber das könnte ihn das Leben kosten!«

»Klingt jetzt vielleicht eiskalt, aber dann ist es halt so. Außerdem *kann* es mit dem Tod bestraft werden, *muss* es aber nicht.« Als ich wieder zum

Sprechen ansetzen wollte, hob sie abwehrend die Hand. »Genug jetzt über meinen Bruder. Willst du den Sand oder nicht?«

»Fünfundvierzigtausend, jetzt bar auf die Kralle?« Allein bei dem Gedanken an die Summe zog sich in meinem Inneren alles zusammen.

»Zehn vorab, den Rest bei Lieferung.«

Dann hatte ich ja wenigstens noch etwas Zeit, mir was wegen des Geldes zu überlegen. »Schaffen die Schmuggler es denn, den Sand in drei Wochen zu besorgen?«

»Natürlich.«

Fünfundvierzigtausend Dollar.

Innerlich stöhnte ich auf. »Ich brauche Zeit, um zu überlegen, wie ich an das Geld rankomme.«

»Nimm dir so viel Zeit, wie du brauchst.« Die Fee zuckte mit den Achseln. »Du weißt ja, wo du mich findest.«

Mit einem zentnerschweren Stein im Magen verabschiedete ich mich und ging zur Tür. Als ich die Türklinke bereits in der Hand hatte, wandte ich mich noch einmal zu ihr um. »Woher weiß ich, dass du mich nicht über den Tisch ziehst?«

Ein schelmisches Lächeln breitete sich auf ihrem Gesicht aus. »Eine Versicherung dafür habe ich leider nicht, aber welche andere Möglichkeit hast du sonst?«

Wie recht sie doch hatte.

Kapitel fünfzehn

Wieder war ein Tag mehr vergangen, die Deadline rückte ohne Gnade immer näher und ich stand vor der nächsten unmöglichen Entscheidung.

Ein weiteres Mal checkte ich meine Bank-App. Nein, in den letzten fünfzehn Minuten war nicht auf magische Art und Weise ein kleines Vermögen aufgetaucht. Immer noch dieselben 3.214,60 Dollar. Das reichte nicht mal im Ansatz.

Es dauerte nur einen Moment, bis ich mich ebenfalls bei Wills Bank eingeloggt hatte. Von dem Geld meiner Eltern war allerdings nicht mehr viel zu finden. Nicht einmal zweihundert Dollar. Mein Bruder war seit Anfang des Monats im Erltower eingesperrt, wie konnte es sein, dass er so wenig auf dem Konto hatte?

Frustriert schloss ich die App wieder. Selbst wenn Will es geschafft hätte, etwas Geld anzusparen, hätte es nicht gereicht. Fünfundvierzigtausend Dollar waren einfach ein Betrag, den ich alleine unmöglich aufbringen konnte.

So viele Überstunden konnte ich nie im Leben machen und einen zweiten Job hätte ich auch nicht stemmen können.

»Scheiße!« Der Seewind trug meinen Fluch über die Bucht davon. Das Handy immer noch in der Hand, trat ich an die Brüstung und blickte in das Wasser unter mir. Ich war bereit gewesen, mich Monstern und Zauberern zu stellen, alles in meiner Macht Stehende zu tun, aber Geld konnte ich leider nicht einfach so aus dem Hut ziehen.

Die Wellen schlugen im gleichmäßigen Rhythmus gegen den Beton unter mir. Um mich herum war die Luft erfüllt von den Schreien der Möwen und den Stimmen der vielen Menschen. Wie mit unsichtbaren Ketten an Ort und

Stelle gebunden, stand ich einfach nur da. Ohne Ausweg. Geld war eines dieser Dinge gewesen, die mir schnell die Luft abschnürte. Nicht, dass ich ohne aufgewachsen wäre. Nein, genau das Gegenteil war der Fall gewesen. Es wurde zu oft benutzt, um mich zu manipulieren. Überleben alleine kostete ja schon viel zu viel, aber gut zu leben noch viel mehr.

Eine Überlegung, wie ich zu Geld kommen konnte, lugte plötzlich zaghaft am Rande meines Verstandes hervor. Doch sie mochte ich gerade nicht in Betracht ziehen, denn sie führte in ihrem Schlepptau einen ganzen Rattenschwanz schlimmer Erinnerungen mit sich. Erinnerungen an nett gemeinte, aber in Wahrheit verletzende Worte, an Schmerz, von dem ich mir so wünschte, ich hätte ihn inzwischen überwunden.

Panik sammelte sich wie ein Feuerball in meiner Brust. Egal wie tief und gleichmäßig ich einatmete, ich hatte das Gefühl, keine Luft mehr zu bekommen. Meine Hände zitterten, als ich mein Handy entsperrte und durch meine Kontakte scrollte.

Es klingelte drei Mal, bevor Hyacinth abhob. »Na, Sweetie, bist du in Brooklyn schon fündig geworden?«

»Ja und nein.« Meine Stimme klang gepresst, als ich ihr antwortete.

»Erzähl mir alles.« Im Hintergrund konnte ich den Lärm des Verkehrs hören, sie war gerade noch auf dem Weg von der Arbeit nach Hause.

Ich nahm mir ein Beispiel an meiner Besten und machte mich auf den Weg zur Subway. Heute würde ich das Geld sowieso nicht mehr auftreiben, da konnte ich auch nach Hause fahren, um dort in Ruhe nachzudenken. Während ich die Straßen von Brooklyn entlangwanderte, brachte ich Hyacinth auf den neusten Stand.

»Ich kann dir was leihen«, kam es ohne zu zögern von ihr.

»Habe ich da etwas verpasst? Seit wann hast du zehntausende Dollar einfach so bei dir herumliegen?« Hyacinth hatte es finanziell ziemlich gut getroffen, was sicher auch zum Teil an Tom lag, aber sie war nicht superreich.

»Nicht unbedingt so viel, aber ich kann dir zumindest mit der Anzahlung helfen, dann kannst du dir für den Rest etwas anderes überlegen?«

Ich schüttelte den Kopf – was sie durchs Telefon natürlich nicht sehen konnte. »Das bringt mir doch im Endeffekt nichts. Wie man es auch dreht und wendet, ich muss mir wohl einen Kredit besorgen.« Alleine es laut auszusprechen, ließ mir schon die Magensäure in die Kehle aufsteigen. Bisher war ich so stolz auf mich gewesen, dass ich es so weit ohne einen Kredit geschafft hatte. Zwar mit der Unterstützung meiner Eltern, aber das meiste hatte ich selbst geleistet. Ich brauchte keinen Kredit und hatte nicht mal im Traum an einen Deal mit einem Fee gedacht.

Mitten in der Bewegung blieb ich stehen. Ein trockenes Lachen bahnte sich seinen Weg durch meinen Körper und ehe ich michs versah, stand ich auf der Straße und lachte aus vollem Hals.

»Tania? Geht es dir gut?«, erklang Hyacinths besorgte Stimme aus dem Telefon, doch ich konnte einfach nicht aufhören zu lachen.

Nach all der Zeit würde ich nun einen viel zu hohen Kredit aufnehmen, der mich sicher irgendwann noch in den Hintern beißen würde, und das nur, weil ich einen Deal mit einem Fee gemacht hatte. Das Schlimmste war, ich hatte am Ende eigentlich rein gar nichts davon – außer einem Haufen Schulden und einer dringend nötigen Therapie –, weil ich das alles für meinen Bruder tat.

Das Lachen erstarb, als mich stattdessen eine Wut gegen Will durchzuckte. Wenn ich nur Jennys Einstellung zu dem Unsinn meines Bruders gehabt hätte, dann würde ich jetzt nicht in Brooklyn auf der Straße stehen und von Fremden angestarrt werden, so als hätte ich den Verstand verloren.

Wer weiß? Vielleicht hatte ich das ja auch bereits.

»TANIA!«, jetzt brüllte Hyacinth mich durchs Telefon an.

»Ja, sorry. Hatte gerade einen kurzen Aussetzer.«

Mit schnellen Schritten machte ich mich vom Acker.

»Sweetie, geht es dir gut?« Meine Beste klang nun selbst so, als wäre sie einem Nervenzusammenbruch nahe.

»Beim besten Willen nicht, aber darum kann ich mich gerade auch nicht kümmern. Kennst du ein gutes Kreditinstitut?«, kam ich zurück zum Thema.

»Leider nicht. Mal ganz abgesehen davon, dass William diesen Kredit auf sich nehmen sollte. Soll er doch den Rest seines Lebens an den Zinsen ersticken.« Ich konnte förmlich vor mir sehen, wie Hyacinth das Gesicht verzog.

»Nur sehr ungünstig, dass er im Erltower feststeckt und ich nicht an ihn herankomme. So kann er wohl kaum einen Kredit unterschreiben«, gab ich zu bedenken.

Hyacinth zögerte einen Moment, bevor sie langsam wieder zum Sprechen ansetzte. »Na ja, eine weitere Möglichkeit gibt es da noch. Dadurch machst du keine Schulden und das Geld ist so gut wie sofort bei dir.«

Mein erster Instinkt war es, »Nein!« zu schreien, aber ich schaffte es, mich zurückzuhalten. »Was soll ich meinen Eltern denn bitte erzählen? Die Wahrheit?« Dafür war es inzwischen leider schon zu spät.

»Dann lüg sie halt an!« Bei Hyacinth klang das so simpel, als würden meine Eltern mir einfach Geld überweisen und gut war.

Die Realität sah da bedauerlicherweise etwas anders aus. Um meine Eltern davon zu überzeugen, mir etwas Geld zu geben, hätte ich sie wieder in mein Leben lassen müssen. Außerdem musste ich mir dann auch noch eine Ausrede überlegen. Kopfschüttelnd schob ich jeden weiteren Gedanken in diese Richtung zur Seite.

»Ich werde mich mal wegen der Kredite schlaumachen. Vielleicht finde ich da ja eine gute Lösung«, beendete ich das Thema erst einmal. Es musste einfach einen anderen Weg geben, an das Geld heranzukommen.

»Sag Bescheid, wenn ich dir irgendwie helfen kann.«

»Danke, du bist die Beste. Hör mal, ich melde mich morgen wieder bei dir, ich fahre jetzt nach Hause.«

»Okay, Sweetie, komm gut heim. Pass auf dich auf.«

Endlich zu Hause angekommen, ließ ich mich kraftlos aufs Sofa fallen. Einige Minuten lag ich nur so da und starrte an die Decke. Alle Gedanken an das Geld hielt ich weiterhin ganz weit von mir entfernt, nur leider drängte sich stattdessen etwas anderes in den Vordergrund.

Tír na nÓg.

Wie konnte mich ein Ort, von dem ich bis vor ein paar wenigen Stunden noch nicht einmal etwas wusste, so sehr in den Bann ziehen? Wenn ich die

Augen schloss, konnte ich immer noch die Details des Buntglasfensters sehen. Und Jennys Erklärungen verfolgten mich immer noch.

Ein Wust an Gefühlen wie Frust, Verzweiflung und Wut brodelte in meinem Inneren. Der Drang zu schreien oder gegen etwas zu schlagen wurde mit jeder Sekunde heftiger. Ich musste eine Möglichkeit finden, den Druck abzulassen, sonst würde ich noch platzen.

Zum Glück war es nicht zu spät, um noch einmal aus dem Haus zu gehen. »Du bleibst aber heute Abend hier, Rosa. Ich mache auch ganz schnell«, erklärte ich meiner Hündin, während ich meine Sachen fürs Training zusammensuchte.

Mit viel zu lauter Musik auf den Ohren zog die Fahrt zum Studio an mir vorbei. Aktuell standen noch zwei Kurse an. Ich drängte mich also zusammen mit einigen anderen Frauen in die Umkleide. Anschließend trennten sich jedoch unsere Wege, denn ich war eine der wenigen, die hinauf in den ersten Stock ging.

Einige Minuten tat ich nichts anderes, als wie eine Verrückte auf den Dummy einzudreschen. Meine Haltung und Technik waren mir dabei vollkommen egal. Alles, was ich wollte, war diese Anspannung loszuwerden.

Mein Verstand beugte sich meinem Willen und hielt wenigstens zeitweise die wirren Gedanken zurück. Das tat gut.

Doch ewig konnte ich mein Problem nicht verdrängen. Irgendwie musste ich an dieses Geld kommen. Ich ballte meine Faust so fest um den Schwertgriff zusammen, dass meine Knöchel weiß hervortraten. Langsam und sorgsam löste ich jeden Finger einzeln, bis die Waffe schlaff in meiner Hand hing.

Wenn ich nicht die nächsten zehn bis fünfzehn Jahre einen Kredit abbezahlen wollte, dann blieb mir eigentlich nur eine andere Lösung. Ich musste meine Eltern um Hilfe bitten.

Dabei würden sie mir das Geld sicher geben, aber mir graute davor, was sie im Gegenzug von mir verlangen würden.

Eine lange verdrängte Erinnerung brach aus meinem Inneren hervor. Mit zwölf wollte ich einmal mit meinen Freunden nach Disneyworld fahren. Meine Eltern mussten sich um nichts kümmern, nur die Fahrt bezahlen.

Im Sommer davor hatten sie Will für vier Wochen ins Schauspielcamp geschickt, einfach so, weil es ja *seiner Karriere diente.* Disneyworld wollten sie mir hingegen nicht bezahlen, weil es mir *zu nichts diente.* Außer der Möglichkeit, mich mit *Süßkram vollzustopfen.*

Meine freie Hand wanderte zu meinem Bauch, so als würde ich immer noch den Finger meiner Mutter spüren, der sich in meine Seite bohrte.

Du könntest das Geld und die Zeit so viel besser nutzen. Zum Beispiel, um zum Sport zu gehen. Das hättest du mal nötig.

Ich war schließlich doch nach Disneyworld gefahren, aber dafür hatte ich zwei Wochen in der Abspeckhölle verbringen müssen. Und das Einzige, was ich davon bekam, war nur noch mehr Selbsthass. Als weitere Sicherheit, dass ich nicht *noch fetter* wieder nach Hause käme, hatte meine Mutter die Mutter meiner Freundin angewiesen, mir bloß nichts Süßes zu geben.

Meine Eltern hatten wirklich nur für die Tickets und die Reise bezahlt, sonst nichts. Mit meinen fünfzig Dollar Taschengeld, die ich damals gespart hatte, bin ich natürlich nicht weit gekommen.

Auch nach all der Zeit kamen mir bei dieser Erinnerung immer noch die Tränen.

Meine Mutter war kein schlechter Mensch, das wusste ich. Sie hatte ihr eigenes Selbstbild nur immer auf mich übertragen, ohne dabei zu sehen, wie sehr mich das verletzt hatte. Ich nahm einen Schluck aus meiner Wasserflasche, um die Tränen herunterzuspülen. Mich jetzt in solchen Erinnerungen zu verlieren, half mir nicht weiter. Meine Eltern waren die einfachste und schnellste Lösung, so viel stand fest.

Ich brauchte das Geld, um Wills Leben zu retten. Und meine Eltern taten grundsätzlich alles, um sein Leben leichter zu machen. Es war eigentlich ganz einfach, ich musste in seinem Namen nach dem Geld fragen.

Langsam und bedächtig schraubte ich die Wasserflasche wieder zu. Ich log meine Eltern bereits nach Strich und Faden an, viel schlimmer konnte es also eigentlich gar nicht mehr werden. Wenn ich es schaffte, dass alles auf Will zu schieben, musste ich mich nicht verschulden. Sollte das nicht funktionieren, konnte ich immer noch über einen Kredit nachdenken. Als ich für den

Nachhauseweg wieder in die U-Bahn stieg, fühlte ich mich deutlich ausgeglichener und ruhiger. Während wir unter den vollen Straßen der Stadt entlangratterten, starrte ich in das Dunkel um mich herum. In mir sträubte sich immer noch etwas dagegen, meine Eltern nach Geld zu fragen, aber ich hatte keine andere Wahl. Und immerhin war das ein Versuch, mein Leben nicht noch mehr durch diesen Deal zu versauen.

Kapitel sechzehn

»Bist du sicher, dass du das machen willst?« Hyacinth drückte meine klammen Finger. »Wir können auch einen anderen Weg finden.«

Trostlos schüttelte ich den Kopf. »Nein, können wir nicht. Und wir haben auch schon viel zu viel Zeit verloren.« Die letzten zwei Tage hatte ich jede wache Minute damit verbracht, über mein Dilemma nachzudenken, was nur zu einem sehr hartnäckigen Kopfschmerz geführt hatte. Wenn ich weiterkommen wollte, dann musste ich das jetzt hinter mich bringen.

»Wenn sie ablehnen, können wir uns immer noch nach einer anderen Möglichkeit umschauen. Aber erst einmal rufe ich meine Eltern an.« Alleine bei dem Gedanken daran wurde mir schon wieder schlecht. Ich presste die freie Hand auf den Bauch, um die unangenehme Schwere darin zu unterdrücken. »Aber lass uns bitte erst noch etwas laufen, ich muss all meinen Mut zusammennehmen.«

Hyacinth nickte. Seite an Seite traten wir durch das Metalltor und nahmen den Aufstieg zur Highline. Die Highline war einer meiner liebsten Orte in der ganzen Stadt, eine perfekte Verschmelzung von Natur, Moderne und dem Zauber von New York.

Nachdem wir die Hudson Yards umrundet hatten, liefen wir die ersten paar Blocks schweigend nebeneinander her. Hyacinth hielt weiterhin meine Hand, aber ich bemerkte, dass sie mit ihren Gedanken ganz woanders war. Während ich versuchte gar nicht zu denken, sondern nur die Schönheit dieses Ortes in mich aufzunehmen, starrte sie mit zusammengezogenen Augenbrauen auf den Boden.

»Möchtest du reden?« Das schlechte Gewissen nagte schon wieder an mir, da ich in den letzten Tagen wenig für sie da war.

Hyacinth blieb stehen, um sich mit den Armen auf der Absperrung abzustützen. Wir waren über der 26sten Straße angekommen. Um uns herum schloss sich ein kleiner Dschungel, während sich vor uns ein atemberaubender Blick über die Straßen auftat. Meine Beste seufzte tief und ließ den Kopf hängen. »Es kommt nur gerade ein riesiger Haufen alter Gefühle wieder hoch.«

»Du und Helene, ihr wart mal ein Paar?«, fragte ich zögerlich nach.

»Nein, so weit ist es niemals gekommen. Aber sie ist die erste Frau, für die ich jemals Gefühle hatte. Wir haben uns nur einmal geküsst. Na ja, ich habe sie geküsst und danach hat sie den Kontakt abgebrochen. Ist schon lange her und ich war eigentlich der Überzeugung, keine Gefühle mehr für sie zu haben, aber so einfach ist das wohl leider nicht.« Hilflos zuckte sie mit den Schultern.

»Kann ich dir irgendwie helfen?« Hyacinth war eines der stärksten und optimistischen Wesen, das mir jemals begegnet war. Normalerweise konnte nichts ihre gute Laune herunterziehen, weshalb es besonders wehtat, sie nun so bedrückt zu erleben.

»Mit dem bisschen Herzschmerz muss ich wohl oder übel alleine klarkommen.« Sie fuhr sich durch das Haar, bevor sie wieder nach meiner Hand griff. »Erst mal retten wir dich und deinen Bruder, danach betrinken wir uns und regen uns über Feen auf, die gerne Herzen brechen.«

Ich hatte so das Gefühl, dass sie damit nicht nur Helene meinte, aber nickte trotzdem. »Das klingt nach einem guten Plan.« Ich würde sicher mehr als nur ein Glas Weißwein brauchen, um über Oberon sprechen zu können.

»Willst du jetzt anrufen?« Hyacinth zog mich weiter, weg von dem kleinen Dschungel in Richtung Meatpacking District.

»Nur noch ein bisschen weiter.« Ein Stück die Highline hinunter, an der 23sten Straße, suchten wir uns einen Platz auf den Holzstufen, von wo aus wir eine unvergleichliche Aussicht über die Stadt hatten. Mein Handy wog zentnerschwer in meiner Hand, als ich es hervorholte.

»Weißt du, was du sagen willst?« Meine Beste saß so eng neben mir, dass sich unsere Knie berührten. Ich spürte ihren besorgten Blick auf mir, konnte ihn aber in diesem Moment nicht erwidern.

Ich nickte, nur um dann sofort den Kopf zu schütteln. Im Kopf war ich das Gespräch mit Mom so oft durchgegangen, hatte mir Sätze und Erklärungen zurechtgelegt, nur um sie dann wieder zu verwerfen. Die Wahrheit war, dass ich keine Ahnung hatte, wie das Telefonat verlaufen würde, es hing stark von Moms und meiner Laune in diesem einen Moment ab.

Bevor mein Mut mich verlassen konnte, rief ich an.

Es war kurz nach elf.

Sie war gerade sicher dabei, das Mittagessen vorzubereiten. Es klingelte, einmal, zweimal, dreimal.

Ich war schon bereit – und auch etwas erleichtert – wieder aufzulegen, da meldete sie sich. »Hallo, Tania.«

Beim Klang ihrer Stimme hätte ich am liebsten sofort aufgelegt. Sie klang nicht verstimmt oder wütend, aber ich konnte leider nichts gegen die Panik unternehmen, die in mir aufkam. Hyacinth griff nach meiner freien Hand und drückte sie fest. »Ich bin da«, formte sie stimmlos mit den Lippen.

»Hi, Mom«, zwang ich mich endlich zu sagen. »Was machst du gerade?« Ich sollte es nicht noch länger vor mir herschieben, aber direkt mit der Tür ins Haus zu fallen, war auch keine gute Idee.

Sie seufzte auf eine theatralische Art, die mich an Will erinnerte. »Ich habe bis eben Fenster geputzt und jetzt koche ich. Du kennst doch deinen Vater, Pünktlichkeit beim Essen ist ihm wichtig. Was gibt es bei dir Neues?«

»Ach, soweit eigentlich nichts. Hier läuft alles wie immer.« Bei meiner Antwort verdrehte Hyacinth die Augen.

»Das freut mich zu hören, Schatz. Wie geht es denn deinem Bruder? Ich versuche ihn schon seit Tagen zu erreichen und er geht einfach nicht ran. Langsam mache ich mir Sorgen. Hast du etwas von ihm gehört?« Vielleicht bildete ich mir den leichten Vorwurf in ihrer Stimme nur ein, aber das verhinderte leider nicht den kleinen Stich in meinem Inneren.

»Ja, deswegen rufe ich an.« Mein Blick wanderte in die Ferne, um mich im

Chaos der Stadt zu verlieren. »Will hat mich gestern angerufen. Sein Workshop läuft richtig super, er ist total begeistert. Und so wie er es beschrieben hat, finden die Produzenten ihn auch großartig. Die ganze harte Arbeit lohnt sich gerade richtig.«

Vor allem die letzte Lüge brannte wie Säure in meiner Kehle, doch ich zwang mich, sie auszusprechen. Meine Eltern hatten schon in unserer Kindheit so viel Zeit, Geld, Schweiß und Tränen in die Karriere meines Bruders gesteckt, dass jeder seiner Erfolge auch ihrer war. Also war diese Lüge nichts anderes als Honig, den ich ihr ums Maul schmierte.

»Oh, das ist ja wundervoll zu hören.« Stolz schwängerte Moms Stimme und ich drückte Hyacinths Hand fester. Das war endlich der Erfolg, den sie sich erhofft hatten.

Und er war eine Lüge.

»Aber wieso hat Will uns denn nicht angerufen?«

So mies ich mich auch fühlte, ich war auf alles vorbereitet. »Er hat sein Handy in der Wohnung gelassen und kann nur meine Nummer auswendig. Deshalb hat er mich angerufen. Will wollte es euch so gerne selbst erzählen, aber jetzt muss ich das wohl machen.« Mein kleines Lachen klang steif und schmerzhaft, doch Mom hatte das hoffentlich nicht bemerkt.

Für einen Moment herrschte Schweigen am anderen Ende der Leitung. Innerlich bereitete ich mich schon darauf vor, dass mein Plan mächtig nach hinten losging. Dann sprach sie endlich weiter. »Zum Glück hat dein Bruder dich, Tania. Was würde er sonst nur tun?«

Ein Schlag direkt in die Magengegend, aber ich schaffte es, mich weiterhin zusammenzureißen. »Ja, das stimmt. Allerdings hat er mir auch wieder eine ziemlich seltsame Aufgabe übertragen.« Bevor Mom nachfragen konnte, fuhr ich schnell fort. »Die Produzenten wollen das Musical Off-Broadway bringen, so schnell wie möglich. Dafür brauchen sie allerdings noch etwas finanzielle Hilfe. Will würde sehr gerne einsteigen.« Genug Details, dass es glaubwürdig klang, nicht zu viele, damit sie nicht misstrauisch wurde.

»William will also Produzent werden?« Zu meiner großen Erleichterung schwang nun noch mehr Stolz in ihrer Stimme mit. »Star und Produzent seiner eigenen Show. Mein wundervoller Junge.«

»Will klang so stolz. Er freut sich jetzt schon, wenn ihr es irgendwann sehen könnt.« Schön weiterschleimen, lügen und bloß nicht überlegen, was ich da eigentlich tat.

»Wie viel braucht William denn?« Mom hörte sich so an, als würde sie auf Wolken schweben. Endlich würden sich alle ihre Bemühungen um meinen Bruder auszahlen.

»Fünfundvierzigtausend Dollar.«

Beinahe erwartete ich, dass Mum so eine große Summe ablehnen würde. Doch einmal mehr hatte ich unterschätzt, wie weit meine Eltern bereit waren, für Wills Karriere zu gehen. »Das Geld ist gleich auf dem Weg zu ihm. Sag ihm bitte, wie unglaublich stolz wir auf ihn sind. Dein Vater und ich kommen euch dann in ein paar Wochen besuchen. Vielleicht können wir ja dann schon einen kleinen Blick auf das Musical werfen.«

»Natürlich. Wir freuen uns immer, wenn ihr vorbeikommt.« Je nachdem, wann das sein würde, bestand eine Chance, dass sie dann weder auf mich noch auf Will trafen. »Ich muss jetzt leider los, Mom. Aber ich sage Will, dass er euch anrufen soll.«

»Mach das, mein Schatz. Bis dann.« Ich legte auf, bevor sie es tat.

Meine Hand, mit der ich noch das Handy umklammert hielt, sank kraftlos in meinen Schoß. Ich fühlte mich leer und irgendwie schmutzig. Schließlich hatte ich meiner Mutter sprichwörtlich direkt ins Gesicht gelogen, auch wenn es dabei um Wills und mein Leben ging. Aber was noch mehr schmerzte, war die Erkenntnis, dass sie keine Sekunde gezögert hatte.

»Alles für Will, immer alles für Will.« Ich hatte nicht einmal bemerkt, dass ich vor mich hinmurmelte, bis Hyacinth meine Hand drückte.

»Wenn deine Eltern sehen könnten, wie fantastisch du bist, dann würden sie sich nicht mehr um deinen Bruder scheren. Du bist unglaublich stark, wunderschön und einzigartig. Das darfst du niemals vergessen, versprich mir das!« Ihr Blick bohrte sich in meinen und ich nickte zögerlich.

»Und sobald dein Bruder aus diesem Turm raus ist, werde ich ihm so was von den Arsch aufreißen. Wenn er von jetzt an nicht vor dir auf dem Boden kriecht, dann ist der Feenkönig sein kleinstes Problem.« Der böse Ausdruck in Hyacinths Augen ließ sogar mich zusammenzucken.

Seufzend schüttelte ich den Kopf. »Erst mal ist wichtig, dass ich meine Aufgabe erfülle. Immer einen Schritt nach dem anderen.« Mit diesem Gedanken entsperrte ich mein Handy, um mich in Wills Konto einzuloggen.

Fünfundvierzigtausend Dollar. Da waren sie.

»Scheiße, ist das ein Haufen Geld.« So viel hatte ich bisher noch nie gesehen. Zumindest nicht auf einmal. Dass meine Eltern für Will so viel Geld von jetzt auf gleich lockermachten, schockierte mich und machte mich wütend. Und ein kleiner, fieser Gedanke schlich sich in meinen Kopf. »Was glaubst du, wie weit man damit kommt?«

Behutsam nahm Hyacinth mir das Handy aus der Hand, schloss die App und verstaute es in ihrer Hosentasche. »Denk erst gar nicht an so etwas. Dein Leben wird auf der Flucht nicht einfacher.«

»Ja, er würde mich wohl überall finden.« Es war keine Frage, sondern eine Feststellung. Oberon hatte ein Talent dafür, mich aufzuspüren, das war mir inzwischen klar.

Wir erhoben uns wieder und setzten unseren Spaziergang fort. »Wie würde Oberon wohl reagieren, wenn ich es trotzdem versuchen würde?« Sosehr ich es auch wollte, konnte ich den Gedanken doch nicht verdrängen. Dabei ging es mir nicht einmal darum, meinem Schicksal zu entkommen, sondern eher meinen Gefühlen für den Feenkönig. So sehr war er mir inzwischen unter die Haut gegangen, dass ich keine Stunde ohne einen Gedanken an ihn verbringen konnte.

»Du willst ihn nicht so verärgern, glaub es mir. Niemand entkommt dem Feenkönig.« Hyacinth schüttelte den Kopf.

Das klang genauso final, wie es sich anfühlte. Seufzend fuhr ich mir durch die Haare, während wir die letzten Stufen der Highline hinuntergingen und am Ende wieder auf den Straßen der Stadt ankamen. Von hier aus war es nur ein Katzensprung bis zum Chelsea Market.

»Ich fahre am besten direkt nach Brooklyn, damit ich es hinter mich bringe«, murmelte ich, als wir wieder auf der Straße standen.

»Soll ich mitkommen?«, fragte Hyacinth sanft.

Wortlos schüttelte ich den Kopf.

»Okay, aber wenn irgendetwas ist, dann ruf mich sofort an«, betonte sie noch einmal ernst.

»So wie immer.« Zum Abschied umarmte ich meine Beste noch einmal fest, dann machte ich mich zum zweiten Mal diese Woche auf den Weg nach Brooklyn. Die ganze Fahrt über starrte ich immer und immer wieder auf mein Handy. Zum einen, um sicherzugehen, dass das Geld weiterhin da war, und zum anderen, weil ich fast schon erwartet hatte, dass meine Mutter die Lügen durchschaute, und mich zur Rede stellte.

Doch als ich wieder vor der Glasbläserei stand, war nichts davon eingetreten. Obwohl ich es ja eigentlich so schnell wie möglich hinter mich bringen wollte, blieb ich vor dem Buntglasfenster stehen. Wie konnte man so eingenommen sein von dem Geheimnis eines Ortes, von dem man bis vor wenigen Tagen nicht einmal etwas wusste?

Ich konnte googeln so viel ich wollte oder andere Feen befragen, aber, wenn ich ehrlich war, wollte ich die Geschichte von Tír na nÓg von Oberon hören. Nicht, dass ich glaubte, dass es dazu jemals kommen würde.

Seufzend fuhr ich mir durch die Haare und trat endlich in die Glasbläserei. Es wunderte mich nicht wirklich, dass Jenny bereits auf mich wartete und dabei einen wissenden Ausdruck auf dem Gesicht trug. »So sieht man sich wieder.«

»Überrascht dich das?«, grummelte ich, wohl wissend, dass ich meine Wut nicht an dieser Fee auslassen sollte, schließlich hatte auch sie mit dem Ganzen nichts zu tun.

»Nicht wirklich. Wollen wir es hinter uns bringen?« Hinter der Theke holte sie einen großen, braunen Briefumschlag hervor und überreichte ihn mir. »Überweise das Geld an diese Nummer, dann macht mein Bruder sich direkt auf den Weg.«

Unglaublich, dass ein Schmuggler mir wirklich eine Rechnung stellte.

Womöglich konnte ich sie ja sogar ganz oder teilweise von den Steuern absetzen? Das hysterische Kichern, das sich bei dem Gedanken meine Kehle hocharbeitete, schluckte ich schnell wieder herunter.

»Ich melde mich bei dir, sobald dein Gefäß fertig ist. Danke, dass du bei uns eingekauft hast«, flötete Jenny einige Minuten später, nachdem sie eine Nachricht auf dem Handy bekommen hatte. Anscheinend war mein Geld sicher angekommen.

»Auf Wiedersehen.« Eine andere Erwiderung fiel mir nicht ein, also wandte ich mich auf dem Absatz um und verließ die Glasbläserei.

Eine weitere Zutat erledigt. Blieben noch drei. Doch wirklich erleichternd fühlte sich das nicht an.

Kapitel siebzehn

Vierundzwanzig Stunden später, nachdem ich das Geld an die Schmuggler überwiesen hatte, konnte ich immer noch nicht damit aufhören alle paar Minuten auf mein Handy zu starren. Doch es kam keine Nachricht. Meine Mutter und ich schrieben uns nicht täglich. Höchstens einmal die Woche. Und jetzt, wo Will auch erst mal von der Bildfläche verschwunden war, wurde es sogar noch weniger. Leider wusste ich nicht so genau, ob mich das nun freuen oder noch unglücklicher machen sollte.

Hyacinth und ich wollten uns gerade nach unserer Arbeitsschicht verdrücken, als meine Chefin uns beide in ihr Büro zitierte. »Lagebericht?«

Bei ihrer Stimmlage konnte man fast meinen, dass wir uns im Krieg befanden. Aber vielleicht war gerade diese Einstellung die richtige. Mit müden Knochen nahm ich auf einem der Stühle Platz und berichtete, was sich in den letzten Tagen ereignet hatte. Hyacinth bezog Stellung neben mir, um ab und an eine Information einzuwerfen, die mir in dem ganzen Chaos entglitt.

Doc Shaw schwieg einen langen Moment, wobei sie nachdenklich mit ihrem Stift auf die Tischplatte trommelte »Tír na nÓg. Macht irgendwie Sinn.«

»Kennst du diesen Ort?« Vielleicht würde ich ja von meiner Chefin ein paar mehr Infos erhalten.

Doch leider schüttelte sie den Kopf. »Ich habe davon gehört, aber war selbst nie dort gewesen. Wenn sich diese Zutaten alle auf Tír na nÓg beziehen, dann wüsste ich vielleicht etwas, das uns weiterbringt.«

»Jetzt mach es nicht so spannend!« Unruhig rutsche Hyacinth auf ihrem Platz hin und her.

»Meine Grandma hat damals in der Menagerie des Palastes gearbeitet. In ihren Erzählungen hat sie immer wieder von einer Fee gesprochen, die sich um die Gärten gekümmert hat. Diese Fee hieß Eden.«

»Der Garten Edens. Edens Garten.« Konnte es wirklich so einfach sein? Dass ich gar nicht nach einem biblischen Ort suchte, sondern nach einer Fee? »Aber diese Gärten sind doch in Tír na nÓg.«, wandte ich ein.

»Aber Eden ist es nicht. Sie hat die Alte Heimat kurz nach dem Krieg verlassen, um durch die ganze Welt zu reisen. Soweit ich gehört habe, lebt sie aktuell hier in New York.«

Glück musste man haben.

»Dann werde ich wohl mal mit dieser Eden sprechen.« Sobald ich sie gefunden hatte.

»Halte mich auf dem Laufenden, was dabei herauskommt. Ich überlege solange, ob ich noch etwas über unsere fehlenden zwei Zutaten herausfinden kann.«

Den Weg nach Hause über schwiegen Hyacinth und ich. Diesmal jedoch nicht, weil wir beide unseren trüben Gedanken nachhingen, sondern, weil es einfach nichts zu bereden gab. Das liebte ich so an meiner besten Freundin, zwischen uns gab es nie peinliches Schweigen oder dergleichen. Keine angespannte Stille, die ich unbedingt mit meinem sinnlosen Geplapper füllen wollte.

»Ich kann deine Schicht morgen gerne übernehmen, dann kannst du Eden aufsuchen«, durchbrach Hyacinth das Schweigen, kurz bevor wir bei mir ankamen.

»Ich dachte, du wolltest morgen etwas mit Tom unternehmen.« Verwirrt zog ich die Augenbrauen zusammen. Einmal im Monat machten die beiden zusammen einen Tagesausflug, schon seitdem ich meine Beste kannte.

Doch diese zuckte nur mit den Schultern. »Der wird das schon verstehen. Nein, er muss es verstehen. Gerade bist du halt einfach wichtiger!«

Liebevoll drückte ich ihren Arm, auch wenn ich das Gefühl nicht loswurde, dass da noch mehr dahintersteckte. »Du bist die absolut Allerbeste.«

»Das weiß ich doch. Sag Bescheid, was du über diese Eden herausfindest.«

»Mach ich«, versprach ich, bevor ich aus dem Wagen stieg.

Nach einer langen Runde draußen mit Rosa verkroch ich mich schließlich mit dem Laptop auf der Couch. Zu meiner großen Überraschung dauerte es nicht lang, bis ich im Internet die besagte Fee fand. *Edens Garten plus Fee* ergab deutlich mehr hilfreiche Treffer als *Garten Edens.*

Abwesend kraulte ich Rosa hinter den Ohren, während ich mir die Adresse merkte. »Dann fahre ich morgen wohl in die Hamptons.«

***

Die dreistündige Zugfahrt in die Hamptons zog unfassbar schnell an mir vorbei und ehe ich michs versah, fand ich mich in einem mir unbekannten Bahnhof wieder.

Es war schon so lange her, als ich das letzte Mal New York verlassen hatte, dass es sich sehr seltsam anfühlte, auf einmal nicht von Hochhäusern umgeben zu sein oder den ewigen Krach der Stadt zu hören. In den Hamptons war es offener, ruhiger, irgendwie friedlicher. Hier herrschte weder übermäßige Hektik noch Stress.

Während ich durch die Straßen bis zu Edens Adresse schlenderte, nahm ich mir einen Moment Zeit, diese Ruhe in mich aufzusaugen. Mir war bis zu diesem Moment gar nicht bewusst gewesen, wie erdrückend New York manchmal war. Die Stadt konnte einem den Atem nehmen, einen verschlucken und vernebeln. Solange man sie um sich hatte, merkte man nicht einmal, wie einengend die tausend Tonnen aus Stahl und Glas wirklich waren.

Schon aus der Ferne erkannte ich das Haus der Fee. Alleine in ihrem Vorgarten blühte ein wahres Meer aus Blumen in allen Farben des Regenbogens, welche die Luft mit ihrem süßen Duft schwängerten. Bienen, Schmetterlinge und viele andere Insekten tanzten zwischen den Blüten hin und her, ihr Summen erklang wie eine wilde Melodie in meinen Ohren.

Begleitet von einem Knarzen öffnete sich das kleine Gartentor, von dem die grüne Farbe bereits abblätterte. Sommerflieder bildete einen Tunnel um den schmalen Steinweg, der zur Veranda führte. Mit jedem Schritt, den ich weiter auf die weiße Haustür zuging, nahm meine Nervosität zu.

Inzwischen bereute ich ein wenig, dass ich vorher nicht bei Eden angerufen hatte, aber ich wollte nicht riskieren, dass sie mich am Ende noch abwimmelte. So schwer es mir auch fiel, ein Gespräch unter vier Augen brachte doch meist bessere Ergebnisse.

Es kostete mich eine Unmenge an Überwindung, die Hand zu heben und mit dem goldenen Türklopfer in Form einer Sonnenblume auf mich aufmerksam zu machen. Das dumpfe Hämmern klang durch das Haus und untermalte auf erschreckend passende Weise das Klopfen meines Herzens.

Die Sekunden zogen sich dahin, in denen ich hoffte, dass die Fee einfach nicht zu Hause war und ich wieder verschwinden konnte. Doch zu meinem Glück – oder eben Unglück – öffnete sich kurz darauf die Tür. »Ja, bitte?«

Edens sanfte, warme Stimme passte perfekt zu ihrem atemberaubenden Aussehen. Ihre ebenholzfarbene Haut schimmerte in einem sanften Fliederton, der sich auch in ihrem Afro wiederfand. Über ihrer dunkelgrünen Tunika trug sie eine gelbe Schürze, in deren tiefen Taschen sich neben Gartenschere und Schaufel frisch gepflückte Blumen befanden.

»Bist du Eden?«, brachte ich endlich stotternd hervor. Würde es jemals einen Tag geben, an dem ich nicht völlig überfordert von der Schönheit der Feen war?

»Die bin ich wohl. Und du bist?« Während sie sprach, wanderten ihre strahlend grünen Augen einen Moment meinen Körper hinauf und hinunter. In ihrem Blick konnte ich nichts lesen. Dennoch zuckte ich kurz zusammen. Ich hatte mich wieder für Jeans und ein simples Shirt entschieden, ganz nach dem Motto: nichts Riskantes oder Auffälliges. Doch nun zweifelte ich an meinem Aussehen.

»Mein Name ist Tania Anders, ich bin hier wegen des Liebestranks«, erklärte ich schnell und drängte die bescheuerten Selbstzweifel zur Seite.

Bei meinem Namen zeichnete sich Erkenntnis in Edens Gesicht ab. »Du bist also Tania. Ich habe mich schon gefragt, ob ich das Glück habe, mal einen Blick auf dich zu werfen.« Jetzt öffnete sie mir die Haustür ganz. »Komm rein, komm rein. Nur nicht so schüchtern.«

Etwas überrumpelt kam ich ihrer Aufforderung nach und folgte Eden durch ein schick und modern eingerichtetes Wohnzimmer in den Wintergarten. Jede freie Stelle in dem Haus war von einer Pflanze belegt. Sie wuchsen die Wände hoch, standen in bunt zusammengewürfelten Töpfen auf Tischen und Schränken und hingen wie Vorhänge von der Decke. »Du hast es wirklich schön hier«, stammelte ich vor mich hin. »Erinnert mich ein wenig an den Erltower.«

»Und das nicht grundlos, Kind. Der Erltower ist mein liebstes Projekt der Neuzeit, auch wenn ich ihn gerade nicht sonderlich oft besuche.« Sie führte mich weiter durch den riesigen Wintergarten hinaus in einen Garten, der den Namen »Paradies« mehr als verdiente.

Blumen in jeder Form, Farbe und Größe wuchsen in wildem und gleichzeitig kunstvollem Durcheinander. Dazwischen schlängelten sich Wege aus Stein und Kies. Nicht weit vom Haus entfernt erstreckte sich ein riesiger Teich, in dem unter einem dichten Netz aus Seerosen bunte Koifische schwammen. Auch hier flimmerte die Luft vor Insekten, die ihrer Arbeit nachgingen.

»Du bist also eine Freundin des Feenkönigs?«, fragte ich dümmlich weiter, während ich ihr durch das Blumenmeer tiefer in den Garten folgte.

»Ich kannte Oberon schon lange, bevor er Feenkönig war. Damals war er nur ein kleiner Junge mit großen Träumen.« Liebevoll strich sie mit der Hand über eine riesige, schillernde, fuchsiafarbene Pfingstrose neben sich. »Wie viel sich seitdem doch verändert hat.«

»Das heißt, du bist älter als er?« Ich zauderte ein wenig davor, Oberons Namen auszusprechen. Nicht, dass er noch durch irgendeinen Zauber auf einmal vor uns stand.

»Ein paar Jahrhunderte. Was macht das heute noch aus?« Die Fee zuckte mit den Schultern, so als würden wir hier nur von einigen Wochen sprechen. Nicht von einer Zeit, die mein kurzes, menschliches Leben so weit übertraf.

»Ich kann mir kaum vorstellen, wie es sein muss, so alt zu sein.« Mein Blick wanderte durch den Garten über die blühende Pracht. Wie viele Blüten hatte Eden wohl schon aufgehen und wieder verblühen sehen? War ich nicht für einen Fee, der so alt war wie Oberon, genau das gewesen? Ein kurzes Aufflackern an Farbe in einem Meer aus Milliarden, das schon wieder verschwunden war, bevor man es richtig betrachten konnte.

»Zeit verliert ein wenig ihre Wirkung. Man fließt durch diese Welt, ungehindert, unaufhaltsam. Aber manchmal trifft man auf etwas, das den Fluss verlangsamt. Ihn vielleicht sogar aufhält. Das sind die besonderen Momente im ewigen Leben.« Eden schenkte mir ein wissendes Lächeln, so als würden wir ein Geheimnis teilen.

»Dein Garten ist wirklich wunderschön«, wechselte ich schnell das Thema, da mir ihr intensiver Blick auf einmal zu viel wurde.

»Danke dir, Tania. Ich muss zugeben, er ist auch mein ganzer Stolz. Mein ganz eigenes kleines Paradies. Möchtest du eine Führung?« Sie strahlte mich mit der ehrlichen Freude eines kleinen Kindes an, das einem seinen größten Schatz zeigen will.

Eigentlich hätte ich ablehnen und direkt aufs Thema kommen sollen, aber wie oft bekam man schon die Chance, sich so einen wunderschönen Ort anzusehen? Außerdem konnte ich hier vielleicht auch einen Hinweis auf eine weitere Zutat finden, die Blodynblume. Wenn irgendwo eine legendäre Blume wuchs, dann doch sicher an einem Ort wie diesen.

In der nächsten Stunde führte Eden mich durch ihr kleines Paradies, überschüttete mich mit mehr Pflanzennamen, als ich mir jemals hätte merken können, und die dazu passenden Erklärungen, wieso ebendiese Blume an ebendieser Stelle wuchs. Obwohl ich eigentlich meine Zeit darauf verwenden sollte, mich umzusehen, lauschte ich aufmerksam Edens Erzählungen. Sie sprach mit einer solchen Liebe und Anbetung über ihren Garten, dass sie mich ganz in ihren Bann zog.

Mir wurde erst klar, wie viel Zeit inzwischen vergangen war, als wir wieder neben dem großen Teich am Haus ankamen und mein Magen ein leises Knurren von sich gab. Dank der langen Zugfahrt und der Führung war es nun schon früher Nachmittag, was bedeutete, dass ich mich dringend meiner Aufgabe zuwenden musste, wenn ich nicht erst spät in der Nacht wieder zuhause ankommen wollte.

»Ich glaube, ich habe in meinem ganzen Leben noch nie so viel über Pflanzen gesprochen«, gestand ich.

»Ich hoffe nur, ich habe dich nicht allzu sehr gelangweilt.« Edens glockenhelles Lachen hallte durch den Garten.

»Nein, es war wirklich wunderschön. Ich meine, ich liebe New York und das Chaos, aber der Frieden hier draußen tut auch mal gut.« Sollte ich nach der Sommersonnenwende noch frei sein – und nicht vollkommen pleite – würde ich auf jeden Fall mal Urlaub machen, weit ab von der Stadt.

»Einer der Gründe, weshalb ich nicht in New York City lebe. Es ist wundervoll, aber auf Dauer einfach viel zu anstrengend.« Eden führte mich auf eine Holzterrasse, die direkt neben dem Teich lag.

»Nun willst du doch aber sicher über das eigentliche Thema deines Besuches sprechen.« Sie ließ sich voller Eleganz auf dem Stuhl mir gegenüber nieder, sodass der Platz zwischen uns immer noch frei blieb. »Was hältst du davon, wenn wir dazu eine Tasse Kaffee trinken und eine Kleinigkeit essen. Nach so einem langen Spaziergang bin ich einfach immer ganz hungrig.«

Bevor ich höflich ablehnen konnte, machte sie eine ausladende Bewegung mit der Hand und der Tisch füllte sich von allein mit Tassen, Tellern, einer Kanne Kaffee und Servierplatten mit allerlei Leckereien. »Unser fehlender Gast ist nun auch eingetroffen«, sagte sie zwinkernd, während sie die Tassen mit dampfendem Kaffee füllte.

Ich musste gar nicht fragen, von wem sie sprach. Ich spürte seine Anwesenheit, noch bevor sich große warme Hände auf meine Schultern legten. »Schwarz wie immer bitte, Eden.« Oberons Atem streifte meine Wange, als er sich zu mir herunterbeugte. »Hallo Tania.«

Kapitel achtzehn

»Du bist spät«, konnte ich mir nicht verkneifen zu erwidern. Es wäre wirklich naiv von mir gewesen, nicht damit zu rechnen, dass Oberon hier auf einmal auftauchte – auch wenn ich gehofft hatte, bis dahin bereits mit Eden gesprochen zu haben.

»Tut mir wirklich leid, Tania. Der Verkehr hat mir einen Strich durch die Rechnung gemacht.« Immer noch war sein Mund auf Höhe meines Ohrs und die Wärme seiner Hände drang durch den dünnen Stoff meines Shirts.

Bisher hatte ich mich zusammenreißen können, mich nicht zu ihm umzudrehen, doch jetzt gab ich dem Drang nach. Sofort fand ich mich Auge in Auge mit dem Feenkönig wieder. Nur ein paar Handbreit trennten uns in diesem Moment voneinander und ein Kribbeln breitete sich auf meinem ganzen Körper aus.

Einige Sekunden hielt Oberon den Blickkontakt aufrecht, bevor er mir ein strahlendes Lächeln schenkte und mich dann endlich aus seinem Bann entließ. Mehrmals atmete ich tief ein, um mein wild klopfendes Herz zu beruhigen, doch stattdessen sog ich seinen Duft ein.

Mit geschmeidigen Bewegungen schritt er um den Tisch herum, um neben Eden stehen zu bleiben und ihr einen Kuss auf die Wange zu drücken. »Wie immer schön dich zu sehen.«

Ich zweifelte keinen Moment lang daran, dass die Fee ihrem König meinen Besuch angekündigt hatte. Ihr kurzes Augenzwinkern war Antwort genug, aber seltsamerweise machte es mir gerade nicht so viel aus. Vielleicht lag es daran, dass ich jetzt dem kleinen, gemeinen Gefühl in mir nachkommen konnte, welches Oberon vermisst hatte.

Dieser nahm jetzt auf dem leeren Stuhl zu meiner Linken Platz. Eine dampfende Tasse Kaffee stand bereit. Aus dem Augenwinkel behielt ich den Feenkönig weiterhin im Auge, auch wenn ich mich nun wieder Eden zuwandte. Trotz seiner legeren schwarzen Jeans und dem dunkelgrünen Shirt wirkte er in diesem Moment königlicher als bei unseren letzten Treffen.

»Bedien dich ruhig, Tania.« Ganz die Gastgeberin forderte Eden mich auf, mich an den vielen Leckereien zu bedienen.

Mit einem flauen Gefühl im Magen versorgte ich mich mit einem kleinen Sandwich und einer großen Tasse Kaffee, dabei war ich mir dem Paar violetter Augen, die jede meiner Bewegungen verfolgten, mehr als bewusst. Ich konnte nicht sagen, was Oberon sich von seiner Anwesenheit versprach, aber ich würde mich von ihm nicht aus der Fassung bringen lassen.

»Ist das hier dein einziger Garten in der Nähe, Eden?«, kam ich zurück auf das eigentliche Thema.

»Tatsächlich ist das der Einzige hier an der Ostküste.« Mit gleichmäßigen Bewegungen rührte die Fee in ihrer Tasse. »Es hat leider sehr lange gedauert, bis ich den perfekten Platz für mein Paradies hier gefunden habe.«

»Die Hamptons sind wirklich wunderschön. Aber wieso hast du kein Grundstück ausgesucht, das am Meer liegt?« Bei meiner Frage versteckte Oberon sein breites Grinsen mehr schlecht als recht hinter seiner Tasse.

»Um ehrlich zu sein, bin ich generell kein großer Strand- oder Wasserfan. Mir reicht ein schöner, großer Teich.« Voller Zufriedenheit blickte Eden auf das Wasser neben uns.

Also keine Gischt aus diesem Garten.

Ich lugte zu Oberon, doch der schenkte mir lediglich ein mitleidiges Schulterzucken, welches Eden anscheinend nicht entging.

»Wenn du etwas zu sagen hast, Junge, dann sprich es auch offen aus. Etwas anderes zeugt von schlechter Erziehung.« Bei ihrem bösen Blick in seine Richtung musste sogar ich zusammenzucken.

Bisher war ich noch keiner Seele begegnet, die es gewagt hätte, so mit dem Feenkönig zu sprechen. Mit klopfendem Herzen schaute ich zwischen den beiden hin und her, in der Erwartung, was wohl als Nächstes passieren würde.

Mit ruhiger Hand stellte Oberon die Tasse auf dem Tisch ab. Das Grinsen war immer noch nicht von seinem Gesicht gewichen und er wirkte auch nicht im Geringsten verärgert. »Da hast du selbstverständlich recht, Eden. Ich bitte um Verzeihung. Ich amüsiere mich lediglich etwas über Tanias Art, immer um ein Thema herumzuschleichen, anstatt direkt eine Frage zu stellen. Es könnte natürlich auch an meiner Anwesenheit liegen, dass sie ihre Karten nicht offen auslegen will.«

Oh, wie dieser Mann es schaffte, mir immer wieder unter die Haut zu gehen. Wie gerne hätte ich ihm jetzt ein paar gepfefferte Worte über sein Stalkerverhalten an den Kopf geworfen. Mein Drang danach war so stark, dass ich ihn mit einem großen Schluck Kaffee herunterspülen musste. Anstatt also auf seine Provokation einzugehen, wandte ich mich wieder Eden zu, die nun ihrerseits mit klarem Interesse zwischen uns hin- und herschaute.

»Für den Liebestrank brauche ich Gischt aus einem deiner Gärten. Ich hatte gehofft, dass du hier vielleicht eine Verbindung zum Meer hast.«

»Leider nein, Gischt findest du hier in New York nicht.« Entschuldigend zuckte die Fee mit den Schultern.

So viel dazu. Doch bisher war es noch nie einfach gewesen, an eine der Zutaten zu kommen. Ich würde mich jetzt also nicht so schnell geschlagen geben. »Hast du anderswo einen Garten, der am Meer liegt?«

Eden musste nicht lange überlegen. »Einen. Der ist allerdings in Kalifornien.«

Na ganz fantastisch. Aber hatte ich mir nicht eben noch einen Urlaub gewünscht? Kalifornien war bei Weitem nicht mein Traumziel und viel erholen würde ich mich da sicher nicht, aber so kam ich wenigstens mal raus aus der Stadt und weg von alledem hier.

Auch von dem, der sich in diesem Moment in seinem Stuhl vorbeugte. »Bevor du dir einen Fensterplatz reservierst, solltest du noch einmal einen Blick auf deinen Vertrag werfen.« Locker schnippte er mit den Fingern, woraufhin sofort mein verhasster Vertrag vor mir auftauchte und sich entrollte.

Seine langen Finger strichen über das Pergament, bis sie an einem Absatz ziemlich genau in der Mitte ankamen. »Solange der Vertrag besteht, ist es dir untersagt, den Bundesstaat zu verlassen. Jeder Versuch wird als Fluchtversuch gewertet, wodurch die Aufgabe als nicht erfüllt gilt.«

»Das ist jetzt nicht dein Ernst, oder?« Etwas zu fest schlug ich seine Hand weg, um den Absatz noch einmal selbst durchzulesen. Tatsächlich, da stand es schwarz auf weiß. Ich durfte New York nicht verlassen, ansonsten war ich geliefert.

»Ich habe aber nicht vor zu fliehen«, versuchte ich mich zu verteidigen, obwohl ich innerlich bereits wusste, dass es sowieso nichts bringen würde.

Oberon zuckte nur mit den Schultern. »Das spielt in dem Fall keine Rolle. Es steht so im Vertrag und daran müssen wir uns halten.«

Bei seinem zufriedenen Grinsen brodelte Wut mit der Intensität eines Waldbrandes in mir auf. Bevor sie mich noch übermannte, sprang ich vom Tisch auf und floh in die Tiefen des Gartens. Meine Füße trugen mich wie von selbst zwischen die Beete und Büsche hindurch, bis zu einer abgelegenen Stelle, die umgeben war von lieblich duftenden Fliederbäumen.

Ich sollte mich nicht so von ihm aus der Ruhe bringen lassen, das war mir klar. Aber leider war das leichter gesagt als getan. Immerhin war das nur reine Schikane, seine Art, mich zu ärgern. Er wusste ganz genau, dass ich nicht versuchen würde abzuhauen. Es hätte doch sowieso keinen Sinn.

Die Erinnerung daran, dass ich noch vor ein paar Tagen sehr wohl mit diesem Gedanken gespielt hatte, schob ich nun vehement von mir. Selbst wenn ich New York verlassen würde, müsste ich Oberon vorher davon in Kenntnis setzen, denn natürlich würde ich gerne vorher noch einmal meinen Bruder sehen wollen.

Erneut musste ich mich nicht umdrehen, um zu wissen, dass er hinter mir aufgetaucht war. Dieser Fee war einfach nicht in der Lage, mir einmal meine Ruhe zu gönnen.

»Wir wissen beide, dass es kein Fluchtversuch wäre.«

»Tania, diese Situation ist kein Versuch meinerseits, dir Steine in den Weg zu legen. Ich bin genauso an die Regeln des Vertrags gebunden wie du.«

Ich meinte fast so etwas wie Schmerz in seiner Stimme zu hören, doch als ich mich zu ihm umdrehte, trug er eine vollkommen ausdruckslose Miene zur Schau.

Langsam und tief atmete ich durch, bis sich die Wut in meinem Inneren so weit verzogen hatte, dass ich wieder klar denken konnte. Erneut stand ich aussichtslos Oberon gegenüber, aber diesmal würde ich mich nicht auf diesen Tanz einlassen. »Na los, sag schon, was du wissen willst.«

Diesmal zeichnete sich kein süffisantes Lächeln auf seinem Gesicht ab und es gab auch keinen lästigen Kommentar. Stattdessen überwand er den Abstand zwischen uns, bis er direkt vor mir stand. Der Atem stockte mir in der Kehle, als er die Hand hob, um federleicht über meine Wange zu streicheln. Die Sekunden verstrichen und ich wusste nicht, ob ich seine Frage hören wollte oder doch lieber zurückschrecken sollte.

»Dein letzter Kuss, mit wem war der?«

Es dauerte einen Moment, bis ich seine Frage verarbeitet hatte. Dann entfuhr mir ein Schnauben. »Mit dir.« Das war allen Ernstes seine Frage an mich? Obwohl es völlig unangebracht war, so etwas zu fragen, war es mir immer noch lieber als sein Interesse an meinem Essverhalten. Und wenigstens hatte er nicht gefragt, wann ich das letzte Mal mit einem Typen geschlafen hatte.

Den triumphierenden Ausdruck, der sich bei meinen Worten in seinen Augen zeigte, konnte ich nicht ganz deuten. »Ach ja?«

»Ja. Auf dem Ball, schon vergessen?« Das war vielleicht gar keine wahnwitzige Vermutung. Es würde mich nicht wundern, wenn Oberon das inzwischen wieder vergessen hatte. So genau wollte ich gar nicht darüber nachdenken, wie viele Frauen er im Durchschnitt jede Woche küsste. Oder noch mehr Dinge mit ihnen anstellte.

Innerlich schob ich meinen Gedanken einen fetten Riegel vor, ehe sie noch weiter in diese Richtung abdrifteten. Auch wenn ich die Bilder von ihm oben ohne mit dem Schwert in der Hand leider nicht völlig aus meinem Kopf bekam.

»Keine Sorge, den Kuss würde ich niemals vergessen. Aber davon spreche ich nicht. Sondern von der Zeit davor«, riss Oberon mich zum Glück aus meinen beinahe schon nicht mehr jugendfreien Gedanken.

»Wieso interessiert dich das?«, fragte ich, um etwas Zeit zu schinden. Mein letzter richtiger Kuss war inzwischen schon so lange her, dass ich mich kaum noch daran erinnern konnte. Oder vielleicht hatte dieser eine Moment mit Oberon auf dem Balkon sie auch einfach alle ausgelöscht. Wer konnte das schon so genau sagen?

Eine Antwort bekam ich nicht, stattdessen zuckte er lediglich mit den Schultern.

»Mein letzter Kuss war diesen Winter im Central Park.« Ich wählte meine Worte ganz genau, in der Hoffnung eine Reaktion von ihm zu bekommen. Auch wenn Oberon es auf dem Ball bereits bestritten hatte, hegte ich immer noch den Verdacht, dass wir beide uns schon einmal gesehen hatten.

»Mit wem?« Die Frage kam wie aus der Pistole geschossen.

»Ernsthaft?« Kurz verdrehte ich die Augen, bevor ich antwortete. »Mit irgend so einem Typen halt. War ganz nett.«

»Küsst du häufiger fremde Typen im Central Park?« Seine Stimme klang plötzlich rauer, als seine Hand von meiner Wange wanderte und stattdessen eine Haarsträhne um seine Finger wickelte.

Ich wusste nicht, welches Spielchen er hier spielte, aber es war mir auch egal. »Ich muss mich dir gegenüber nicht rechtfertigen. Du hast eine Antwort auf deine Frage, jetzt will ich meine.« Wenn er mir keine klare Antwort gab, würde ich sie ihm auch nicht geben.

»Hast du ihn wiedergesehen?« Die Frage traf mich etwas unvorbereitet.

»Nein.« Ich würde mir nicht die Blöße geben, ihn noch einmal zu fragen, ob er der Fremde war. Bisher hatte er genügend Chancen gehabt, es zuzugeben. »Bist du zufrieden?«

Einen Moment blickte Oberon mich nachdenklich an, dann nickte er knapp. »Fürs erste, ja.« Was auch immer das bedeuten mochte.

»Meine Antwort.«, insistierte ich.

Immer noch standen wir so nah beieinander, dass ich seine Körperwärme spüren konnte. Er spielte immer noch mit meiner Haarsträhne. Jetzt jedoch nahm er die Hand herunter und trat einen halben Schritt zurück. Innerlich verfluchte ich mich dafür, dass ich seine Nähe sofort vermisste.

»Du fragst erneut nach dem Falschen. Nicht in jedem Garten stehen auch Blumen.« Mit dieser kryptischen Antwort ließ er mich zwischen den Büschen stehen und verschwand.

Auch wenn die Wut wieder in mir hochbrodelte, schaffte ich es diesmal deutlich besser, mich unter Kontrolle zu halten. Solche Antworten war ich ja inzwischen von Oberon gewohnt. Auch für solch einen rätselhaften Tipp musste es eine Lösung geben.

Auf dem Weg zurück zu Eden ließ ich mir Zeit. Nicht nur, um über meinen nächsten Schritt nachzudenken, sondern auch um meine Gefühle gegenüber Oberon halbwegs wieder in den Griff zu bekommen. Sosehr ich mich auch bemühte, konnte ich sein ganzes Verhalten mir gegenüber nicht nachvollziehen.

Bei jedem anderen Mann würde ich davon ausgehen, dass er einfach nur mit mir spielte, Freude daran hatte, mir unter die Haut zu gehen, um sich in Wirklichkeit nur über mich lustig zu machen. Ein Überbleibsel aus meiner Jugend, als die Jungs damals nichts lustiger fanden, als das kleine, dicke Mädchen zu ärgern.

Schnell verdrängte ich die Erinnerungen an die Peinlichkeiten und Demütigungen. Inzwischen hatte ich verstanden, dass nicht jeder Mensch eine gemeine Absicht hatte, wenn er sich mir näherte. Dennoch zeigten diese Zweifel immer noch ihr hässliches Gesicht, wenn ich mich nicht selbst zur Ordnung rief.

Aber etwas an Oberons Blick und der Art, wie er sich mir gegenüber verhielt, sagte mir, dass er nicht versuchte, mich zu verletzen oder auf eine falsche Spur zu führen, um mich dann zu demütigen. Nur leider erklärte das immer noch nicht sein Verhalten. Jedes Mal, wenn ich dachte, er würde mich wieder küssen, zog er sich zurück. Oder war ich es etwa, die sich zurückzog?

Neben einem besonders üppig blühenden Rosenbusch blieb ich stehen. Dieses Gedankenspiel brachte mich gerade keinen Schritt weiter, sosehr ich auch eine Antwort auf meine Fragen brauchte.

Als ich zum Tisch zurückgekehrt war, hatte sich mein Gemüt derart wieder beruhigt, dass ich halbwegs entspannt auf meinem Stuhl Platz nehmen konnte. Eden und Oberon waren in ein Gespräch vertieft, welches sie nun unterbrachen. Auch wenn meine Neugierde sich meldete, wandte ich mich direkt an die Fee. »Eden, hast du irgendwo im Staate New York einen Garten, in dem keine Blumen stehen?« Besser konnte ich meine Frage nicht formulieren. Oberons zustimmendes Nicken ignorierte ich, auch sein zufriedenes Grinsen.

»Da muss ich nachdenken.« Edens Blick wanderte ins Nichts. »Leider nein, Tania. Das Einzige, was mir da einfällt, ist ein Obstgarten, den ich hier zu Beginn des letzten Jahrhunderts gepflanzt habe. Aber der existiert schon lange nicht mehr.«

Noch war ich nicht bereit, mich geschlagen zu geben. »Was ist damit passiert?«

»Ach, weißt du, das Übliche, in einer Stadt wie New York. Es gab keine Verwendung mehr für eine wildwachsende Fläche. Man hat den Garten einfach umgewandelt.« Ein schelmisches Lächeln zeichnete sich auf ihren Lippen ab. »In einen Strand, wenn ich mich recht erinnere. Orchard Beach, genau.«

Nicht nur ein Garten Edens, sondern direkt ein Strand. Noch viel klarer konnte die Sache ja nicht werden. »Danke, Eden. Du hast mir echt weitergeholfen!«

Kapitel neunzehn

Als ich endlich meine Infos hatte, übermannte mich eine bleierne Müdigkeit. Vor mir lag immerhin noch eine dreistündige Rückfahrt, auf die ich jetzt schon keine Lust hatte. Wenigstens konnte ich die Zeit nutzen, um mich so über Orchard Beach zu informieren und meinen nächsten Schritt zu planen.

Aber eine Sache musste ich vorher noch herausfinden. »Eden, du hast nicht zufällig eine Blodynblume hier?«

Die strahlende Haut der Fee erblasste bei meiner Frage ein wenig. »Nein, Kind, so etwas wächst bei mir hier nicht. Das letzte Mal gesehen habe ich eine in der alten Heimat.« Fast schon hektisch schüttelte sie den Kopf. »Ich weiß nicht, ob es überhaupt noch eine gibt.«

Mein Blick wanderte zu Oberon, der wieder seine stahlharte Maske zur Schau trug. Doch in seinen Augen funkelten die Worte, die er hier nicht vor mir aussprechen würde. *Irgendwo gibt es noch eine Blodynblume, irgendwo in New York.*

Nur halt eben nicht hier bei Eden.

»Vielen Dank für deine Gastfreundschaft und Hilfe«, verabschiedete ich mich von der Fee. Auch wenn ich gerne noch unendlich mehr Zeit in diesem Paradies verbracht hätte, musste ich jetzt in mein echtes Leben zurückkehren.

»Du willst schon gehen, zu schade. Wenn dieser Vertrag erfüllt ist, musst du unbedingt noch einmal vorbeikommen.« Die Fee erhob sich vom Tisch und schenkte mir ein so ehrliches Lächeln, dass ich die Einladung gerne annahm.

»Ich würde mich sehr freuen, wenn ich noch einmal dein Gast sein dürfte.« Mein Blick wanderte zu Oberon, der sich ebenfalls erhob.

»Es war wie immer wundervoll, dich zu sehen, Eden. Vielleicht kommst du ja beim nächsten Mal bei mir vorbei. Es ist schon viel zu lange her.« Liebevoll küsste er die Fee auf beide Wangen.

»Vielleicht tue ich mir mal wieder einen deiner pompösen Bälle an, Junge. Aber wehe, du nagelst mich darauf fest. Pass ja gut auf dich auf.« Fast schon mütterlich tätschelte sie ihm die Wange. »Ihr beide findet alleine hinaus. Und benehmt euch, Kinder.« Damit schlenderte sie von der Terrasse und zurück in die Tiefen ihres Paradieses.

»Kommst du?« Oberon winkte mich hinter sich her. Wir beide schwiegen, als wir wieder zurück auf die Straße traten. Sein Wagen stand natürlich direkt vor Edens Haus geparkt. Zielsicher ging der Feenkönig darauf zu, um mir die Beifahrertür zu öffnen.

»Danke, aber ich nehm den Zug zurück in die Stadt.« Von meiner lahmen Ausrede schien er wenig beeindruckt zu sein.

»Du willst wirklich lieber drei Stunden Zug fahren, nur um dann noch mal durch die halbe Stadt zu laufen? Steig ein, Tania.« Sein strenger Blick ließ jeden weiteren Protest in meiner Kehle ersticken.

Mit einem flauen Gefühl im Magen trat ich auf den Wagen zu und ergriff seine ausgestreckte Hand, um mich ins Innere gleiten zu lassen. Für einen Moment trafen sich unsere Blicke. Kurz drückte er meine Finger, dann versank ich in dem weichen Ledersessel und er schloss die Beifahrertür.

Mit heftig pochendem Herzen verschränkte ich die Hände im Schoß, während ich Oberon dabei beobachtete, wie er einmal um das Auto ging. So genau wusste ich nicht einmal, was ich davon halten sollte, nun für fast zwei Stunden mit ihm im Wagen eingesperrt zu sein. Das leichte, nervöse Prickeln in meinem Magen lieferte sich einen Kampf mit dem ängstlichen Brummen in meinen Ohren.

»Du siehst blass aus.« Oberons Worte wurden von dem Zuschlagen der Autotür begleitet.

»Hab einen anstrengenden Tag gehabt«, sagte ich und dachte *eher ein paar anstrengende Wochen* »Ich bin froh, wenn ich gleich zu Hause bin.« Diese schwere Müdigkeit verfolgte mich nun schon seit Längerem, doch bisher hatte ich es gut geschafft, sie in Schach zu halten. Manchmal jedoch brach sie durch und ich wünschte mir nichts sehnlicher, als in meinem Bett zu versinken und erst wieder aufzuwachen, wenn das alles vorbei war. Ganz egal, wie es endete.

Ich spürte, wie Oberon mich von der Seite aus anstarrte, bevor er den Wagen anließ und losfuhr. Im Seitenspiegel wurden Edens Haus und ihr Paradies immer kleiner, bis sie um die Ecke verschwanden. Den Frieden, den ich an diesem Ort gespürt hatte, versuchte ich nun in mein Herz einzuschließen, um ihn für schlechte Zeiten aufzubewahren.

Eine entspannte Stille breitete sich zwischen uns aus. Ich hatte den Kopf an die Scheibe gelehnt und beobachtete die vorbeiziehenden Hamptons. In Gedanken ging ich noch einmal die letzte Stunde durch, wobei ich an dem Verhältnis zwischen Oberon und Eden hängenblieb. Schon wieder fragte ich mich, was wirklich hinter dem Feenkönig steckte und was seine Geschichte war.

»Wie sieht dein weiterer Plan aus?«, durchbrach Oberon die Stille, als wir auf den Freeway einbogen.

»Ich werde wohl mal zum Orchard Beach fahren und mir dort besorgen, was ich brauche.« Die Bronx war wenigstens nicht ganz so weit entfernt wie die Hamptons.

»Wann fährst du?« Sein Blick war fest auf die Straße vor uns gerichtet, wodurch ich eine perfekte Sicht auf sein Profil hatte. Im Kopf ging ich meinen Schichtplan der nächsten Woche durch. Ich konnte es mir nicht erlauben, noch mehr Tage auf der Arbeit zu verpassen. »In drei Tagen habe ich den Nachmittag frei, da kann ich fahren«, beantwortete ich seine Frage.

Bedächtig nickte er. »Viel los bei dir auf der Arbeit?«

»Nicht jeder von uns hat so entspannte Arbeitszeiten wie du. Immerhin muss ich Miete bezahlen, Essen, Futter für Rosa.« Und jetzt, da Will auch nichts mehr beisteuern konnte, – wenn auch nicht viel –, schlug das teure Leben in New York besonders hart zu.

Bei dem Gedanken an Will zog sich in meinem Inneren alles zusammen. Wenn ich am Arbeiten war oder mich irgendwie beschäftigte, konnte ich verdrängen, wie sehr ich ihn vermisste, doch sobald ich an ihn dachte, traf mich der Verlust wie ein Messer in den Bauch. »Wie geht es Will?«

Oberon zuckte nicht mal mit der Wimper. »Deinem Bruder geht es gut. Er redet immer noch genauso viel wie vorher.«

Die Vorstellung von meinem geschwätzigen Will war sehr beruhigend. »Ich bin mir sicher, Will hält nicht einmal im Tod die Klappe.« Kraftlos ließ ich den Kopf nach hinten gegen die Stütze fallen und starrte an die Decke. »Reden ist seine Superkraft, weißt du. Er redet und redet und redet, wie ein Wasserfall, und in all dem Wortsalat schafft er es irgendwie, das Richtige zu sagen. Nicht das Klügste oder Beeindruckendste, aber das Lustigste, was dich all die Wut auf ihn vergessen lässt.«

»Seffi hat genau dasselbe Talent. Ich kann einfach niemals sauer auf sie sein.« Oberon murmelte so leise, dass ich es beinahe nicht verstand.

»Wer ist Seffi?« Bei dem Namen der fremden Frau verspürte ich ein Stechen in der Brust. Vielleicht war das eine von seinen Geliebten oder eine Verflossene? In der Art, wie er ihren Namen aussprach, lag so viel Liebe und Sehnsucht.

»Seffia ist meine Schwester.«

Mein Kopf ruckte zur Seite und traf Oberons Blick. »Du hast eine Schwester? Ernsthaft?«

»Glaubst du mir etwa nicht?«, fragte er lachend.

»Keine Ahnung«, stammelte ich. »Irgendwie dachte ich immer, du wärst Einzelkind.« Ich war mir nicht mal sicher gewesen, ob Oberon überhaupt Eltern hatte.

»Ich bin das jüngste von fünf Kindern, ob du es glaubst oder nicht.«

Völlig überrascht und sprachlos starrte ich Oberon mit offenem Mund an. »Du bist der Jüngste?«, hakte ich dann etwas bedröppelt nach.

»Zwei ältere Brüder, zwei ältere Schwestern. Ich war immer das Nesthäkchen, der kleine Bruder mit den großen Träumen.« Auch wenn er bei diesen Worten lächelte, lag eine gewisse Schwere in seinen Augen.

In meinem Kopf formte sich das Bild von einem kleinen Feenjungen, mit großen violetten Augen, zotteligen schwarzen Haaren und einem breiten

Lächeln, das seine fehlenden Zähnchen zeigte. Ein glückliches, freies Kind im Schoß seiner Familie.

»Ich habe nicht gewusst, dass du eine so große Familie hast. Sind sie auch hier in New York?« War ich Oberons Geschwistern vielleicht sogar schon begegnet?

Doch er schüttelte den Kopf. »Nein, niemand von ihnen ist hier. Meinen ältesten Bruder habe ich schon vor langer, langer Zeit verloren.« Bei dem Schatten, der sich mit diesen Worten über sein Gesicht legte, musste ich schwer schlucken. »Meine älteste Schwester ging vor ein paar Jahrhunderten.«

»Das tut mir so leid.« Etwas Besseres fiel mir nicht ein. Unsicher verschränkte ich die Hände im Schoß, während ich ihn weiter von der Seite aus anblickte.

»Es ist schon lange her. Wenn ich nicht daran denke, dann schmerzt es auch nicht.« Mit der linken Hand fuhr Oberon sich durch die Haare. »Tamas ist aktuell in Südamerika unterwegs und sucht nach verlorenen Zivilisationen oder Schätzen. Seffia lebt schon seit ein paar Jahrzehnten in Paris, sie hat dort ihr eigenes Leben.«

»Wieso sind die beiden nicht hier bei dir?« Ich konnte mir nicht einmal vorstellen, so lange getrennt von Will zu sein und erst recht nicht über so eine weite Entfernung hinweg.

»Ich liebe meine Geschwister und genau deshalb habe ich sie weggeschickt. So gerne ich sie auch bei mir hätte, ich kann ihre Sicherheit nicht riskieren. Und sollte mir etwas geschehen, muss ich sicher sein, dass es ihnen gut gehen wird.« Seine Stimme klang hart wie Stahl, durch und durch der König.

Ohne groß nachzudenken, griff ich nach seiner Hand, die auf dem Schaltknüppel lag, und drückte seine Finger. »Wir tun alles für diejenigen, die wir lieben.«

Für einen Moment löste sich sein Blick von der Straße vor uns und verband sich mit meinem. »Wir beschützen sie, ganz egal, was passiert.« Bevor ich die Hand wieder wegziehen konnte, verschränkte er seine Finger mit meinen.

Ich sollte mich lösen und wieder Abstand zwischen uns bringen. Unter gar keinen Umständen sollte ich dem warmen Kribbeln in meinem Körper nachgeben und diesen Moment genießen. Noch weniger sollte ich ihm ein aufmunterndes Lächeln schenken. Doch genau das tat ich, bevor ich den Kopf abwandte und aus dem Fenster schaute, während meine Hand genau dort blieb, wo sie war.

Schweigen breitete sich zwischen uns aus. Oberons Blick war konzentriert nach vorn gerichtet und seine Miene undurchschaubar. Aber in seinen Augen meinte ich so etwas wie Sehnsucht zu erkennen. Vielleicht erinnerte er sich gerade an seine Geschwister, die lebenden und die verstorbenen.

Ich musste an Will denken und spürte den schon bekannten Schmerz. Bald würde ich zurück in meine Wohnung kommen, wo die Erinnerungen an ihn mir auflauerten. Einsamkeit und Kälte warteten jetzt an dem Ort auf mich, der einmal mit seinem Lachen und seiner Wärme gefüllt war.

Vielleicht war das auch der Grund, weshalb ich mich nicht von Oberon lösen konnte. Die Wärme, die von seinen Fingern ausging, wanderte langsam meine Hand hinauf über meinen Arm, bis sie sich in meinem ganzen Körper ausgebreitet hatte. Sie vermischte sich mit meiner allgemeinen Müdigkeit zu einer Nebeldecke, die mir die Augenlider schwer werden ließ.

Ich würde die Augen nur ganz kurz zu machen. Diese Situation nur ganz kurz nutzen und mich dann wieder meiner Aufgabe widmen. Ganz kurz …

»Tania«, raunte eine tiefe raue Stimme nah an meinem Ohr. Eine Gänsehaut bildete sich an der Stelle, an der der heiße Atem auf meine Haut traf. »Du musst aufwachen«, fuhr die Stimme leicht belustigt fort.

Sehr langsam erwachte mein Verstand aus dem Dunst des Schlafes, bis ich meine Umgebung wieder wahrnahm. Ich saß immer noch in Oberons Wagen – mich hätte auch gewundert, wenn nicht –, doch waren wir nicht länger unterwegs, sondern parkten bereits vor meiner Wohnung.

Mein Kopf lehnte immer noch an der Scheibe, als ich ihn langsam zur Seite wandte, fand ich mich Auge in Auge mit Oberon wieder. Er saß immer noch hinter dem Steuer, aber hatte sich so weit über die Mittelkonsole bis zu mir gebeugt, dass uns nur noch wenige Zentimeter trennten.

»Mist, ich bin eingeschlafen.« Mit kratziger Stimme stellte ich das Offensichtliche fest. Mein Verstand fühlte sich an, als wäre er in Watte gepackt und mein ganzer Körper war warm und schwer. Die Müdigkeit verschwand mit einem Mal aus meinem Kopf und ich war mir seiner alles verdrängenden Nähe mehr als bewusst. Schwer musste ich gegen den Kloß in meiner Kehle anschlucken, als ich den Blick hob, um ihm in die Augen zu schauen.

Wir waren wieder an derselben Stelle wie vor einigen Tagen und in einer ähnlichen Situation wie vor wenigen Stunden. So nah, dass ich nichts weiter wahrnahm als die Hitze seiner Haut und die hypnotisierende Intensität seiner Augen. Trotz des langsam verblassenden Tageslichts funkelten die goldenen Sprenkel darin, so als würde ein Feuer sie beleuchten. Es wäre ein so Leichtes gewesen, die wenigen Zentimeter zwischen uns zu überbrücken, um noch einmal seine Lippen auf meinen zu spüren. Um mich noch einmal in einem Kuss mit ihm zu verlieren. Alles zu vergessen, was mir nachts den Schlaf raubte und tagsüber den Verstand. Bis nur noch er und ich und dieser Moment existierten. Bis die Welt um uns herum sich einfach auflöste. Bis ich endlich vergaß, wer ich war, wer er war und was uns trennte.

Aber ich konnte diesen letzten, alles verändernden Schritt nicht machen. Denn genau in diesem Augenblick meldete sich die Stimme in meinem Kopf zu Wort: *Wenn er dich küssen wollte, dann hätte er es schon längst getan. Mach dich doch nicht lächerlich, gib dich keiner Hoffnung hin, die dich am Ende nur zerschmettern wird.*

Ich hasste die Stimme in diesem Moment noch mehr als sonst, aber ich konnte ihr nicht widersprechen.

Denn Oberon machte diesen letzten Schritt genauso wenig wie ich. Dabei spiegelte er mir aus seinen Augen dasselbe Verlangen wider, welches mich beinahe innerlich verbrannte. Doch als die Sekunden dahinzogen, machte er keinerlei Anstalten, sich vorzubeugen.

Ich hielt die Spannung nicht mehr aus. Ruckartig löste ich den Blick von ihm und sah aus der Windschutzscheibe auf die Straße. Außerhalb des Wagens war die Welt normal weitergelaufen, Menschen und Feen gingen ihrem Alltag nach, ohne dass einer von ihnen wusste, dass wir hier waren.

Im Augenwinkel sah ich, wie Oberon noch eine Sekunde länger an derselben Stelle verharrte, dann kniff er für einen Moment die Augen zusammen und Frust zeichnete sich klar und deutlich auf seinem Gesicht ab. Doch als ich mich wieder zu ihm wandte, war seine Miene völlig ausdruckslos und er war bereits dabei, aus dem Wagen auszusteigen.

Die Autotür knallte hinter ihm zu und ich zuckte erschrocken zusammen. Ich wusste nicht, was hier gerade zwischen uns abgelaufen war, aber ich wusste, dass keiner von uns beiden bekommen hatte, was er eigentlich wollte.

Die Stille im Wagen war ohne Oberon fast schmerzhaft. Ich beobachtete ihn dabei, wie er um den Wagen herum auf meine Seite ging, während die Gedanken in meinem Kopf rasten.

Er hatte es genauso gewollt wie ich.

Das hatte ich in seinen Augen gesehen. Ich bezweifelte stark, dass den Feenkönig dieselben Zweifel und Ängste befielen, wie mich in dieser Situation, also, was hatte ihn davon abgehalten, mich endlich zu küssen?

Und wieso um alles in der Welt wollte ich das so unbedingt?

Wieso konnte mein verräterisches kleines Herz nicht auf meinen Verstand und zum ersten Mal in meinem Leben auf die verhasste Stimme hören und damit aufhören, jedes Mal schneller zu schlagen, wenn ich auch nur an Oberon dachte?

Doch genau das tat es wieder, als neben mir die Tür geöffnet wurde und der Feenkönig mir die Hand reichte. Nach der langen Fahrt fühlte sich mein Körper steif an, weswegen ich deutlich uneleganter aus dem Wagen kletterte, als ich es mir gewünscht hätte. Allerdings hatte ich so eine halbwegs plausible Ausrede, wieso ich meinen Blick starr auf den Boden gerichtet hielt.

Nachdem ich sicher auf dem Gehweg stand und die Wagentür hinter mir zufiel, ließ Oberon meine Hand wieder los. Sofort vermisste ich seine Wärme und die Sicherheit, die mir seine Berührung gab. Bevor ich mich jedoch in dem wirren Labyrinth meiner eigenen Gedanken und Gefühle verirren konnte, ergriff ich, feige wie ich nun einmal war, die Flucht.

In den Tiefen meiner Tasche fischte ich nach dem Haustürschlüssel, während ich die kurze Treppe zur Haustüre hinaufeilte. Ich musste mich nicht einmal umsehen, um zu wissen, dass Oberon mir auf den Fersen folgte. Es war ein seltsames Gefühl, ihn so nah an meiner Wohnung, meiner Zuflucht zu haben. Natürlich wusste er, wo ich wohnte. Er hatte mich ja auch schon einmal hier abgesetzt, war aber im Wagen geblieben.

Ihn nun hier auf der Schwelle zu meinem Wohnhaus stehen zu sehen, fühlte sich an, als würden wir eine Grenze überschreiten, von der ich nicht einmal gewusst hatte, dass sie da war. Mit dem Schlüssel in der Hand verharrte ich mit wild klopfendem Herzen.

»Danke fürs Mitnehmen«, durchbrach ich die Stille zwischen uns, die sich mit jeder Minute mehr anspannte. Ich schaffte es nicht einmal mehr, Oberon in die Augen zu schauen, stattdessen blickte ich konzentriert auf die Tür vor mir.

»Immer wieder gerne«, kam eine Antwort mit vollkommen ausdrucksloser Stimme.

Ich wusste nicht, was genau ich von ihm in diesem Moment wollte, aber das war es ganz sicher nicht. »Dann sehe ich dich wohl demnächst am Strand.« Mit etwas zu viel Kraft rammte ich den Schlüssel ins Schloss.

Ein sanftes Lächeln umspielte Oberons Lippen und in seinen Augen lag eine Sanftheit, die mich schlucken ließ.

»Bis in drei Tagen, Tania.« Hauchzart strich er mir mit den Fingern über die Wange, bevor er endlich einen Schritt nach hinten machte, um mich in den Hausflur zu lassen.

Ein letztes Mal hielt ich seinem Blick stand, bevor ich die Tür hinter mir schloss und mich gegen das alte Holz sinken ließ. Der Flur bis in meine Wohnung kam mir auf einmal unendlich lang vor und als meine Knie unter mir nachgaben, rutschte ich einfach nach unten, bis ich auf dem Boden saß.

Das war alles zu viel: Mein seltsamer Herzschmerz, dass ich Will so unglaublich vermisste, die grausame Möglichkeit, schon bald alles zu verlieren und schließlich allem voran die ungestillte Sehnsucht nach einem weiteren Kuss mit Oberon.

Kapitel zwanzig

»Wieso hat er mich denn nicht geküsst?« Selten war ich mir so bescheuert und kindisch vorgekommen, wie in diesem Moment, als ich drei Tage nach meinem letzten Treffen mit Oberon in meiner Küche herumhing und Hyacinth wiederholt mit denselben Worten volljammerte. Seitdem ich von Eden zurückgekehrt war, hatte ich entweder geschwiegen und alles im wahrsten Sinne des Wortes in mich hineingefressen oder immer wieder nur von dem Beinahe-Kuss erzählt.

Bisher hatte sie sich das Ganze schweigend angehört, doch jetzt stellte sie ihre Kaffeetasse ab, um die Hände vor sich auf dem Tisch zu falten. »Fragen wir mal anders, wieso hast *du* ihn nicht geküsst?«

Den Napf mit Rosas Futter in der Hand haltend, blieb ich mitten in der Bewegung stehen, was mir ein flehendes Wimmern von meiner Hündin einbrachte. »Was?«

»Wieso hast du nicht einfach den nächsten Schritt gemacht und Oberon geküsst?« Als wäre dies ein ganz normales Gespräch, nahm Hyacinth einen Schluck von ihrem Kaffee und blickte mich fragend an.

»Ähm.« Ja, wieso eigentlich nicht? »Weil ich mich vielleicht lächerlich gemacht hätte. Oder weil ich da etwas falsch gedeutet habe. Oder weil ich Angst vor seiner Zurückweisung habe.«

»Aber das sind alles nur Möglichkeiten. Es kann auch genauso gut sein, dass er darauf wartet, dass du den ersten Schritt machst.«

Ich erlöste die arme Rosa endlich von ihrem schrecklichen Hunger und stellte die Schale auf dem Boden ab, bevor ich mich meiner Besten zuwandte. »Aber was, wenn ich mir das alles doch nur einbilde? Wenn er doch nur mit mir spielt?«

»Sweetie, ich verstehe ja, dass es sehr schwer für dich ist, mit dem Gedanken umzugehen, dass ein Mann dich gut findet, und zwar einfach nur, weil du halt du bist. Aber ab und an solltest du diesen Gedanken einfach mal zulassen.«

Das klang so simpel, wenn Hyacinth es sagte. Es waren dieselben Worte, die sie mir immer und immer wieder predigte. Einfach mal darauf vertrauen, dass die Leute mehr in mir sahen als ich in mir selbst. Mit einem warmen Lächeln stellte sie ihre Tasse in die Spüle. »Wollen wir los?«

»Je schneller wir diese Gischt bekommen, desto besser.« Als ich sicher gehen konnte, dass Rosa für ein paar Stunden versorgt war, suchte ich meine restlichen Sachen zusammen. »Wenigstens habe ich diesmal ein paar Stunden Zeit, um mich auf Oberon vorzubereiten.«

Hyacinth, die bereits vorgegangen war, blieb in der offenen Haustür stehen. »Oder auch nicht.« Über die Schulter warf sie mir ein entschuldigendes Lächeln zu.

»Nicht dein Ernst.« Ich wusste nicht, ob ich schreien oder lachen sollte, als ich aus dem Haus trat, vor dem Oberon völlig entspannt wartend an seinem Wagen lehnte.

»Damit hätten wir eigentlich rechnen sollen«, kicherte Hyacinth neben mir.

»Hätten wir«, stimmte ich ihr zu, bevor das Lachen aus mir herausbrach. Sogar hinter Oberons Sonnenbrille konnte ich erkennen, dass er verwirrt die Augenbrauen zusammenzog.

»Geht es euch beiden gut?«, begrüßte er uns.

»Selbstverständlich, mein König.« Trotz unseres kurzen Kicheranfalls hatte Hyacinth sich sofort wieder im Griff und verbeugte sich vor Oberon.

»Wie geht es dir, Hyacinth?« Auch wenn er mit ihr sprach, war sein Blick auf mich gerichtet.

»Soweit so gut, denke ich mal. Danke der Nachfrage. Bei dir auch alles gut?« Ihre Stimme klang so höflich neutral, dass es beinahe herausfordernd wirkte. Wäre Oberon nicht ganz zufällig ihr Herrscher gewesen, sondern irgendein gewöhnlicher Fee, hätte Hyacinth ihm mit Sicherheit schon ausführlich die Meinung gegeigt.

Jetzt richtete sich sein Blick endlich auf sie. »Ebenfalls. Wirst du uns heute begleiten?«

»Hyacinth und ich wollten eigentlich ...«, begann ich zu erklären, doch meine Beste fuhr mir dazwischen.

»Nein, ich passe heute auf Rosa auf, während ihr beide unterwegs seid.« Sie schenkte mir ein Tausend-Watt-Lächeln, für das ich ihr am liebsten den Hals umgedreht hätte.

»Sicher, dass du nicht mitkommen willst?«, fragte ich noch einmal zuckersüß nach.

»Ganz sicher. Bis heute Abend.«

Bevor ich sie aufhalten konnte, drehte Hyacinth sich auf dem Absatz um und verschwand mit wippenden Schritten zurück in meine Wohnung.

»Das war nicht euer ursprünglicher Plan, nicht wahr?« Schmunzelnd blickte Oberon mich mit erhobener Augenbraue an.

»Selbstverständlich nicht.« Noch einen Moment schaute ich auf die nun geschlossene Haustür und atmete tief durch, dann konzentrierte ich mich ganz auf den Fee vor mir.

»Guten Tag, Oberon.«

»Hallo, Tania.« Mit einer geschmeidigen Bewegung stieß er sich vom Wagen ab, um mir die Tür aufzuhalten.

Meinen Protest hatte ich inzwischen ganz aufgegeben, also ergriff ich seine ausgestreckte Hand und ließ mir beim Einsteigen helfen. Beinahe sofort kehrten die Erinnerungen unserer letzten Begegnung mit aller Macht zurück, was nur noch schlimmer wurde, als Oberon sich zu mir in den Wagen herunterbeugte, um mir eine Strähne hinters Ohr zu streichen. »Bereit für den Strand?«

So wie er es sagte, klang es danach, als wären wir auf dem Weg zu einem Date gewesen. Bei diesem Gedanken zog sich mein Magen in einer Mischung aus Aufregung und Angst zusammen. Um etwas Abstand zu gewinnen, lehnte ich mich ein Stück zurück und klopfte theatralisch auf meinen Rucksack, in dem ich eine leere Flasche verstaut hatte. »Alles vorbereitet.«

»Sehr gut.« Mit einem Zwinkern zog Oberon sich endlich zurück und schloss die Tür hinter sich. Während er um den Wagen herumging, warf ich einen Blick zurück auf meine Wohnung, aus deren Fenster mir eine lächelnde Hyacinth mit Rosa auf dem Arm zuwinkte. Als sie auch noch die Pfote meiner Hündin freudig zum Abschied hob, musste ich mich echt zusammenreißen, ihr nicht die Zunge herauszustrecken.

»Woher wusstest du eigentlich, wann ich loswollte?«, fragte ich Oberon, nachdem er eingestiegen war und die Zündung angelassen hatte.

»Dein Bruder kennt deinen Schichtplan.« Völlig entspannt fädelte er in den dichten Verkehr der Stadt ein, doch seine ganze Aufmerksamkeit war auf mich gerichtet.

»Wie oft redest du eigentlich mit Will?« Und noch wichtiger, worüber sprachen die beiden eigentlich? Hoffentlich nicht über mich. Bei dieser Vorstellung wurde mir ganz mulmig.

»Ich vermeide es so oft, wie ich kann. Allerdings finde ich es unfair, deinen Bruder über deine Fortschritte im Unklaren zu lassen, also berichte ich ihm gelegentlich von dir.«

Irgendwie schaffte Oberon es immer wieder, mich zu überraschen. »Und was sagt er so?«

»Er ist verdammt stolz auf dich. Und er macht sich Sorgen, wie sich diese ganze Situation auf deine Gesundheit auswirkt.« Kurz warf er mir einen Seitenblick zu, so als würde er nach körperlichen Anzeichen für Krankheiten suchen.

Nur leider würde er mir meinen Gesundheitszustand äußerlich nicht ansehen können. Außer, er zählte meine Augenringe dazu, die ich an diesem Tag unter einer dicken Schicht Concealer versteckt hatte. Auch wenn ich es diese Nacht geschafft hatte, wenigstens ein paar Stunden zu schlafen, kam es mir so vor, als wäre ich schon seit Tagen wach.

»Mir geht es gut«, winkte ich nach einer etwas zu langen Pause ab. »Will macht sich einfach immer zu viele Sorgen um mich.« Oder er kannte mich einfach besser als so ziemlich jeder andere – ausgenommen Hyacinth – und wusste, wie es mir tatsächlich ging. An Oberons skeptischem Blick konnte ich erkennen, dass er mir kein Wort glaubte, aber wenigstens fragte er nicht weiter nach.

Den Rest der Fahrt über sah ich aus dem Fenster, las jedes Straßenschild und Kennzeichen, um meine Gedanken von dem Feenkönig neben mir abzulenken. Und um mein stürmisch pochendes Herz weiter zu ignorieren.

Nur leider hörte ich dabei immer wieder Hyacinths Worte in meinem Kopf. *Es kann auch genauso gut sein, dass er darauf wartet, dass du den ersten Schritt machst.*

Ja, wieso machte ich nicht einfach den ersten Schritt? Mit jedem Tag und mit jeder Zutat hatte ich weniger zu verlieren. Und sollte ich versagen, konnte es nicht noch schlimmer werden als die jahrelange Arbeit unter Oberon.

»Wir sind da.« Ich hatte gar nicht bemerkt, wie er die Zündung ausgeschaltet hatte. Erst als Oberon mich wieder direkt ansprach, zuckte ich aus meinen Gedanken hoch.

Wir standen auf einem halbvollen Parkplatz, von dem aus man bereits einen Blick auf den Strand werfen konnte.

Am Horizont senkte sich die Sonne langsam über dem Meer und tauchte alles um uns herum in warmes, goldenes Licht. Obwohl es bereits früher Abend war, tummelten sich auf der Promenade und dem dahinter liegenden Sandstrand immer noch Menschen und Feen, die diesen Sommertag genossen. Das Rauschen der Wellen, die vielen lachenden Stimmen und bunt durcheinander plärrende Musik waren schon aus der Ferne zu hören.

Die Luft im Wagen war kühl. Deshalb fühlte es sich beim Öffnen der Tür ein wenig so an, als würde ich in eine Hitzewand laufen. Noch bevor ich mich ganz aufgerichtet hatte und meine Tasche schultern konnte, war Oberon schon an meiner Seite. Der Falte zwischen seinen Augenbrauen entnahm ich, dass es ihm missfiel, mir nicht die Tür geöffnet zu haben.

»Ein Gentleman durch und durch«, neckte ich ihn grinsend.

»Ich habe so meine Prinzipien«, murmelte er mit einem kleinen Lächeln, während er näher an mich herantrat und die Hand nach mir ausstreckte.

Für einen Moment war ich der festen Überzeugung – und leisen Hoffnung –, er wollte den Arm um meine Schultern legen, doch stattdessen drückte er nur noch einmal die Wagentür fest zu, die ich anscheinend nicht richtig geschlossen hatte.

»Wollen wir?« Seine Frage war völlig unschuldig, seine Funken hingegen, die mir aus seinen Augen entgegenblitzten, waren es nicht.

Vom Parkplatz aus war es nur ein kurzes Stück entlang auf der Promenade bis zum Strand, was wir schweigend zurücklegten. Ich war noch nie ein sonderlich großer Strand- oder Wassersportsfan gewesen, weshalb es mich auch noch nie hierher verschlagen hatte. Was mich auf den ersten Blick irgendwie traurig machte, denn der strahlend weiße Sand, die graublauen Wellen und der unendliche Horizont lockten mich schon ein wenig. Das Gefühl verblasste allerdings sofort wieder, als zwei Frauen in Bikinis an uns vorbeischlenderten. Meine Finger krallten sich in den Trageriemen meiner Tasche, als ich mich zwang, den Blick von ihnen abzuwenden. Immer mehr Strandbesucher in Badekleidung begegneten uns und auf einmal kam ich mir overdressed und gleichzeitig nicht bedeckt genug vor. Da ich ja eigentlich davon ausgegangen war, dass ich mit Hyacinth unterwegs sein würde, hatte ich mich an diesem Tag für ein Sommerkleid mit Spaghettiträgern entschieden, das mir bis zur Hälfte der Oberschenkel reichte – natürlich mit den immer nötigen und Sicherheit bietenden Bikeshorts darunter. Bis vor ein paar Minuten hatte ich mich auch noch extrem wohl darin gefühlt, doch jetzt kehrten meine Selbstzweifel mit aller Macht zurück.

War der Rock zu kurz und konnte man zu viel von meinen Beinen sehen?

War das Kleid vielleicht zu eng und schnitt mir irgendwo ins Fleisch? Hätte ich meine Arme bedecken sollen? Konnte man mein Bäuchlein durch den Stoff sehen? Bot ich zu tiefe Einblicke in mein Dekolletee?

Was das Ganze nicht viel angenehmer machte, war die Tatsache, dass ich in Begleitung eines umwerfend gut aussehenden Fees war. Klar, wenn Hyacinth mich irgendwohin begleitete, dann landeten immer mal wieder Blicke auf ihr – wie denn auch nicht, immerhin war sie eine sehr schöne Frau –, und damit auch wohl oder übel auf mir. Aber die meiste Zeit konnte ich einfach in der Masse verschwinden.

Mit Oberon jedoch war ich mir jedes einzelnen, neugierigen, faszinierten und begierigen Blickes hundertfach bewusst. Egal ob Frau oder Mann, Mensch oder Fee, sie alle starrten den Feenkönig an, so als wäre er eine

Erscheinung. Nicht wenige von ihnen verbeugten sich vor ihm oder versuchten Blickkontakt herzustellen. Doch Oberon ignorierte sie alle.

Danach wanderten ihre Blicke immer automatisch zu mir, dem unscheinbaren Menschen, der aus irgendeinem Grund neben dem großen Feenkönig herwatschelte. Und ich konnte einfach nicht anders, als mich zu fragen, was sie wohl von mir dachten. Welches Bild von mir sich wohl in ihren Kopf einbrennen würde. Die unwichtige Meinung von Fremden sollte keine Rolle für mich spielen, aber leider konnte ich nicht drüberstehen.

»Tania, alles in Ordnung mit dir?« Ich hatte nicht einmal bemerkt, dass ich langsamer geworden war, bis ich aufschaute und Oberon einige Schritte vor mir stand.

Einen Moment überlegte ich, was ich nun antworten sollte. Ihn anzulügen würde wenig bringen, er würde mich wahrscheinlich schneller durchschauen, als ich die Lüge hervorbringen konnte. Aber die Wahrheit zu sagen, war einer dieser Schritte, der mir so unendlich schwerfiel. »Ich habe das Gefühl, alle starren mich an.« Eine Halbwahrheit, aber immer noch besser als eine Lüge. Oberon überwand den Abstand zwischen uns in einem einzigen langen Schritt, bis uns nur noch wenige Zentimeter trennten. »Vielleicht tun sie das. Aber ich versichere dir, wenn sie es tun, dann nicht aus den Gründen, die du vermutest. Sie sehen nur eine hübsche junge Frau, die am Strand unterwegs ist, wie viele andere. Und in ein paar Minuten haben sie dich wieder vergessen genauso wie du sie.«

Wenn es doch nur so einfach wäre. Aber er hatte recht. Ich konnte mich jetzt schon nicht mehr an die Leute erinnern, die eben noch an uns vorbeigegangen waren. Wieso sollte es also bei ihnen anders sein?

»So eine ähnliche Unterhaltung habe ich auch öfters mit Hyacinth.« Eine ihrer Eigenschaften, die ich am meisten an ihr schätzte. Sie wurde es niemals leid, mir aus meinen dunklen Gedanken herauszuhelfen.

»Irgendwann muss ich mich mal mit ihr unterhalten«, schmunzelte Oberon, bevor er die Hand auf meinen unteren Rücken legte.

Dann herrschte wieder Stille zwischen uns. Bevor diese aber unangenehm werden konnte, eilte ich die Treppe hinunter direkt auf den Strand zu. Die

Sonne glühte nun wie ein riesiger, oranger Ball über dem Horizont und färbte das Wasser golden.

Der Sand fühlte sich noch warm unter meinen Füßen an. Die feinen, kleinen Körnchen füllten schon nach wenigen Schritten das Innere meiner Sandalen.

»Du und Eden, woher kennt ihr beide euch eigentlich?« Ich hielt meine eigene Neugierde einfach nicht mehr aus. Vielleicht würde ich nicht alles aus Oberon herausbekommen, aber ein paar Fragen konnte er mir doch wohl noch beantworten.

»Sie hat mich unter ihre Fittiche genommen, als ich neu im Sonnenpalast war.« Oberon hatte die Hände in den Hosentaschen vergraben, während er neben mir über den Sand schritt, den Blick auf den Horizont gerichtet. »Ohne sie wäre ich damals ziemlich verloren gewesen.«

»Sonnenpalast?«, fragte ich so locker wie möglich.

»Der ursprüngliche Sitz des Feenhofs in Tír na nÓg.«

Da war sie, die Erwähnung dieses Ortes, auf die ich schon so lange gewartet hatte. »Da kommst du also her. Wieso ist der Hof umgezogen? Was ist mit Tír na nÓg passiert?«

»Viele grausame Dinge sind damals geschehen. Dinge, über die niemand sprechen sollte. Dinge, die besser vergessen werden sollten … Dinge, die ich getan habe.« Trotz des warmen Sonnenlichts legte sich ein Schatten über sein Gesicht.

»Was auch immer du damals getan hast, du hast es zum Wohle deines Volkes getan.« Dessen war ich mir zu hundert Prozent sicher.

»Das hat der König aber ganz anders gesehen.« Die Schärfe in seiner Stimme ließ mich beinahe zusammenzucken.

»Dein Vater war sicher deiner Meinung«, redete ich einfach weiter.

»Mein Vater? Mein Vater war zu Beginn des Krieges schon lange tot.« Verwirrung zeichnete sich in Oberons Miene ab und vertrieb ein wenig die Sturmwolken.

Die Bestätigung, dass es einen Krieg gab, schob ich erst einmal zur Seite. »Der König war also damals schon tot? Gab es deshalb Krieg?«

»Mein Vater war Bauer, Tania. Mich verbindet keinerlei Blut mit dem alten Feenkönig.«

»Oh.« Peinlich berührt blieb ich nicht weit vom Wasser entfernt stehen. »Ich hatte immer irgendwie angenommen, dass du mal Prinz oder so was warst, bevor du König geworden bist.« Eine weitere klare Erkenntnis darüber, wie wenig ich eigentlich über den Mann vor mir wusste.

»Ich war Stallbursche. Nicht Blutsverwandtschaft hat mich zum König gemacht, sondern Blutvergießen.«

Seine Worte hallten wie ein Donnerschlag zwischen uns. Alle anderen Geräusche um uns herum waren plötzlich verstummt, bis nur noch eine unnatürliche Stille über uns lag. Mir blieb fast der Atem stehen.

»Hattest du einen guten Grund für dieses Blutvergießen?« Ich musste es einfach wissen.

»Ja.« In diesem einen Wort lag so viel Schmerz, so viel Geschichte, so viel vergangenes Leid und gleichzeitig ein Stolz, den nichts brechen konnte.

»Gut.« Ich zweifelte keinen Moment daran, dass Oberon einen anderen Weg eingeschlagen hätte, wenn es möglich gewesen wäre.

In einem ungleichmäßigen Rhythmus schlugen die Wellen ans Ufer, wobei sie helle Halbkreise auf den Sand zeichneten. Trotz meiner Sandalen ging ich einige Schritte ins Wasser, um mit der leeren Flasche so viel Gischt wie nur möglich aufzufangen. Als diese halbvoll war, verschloss ich sie, so fest ich konnte, und verstaute sie sicher wieder in meiner Tasche.

»Drei geschafft, fehlen noch zwei.« Mit einem zufriedenen Lächeln kehrte ich zu Oberon zurück, der mir mit erhobener Augenbraue entgegenblickte.

»Du kommst gut voran.«

»Ja, stimmt wohl. Auch wenn ich das Gefühl nicht loswerde, dass nun die wirklich schweren Aufgaben auf mich warten.«

Direkt vor ihm blieb ich stehen und blinzelte ihn an. Das Sonnenlicht ließ seine goldene Haut nur noch mehr leuchten und die Sprenkel in seinen Augen tanzten. Seltsamerweise dämpften die Erkenntnisse der letzten Minuten die Anziehung zwischen uns kein bisschen. Irgendwie machten sie diese sogar nur noch stärker. Hinter Oberon steckte so viel mehr, als ich mir vorgestellt hatte.

»Ich bin mir sicher, dass du auch diese Aufgaben meistern wirst.« Abermals strich er mir mit den Fingerspitzen über die Wange und sandte damit lauter Funken durch meinen Körper.

»Da bist du dir aber sicherer als ich«, gestand ich leise.

»Ich weiß einfach, dass ich in dir eine würdige Gegnerin gefunden habe.«

Und mit diesen Worten war die Stimme in meinem Kopf mit einem Mal verstummt. Sie, die mir so grausam einreden wollte, dass ich Oberon nicht ebenbürtig war, schwieg nun endlich. Bevor mich mein Mut wieder verlassen würde, stellte ich mich rasch auf die Zehenspitzen, zog den Feenkönig zu mir herunter und küsste ihn.

Kapitel einundzwanzig

In den letzten Wochen hatte ich unseren Kuss und die vielen Beinahe-Küsse immer wieder im Kopf durchgespielt. Doch die Erinnerungen waren nichts im Vergleich zu den Funken, die meinen ganzen Körper durchdrangen, als in der untergehenden Sonne meine Lippen behutsam auf Oberons trafen.

Mein Mut hatte mich zwar bis zu diesem Punkt gebracht, doch reichte er nicht aus, um den Kuss zu vertiefen.

Denn Oberon stand vor mir und war zur Salzsäule erstarrt. Schmerzhaft zog sich mein Herz zusammen.

Verdammt, das war ein Fehler.

Gerade, als ich mich voller Scham und Selbsthass zurückziehen wollte, legten sich große, warme Hände um mein Gesicht und hielten mich an Ort und Stelle.

Dann ... vertiefte Oberon den Kuss und jeder klare Gedanke verschwand aus meinem Kopf.

An diesem Kuss war nichts zögerlich oder zärtlich. In ihm lag nur reines Verlangen, so wie ich es empfand. Seine Hände wanderten über meine Wangen und vergruben sich in meinem Haar. Meine Hände lagen abgestützt an seiner Brust genau über seinem Symbol. Diesmal zögerte ich nicht, als seine Zunge über meine Unterlippe strich, sondern öffnete den Mund, um ihr Einlass zu gewähren. Seine Finger verwoben sich fest in meine Haarsträhnen, während seine Zunge hauchzart über meine strich.

Nur am Rande bemerkte ich, dass das leise Wimmern von mir kam, als ich mich näher an Oberon presste.

Alles andere war vergessen. Es zählte nur noch sein Kuss, seine Hände auf mir und seine Nähe. Ich bemerkte nicht einmal, wie mir die Luft zum Atmen schwand, bis ich den Kuss unterbrechen musste.

Mein Blick wanderte über das dunkle Meer gen Horizont, während ich hastig nach Luft schnappte. Ich wollte in diesem Moment meine Gedanken fassen, doch in mir war nur er. Dass Oberons Lippen währenddessen über meine Wange strichen, half natürlich auch kein Stück, meine Gedanken zu ordnen.

Mit sanftem Druck zwang Oberon meinen Blick wieder in seine Richtung. In seinen Augen konnte ich die Frage sehen, die er gerade nicht aussprechen wollte.

Ich stellte mich noch einmal auf die Zehenspitzen, um ihm einen flüchtigen Kuss auf die Lippen zu drücken. »Mir geht es gut«, versicherte ich ihm mit zittriger Stimme.

Oberon schlang den Arm um meine Hüfte und zog mich näher zu sich heran, dabei strich er mit der anderen Hand über meine Wange. Schweigend und mit einer undurchdringlichen Miene blickte er mich an. Ich versuchte gegen den schweren Kloß in meinem Hals anzuschlucken und gleichzeitig die aufkommende Panik zu unterdrücken. Diesmal war er es, der sich zu mir herunterbeugte, um mich noch einmal zu küssen. Nicht heiß und hungrig, sondern sanft und nachdrücklich. Als er sich wieder von mir löste, zitterten meine Knie und ich war verdammt froh über seinen Arm, der mich stützte.

»Willst du wieder los?«, hauchte er mir zu. Da ich meiner Stimme in diesem Moment nicht so ganz traute, nickte ich lediglich. Ein letztes Mal blickte ich übers Wasser zum nun feuerroten Horizont. Ich würde diesen Sommer definitiv noch einmal herkommen und mir mit Hyacinth einen wunderschönen Tag machen.

Schweigend schlenderten wir zurück zum Parkplatz. Den ganzen Weg über blieb Oberons Hand auf meinem unteren Rücken liegen.

In meinem Inneren strahlte alles. Nach diesem Kuss fühlte ich mich fast betrunken, das Kribbeln in meinem Magen wollte nicht nachlassen. Aus den Fenstern des Wagens blitzte mir mein eigenes breites Grinsen entgegen. Erst als Oberon mir die Tür öffnete, blickte ich ihm wieder ins Gesicht. Ein sanftes

Schmunzeln empfing mich. Mit wild pochendem Herzen ließ ich mir von ihm in den Wagen helfen.

Die Fahrt zurück in die Stadt zog wie in einem Traum an mir vorbei. In einem Moment standen wir noch auf dem Parkplatz und im nächsten begleitete mich Oberon bereits die Stufen hinauf zu meinem Haus. Unsicher spielte ich mit dem Schlüssel in meiner Hand. Keine Ahnung, wie ich mich jetzt gegenüber Oberon verhalten sollte. Bisher war ich nicht oft in so einer Situation gewesen, eigentlich noch nie.

»Danke, dass du mich gefahren hast.« Die Worte hatten meinen Mund verlassen, noch bevor ich sie aufhalten konnte. Innerlich trat ich mir selbst in den Hintern.

»Immer wieder gerne.« Seine Hand legte sich auf meine Hüfte, bevor er den Arm um mich schlang und mich zu einem letzten Kuss heranzog. »Halt mich auf dem Laufenden«, flüsterte er direkt an meinen Lippen, bevor er sich von mir löste.

Mit einem seltsamen Gefühl in meiner Brust schaute ich ihm nach. Auch nachdem das Auto im Verkehrsstrom der Stadt verschwunden war, blieb ich noch wie angewurzelt stehen.

Immer wieder spielte ich die Ereignisse der letzten Stunden im Kopf durch. Erst Oberons Geständnis und dann unser Kuss. Obwohl beides direkt aufeinanderfolgte, kam es mir so vor, als hätten Tage dazwischen gelegen. Mein Mut von vorhin war inzwischen wieder in das Nichts verschwunden, aus dem er gekommen war. Nun erfüllte mich an seiner Stelle eine seltsame Taubheit. Mit steifen Bewegungen schloss ich die Haustür auf, dahinter empfing mich der düstere Flur. Mit jedem weiteren Schritt verwandelte sich die Taubheit allerdings in etwas anderes. Ein grauenhaftes, schmerzhaftes Gefühl, das mich innerlich zerriss, mir die Luft abschnürte und mein Herz zerquetschte. Doch erst, als ich in meiner Wohnung stand, Rosa aufgeregt an mir hochsprang und mein Blick auf Wills Zimmertür fiel, wurde mir klar, was dieses neue Gefühl war. Schuld.

»Oh mein Gott, was habe ich getan?« Meine Worte hallten unendlich laut durch die sonst stille Wohnung wider.

Rosa hörte auf, um meine Aufmerksamkeit zu betteln, stattdessen machte sie vor mir Sitz und blickte mich mit schräg gelegtem Kopf an. Fast so, als wollte sie mich fragen, was los war.

»Das klingt nicht gut!« Hyacinth kam aus dem Wohnzimmer gestürmt. Bei meinem Anblick musste sie nicht lange überlegen. »Oh, Sweetie, komm her.« Liebevoll legte sie den Arm um meine Schulter. Wir gingen in Richtung Wohnzimmer zur Couch.

Einige Minuten saßen wir einfach nur nebeneinander, während ich versuchte meine Gedanken zu sammeln und meine Gefühle zu ordnen. Rosa, die ihre Schnauze auf meinem Knie abgelegt hatte, blickte mit großen, treuen Augen zu mir auf.

»Ich hab die Gischt«, durchbrach ich nach einiger Zeit endlich mein Schweigen. Diese Zutat fühlte sich weniger wie ein Triumph an, sondern mehr wie ein Trostpreis dafür, dass ich meinen Bruder verraten hatte.

»Und ich hab Oberon geküsst.«

Hyacinth rieb mir in beruhigenden Kreisen über den Arm. »Ich gehe mal stark davon aus, dass es dir wegen dieses Kusses gerade so schlecht geht.«

Wie konnte ich noch vor ein paar Minuten auf Wolke Sieben schweben und mich jetzt so fühlen, als wäre ich mit dem Gesicht voran auf dem Boden der Tatsachen aufgeschlagen.

»Ich verrate Will. Wegen mir steckt er in diesem bescheuerten Tower fest, wo er den ganzen Tag Gott weiß was macht. Und anstatt mich mit aller Kraft auf die Aufgabe zu konzentrieren, knutsche ich mit dem Fee herum, der uns beide bald in der Hand hat.«

Meine Aufregung verwandelte sich in eine nervöse Energie, die mich vom Sofa hochtrieb. »Ich meine, wie bescheuert kann ich denn eigentlich sein? Oder erbärmlich? Es ging mir gut, ich war zufrieden mit meinem Leben, mit mir selbst. Und dann kommt Oberon um die Ecke und … und … Und auf einmal ist die Stimme in meinem Kopf wieder mit aller Kraft da – und er braucht nur das Richtige zu sagen und die Stimme ist wieder verstummt. Wie kann das sein? Ich sollte mich auf Will konzentrieren. Verdammt nochmal, ich sollte mich darauf konzentrieren, meinen eigenen Arsch zu retten. Vierzig

Jahre! Vierzig Jahre unter Oberon. Wie viel schlimmer mache ich die ganze Sache denn bitte, wenn ich mich ihm auch noch an den Hals werfe?«

Zu meinem erdrückenden Schuldgefühl gesellte sich jetzt auch noch brennende Scham. Beides zusammen sorgte dafür, dass mir auf einmal schrecklich schlecht wurde und sich ein hämmernder Kopfschmerz ankündigte. »Ist doch alles scheiße«, beendete ich meine Ansprache, bevor ich auf dem Boden zusammensackte.

»Geht es dir besser?«, fragte Hyacinth vom Sofa aus.

»Nein.« Es ging mir überhaupt nicht besser. Dampf abzulassen half in dieser Situation nun mal nicht viel. Bisher hatte ich die Gedanken alle ziemlich gut verdrängen können, doch jetzt musste ich mich der Realität stellen. Es bestand leider das reale Risiko, dass ich an meiner Aufgabe scheitern würde. Dann warteten vierzig Jahre unter Oberon auf mich. Vierzig Jahre, in denen er mir jede Aufgabe geben konnte, die er wollte und ich dem nichts entgegenzusetzen hatte. Vierzig Jahre, in denen mein Leben ungelebt an mir vorbeiziehen und er seines in vollen Zügen weitergenießen würde. Ich würde verwelken, schon bald von ihm und der Welt vergessen sein.

Dieser Gedanke fühlte sich an wie ein Stein, der schwer auf meiner Brust lag, und mich langsam zerquetschte. Sicher würde Oberon den Kuss in ein paar Wochen vergessen haben, spätestens wenn er der nächsten umwerfend schönen Fee hinterherjagte.

»Willst du meine Meinung zu dem Ganzen hören?«, riss Hyacinth mich aus dem Sumpf meines Selbstmitleids.

»Klar.«

»Will sitzt nicht wegen dir im Erltower, sondern wegen seiner eigenen, grenzensprengenden Einfältigkeit. Ohne deine Hilfe würde er jetzt schon unter Feinri schuften und leiden. Wenn überhaupt, sollte *er* sich mächtig schuldig fühlen, denn *er* hat dich verraten. Vergiss das nicht.«

Sie stand vom Sofa auf, um sich vor mir aufzubauen. »Ich verstehe, wieso du dich so fühlst, Sweetie. Seitdem ich dich kenne, hast du so eine unglaubliche Entwicklung durchgemacht. Aber ab und an machen wir nun mal auch Rückschritte, die gehören zum Leben dazu. Du musst dich nicht schämen oder selbst hassen, bloß weil du einen Crush auf Oberon hast. So gut wie jeder, den ich kenne, unabhängig von Geschlecht und Sexualität, steht ein bisschen auf ihn.«

»Dann wird es wohl nicht so lange dauern, bis er jemand neuen an seiner Seite hat.« Wieso schmerzte dieser Gedanken nur so sehr? Und wieso verletzte ich mich selbst, indem ich daran dachte?

»Na ja, so ganz stimmt das nicht.« Meine Beste ließ sich neben mir auf den Boden fallen, so dass wir wieder auf Augenhöhe waren. »Soweit ich informiert bin und soweit ich mich in meinem doch im Vergleich recht kurzen Leben erinnere, hatte Oberon seit Ewigkeiten nicht mehr so etwas wie eine feste Partnerin oder auch nur eine Geliebte. Auch wenn es genug Willige gibt, interessiert er sich für keine.«

»Du willst mir sagen, dass Oberon, der Feenkönig, sich nach Jahrhunderten ausgerechnet für mich interessiert?« Das machte doch keinen Sinn. »Wieso?«

Hyacinth zuckte nur mit den Schultern. »Was weiß ich. Vielleicht liegt es daran, dass du wundervoll, witzig und unglaublich liebenswert bist. Aber ganz ehrlich, Tania, jetzt ist, glaube ich, nicht der richtige Zeitpunkt, um darüber nachzudenken. Du stehst aktuell unter enormem Druck. Du bist andauernd müde und schläfst kaum. Konzentrier dich erst mal ein wenig auf dich selbst.«

»Wo du recht hast, hast du recht.« Was würde ich in diesem Moment nur für eine ganze Nacht Tiefschlaf geben. Oder eine Stunde, in der ich mich einfach nur mal entspannen konnte, ohne an die Folgen meines Handels zu denken.

»Eine Sache muss ich dich allerdings noch fragen.« Mit großen Augen blickte Hyacinth mich an.

»War der Kuss gut?«

»Der beste, den ich jemals hatte«, gestand ich leise.

»Ganz ehrlich, Sweetie, gönn dir ein paar Tage Ruhe. Du hast noch Zeit, dich um die restlichen beiden Zutaten zu kümmern. Aber du bekommst rein gar nichts geschafft, wenn du dich vorher selber kaputt machst.« Liebevoll drückte sie meine Hand. »Versuch einfach mal nicht an deinen Bruder oder Oberon oder den Deal zu denken.«

»Ich werde es versuchen. Bleibst du heute Abend noch hier und wir schauen einen bescheuerten Film?«

»Immer doch!«

***

Hyacinth hatte wie immer recht mit dem, was sie an jenem Abend gesagt hatte. Ich würde nirgendwohin kommen, wenn ich mich vorher selbst zerstörte. Aber so sehr ich es auch versuchte, schaffte ich es einfach nicht, ihrem Rat nachzukommen.

Fünf Tage waren seit unserem Gespräch vergangen. Mir aber ging es kein Stück besser. Im Gegenteil, ich war noch müder, noch geschaffter und langsam richtig gereizt.

Auf der Arbeit konnte ich mich wenigstens vorübergehend von allem ablenken. Aus diesem Grund schob ich so viele Überstunden wie möglich. Zu Hause warteten außer Rosa sowieso nur meine Probleme und düsteren Gedanken auf mich. Entweder dachte ich an Oberon oder träumte von ihm, oder ich fühlte mich schuldig wegen Will und hatte Angst vor dem, was mir noch bevorstand.

Während ich den Behandlungsraum nach dem letzten Patienten reinigte, wanderten meine Gedanken zu meinem Bruder. Noch nie in unserem Leben hatten wir so lange am Stück nicht miteinander gesprochen. Ja, wir hatten uns schon mal ein paar Wochen nicht gesehen, aber selbst dann hatten wir uns jeden Tag Nachrichten geschickt oder telefoniert.

Etwas zu energisch pfefferte ich meine benutzten Handschuhe und das Putzzeug in den Mülleimer und wandte mich bereits zum Gehen, als mein Blick auf den Behandlungstisch fiel. Mitten in der Bewegung blieb ich stehen. Auf der sauber desinfizierten Fläche saß ein kleines, schwarzes Häschen, das eben noch nicht da gewesen war. Mit wackelndem Schnäuzchen und großen, dunklen Augen blickte es mir entgegen, so als würde es etwas von mir erwarten.

»Ähm, wo kommst du denn jetzt her?« Außer dem Häschen und mir war niemand weiter im Raum. Auch eine Transportbox oder Ähnliches war nicht zu sehen. Zur Sicherheit warf ich einen Blick in den Flur. Vielleicht hielt sich der Besitzer ja noch dort auf. Doch Fehlanzeige, weit und breit nur Stille und Leere.

»Ein Geisterkaninchen also.« Neben dem Untersuchungstisch beugte ich mich zu ihm herunter, sodass ich mich auf Augenhöhe mit ihm befand. Beinahe erwartete ich, dass meine Finger durch die Luft strichen, doch das Fell des Häschens fühlte sich warm, weich und real an. Vielleicht setzte mir der Schlafmangel inzwischen ja dermaßen zu, dass ich gar nicht mitbekommen hatte, wie jemand hier hereingekommen war.

»Du bist aber auch wirklich ein süßes Tierchen«, murmelte ich leise vor mich hin, während ich über seinen kleinen Körper strich.

»Danke, das findet Robin auch«, antwortete das Häschen mit glockenheller Stimme.

»Ahhh!« Blitzartig zog ich meine Hand weg, stolperte hintenüber und landete auf dem Hintern.

Als ich den Kopf wieder hob, saß Robin mit baumelnden Beinen auf dem Untersuchungstisch. Ihre schwarzen Augen blickten mich fasziniert an.

»Was soll der Scheiß bitte?«, keifte ich los, immer noch auf dem Boden sitzend.

»Robin wollte schauen, was Tania macht. Tania sah so traurig aus, da wollte Robin etwas Nettes tun.« Das Lächeln der Puck war so kindlich und fröhlich, dass ich meinen Ärger gleich wieder vergaß.

Nur leider schmerzte mein Hintern ein wenig, als ich mich wieder vom Boden aufrappelte. »Das ist nett von dir, Robin. Aber was genau machst du hier?«

Die Antwort auf meine Frage kam in diesem Moment durch die Tür gestürmt, mit meiner Chefin und Hyacinth auf den Fersen. Oberons Blick huschte hektisch durch den Raum, so als suchte er nach einer potenziellen Gefahr.

»Du hast geschrien. Warum?«

»Sprechendes Geisterkaninchen«, fasste ich die Situation etwas atemlos zusammen. Auf die fragenden Blicke der anderen führte ich meine Erklärung etwas aus. »Robin hat mich erschreckt. Was macht ihr hier?« Hilfesuchend blickte ich zu meinen Freundinnen, die mir nur einen entschuldigenden Blick schenkten.

»Ich wollte nach dir schauen.« Oberons Erklärung half leider nicht gegen meine Verwirrung.

»Was?« Mein Blick huschte immer wieder zwischen dem Feenkönig, der Puck und meinen Freundinnen hin und her. Und mit einem Mal fühlte ich mich in die Ecke gedrängt, jetzt, wo alle Aufmerksamkeit so klar auf mir lag.

»Wir warten vorne.« Doc Shaw und eine unschuldig lächelnde Hyacinth verließen den Raum.

»Ich habe nicht gewusst, dass Robin nach dir suchen würde. Und ich habe schon gar nicht gewollt, dass sie dich erschreckt.« Missfallen lag in Oberons Augen, als er sich der Puck zuwandte. Diese sprang nun vom Tisch und bezog mit gesenktem Kopf Stellung neben ihm. »Es tut Robin unendlich leid, mein König. Robin wollte Tania nur Hallo sagen und fragen, wie es Tania geht.«

Mein Schreck von eben war damit verpufft. »Das ist sehr lieb von dir, Robin, aber beim nächsten Mal sag mir einfach so Hallo.«

»Warte vorne auf mich«, wies Oberon seine Untergebene an, die der Anweisung sofort nachkam. Nachdem die Tür hinter ihr ins Schloss gefallen war, standen wir beide uns schweigend gegenüber.

»Was willst du hier?«, fragte ich noch einmal.

»Ich wollte sehen, wie es dir geht. Du hast dich in den letzten Tagen nicht weiter gerührt und …«

Ich unterbrach ihn, bevor er den Satz zu Ende bringen konnte. »Und was, Oberon? Da wolltest du schauen, ob du mir noch irgendwie anders unter die Haut gehen kannst? Ob du mich noch irgendwie anders aus dem Konzept bringen kannst? Mich zu Dingen bringen, die ich später bereue?«

Ich konnte sehen, dass meine Worte ihn verletzt hatten, aber jetzt konnte ich sie auch nicht mehr zurücknehmen. Außerdem war es mir in diesem Moment egal. Vielleicht würde ich es später bereuen, aber gerade wollte ich all den Frust, all die Verzweiflung und den Stress an jemandem auslassen. Und da Oberon schon einmal hier war …

»Ich bin müde. Müde von diesem ewigen Kampf, von dieser Herkulesaufgabe, die ich aus reiner Blödheit auf mich genommen habe. Müde davon, mich immer wieder mit dir auseinandersetzen zu müssen und darüber zu grübeln, was du eigentlich davon hast. Ich vermisse meinen Bruder. Die Person, die mein ganzes Leben an meiner Seite war, ist jetzt weg und vielleicht sehe ich ihn niemals wieder. Er kann mir ja nicht einmal selber sagen, dass es ihm gut geht. Alles, was ich wollte, war etwas Abstand, eine Pause. Aber du kannst mich ja nicht mal für ein paar Tage in Ruhe lassen.«

Nach dieser mir die letzte Energie raubenden Ansprache blickte ich abwartend zum stillen Feenkönig. Da war keine Wut, keine Empörung darüber, dass ich so mit ihm sprach. Stattdessen konnte ich für einen Moment Resignation in seinem Gesicht sehen. Dann legte sich erneut die eiserne Maske über ihn. Ohne ein weiteres Wort drehte er sich um und ließ mich im Untersuchungszimmer zurück.

Ich hatte nicht einmal die Chance, mich zu sammeln, da stürmten Hyacinth und Doc Shaw wieder herein. Meine Beste kam auf mich zu, blieb jedoch auf halber Strecke stehen, als sie meine Miene sah. »Was ist passiert?«

Immer noch so geladen, richtete ich unbedacht meine Wut auch auf die beiden. »Was passiert ist? Das Gleiche könnte ich euch auch fragen. Wieso habt ihr ihn hier reingelassen? Was für eine beschissene Aktion war das denn bitte?«

Von meinen harten Worten überrascht, stolperte Hyacinth einen Schritt nach hinten. »Entschuldigung?«

»Ja, ihr solltet euch wirklich entschuldigen.« Langsam kam ich richtig in Fahrt. Morgen, heute Abend oder vielleicht schon gleich würde ich mein Verhalten so unendlich bereuen. Aber gerade konnte ich mich nicht zurückhalten.

»Tania!« Doc Shaw ging dazwischen, bevor ich noch etwas anderes sagen konnte. »Du solltest jetzt besser nach Hause gehen. Und dich ausruhen.«

Meine Schicht ging zwar noch eine Stunde, aber das war mir völlig egal. Ohne die beiden weiter zu beachten und mit einer Wut im Bauch, die sich langsam in Reue verwandelte, stürmte ich aus der Praxis.

Kapitel zweiundzwanzig

Es klingelte. Ein Mal, zwei Mal, ein drittes Mal.

Es dauerte einen Moment, bis mein Verstand sich aus den Tiefen meines Traums herausgearbeitet hatte und mir klar wurde, dass es die Türklingel war. Doch als das nervige Geräusch danach still blieb, rollte ich mich noch einmal auf die andere Seite, um mich wieder in meinem wirklich schönen Traum zu verlieren.

Bevor ich dem jedoch nachkommen konnte, ging das Geklingel erneut los. Drei Mal kurz hintereinander. Aber was mich irgendwie wunderte, war die Tatsache, dass Rosa nicht bellend vor der Tür stand. Wo war sie denn?

Dieser Gedanke riss mich schließlich aus dem Schlaf. Auf der Bettkante sitzend, blickte ich mich im Raum um, aber von meiner Hündin fehlte jede Spur. Für einen Moment spürte ich Panik in mir aufsteigen – die einzige Möglichkeit, wie sie aus der Wohnung hätte kommen können, war, dass jemand die Tür geöffnet hatte, also jemand auch hier hereingekommen war. Dann stellte ich erleichtert fest, dass sie ja immer noch von meiner Nachbarin betreut wurde.

Damit kehrten auch alle anderen Erinnerungen an diesen schrecklichen Vormittag zurück. Verdammt, ich musste dringend Hyacinth anrufen und mich bei ihr entschuldigen. Und Doc Shaw morgen einen großen Kaffee mitbringen.

Aber da es nun schon zum dritten Mal drei Mal an der Tür klingelte, wollte ich jetzt doch schauen, wer da war. Vielleicht konnte ich mich danach noch mal hinlegen und weiterträumen. Wenig begeistert tapste ich durch die Wohnung.

Endlich an der Tür angekommen, riss ich diese schwungvoll auf. »Was ist denn?« Die Frage blieb mir im Hals stecken, als ich bemerkte, wer da in meinem Hausflur stand.

Für einen Moment verharrte ich an Ort und Stelle und starrte Oberon einfach nur an. Dann brachte ich nur ein piepsiges »Hi« hervor.

»Hi.« Seine Antwort klang ebenfalls unsicher.

»Was machst du hier?« Ich war mir nicht sicher. War ich überrascht darüber, dass er hier auftauchte? Oder erfreut? Ein Teil von mir war davon überzeugt gewesen, dass ich ihn nach meinem Auftritt heute verscheucht hatte. Und ein anderer Teil war deshalb sehr traurig gewesen.

»Ich wollte dir das hier nur geben.« Erst da bemerkte ich den Brief, den Oberon in der Hand hielt und nun mir überreichte.

Verwirrt nahm ich den Umschlag entgegen. »Danke?« Ich wusste wirklich nicht, was ich von dieser Aktion halten sollte. »Was passiert, wenn ich ihn öffne?«

Oberon fuhr sich durch die Haare, dabei wich er meinem Blick weiterhin aus. »Der Brief ist von deinem Bruder. Ich liefere ihn hier nur ab. Was drin steht, kann ich dir nicht sagen.«

»Du bringst mir einen Brief von Will«, echote ich etwas stumpf. »Wieso?«

»Du meintest, dass du ihn vermisst und gerne etwas von ihm hören würdest.« Oberons Stimme klang irgendwie dumpf und abgehackt, so als wollte er es nur schnell hinter sich bringen. »Das hier ist alles, was ich tun kann.«

Die Schuldgefühle trafen mich wie einen Schlag in den Bauch. Nachdem ich mich heute so aufgeführt hatte, hätte ich mit allem, aber nicht damit gerechnet. »Danke.«

Knapp nickte er, bevor er sich zum Gehen wandte. Rasch ergriff ich seinen Arm, um ihn an Ort und Stelle zu halten. »Es tut mir leid!«

Immer noch halb von mir abgewandt, blickte er zwischen meinem Gesicht und meiner Hand hin und her, doch entzog er sich mir nicht.

»Was meinst du?«

»Es tut mir ehrlich leid, dass ich dich heute so angefahren habe.« Ich schluckte gegen den Kloß in meiner Kehle an. Zeit, einfach mal die Wahrheit zu sagen. »Der ganze Stress setzt mir ein wenig zu und da habe ich einfach um mich geschlagen. Das ist keine Ausrede und du hättest es niemals abbekommen sollen. Das wollte ich nur sagen.«

Ich löste die Hand von seinem Arm, doch diesmal war Oberon es, der nach mir griff und meine Finger mit seinen umschloss.

»Ich wollte heute Morgen wirklich nur wissen, wie es dir geht. Wegen nichts anderem war ich gekommen. Ich habe nicht gewollt, dass dich das so aus der Fassung bringt.« Er trat näher an mich heran und strich mit seiner freien Hand über meine Wange. »Wie geht es dir?«

»Mies, um ehrlich zu sein. Ich schlafe nicht, ich bekomme kaum noch etwas herunter und bin im Allgemeinen ziemlich durch.« Besser konnte ich es nicht beschreiben.

»Das tut mir leid.«

»Wieso? Ist doch nicht deine Schuld.« Für mein inneres Gefühlschaos konnte Oberon nichts. Das ging ganz alleine auf meine Kappe.

Der Zweifel in seinen Augen sagte jedoch etwas anderes. Bevor aber einer von uns noch weitersprechen konnte, knurrte mein Magen laut auf. Wirklich laut. Das letzte Mal, als ich etwas zu mir genommen hatte, war heute Morgen gewesen. An meine letzte richtige Mahlzeit konnte ich mich kaum noch erinnern.

Schnell drückte ich eine Hand auf den Bauch, in der Hoffnung, ich könnte so das Geräusch wenigstens etwas verbergen. Doch Oberons erhobene Augenbraue war Frage genug. »Ich besorge mir gleich etwas zu essen. Gibt ja genug in der Umgebung.«

»Hast du nichts mehr im Haus?«

Ich warf einen Blick über die Schulter in meine Wohnung. »Doch, schon. Aber gerade fehlt mir die Kraft, etwas daraus zu zaubern. Außerdem ist das Kochen für eine Person alleine nicht so toll.«

»Da hast du allerdings recht. Das mache ich auch nicht sonderlich gerne.«

Überrascht sah ich ihn an. »Du kannst kochen?«

Zum ersten Mal an diesem Abend grinste Oberon. »Wundert dich das?«

»Mich wundert inzwischen gar nichts mehr an dir. Aber irgendwie habe ich nicht damit gerechnet, dass du kochen kannst.«

»Wenn man so viele Jahre auf dem Buckel hat wie ich, wäre alles andere eine Blamage.« Er zog mich auf, das konnte ich an seinen funkelnden Augen erkennen, dennoch grinste ich zurück.

»Das muss ich sehen.« Was mich dann geritten haben mochte – der Schlafmangel oder etwas anderes –, wer weiß, doch mit einem Ruck öffnete ich Oberon die Wohnungstür.

»Du bittest mich in deine Wohnung?« Sein Gesicht verlor etwas an Strenge, wenn er überrascht war. Die Maske verrutschte irgendwie.

»Außer, du hast etwas anderes vor.« Daran hatte ich gar nicht gedacht.

»Nein, ich stehe dir ganz zur Verfügung.«

»Dann komm rein.« Ich machte Oberon Platz. Der Feenkönig trat ein und kam mir dabei so nah, dass ich mich nur auf die Zehenspitzen stellen musste, um ihn zu küssen. Und so sehr ich es mir auch wünschte, dass er diesen letzten Abstand zwischen uns überbrückte, war ich doch irgendwie auch erleichtert, als er weiterging.

Mit einem fast schon endgültigen Klicken fiel die Tür ins Schloss und auf einmal war ich alleine mit Oberon. In meiner Wohnung. Bevor ich meine spontane Einladung wieder bereuen konnte, redete ich einfach weiter. »Wenn du von vielen Jahren auf dem Buckel sprichst, was genau meinst du dann?«

Oberon blickte über die Schulter zu mir. »Du willst eine Zahl?«

Ich nickte, bevor ich ihm andeutete, bis ins Wohnzimmer weiterzugehen. Zu meinem Glück hatte ich in letzter Zeit für nichts wirklich Energie gehabt, so dass die Wohnung nun halbwegs ordentlich aussah.

»Tausendfünfhundert Jahre, plus ein paar Zerquetschte«, sagte er in einem Tonfall, als würden wir nur übers Wetter sprechen.

»Wow.« Etwas anderes fiel mir nicht ein. Ich hatte ja gewusst, dass Oberon alt war, aber nun eine konkrete Zahl vor Augen zu haben, war etwas ganz anderes. Auf einmal kam mir meine eigene Existenz noch kürzer und unbedeutender vor. Er hatte bereits so viele Leben auf dieser Welt gelebt und ich haderte schon mit dem einen.

»Hast du nicht einen Hund?«, riss Oberon mich aus den Gedanken über meine eigene Sterblichkeit. Er war neben Rosas Körbchen stehen geblieben, in dem ein buntes Chaos aus Spielzeugen und angesabberten Kauknochen herrschte.

»Wenn ich arbeiten bin, passt aktuell eine Nachbarin auf sie auf. Früher hat das meist Will übernommen, aber na ja ...« Ich musste den Satz wohl nicht beenden. Mein Blick fiel auf den Briefumschlag, den ich immer noch in den Händen hielt. Behutsam legte ich ihn auf ein Regalfach, direkt neben ein Bild von meinem Bruder und mir.

»Die Wohnung ist wirklich schön.« Oberon bewegte sich weiter durch den Raum, der nun mit seiner Anwesenheit auf einmal viel kleiner wirkte. Was er wohl gerade sah? Die vielen Theaterstücke in den Bücherregalen, die nur von kitschigen Liebesromanen übertroffen wurden? Die zwei riesigen Bilder von Rosa, welche die Wand über dem Esstisch schmückten? Die armen Zimmerpflanzen, die seit Wills Weggang ein erbärmliches Dasein fristeten? Die geschlossene Zimmertür meines Bruders und meine, die wie immer offen stand und den Blick auf das ungemachte Bett freigab?

Als Oberon mir gerade den Rücken zuwandte, sprintete ich an ihm vorbei, um die Tür schnell zu schließen. Alleine die Vorstellung von ihm in meinem Schlafzimmer ließ es mir heiß und kalt über den Körper laufen. »Ähm ...«, stammelte ich verlegen. »Ich weiß tatsächlich gar nicht, was ich noch so im Haus habe.« Mit brennenden Wangen begab ich mich in Richtung Küche.

Oberon folgte mir und legte irgendwo seine allseits gegenwärtige Lederjacke ab, was mir nun einen großartigen Blick auf die Muskeln unter seinem dünnen Shirt und die Tattoos auf seinen nackten Armen gewährte. Obwohl ich in den letzten Wochen immer wieder an sie gedacht hatte, traf mich der Anblick doch etwas unvorbereitet.

»Alles in Ordnung bei dir?« Oberon stützte sich mit den Unterarmen auf der Kücheninsel ab und beobachtete mich dabei, wie ich Kühlschrank und Schränke durchsuchte.

»Ich habe nur deine Tattoos bewundert«, sprach ich mehr zu den Pappschachteln mit Resteessen im Kühlschrank, als zu dem Fee hinter mir.

»Was bedeuten sie?« *Und hast du sie noch an anderen Stellen?*

»Bis auf ein paar wenige haben sie eigentlich gar keine Bedeutung. Ich benutze sie vor allem, um die Narben abzudecken.«

Sofort schloss ich den Kühlschrank wieder. »Narben?« Unsicher trat ich einen Schritt näher und ließ den Blick über seine Arme gleiten. Die verschlungenen schwarzen Linien waren beinahe schon hypnotisierend, doch jetzt, wo mich sein nackter Oberkörper nicht mehr ablenkte, konnte ich mehr erkennen. Da waren Symbole und Zeichnungen, halb versteckt zwischen den Schnörkeln, und unter all dem sah ich tatsächlich Narben.

»Aus dem Krieg.« Oberon hielt mich nicht auf, als ich die Hand ausstreckte, um seinen linken Unterarm bis zu seinem Bizeps zu streichen. Dank der Tattoos sah die Haut glatt aus, doch so konnte ich die erhabenen Narben nur zu genau spüren. »Ich habe einiges abbekommen und konnte den Anblick nicht mehr ertragen.«

»Was ist damals geschehen?« Meine Frage war mehr gehaucht als laut ausgesprochen.

Oberon stieß sich von der Kücheninsel ab, um sie zu umrunden. »Magst du Nudeln?«, fragte er.

Also würde ich wohl doch keine Antwort auf meine brennende Frage bekommen. Wortlos und etwas enttäuscht nickte ich.

»Ich bin mit siebzehn in den Sonnenpalast gekommen. Mein ältester Bruder, Wariand, war in die königliche Garde aufgestiegen, also hat er unsere ganze Familie an den Hof geholt. Damals hatte ich das noch für eine Verbesserung gehalten. Einen Weg raus aus der Armut, selbst wenn ich dafür Tag und Nacht Pferdeäpfel schaufeln musste ... Ist es okay für dich, wenn ich in die Schränke schaue?«

Ich war so von dem Beginn seiner Erzählung gefesselt, dass ich erst gar nicht auf seine Frage reagierte. »Ja klar, was auch immer du brauchst. Und sag mir, wenn ich dir helfen kann.«

»In Tír na nÓg gab es keine Währung, zumindest nicht so, wie ihr es kennt. Wir haben Handel miteinander abgeschlossen. Ein Sack Kartoffeln für ein Huhn, einen Tag Hilfe auf dem Feld für ein Schwein. So sind wir Feen nun einmal, Handel betreiben liegt uns im Blut. Lange bevor ich geboren wurde, hat dieses System funktioniert. Meine Mutter hat es immer als eine Art Spiel beschrieben. Man versucht immer als Gewinner aus dem Handel hervorzugehen, doch am Ende haben meist beide Parteien etwas davon. Aber alle Spiele enden, sobald jemand ernsthaft verletzt wird.«

Ich bekam nur am Rande mit, was genau Oberon da eigentlich zubereiten wollte, denn ich hing völlig fasziniert an seinen Lippen.

»Ich weiß nicht, wann unser System so korrupt wurde. Es ist schon so, seitdem ich denken kann. Der Handel war plötzlich nicht länger fair, die Feen nutzten jede Gelegenheit, zu betrügen und andere übers Ohr zu hauen. Wer das Spiel nicht mitspielte, der hatte schon verloren. Das erste Mal wurde mir das richtig bewusst, als mein Vater eines Tages nicht mehr nach Hause kam. Meine Mutter meinte nur, er habe einen Deal nicht mehr einhalten können. Seit diesem Tag hat sie nie mehr gelacht.«

Das Messer in meiner zitternden Hand schnitt so unkontrolliert an meinen Fingern vorbei, dass ich es für einen Moment weglegen musste. Ich wollte Oberon gerne etwas Tröstendes sagen, aber manchmal machen Worte alles nur viel schlimmer.

»Am nächsten Tag hat Wariand sich der Königsgarde angeschlossen und unseren Hof verlassen. Als ich ihn das nächste Mal Jahre später wiedersah, habe ich ihn nicht einmal mehr erkannt. Aber mein Bruder war gekommen, um uns an einen besseren Ort zu bringen. Während der nächsten Jahre wurde es im Palast unerträglicher.«

Behutsam nahm er mir das Schneidebrett aus den Händen. Inzwischen war mein Hunger vergessen und es war mir ziemlich egal, ob ich ihm gerade eine Hilfe war. Ich wollte unbedingt wissen, was damals geschehen war.

»Der Feenkönig betrieb Handel mehr wie einen Sport. Vielleicht gab es ihm das Gefühl von Überlegenheit, vielleicht konnte er nur so seine eigene Macht spüren oder vielleicht war ihm einfach nur langweilig. Aber das alles spielt keine Rolle. Er hat seine Untergebenen, seine Schutzbefohlenen aus reiner Freude gequält. Jedes Jahr wurden die Steuern erhöht, bis die Feen in Massen vor den Palasttoren standen, um neuen Handel abzuschließen. Sie verloren ihre Besitztümer und ihr Zuhause an den König. Und wer seinen

Handel brach, der verlor einen Körperteil oder direkt sein ganzes Leben. Alles nur, um diesen grausamen Schänder zu belustigen.« Auch nach all dieser ewigen Zeit glühten noch immer Hass und Abscheu mit solcher Macht in Oberons Augen, dass ich seinem Blick nicht standhalten konnte.

»Auch wir Palastarbeiter wurden nicht verschont. Irgendwie hatten er und seine engsten Vertrauten immer wieder Wege gefunden, uns doch zu neuen Deals zu zwingen. Ich verlor meinen ersten Kuss an eine Hofdame, die einfach nicht genug von Jünglingen bekommen konnte. Manche Kammerzofe verlor mehr als nur einen Kuss.«

Ich konnte zwar, aber wollte mir nicht vorstellen, was genau er damit meinte. »Wie habt ihr das ausgehalten?«

Oberon zuckte mit den Schultern. »So war es schon immer gewesen. Lange Zeit konnte ich mir nicht mal vorstellen, dass es auch anders geht. Ich hatte ja selbst Deals abgeschlossen, mit meinen Freunden um Bier, Kleidung und andere Dinge gespielt. Aber mir war niemals der Gedanke gekommen, ihnen absichtlich zu schaden. Wir haben uns alle dem System gefügt. Bis eines Tages ...«

Er unterbrach seine Erzählung, als das Wasser in einem Topf – den ich bis dahin nicht mal bemerkt hatte – anfing zu kochen. »Da war diese blutjunge Fee. Ich kannte weder ihren Namen, noch wusste ich, wo sie herkam. Sie war wie viele andere der jungen Dienstmädchen frisch im Palast angekommen, in der Hoffnung, dort ein besseres Leben zu finden. Stattdessen fiel sie einem der Prinzen auf. Ich kann dir nicht sagen, welchen Handel sie abgeschlossen hatte, ich weiß nur, dass sie eines Tages über die Weiden um ihr Leben rannte, während der Prinz sie auf dem Pferd jagte.«

Oberons Blick wanderte in die Ferne, in längst vergangene Zeiten. »Sie hat geschrien, vor Angst, vor Verzweiflung. Mehrere Dutzend Leute mussten sie gehört haben, aber keiner von ihnen hatte etwas unternommen. Sie war nicht die Erste, die so geschrien hatte. Aber ich habe es einfach nicht mehr ausgehalten. Ich konnte nicht länger nur zusehen.«

»Was ist passiert?«

»Ich erspare dir die blutigen Details, aber kurze Zeit später war der Prinz tot, die Fee verschwunden und ich ein gesuchter Hochverräter. An diesem Tag habe ich den Sonnenpalast verlassen und mir selbst geschworen, niemals wieder an diesen Ort zurückzukehren. Ich wollte Tír na nÓg verlassen, um mir unter den Menschen ein neues Leben aufzubauen, aber ich bin nicht sonderlich weit gekommen. Sie haben mich gejagt wie ein Tier.«

Das Bild eines blutverschmierten, erschöpften und verängstigen Oberons drängte sich mir auf. Ein Oberon, der sich durch eine Welt kämpfte, die ihn tot sehen wollte. Niemand sollte so etwas erleben.

»Die Kunde von meiner Tat verbreitete sich durchs ganze Land, doch anstatt mich als das Monster anzusehen, für das ich mich zu dieser Zeit hielt, wurde ich hinter vorgehaltener Hand als ›Monstertöter‹ betitelt. Die Feen halfen mir, boten mir Unterschlupf, fütterten mich durch und stellten sich gegen die Königsgarde. So lernte ich nach und nach Lyander, Demetri und die anderen treuen Freunde kennen. Ich kann dir nicht genau sagen, wann es passiert ist, aber in dieser Zeit hatte sich etwas in mir verändert. Sosehr ich es auch an manchen Tagen wollte, ich konnte die Augen nicht mehr vor der Grausamkeit verschließen.«

»Du hast zur Rebellion aufgerufen.«

»Ich wollte keinen Krieg, beim besten Willen nicht. Alles, was ich wollte, war das unnütze Blutvergießen zu beenden. Nur manchmal gibt es keinen Frieden ohne Krieg. Wir haben es auf friedliche Art und Weise versucht, doch wir bekamen nur Gewalt als Antwort. Der König war nicht bereit sein Spiel zu beenden, also habe ich eine Entscheidung getroffen.«

»Du würdest selber König werden.« Die Position des Mannes einnehmen, den er so offensichtlich verabscheute. »Ihr habt den Palast angegriffen?«

»Nicht direkt. Ich habe dem König ein Angebot gemacht, ein direkter Zweikampf, nur wir beide. Der Gewinner bekommt alles. Kein unnötiges Blutvergießen, keine unnötigen Toten. Er hat nicht angenommen, sondern stattdessen meinen Bruder geschickt unter dem Vorwand, Frieden auszuhandeln.« Die Maske war wieder da, doch selbst sie konnte Oberons Schmerz in diesem Moment nicht verbergen.

Ich konnte mir schon denken, was damals geschehen war. »Hast du ihn …?«

»Nein, Wariand und ich haben gekämpft. Dann hat er die Flucht ergriffen. Kurz darauf haben wir den Palast gestürmt.« Oberon stockte in seiner Erzählung. Sein Blick ging durch mich hindurch, so als würde ich gar nicht existieren. Er schien gefangen in einem Tag, der so unendlich weit weg lag. »Ich habe erreicht, was ich mir vorgenommen hatte, auch wenn der Preis dafür unbeschreiblich hoch war.«

»Du hast richtig gehandelt.« Nun, da ich die ganze Geschichte kannte, zweifelte ich keinen Moment daran. »Wie viele Unschuldige wären wohl gestorben, wenn du dich nicht gegen den König gestellt hättest? Außerdem hast du dein Bestes getan, um das Blutvergießen zu beenden.«

»Verstehst du jetzt, wieso es für mich so wichtig ist, dass die Deals von beiden Seiten aus fair bleiben und nicht missbraucht werden?« Seine ganze Aufmerksamkeit lag inzwischen wieder auf mir, doch diesmal schreckte ich nicht davor zurück.

»Ja.« Das tat ich wirklich. Doch ergab sich daraus eine brennende Frage. »Wieso hilfst du mir dann?«

Kapitel dreiundzwanzig

Die Sekunden zogen sich zwischen uns ins Unendliche. Das Herz klopfte mir so heftig in der Brust, dass es mich fast wunderte, dass Oberon es in diesem Moment nicht hörte. Er jedoch schwieg weiter, während er mich mit undurchdringlicher Miene ansah.

»Schon gut, du musst es mir nicht sagen.« Um ehrlich zu sein, hatte ich nicht mit einer Antwort gerechnet. Aber wenn wir es heute schon mit Aufrichtigkeit versuchten, wollte ich alles fragen, was mir auf der Seele brannte. Doch dann hielt ich seinem Blick doch nicht mehr stand und konzentrierte mich wieder auf die Narben unter seinen Tattoos. »Bei eurem Angriff ist der Palast also zerstört worden?«

»Die wenigsten Gebäude halten Magie und reiner Körperkraft stand. Als der König fiel, war von seinem Palast nicht viel mehr übrig als ein paar löchrige Mauern, verbrannte Gärten und schreckliche Erinnerungen. Nachdem sich der schlimmste Sturm gelegt hatte, beschloss ich, dass wir Tír na nÓg zusammen mit unserer grausamen Geschichte zurücklassen mussten.«

»Aber es existiert immer noch.« Ich erinnerte mich wieder an das Buntglasfenster, durch das ich von diesem Ort erfahren hatte.

»Man kann die Vergangenheit niemals komplett auslöschen. Ich hätte den Palast bis auf die Grundmauern niederbrennen können, stattdessen ließ ich Tír na nÓg bestehen, als Warnung an meine Feinde, mich niemals zu unterschätzen.«

Auf diese Erkenntnis war ich auch schon gekommen. In der letzten halben Stunde hatte ich allerdings mehr von Oberon erfahren als jemals zuvor. Ein König, durch Blut gekrönt, der den Thron nur bestiegen hatte, um die

Schwachen und Hilflosen zu schützen. Zu meinen sowieso schon verwirrenden Gefühlen ihm gegenüber gesellte sich jetzt noch eine große Portion Respekt.

»Aber wir sollten die Vergangenheit dort lassen, wo sie hingehört.« Die Schatten, die eben noch sein Gesicht gezeichnet hatten, verschwanden jetzt wieder hinter der Maske, von der ich jedoch an diesem Abend das Gefühl hatte, dass sie extrem verrutscht war. Oberon nahm zwei Teller und trug sie ins Wohnzimmer.

»Das alles ist schon lange her. Wir haben getrauert und damit abgeschlossen. Das Leben geht weiter.« Auffordernd nickte er auf den freien Platz am Tisch, vor dem nun der dampfende Teller stand. Es kam mir irgendwie komisch vor, nach dieser drückenden Erzählung etwas zu essen, aber meinen Körper schien das recht wenig zu stören. Tatsächlich knurrte jetzt mein Magen bei dem herrlichen Duft leise vor sich hin.

Trotzdem konnte ich es nicht über mich bringen, den ersten Bissen zu nehmen, was Oberon natürlich nicht entging.

»Was ist nur mit dir und dem Essen?« Auch er rührte seinen Teller nicht an, stattdessen lag seine ganze Aufmerksamkeit auf mir.

»Ich mag es einfach nicht vor anderen zu essen.« Ich war froh, dass die Tischplatte ihm die Sicht auf meinen Bauch versperrte, denn ansonsten hätte er gesehen, wie ich gerade meine Hand darauflegte. »Ich habe dann immer das Gefühl, angestarrt zu werden. Du weißt schon, das kleine, dicke Kind, das immer nur am Essen ist.«

»Das kleine, dicke Kind?« Irritiert blickte Oberon mich an.

»Mein Selbstbild. So beschreibt die Stimme in meinem Kopf mich immer. Als ich jünger war, war ich eben genau das. Und irgendwie ist das immer noch mein primäres Selbstbild.« Unsicher zuckte ich mit den Schultern, da ich nicht wusste, wie ich es besser beschreiben sollte.

»Siehst du dich etwa immer noch so?« Ich konnte ehrliches Entsetzen in Oberons Stimme hören.

»Nicht immer. Ich weiß ja auf einer logischen Ebene, dass ich das nicht bin. Und das auch so nie war. Aber manchmal, an schlechten Tagen oder einfach aus dem Nichts heraus, falle ich halt in dieses Muster zurück. In letzter Zeit mehr als sonst.« Trotz der Tatsache, dass ich seinen Blick auf mir spürte, griff ich nach der Gabel, um zu essen, bevor es noch kalt wurde.

»Kann ich etwas tun, das es dir einfacher macht?«, fragte Oberon irgendwann.

»Das ist süß von dir, aber leider nein.« Seufzend fuhr ich mir durchs Haar. »Wie bereits gesagt, die meiste Zeit komme ich damit klar. Die Stimme hält die Klappe oder ich kann ihr irgendwie widersprechen. Aber manchmal hat sie mich einfach so richtig im Griff, dann kann ich nichts anderes tun, als mich durchzukämpfen.«

»Und was sagt dir die Stimme jetzt?« Die Arme vor der Brust verschränkt, lehnte Oberon sich in dem Stuhl zurück.

Ein kleines Lächeln schlich sich auf meine Lippen. »Ah, das Spielchen kenne ich. Habe es früher regelmäßig mit Hyacinth gespielt.«

»Ich wusste, es gibt einen Grund, wieso ich sie mag«, murmelte Oberon. »Also?« Auffordernd blickte er mich an.

Zum ersten Mal an diesem Abend schob ich die Stimme nicht von mir weg, sondern ließ sie all ihre Galle versprühen, die sie so dringend loswerden wollte. »Du bist hier, weil du Freude daran hast, mich zu quälen. Du verurteilst mich und amüsierst dich darüber, wie ich lebe und wie ich aussehe. Es ekelt dich an, dass ich bei meinem Aussehen so viel esse. Und sobald du weg bist, wirst du mit jedem, den du kennst über mich lachen.«

Es laut auszusprechen, brachte zwei Dinge. Ersten stach ich mir damit einmal ordentlich ins Fleisch. Zweitens, als dieser anfängliche Schmerz vorüber war, wurde mir bewusst, wie bescheuert diese Gedanken eigentlich waren.

Oberon schwieg einen Augenblick, bevor er sich vorbeugte und die Arme auf der Tischplatte ablegte. »Aber wieso? Wieso sollte ich meine Zeit dafür opfern, das alles zu tun? Was habe *ich* davon?«

»Du hast den Knackpunkt erkannt. Ich weiß nicht wieso. Und mir fällt auch beim besten Willen kein guter Grund ein.« Nun war es an mir, mich im Stuhl zurückzulehnen. »Ich denke nicht, dass du grausam genug bist, jemanden aus reiner Freude zu quälen. Oder aus Langeweile. Aber leider beantwortet das nicht ein anderes ›Wieso‹.«

Fragend hob er die Augenbraue.

»Wieso interessierst du dich dann so für mich? Wieso verbiegst du deine eigenen Regeln ausgerechnet für mich?«

Damit waren wir wieder am selben Punkt angekommen wie vor einigen Minuten.

»Glaubst du nicht, dass ich mich für dich interessiere, einfach weil du ein freundlicher, ehrlicher Mensch bist? Dass ich das einfach nur mache, weil du *du* bist?«

»Nein.«

»Tania.« Fassungslos schüttelte er den Kopf.

»Du hast gefragt.« Bei seinem Gesichtsausdruck konnte ich nicht anders, als zu grinsen. »Gerade in diesem Moment glaube ich dir das nicht. Aber weißt du was?« Ich griff nach meiner Gabel, um die Reste meiner nun schon fast erkalteten Nudeln zu essen. »Es spielt auch gerade keine Rolle.«

Schweigend beobachtete Oberon mich dabei, wie ich einen großen Bissen kaute und herunterschluckte. Als ich den nächsten zum Mund führte, seufzte er leise. »Wenigstens weiß ich jetzt, wie wir damit umgehen können.«

Bei ihm klang das so, als würden wir solche Gespräche in der Zukunft öfter führen. Aber so einen Gedanken wollte ich erst gar nicht zulassen. Neben den vielen Antworten, die ich heute Abend bekommen hatte, waren auch neue Fragen aufgekommen. Doch gerade jetzt wollte ich mich nicht damit beschäftigen.

Nach dem Essen räumte ich den Tisch ab, während Oberon im Wohnzimmer blieb. Ich war dankbar für den kurzen Augenblick allein, den ich nutzte, um meine Gedanken wieder zu sammeln. Ich fühlte mich innerlich wund und aufgewühlt, doch irgendwie auch überraschend ruhig. Sosehr es auch am Anfang schmerzte, wenn ich mich mit meinen Gefühlen auseinandersetzte, sobald der erste Schmerz abgeklungen war, fühlte es sich an, als hätte sich ein festes Band um meine Brust gelöst.

Gerade als ich mit neuem Mut zurück ins Wohnzimmer gehen wollte, klopfte es an der Tür. Ein Blick auf die Uhr erklärte diese späte Störung. Es war acht Uhr, meine Nachbarin Claire brachte Rosa wieder nach Hause. Nur für einen kurzen Augenblick interessierte meine Hündin sich für mich, dann bemerkte sie, dass noch jemand in der Wohnung war. Mit wild wedelndem Schwanz verschwand sie im Wohnzimmer.

Nachdem ich mich bei Claire bedankt hatte, folgte ich meiner Hündin und fand Oberon auf dem Boden sitzend vor. Rosa hüpfte völlig aufgelöst um ihn herum, ihr Schwanz wedelte so stark, dass sie sich nicht einmal setzen konnte. »Jetzt lerne ich also endlich mal Rosa kennen«, lachte der Feenkönig.

Bei dem Anblick der beiden zog sich mein Herz zusammen. Wieder hatte ich das Bild von einem jungen Oberon im Kopf oder eher von einem freieren, entspannteren Oberon.

»Du magst Hunde«, stellte ich fest, während ich es mir auf dem Sofa bequem machte.

»Ich mag alle Tiere.« Rosa hatte sich endlich so weit beruhigt, dass sie sich auf seinen Schoß setzen konnte, und nun mit großen Augen zu ihm aufblickte.

»Wieso hast du dann keinen Hund?« Ich klemmte die Beine unter meinen Po, während ich die beiden weiter beobachtete.

»Ich hatte schon öfters Hunde. Aber es ist schwer, sie jedes Mal wieder gehen zu lassen.« Mit langen, gleichmäßigen Bewegungen streichelte er über Rosas Rücken. »Hunde lieben mit ihrem ganzen Herzen, aber sie lieben nur für kurze Zeit. Es braucht immer ein paar Jahrzehnte, bis der Schmerz nachlässt.«

»Das tut mir so leid.« Ich konnte nicht mal an Rosas Tod denken. Alleine bei der Vorstellung bekam ich Schnappatmung und die Tränen schossen mir in die Augen. Ich wusste, dass sie mich nur einen Teil meines Lebens begleiten konnte. Aber wir beide hatten immer noch mehr gemeinsame Lebenszeit zusammen als sie ein Hund und ein Fee hatten.

»Die Zeit heilt alle Wunden.«

»Nein, das tut sie leider nicht. Sie lässt die Wunden verheilen, aber die Narben bleiben zurück. Ab und an schmerzen sie noch.« Auf einmal konnte ich

Oberons unbeschreibliches Alter genau sehen. Und die vielen Narben, die nicht nur seinen Körper, sondern auch seine Seele zeichneten.

»Wieso bist du nach New York gekommen?«, fragte ich, um von diesem schmerzhaften Gespräch abzulenken.

Oberons kleines Lächeln verriet mir, dass er meine Taktik durchschaut hatte. »Mir war einfach danach. Eigentlich hatte ich damals vorgehabt, mir diesen fremden Kontinent nur anzuschauen. Da bin ich in New Amsterdam gelandet. Bis dahin war es Tradition gewesen, dass ich mit meinem Hof einmal im Jahrhundert umzog, einfach nur weil ich es konnte. Aber etwas an diesem Ort hat mich eingenommen, also bin ich geblieben.«

»Da hat New York aber echt Glück gehabt.«

Rosa schien erst einmal genug davon zu haben, geliebt zu werden. Mit wedelndem Schwanz machte sie sich auf in die Küche, sicher auf der Suche nach etwas Essbarem. Oberon erhob sich in einer einzigen, geschmeidigen Geste vom Boden, um neben mir auf dem Sofa Platz zu nehmen. »Wieso bist du hier geblieben?«

Ich fuhr mir durch die Haare, bevor ich antwortete: »In New York? Gute Frage. Weil es das einfachste war. Ich war ja schon hier. Unter gar keinen Umständen wäre ich zurück zu meinen Eltern gegangen.« Bevor er etwas sagen konnte, hob ich die Hand. »Frag nicht. Diese Unterhaltung führen wir nicht heute Abend. Ich bin hier in New York geblieben, weil ich mich zum ersten Mal frei gefühlt habe. In dieser Stadt achtet niemand so richtig auf dich, da fällt es mir leichter, die innere Stimme zu ignorieren. Dann habe ich Hyacinth kennengelernt und sie hat mir geholfen, andere Dinge in mir zu sehen. Und auf einmal war ich hier zu Hause.«

»Die ganze Zeit über hast du mit deinem Bruder zusammengelebt?« Oberon legte den Arm hinter mir auf dem Sofa ab, was dieses ganze Gespräch auf einmal viel intimer wirken ließ. Diesmal zuckte ich allerdings nicht davor zurück.

»Welches Problem hast du eigentlich genau mit Will?«

»Ich habe nicht direkt ein Problem mit deinem Bruder. Er ist mir eigentlich ziemlich egal. Allerdings hat es einen üblen Nachgeschmack hinterlassen, als du dein Leben für ihn aufs Spiel gesetzt hast.«

»Aber würde das nicht jeder für seine Geschwister tun?« Ich konnte es mir gar nicht anders vorstellen.

»Doch sicher. Aber alles, was ich bisher über William gelernt habe, ist, dass er erschreckend blind gegenüber seiner eigenen Selbstsucht ist. Alles in seinem Leben dreht sich darum, seine eigenen Träume zu verwirklichen, während der Rest einfach nur so mitläuft. Immerhin bist du einen Deal mit mir eingegangen, um sein Leben zu retten.«

»Da hast du recht. Aber ich habe es aus freiem Willen getan. Will kann sehr unbesonnen sein, er ist dramatisch und selbstbezogen. Er denkt nicht voraus oder an die Konsequenzen. Da ist er das genaue Gegenteil von mir. Aber genau deshalb haben wir so gut zusammen funktioniert. Will war immer meine bessere Hälfte. Er war derjenige, der mich getröstet hat, als wir Kinder waren. Derjenige, der immer mehr in mir gesehen hat, als ich selbst. Und auch wenn wir uns langsam auseinander entwickeln, ändert es nichts daran, dass ich alles für ihn tun würde. Und das lasse ich mir von niemandem ausreden. Erst recht nicht von dir.« Um meinen Standpunkt zu unterstreichen, pikste ich ihn mit dem Zeigefinger in die Brust.

Oberon ergriff mein Handgelenk und zog mich mit einem Schmunzeln näher an sich heran. Mit einem Mal fanden wir uns in derselben Situation wieder, wie schon so oft zuvor. Nur noch wenige Zentimeter trennten uns voneinander. Ein aufgeregtes Kribbeln breitete sich in mir aus.

»Du solltest dir grundsätzlich von niemandem etwas sagen lassen.« Seine Stimme war nur noch ein raues Flüstern.

»Daran versuche ich mich ab jetzt zu halten.« Ich hatte genug von diesem Gespräch, genug vom Warten. Angetrieben von der Gänsehaut, die sich bei seiner Nähe auf meinem ganzen Körper ausbreitete, überwand ich den Abstand zwischen uns und küsste ihn.

Diesmal gab es kein Zögern von Oberon. Der Hunger war wieder da und ich war absolut bereit ihn zu stillen. Ich legte beide Arme um seinen Hals und drückte mich näher an ihn heran. Dann war ich es, die den Kuss vertiefte. Oberons Hände wanderten über meine Oberschenkel meinen Rücken hinauf, bis sie sich wie Schraubstöcke um meine Mitte schlangen.

Ich wusste nicht, wie es passiert war, aber auf einmal fand ich mich auf dem Rücken liegend wieder und Oberon war über mir. Er schlang meine Beine um seine Mitte und vergrub seine Finger in meinen Haaren. Federleicht und gleichzeitig unnachgiebig strich seine Zunge um meine. Der Kuss schluckte mein Stöhnen, was mir diesmal kein bisschen peinlich war.

Während seine Lippen jeden klaren Gedanken aus meinem Kopf brannten, gingen meine Hände auf Wanderschaft. Unter dem dünnen Stoff seines Shirts konnte ich die steinharten Muskeln fühlen, die genauso wie der Rest seines Körpers von Narben gezeichnet waren. Am Saum angekommen zögerte ich einen Moment, bevor meine Finger sich weitertrauten und über seine nackte Haut strichen.

Zentimeter für Zentimeter schob ich den störenden Stoff nach oben, bis ich plötzlich eine seltsame Vibration an meiner Oberschenkelinnenseite spürte, genau dort, wo Oberons Hosentasche war. Obwohl sich alles in mir dagegen sträubte, wandte ich den Kopf zur Seite.

»Ich glaube, du vibrierst.« Meine Stimme klang rau und völlig atemlos.

»Was?« Oberon löste sich von mir und sofort vermisste ich seine Körperwärme. Aus der Hosentasche zog er sein Handy hervor, das aufgeregt vibrierte und blinkte. Nach einem Blick auf das Display fluchte er leise. »Scheiße. Ich muss da rangehen.«

Immer noch völlig atemlos blickte ich ihm hinterher, wie er mit dem Telefon am Ohr aus dem Zimmer eilte. Auch wenn mein Körper in Flammen stand, fühlte ich mich doch irgendwie erleichtert wegen der Unterbrechung. Denn ich war mir nicht sicher, ob ich ansonsten aufgehört hätte. Kraftlos und breit grinsend sackte ich zurück aufs Sofa.

Ein Teil von mir wünschte sich, dass wir weitergemacht hätten. Dass der Stoff zwischen uns verschwunden wäre und ich endlich herausgefunden hätte, wie weit Oberons Tattoos sich zogen oder ob meine verrückte Fantasie in der Nacht mir zu viel versprochen hatte.

Aber gleichzeitig meldete die Stimme sich wieder laut und klar zu Wort. *Er mag dich vielleicht bekleidet, aber was würde er wohl sagen, wenn du dich nicht mehr hinter Stoff verstecken kannst? Wenn er die Dehnungsstreifen und Fettröllchen sieht? Dann würde er dich sicher nicht mehr wollen.*

»Ach halt doch einfach mal die Klappe«, flüsterte ich der Stimme zu.

»Dabei habe ich doch noch gar nichts gesagt.« Ich hatte nicht bemerkt, dass Oberon wieder reingekommen war. Mit der Lederjacke in der einen Hand und dem Handy in der anderen stand er da, ein entschuldigender Ausdruck im Gesicht.

»Du musst los.« Mit noch etwas wackeligen Knien erhob ich mich vom Sofa.

»Leider ja. Es gibt ein paar Dinge, um die muss ich mich selber kümmern.«

»Schon klar. Immerhin bist du König.« Unsicher rieb ich mir den Nacken. »Danke fürs Kochen. Und fürs Erzählen.«

»Danke fürs Zuhören. Es ist lange her, dass ich die Geschichte jemandem erzählt habe.«

Rosa hatte mitbekommen, dass unser Gast uns verlassen wollte, weshalb sie sich noch ein letztes Mal den Kopf streicheln ließ. »Hoffentlich sehen wir uns bald wieder, Rosa.«

In seltsamem Schweigen brachte ich Oberon zur Tür. »Ich halte dich auf dem Laufenden.« Etwas Besseres fiel mir zum Abschied nicht ein.

»Ich freue mich schon drauf.« Sein Abschiedskuss war hauchzart, aber zuckersüß und ließ mich mit dem Wunsch nach mehr zurück. Für einen Moment spielte ich mit dem Gedanken, ihn zurückzuhalten oder zu bitten, wieder herzukommen, wenn alles erledigt war. Aber am Ende schloss ich nur lächelnd die Tür.

Kapitel vierundzwanzig

Die Wohnung kam mir nun weniger leer vor, als ich zurück ins Wohnzimmer trat. Beinahe so, als hätte Oberon einen beruhigenden Teil zurückgelassen. Rosa war von ihrem Körbchen aufs Sofa gezogen, von wo aus sie mir jetzt mit großen Augen entgegenblickte. »Keine Sorge, Baby. Du bekommst gleich deine Kuscheleinheit.« Doch erst einmal wollte ich Wills Brief lesen, der immer noch auf dem Schrank neben unserem Foto lag. Eingekuschelt in eine Decke und mit Rosa an der Seite starrte ich den Umschlag an. Auch wenn meine Neugierde in mir brannte, konnte ich mich zunächst nicht dazu überwinden, ihn zu öffnen. Ich wusste nicht, was mich darin erwartete. Wills Trauer, sein Schmerz, seine Wut, Verzweiflung? Vielleicht sogar Hass. Ich hatte Angst vor den Worten auf Papier, Angst vor der Wahrheit.

Schließlich riss ich den Umschlag doch auf und zog die beiden beschriebenen Seiten hervor. Der Anblick von Wills Schrift zauberte sofort ein Lächeln auf mein Gesicht. Er hatte schon immer die hübschere Handschrift von uns beiden gehabt. Sauber, groß, voller Schnörkel und Schwung. Damit verbrauchte er sicher doppelt so viel Platz wie jeder andere, aber Wills Schrift war genauso wie er selbst. Dramatisch, Platz einfordernd und wunderschön.

Schon jetzt brannten mir die Tränen in den Augen. Bevor sie mir noch völlig die Sicht nahmen, begann ich zu lesen.

Hey Nia,
das hier ist mein dritter Versuch, diesen Brief zu schreiben. Ich bin mir ja nicht mal sicher, wieso ich dir auf einmal schreiben soll. Vor ein paar Minuten ist der Feenkönig

hier hereingestürmt, hat mir Stift und Papier in die Hand gedrückt und gesagt, ich soll loslegen. Also schreibe ich dir jetzt, kleine Schwester.
Ich vermisse dich. Ich kann nicht in Worte fassen, wie sehr. Jeden Morgen wache ich hier in diesem fremden Zimmer auf – mit einem unglaublichen Blick über die Stadt, wohlgemerkt – und in Erwartung, dass du da bist. Aber leider bist du es nicht. Stattdessen bin ich größtenteils alleine mit mir selbst.
Und ich kann dir sagen, es nervt. Langsam finde sogar ich mich selbst nervig. Ich komme mir vor wie ein Kanarienvogel, der nur mit seinem eigenen Spiegelbild spricht, auch wenn es ein sehr schönes Spiegelbild ist. Aber es geht mir gut, Nia. Seltsamerweise geht es mir wirklich gut.
Ich weiß nicht, ob oder wann dich dieser Brief erreicht und ob ihn ein bestimmter Jemand vorher liest. Was übrigens äußerst unköniglich wäre. Aber ich muss dir das einfach sagen. Wenn es eine Möglichkeit für dich gibt, aus diesem Deal rauszukommen, dann ergreife sie. Denk nicht an mich, ich komme schon klar, sondern rette dich selbst.
Es tut mir leid, dass ich dich in diesen ganzen Scheiß mit reingezogen habe. Ich wünschte, ich wäre klüger gewesen, aber man kann die Vergangenheit leider nicht ändern. Also, pass bitte auf dich auf und denk ausnahmsweise mal an dich selbst. Für mich.
Ich liebe dich, Tania. Wir sehen uns irgendwann wieder.
PS: Küss Rosa von mir! Und gib ihr ein paar von den geheimen Leckerlis, die ich unter meinem Bett verstecke.

Eine dicke Träne tropfte auf das Papier und ließ den letzten Satz verschwimmen. Panisch legte ich den Brief zur Seite, um mir die Tränen von den Wangen zu wischen, bevor sie noch mehr Schaden anrichteten.

Ich konnte beinahe sehen, wie Will diesen Brief schrieb. Zu jedem Satz hatte ich seinen Gesichtsausdruck vor Augen, da er nicht in der Lage war, seine Gedanken und Gefühle vor der Welt zu verbergen. Und ich wusste auch, dass ihn die Worte genauso geschmerzt hatten, wie sie mich jetzt schmerzten.

Ich glaubte Will, dass es ihm gut ging. Wäre es anders gewesen, dann hätte er es mir lang und ausführlich beschrieben. Was mir aber Sorgen machte, war die Tatsache, dass dieser Brief wie ein Abschied klang. Dazu durfte es auf keinen Fall kommen. Noch zwei Mal las ich die Worte, bis ich meinen Entschluss fasste. Diese zwei Seiten Text waren einfach nicht genug. Ich musste von Angesicht zu Angesicht mit meinem Bruder sprechen, koste es, was es wolle. Von mir aus auch einen weiteren Deal mit Oberon.

***

Obwohl ich in der Nacht nur wenig geschlafen hatte, war ich am nächsten Morgen voller Energie und bereit, meinen Plan in die Tat umzusetzen. Zuerst musste ich aber noch ein paar Dinge aus der Welt schaffen.

Mit einem flauen Gefühl im Magen wartete ich an der Straße auf Hyacinth. Wir hatten seit gestern nicht mehr miteinander gesprochen und mitten in der Nacht hatte ich ihr dann auch nicht schreiben wollen. Stattdessen wartete ich jetzt mit drei großen Kaffees in der Hand darauf, dass meine beste Freundin mich abholte. Mir war klar, dass Hyacinth mich niemals abweisen würde. Zu meiner Schande war dies nicht der erste Ausbruch meinerseits. Doch die Angst, dass sie mich auf einmal hassen würde, war trotzdem da.

Pünktlich wie jeden Morgen hielt sie kurz darauf am Straßenrand. Die Becher in der einen Hand balancierend, öffnete ich die Wagentür und ließ mich auf den Beifahrersitz fallen. Bevor Hyacinth noch etwas sagen konnte, hielt ich ihr den Kaffee hin. »Es tut mir so unendlich leid. Ich habe um mich geschlagen und du hast es abbekommen.«

Wortlos nahm sie mir den Becher ab, öffnete den Deckel und nahm einen tiefen Atemzug. »Es ist unfair, dass du Bestechung mitbringst. Aber ich hätte dir auch so verziehen. Ich liebe dich, Tania.«

»Ich liebe dich auch. Und ich bin so dankbar, dass du meine Freundin bist und mir verzeihst. Ich hab dir nämlich was zu erzählen.« Auf dem Weg zur Arbeit berichtete ich ihr in allen Details, was sich am vorherigen Abend zugetragen hatte, dabei musste ich die ganze Zeit über grinsen.

Auf dem Parkplatz angekommen, schaltete Hyacinth den Wagen ab und blickte einige Augenblicke stur geradeaus. »Ich muss zugeben, ich bin etwas angefressen, Tania. Wieso hast du mich nicht schon heute Nacht angerufen?«

»Weil es spät war. Und weil ich es erst mal selber verarbeiten musste.« Vielleicht auch, weil ich diesen Abend für eine kurze Zeit ganz für mich alleine haben wollte. »Aber jetzt weißt du ja alles.«

»Ich hätte es aber lieber schon vor ein paar Stunden gewusst«, jammerte meine Beste für einen Moment, bevor sie lachend aus dem Wagen stieg.

Mit meinem letzten Kaffee bewaffnet, trat ich in die Arztpraxis. Die anderen waren bereits anwesend und bereiteten alles für die ersten Patienten vor. Flüchtig nickte ich ihnen zu, bevor ich mit einem flauen Gefühl im Magen an Doc Shaws Bürotür klopfte.

»Ja«, kam es nach wenigen Augenblicken zurück.

»Guten Morgen.« Meine gute Laune von vorhin erhielt einen kleinen Dämpfer, als ich den strengen Blick meiner Chefin bemerkte. Trotzdem trat ich ein, um den Becher vor ihr abzustellen. »Es tut mir sehr leid. Ehrlich.«

Ihre Augen zuckten zwischen mir und dem Becher hin und her, bevor sie danach griff. »Dir sei vergeben. Jetzt ab, an die Arbeit.«

Nachdem mein Gewissen endlich wieder beruhigt war, machte ich mich voller Elan an den Arbeitstag, der unfassbar schnell an mir vorbeizog. Dank des andauernden Ansturms an Patienten – solche mit Termin und ohne – hatte ich wenig Zeit über meinen Plan nachzudenken. Das war gut so, denn sonst hätte ich noch an mir selbst gezweifelt.

»Bist du dir sicher, dass du das machen willst?« Hyacinth schien von meinem Plan nicht sonderlich überzeugt zu sein. Nach unserer Schicht fuhr sie mich wie immer zurück nach Manhattan, doch diesmal nicht zu meiner Wohnung, sondern zum Erltower.

»Ja, ich will das auf jeden Fall machen«, antwortete ich, ohne zu zögern. Ich musste Will mit meinen eigenen Augen sehen, ansonsten würde ich niemals zur Ruhe kommen. Dass ich dabei auch Oberon wiedersah, war nur ein glücklicher Nebeneffekt.

Hyacinth seufzte laut, als wir an einer Ampel zum Stehen kamen. »Ich sollte dich begleiten. Da wieder alleine reinzugehen ... Keine gute Idee. Aber ich wollte heute was mit Tom unternehmen.«

Schnell ergriff ich ihre Hand und drückte sie fest. »Das wirst du auch tun. Ich kann für ein paar Stunden auf mich selbst aufpassen. Du verbringst ein paar schöne Stunden mit deinem Verlobten und ich werde meinen Bruder sehen. So einfach ist das.« Meine Worte klangen deutlich selbstbewusster, als ich mich fühlte.

»Wenn irgendetwas ist, ruf mich sofort an«, bat sie mich, als wir neben dem Erltower hielten.

»Damit du als Ein-Mann-Armee ... oder besser Ein-Frau-Armee zu meiner Rettung eilst?«, murmelte ich halb im Scherz, doch ich wusste genau, dass Hyacinth alles tun würde, um mich zu retten.

»Sie werden keine Ahnung haben, was da über sie kommt.« Zum Abschied drückte sie mir einen Kuss auf die Wange, bevor ich ausstieg.

Einen Moment blieb ich auf dem vollen Bürgersteig stehen und blickte den Tower hinauf. Leider verlor er bei keinem meiner Besuche seinen Zauber, auch wenn er mir diesmal weniger erdrückend vorkam. Vielleicht lag das daran, dass ich heute mit einer etwas anderen Einstellung hineingehen würde: Ich würde nicht eher gehen, bevor ich nicht das bekam, was ich wollte.

Trotzdem zitterten meine Knie ein wenig, als ich in das riesige Foyer trat. Menschen und Feen eilten emsig wie die Bienen durcheinander, alle voll und ganz auf ihre Aufgaben konzentriert. Doch ab und an warf mir einer von ihnen einen neugierigen Blick zu. Anscheinend hatte sich die Aufregung um mich immer noch nicht beruhigt.

Diesmal würde ich nicht warten, bis Robin irgendwo auftauchte, um mich nach oben zu begleiten. Etwas sagte mir, dass ich auch ohne ihre Hilfe in den Tower kommen würde. Mit einem freundlichen Lächeln trat ich an die große

Mahagonietheke, an der sich Besucher anmeldeten. »Ich würde gerne König Oberon sprechen.«

Die Fee dahinter blickte nicht einmal von ihrem Computer auf. »Es tut mir leid, seine Majestät empfängt keine Besucher.«

»Mich wird er ganz sicher empfangen. Ich bin Tania Anders.« Wenn mich hier schon so viele verstohlen anschauten, dann sollten sie doch wenigstens meinen Namen kennen.

Bei dieser Fee hatte er auf jeden Fall Effekt. »Miss Anders. Ich habe nicht gewusst, dass Sie es sind.« Die Schleuse neben dem Tresen ging augenblicklich auf. »Bitte kommen Sie durch.«

»Danke.« So einfach konnte es also sein, wenn man es nur richtig anstellte. Doch es war schon ein seltsames Gefühl, auf einmal freien Zutritt zum Tower zu haben. Mit einem letzten freundlichen Lächeln begab ich mich in Richtung Aufzüge.

Doch bevor ich dort ankam, hörte ich jemanden nach mir rufen. »Tania! Hey.« Nahe der Aufzüge standen Lyander, Demetri und Helene, die sich anscheinend gerade unterhielten. Doch jetzt lag ihre volle Aufmerksamkeit auf mir.

Etwas unsicher spielte ich am Saum meines Shirts herum, als ich auf sie zutrat. »Lyander, schön dich zu sehen.«

Bevor ich noch etwas anderes sagen konnte, schlang der Fee die Arme um mich und drückte mich kurz an sich. Völlig überfordert von der Situation, klopfte ich ihm auf die Schulter.

»Ich wusste gar nicht, dass du heute kommen wolltest.« Lyander schien sich von meiner Zurückhaltung nicht abschrecken zu lassen. Ich wurde das Gefühl nicht los, dass nichts sein sonniges Gemüt trüben konnte. »Du willst sicher zu Oberon. Komm, du kannst mit uns fahren.«

Demetri ging mit Helene vor, die bisher noch nicht ein Wort zu mir gesagt hatte, während Lyander an meiner Seite blieb. »Wie geht es dir so? Wie kommst du mit dem Trank voran?«

»Gut und gut soweit. Drei von fünf Zutaten sind schon mal in meinem Besitz. Bei euch alles in Ordnung?«

»Stressige Nacht, aber wir haben hier alles im Griff.« Vor den Aufzügen angekommen, hielt Demetri eine Karte neben das Ruffeld. Innerhalb weniger Augenblicke öffneten sich die Türen vor uns.

»Was führt dich heute her?« Nachdem wir alle in die Kabine gestiegen waren, wandte Helene sich das erste Mal an mich. Ihre stechend blauen Augen bohrten sich in meine, doch ihre Miene blieb völlig neutral.

»Ich wollte nur etwas wegen meines Bruders besprechen«, murmelte ich ausweichend. Auch wenn ich mein Misstrauen gegen die Feen langsam überwand, wollte ich noch lange nicht alles offenlegen.

»Hy wollte dich nicht begleiten?« Ihre Frage überraschte mich ein wenig.

»Nein, sie macht heute etwas mit Tom.«

Auch wenn ihre Miene gleichgültig blieb, bemerkte ich doch, wie Helene den Kiefer zusammenbiss, bevor sie den Blick abwandte und nickte.

Angespanntes Schweigen legte sich über die Kabine, von dem wir erst erlöst wurden, als die Aufzugtüren sich mit einem lauten Ping öffneten. Auch hier oben herrschte geschäftiges Treiben, niemand achtete groß auf uns, als wir ausstiegen. Mit einem knappen Nicken verabschiedete Demetri sich von uns und raste einen der Gänge hinunter.

»Sag Hyacinth bitte, sie soll mich zurückrufen. Viel Glück mit deinem Vorhaben.« Nach ihrer Bitte suchte auch Helene das Weite, wobei sie mich mit einem seltsamen Gefühl im Magen zurückließ.

Lyander begleitete mich noch bis zu Oberons Büro »Du kannst einfach reingehen. Viel Glück, wofür auch immer«, verabschiedete sich der Fee.

Nachdem ich noch mal tief durchgeatmet hatte, schlüpfte ich durch die Tür und fand mich zum dritten Mal in dem von Sonnenlicht gefluteten Büro wieder. Für einen Moment war ich von dem unglaublichen Blick über die Stadt abgelenkt. Dann bemerkte ich Oberon, der mit dem Handy am Ohr vor den bodenlangen Fenstern auf und ab schritt.

Ich wollte schon wieder die Flucht ergreifen, als sein Blick auf mich fiel. Ein kleines Lächeln zeichnete sich auf seinen Lippen ab, während er mir zuzwinkerte und dann – ohne dabei sein Gespräch zu unterbrechen – in Richtung des Sofas nickte. Auch wenn ich eigentlich nicht neugierig sein wollte, war es mir fast unmöglich, dem Gespräch nicht zu lauschen. Allerdings brachte mir das gar nichts, denn Oberon sprach fließend und schnell Französisch.

Während er weiter telefonierte, nahm ich auf der Couch Platz und schlug die Beine übereinander. Im Kopf ging ich noch einmal genau durch, was ich vorschlagen wollte, dabei folgten meine Augen seinen Bewegungen. Ich hatte bisher nicht oft die Chance gehabt, Oberon einfach so zu beobachten, da wollte ich den Moment nicht ungenutzt verstreichen lassen.

Er trug an diesem Morgen einen Anzug, auch wenn er das Jackett abgelegt und die Ärmel des Hemdes hochgerollt hatte. Dadurch hatte ich einen exzellenten Blick auf seine Tattoos. Und auch wenn ich die Narben auf die Entfernung nicht sehen konnte, wanderten meine Gedanken zurück zu seinen Erzählungen von letzter Nacht.

Wenn ich Oberon jetzt so sah, in dem hochmodernen Büro in einem der höchsten Tower der Stadt, konnte ich mir kaum vorstellen, wie er damals ausgesehen hatte, als es weder Handys noch andere Technik gab. Irgendwie wollte mein Verstand nicht ganz verarbeiten, wie alt der Feenkönig wirklich war.

Mit einem letzten zackigen Wortschwall beendete er das Gespräch, bevor er mit langen Schritten auf mich zukam und vor mir auf die Knie ging, sodass ich unsere Gesichter auf gleicher Höhe befanden. Noch bevor ich etwas sagen kannte, hatte er die Hand auf meine Wange gelegt und zog mich zu einem Kuss heran. Augenblicklich verabschiedete sich jeder klare Gedanke aus meinem Kopf, stattdessen ließ ich mich ganz in seine Berührung fallen. Das Kribbeln in meinem Magen erwachte mit aller Macht und breitete sich wie ein Feuer auf meinem ganzen Körper aus. Als Oberon sich von mir löste, dauerte es einen Moment, bis ich die Augen wieder öffnen konnte und mich in der Realität wiederfand.

»Guten Morgen«, raunte er mir ins Ohr.

»Hi«, schaffte ich es nach einigen Sekunden zu sagen.

»Was führt dich heute zu mir?«

Das hier, hätte ich beinahe geantwortet. Oberons Hand lag immer noch auf meiner Wange, wobei er mit dem Daumen hauchzarte Kreise auf meine

Haut malte, was mir das Denken doch ziemlich erschwerte. Es dauerte einen Moment, bevor mir wieder einfiel, dass ich nicht wegen eines weiteren Kusses hergekommen war. »Ich will einen Deal machen.«

»Hm.« Träge ließ Oberon seinen Blick über mich gleiten. »Ich muss gestehen, damit habe ich nicht gerechnet.«

»Habe ich es mal geschafft, dich auf dem kalten Fuß zu erwischen?«, konnte ich mir nicht verkneifen zu fragen.

Dann wurde ich ernst. »Ich will meinen Bruder sehen!«

»Das habe ich mir schon fast gedacht. Was bietest du mir dafür?« Ein spielerisches Funkeln trat in seine Augen.

»Ich fordere dich zum Duell. Wenn ich dich entwaffnen kann, dann darf ich ungestört mit Will sprechen.« Ich versuchte meine Stimme möglichst fest klingen zu lassen.

»Du willst gegen mich kämpfen?« Ich konnte sehen, dass Oberon gegen sein Grinsen ankämpfte. »Hältst du das wirklich für eine gute Idee?«

»Unterschätz mich nicht. Also nimmst du an?« Auffordernd hielt ich ihm die Hand hin.

»Bevor wir den Deal abschließen – und zwar nicht mit einem Handschlag – darf ich dir etwas konstruktive Kritik geben?« Inzwischen versteckte er sein Grinsen nicht mal mehr.

Langsam ließ ich meine Hand wieder sinken. »Natürlich.«

»Bevor du einen Handel abschließt, solltest du besser fragen, was die andere Seite sich daraus erhofft. Und die genauen Richtlinien festlegen. Ansonsten kann ich, wenn ich gewinne, sonst was von dir verlangen.« Er ließ eine Andeutung in seiner Stimme mitschwingen, bei der sich mir der Magen zusammenzog.

Noch bevor ich etwas erwidern konnte, fuhr Oberon fort. »Solltest du es schaffen, mich im Schwertkampf zu entwaffnen und kampfunfähig zu machen, bekommst du eine halbe Stunde alleine mit deinem Bruder. Sollte ich dich besiegen, schuldest du mir eine ehrliche Antwort.«

»Ich will eine ganze Stunde mit meinem Bruder. Und von allen Dingen willst du ausgerechnet eine Antwort?« Ich verstand ihn immer noch nicht.

»Eine ehrliche Antwort«, betonte er. »Du bekommst deine ganze Stunde. Also, Deal?«

Diesmal war ich diejenige, die die Hände um seine Wangen legte. Kurz bevor sich unsere Lippen berührten, flüsterte ich: »Deal!«

Kapitel fünfundzwanzig

Mein sowieso schon wackeliges Selbstbewusstsein sackte nur noch mehr in sich zusammen, als ich Oberon durch den Flur bis zum Trainingsbereich folgte. Unruhig ballte ich die Hände immer wieder zu Fäusten, während ich den Blick konzentriert auf seinen Rücken gerichtet hielt.

Es würde ein kurzer Kampf werden, das war mir klar, und ich hatte auch nur eine Chance, meinen Plan durchzuziehen. Ich war nicht verrückt genug, um anzunehmen, dass ich ihn anhand meiner Körperkraft oder Kampfkunst besiegen konnte, also musste ich wohl oder übel auf eine List zurückgreifen.

Im Trainingsbereich angekommen, blieb Oberon stehen. »Alle raus.« Er erhob weder die Stimme noch sprach er mit besonders drängendem Ton, doch innerhalb einer Minute waren wir alleine in dem riesigen Raum. Die Feen schienen beinahe die Flucht zu ergreifen und wagten es nicht, in meine Richtung zu schauen.

»Netter Trick.« Leider half es meiner Nervosität so gar nicht, dass wir nun unter uns waren.

»Willst du einen Rückzieher machen?« Oberon bedeutete mir, ihm zu folgen.

»Nein, keine Sorge, ich schaff das schon.« Leider hörte man meiner Stimme die langsam aufkommende Panik an.

»Ich wollte dir damit nicht sagen, dass du schwach bist, Tania, oder ich dich nicht für eine fähige Kämpferin halte. Ich wollte dich nur daran erinnern, dass es immer einen Ausweg gibt.«

»So einfach kann man also einen Handel aufheben?« Ich musste reden, meine Gedanken irgendwie beschäftigt halten, ansonsten würde die Furcht mich übermannen.

»Wenn beide Parteien bereit sind, den Deal aufzuheben, dann ja, es kann so einfach sein. Aber wenn du es durchziehen willst, dann wähle deine Waffe.« Ich hatte nicht mal bemerkt, wie er mich zu der Schwerterwand geführt hatte.

»Du willst das mit echten Waffen durchziehen?« Damit war es vorbei mit meinem armseligen Selbstbewusstsein. »Was, wenn einer von uns den anderen verletzt?« Genauer gesagt, er mich. Denn einen Treffer würde ich wohl kaum setzen.

»Ich bin durchaus in der Lage, dich zu entwaffnen und kampfunfähig zu machen, ohne dir auch nur ein Haar zu krümmen.« So wie er das sagte, klang das für ihn nach Spaß. »Und solltest du es schaffen, mich zu verletzen, dann habe ich den Schmerz verdient.«

»Angeber«, murmelte ich, während ich nach einem der Schwerter griff. »Du könntest wenigstens so tun, als würdest du mich als Gegnerin ansehen.«

»Das tue ich, sonst hätte ich mich nicht auf den Deal eingelassen. Es macht keinen Spaß, wenn man von Anfang an leicht gewinnt.« Oberons lange Finger schlossen sich um das Heft eines Schwertes, dessen faszinierende Klinge im Licht blitzte. »Bist du bereit?«

Das gewohnte Gewicht einer Waffe in der Hand brachte etwas meines Selbstbewusstseins zurück. Ich musste Oberon nicht tatsächlich besiegen, sondern es nur irgendwie schaffen, dass er sein Schwert zur Seite legte. Danach konnte ich endlich wieder mit meinem Bruder sprechen.

Die Nervosität ballte sich in meinem Magen zu einem Stein zusammen, der mir jeden Schritt erschwerte, als ich ihm bis zu einer der Trainingsmatten folgte. In dem Moment, in dem Oberon auf die Matte trat, veränderte sich etwas an seiner Haltung, an seinem Wesen. Auch wenn das spielerische Funkeln nicht aus seinen Augen gewichen war, hatte er auf einmal etwas Raubtierhaftes an sich.

Mehrmals ließ ich das Schwert in der Hand kreisen, um ein Gefühl für die Waffe zu bekommen. Dank meiner lockeren Jeans und dem weiten Oberteil hatte ich ausreichend Bewegungsfreiheit, die ich sicher auch brauchen würde. Außer meinem leisen Atmen und hektischen Herzschlag war nichts weiter zu hören. Während ich den Rand der Matte abging, blickte ich immer wieder zu Oberon, der völlig entspannt vor mir stand.

Er brauchte keinen Moment, um sich an die Waffe in seiner Hand zu gewöhnen. Das Schwert bildete einen starken Kontrast zu dem schneeweißen Hemd und der Anzughose, aber leider ließ ihn das nicht weniger einschüchternd wirken. Sein durchdringender Blick lag die ganze Zeit auf mir und beflügelte meine Nervosität nur noch mehr.

Länger konnte ich es nicht mehr herauszögern, also umklammerte ich den Griff des Schwertes fest mit beiden Händen und ging in Position. Lässig, fast schon angeberisch ließ Oberon seine Klinge kreisen, bevor er es mir nachtat. »Ladys First.«

Es überraschte mich nicht, dass er meinen Angriff nicht nur kommen sah, sondern mit einer spielerischen Leichtigkeit abfing. Der Aufprall, als meine Schneide auf seine traf, sandte Schockwellen durch meinen ganzen Körper, die ich sogar in den Zähnen spürte. Ein echtes Feenschwert fühlte sich ganz anders an als die Übungsschwerter, mit denen ich sonst hantierte.

Schnell brachte ich wieder etwas Abstand zwischen uns, um mich auf seinen Angriff vorzubereiten. Damit mein Plan funktionierte, musste ich wohl oder übel noch ein, zwei Runden standhalten. Oberon ließ mir genug Zeit, um meine Mitte wiederzufinden, bevor er sich mit atemberaubender Geschwindigkeit auf mich zubewegte.

Mein Körper reagierte, bevor mein Verstand die ganze Situation verarbeitet hatte. Im allerletzten Moment riss ich das Schwert hoch, um seinen Schlag noch abzufangen. Allerdings gab mein Bein dabei unter mir nach, sodass ich mich halb auf dem Boden kniend wiederfand. Aber die Waffe war immer noch in meinen Händen und ich war nicht kampfunfähig.

Auch wenn der Stolz es mir verbieten wollte, ergriff ich Oberons Hand und ließ mich wieder auf die Füße ziehen. Das spielerische Funkeln hatte sich zu einem spitzbübischen Grinsen ausgeweitet. »Nicht schlecht. Noch eine Runde.«

»Wir machen das so lange, bis ich meinen Bruder sehen kann«, gab ich grinsend zurück. »Also zurück auf deine Position!«

Mit einem schelmischen Zwinkern kam er meiner Aufforderung nach. Erneut ging ich zum Angriff über, doch diesmal legte ich deutlich mehr Kraft in den Schlag. Erneut blockte Oberon mich spielerisch leicht ab, doch konnte ich dem Aufprall besser standhalten.

»Deine Strategie ist dann also, dass du mich müde machen willst?«, stichelte Oberon, nachdem ich wieder in der Ausgangsposition angekommen war. »Und dann holst du zum Schlag aus?«

»Deine Strategie ist es, mich vollzuquatschen, bis ich mich langweile?«, ging ich auf sein kleines Spielchen ein. »Kein sonderlich guter Plan!«

Eine weitere Runde schaffte ich es, mich gerade so gegen ihn zu behaupten, doch langsam verließ die Kraft meinen Körper. Auch wenn ich zugeben musste, dass mir das Ganze mehr Spaß machte, als ich erwartet hatte. Es hatte weniger etwas von einem Zweikampf, sondern mehr was von einem Spiel, und das Grinsen wollte mir die ganze Zeit über nicht aus dem Gesicht weichen. Aber jedes Spiel musste einmal enden. Mit der linken Hand wischte ich mir die feinen Schweißtröpfchen von der Stirn. Jetzt oder nie, denn sonst würde mein Plan nicht funktionieren. Mit neuer Konzentration wandte ich mich wieder meinem Gegner zu. Oberons nach wie vor perfektes Aussehen und die Tatsache, dass er nicht einmal schwerer atmete, feuerte meinen Elan ein wenig an. Das Schwert fest in der rechten Hand haltend, stürmte ich auf ihn los. *Leider* zielte ich jedoch ein Stück vorbei und ließ mich nach vorne fallen. Der Plan war simpel, es sollte so aussehen, als würde ich stolpern. Doch dank des extra Schwungs kam ich nun etwas fester auf dem Boden auf als gedacht.

Der Schmerzenslaut, der mir dabei entfuhr, war nicht einmal gespielt. Ein scharfer Stich schoss durch meine Hand, aber den ignorierte ich. Stattdessen blieb ich mit dem Gesicht voran am Boden liegen, das Schwert immer noch fest in der Hand. Jetzt konnte ich nur noch hoffen, dass Oberon mir meine Tollpatschigkeit auch abkaufte.

»Scheiße, Tania!« Ein kurzes Grinsen breitete sich auf meinem Gesicht aus, als ich seinen erschrockenen Fluch hinter mir hörte. Ich konnte hören, wie er sein Schwert zur Seite warf. Kurz darauf spürte ich seine beiden Hände an meinen Armen.

So schnell ich konnte, drehte ich mich um und legte die Klinge so auf seiner Schulter ab, dass sie gerade seinen Hals berührte. Die Schwertspitze dramatisch gegen sein Herz zu platzieren, hätte mir besser gefallen, aber ich nahm, was ich kriegen konnte. »Gewonnen.«

Oberons Blick zuckte zwischen dem Schwert an seiner Kehle und meinem Gesicht hin und her, bevor er mich breit angrinste. »Das hast du wohl!« Seine eigene Waffe lag einen Meter hinter uns, weit außerhalb seiner Reichweite, und da ich ihn kampfunfähig gemacht hatte, würde ich gleich meinen Bruder sehen.

»Dein Plan war gut.« Trotz der Klinge schien Oberon zum Reden aufgelegt. »Was hättest du gemacht, wenn er nicht funktioniert hätte?«

»Dann hätte ich mich damit abgefunden, dass ich mein Möglichstes versucht habe, und mir einen neuen Plan überlegt. Wie leicht wäre es eigentlich für dich, mich in diesem Moment zu entwaffnen?« Denn ich wusste, dass ich nur gewonnen hatte, weil ich Oberon überrascht hatte, und unser kleines Spiel jetzt vorbei war. In einem echten Kampf hätte ich keine Chance gehabt.

Noch bevor ich meine Frage auch nur beenden konnte, fand ich mich schon auf dem Rücken liegend wieder und Oberon kniete über mir. Mein Schwert lag einen halben Meter weit entfernt. Nicht, dass es mir noch etwas genützt hätte, da er meine beiden Handgelenke in einer Hand hielt und sich mit der anderen neben meinem Kopf abstützte.

»Niemals zögern, wenn du jemanden an diesem Punkt hast. Und vor allem kein Gespräch anfangen, ansonsten kann man dich überrumpeln.« Er beugte sich so nah zu mir herunter, dass ich die goldenen Sprenkel in seinen Augen erkennen konnte.

»Die Lektion merke ich mir«, hauchte ich atemlos, bevor ich mich nach oben stemmte, um ihn zu küssen. Es war ein ungewohntes Gefühl, mich nicht bewegen oder nach ihm greifen zu können, aber das machte den Kuss nur noch intensiver. Oberons freie Hand wanderte über meine Seite bis zu meiner Hüfte, wo er den Arm um mich schlang und mich näher an sich heranzog.

Was für ein Kuss! Ich wollte mich ewig darin verlieren.

Aber leider war ich nicht deshalb hergekommen. Also löste ich mich wieder von ihm, auch wenn sich mir dabei das Herz zusammenzog.

»Du willst zu deinem Bruder.« Zum Glück musste ich ihm nicht erklären, wieso ich mich so verhielt. Oberon drückte mir einen letzten Kuss auf die Stirn, bevor er in einer fließenden Bewegung auf die Beine kam und mich mit sich zog.

Als wir beide wieder auf den Beinen standen, erstarrte Oberon auf einmal vor mir, seinen Blick auf meine linke Hand gerichtet. Verwirrt und besorgt folgte ich seinen Augen, bis ich endlich die roten Tropfen bemerkte, die von meiner Hand auf die Matte unter uns fielen.

»Oh Mist.« Das war also der Schmerz gewesen, den ich eben gespürt hatte. Irgendwie musste ich in die Klinge gefasst haben, als ich auf dem Boden aufkam. »Hast du hier irgendwo ein Handtuch?« Der Schnitt war nicht besonders tief, zog sich aber einmal quer über meinen kompletten Handballen und blutete stark. Wenn ich ihn nicht bald verband, würde ich mehr als nur die Matte versauen. Fragend blickte ich zu Oberon, dessen Augen jedoch immer noch meine blutende Hand fixierten.

»Ich war so abgelenkt, dass es mir gar nicht aufgefallen ist. Es tut mir leid.« Behutsam griff er nach meiner Hand, um sich das genauer anzusehen. Erst da bemerkten wir mein Blut auf meiner Kleidung und seinen Händen. »Das wird so schnell nicht aufhören zu bluten.«

Damit hatte ich schon gerechnet. »Habt ihr eine Krankenstation oder so was?«

Er legte mir den Arm um die Schulter und führte mich zu den Aufzügen. Jedoch fuhren wir nicht wie erwartet nach unten, sondern nach oben. Über diesem Stockwerk gab es nur noch ein weiteres und das war das Penthouse. Oberons privates Penthouse. Eine seltsame Mischung aus Panik und Aufregung nistete sich in meinem Magen ein.

Die Aufzugtüren öffneten sich und gaben den Blick auf einen riesigen Raum frei. Das Erste, was mir ins Auge sprang, war der große Wintergarten, der das Zentrum des Stockwerks bildete. Hinter dicken Glasscheiben erkannte ich allerhand Pflanzen und Blumen.

Mit langen Schritten führte Oberon mich daran vorbei zu einer üppig grauen Sitzlandschaft. »Du bleibst hier, ich bin gleich wieder da.« Dann lief er hinter den Wintergarten, vermutlich in die Küche oder ins Badezimmer.

Oh, ich hatte ganz sicher nicht vor, mich von hier wegzubewegen. Mein Schmerz war in diesem Moment genauso vergessen wie meine Panik, stattdessen übernahm meine unnachgiebige Neugierde die Führung. Ohne von der Couch aufstehen zu müssen, konnte ich mich problemlos umsehen.

Das ganze Penthouse wirkte offen und hell. Das lag vor allem an den gläsernen Wänden. So weit oben konnte man sich das ja auch leisten, wer konnte hier schon reinschauen. Noch mehr Licht fiel durch den Wintergarten, dessen Decke komplett aus Glas bestand. Der große Balkon, auf dem ebenfalls ein Haufen Pflanzen wuchsen, zog sich um das gesamte Gebäude herum.

Hier, im großen Raum, gab es nur wenige Möbel: die Sitzlandschaft, eine riesige Bar, mehrere Bücherregale und weiche Sessel davor. Der alte Holzboden, mit dem ich hier oben nicht gerechnet hatte, lag größtenteils frei. Trotz der Leere war das Penthouse jedoch nicht unpersönlich. Es gab bunte Kunst an den Wänden, Bücher voller Lesezeichen in den Regalen und dann diesen riesigen Wintergarten.

Ich war mir ziemlich sicher, dass dabei auch Magie im Spiel war. Einige der Pflanzen sahen tropisch aus, die wuchsen sicher nicht hier in New York. Schillernde Schmetterlinge tanzten zwischen den Blättern hin und her, auch die fand man normalerweise nicht auf dem Dach eines Hochhauses.

Verborgen zwischen all den Blättern und Blumen stach mir jedoch etwas ins Auge. Ein einzelner Busch voller großer, leuchtender Fuchsia-Blüten, der aus irgendeinem Grund in einem Käfig wuchs. Ich hatte bei Hyacinth ja schon so manch seltsame Pflanzendeko gesehen, aber ein Gehege für eine Pflanze war mir neu. Bevor ich dem Ganzen auf den Grund gehen konnte, kehrte Oberon mit einem Handtuch und einer Schüssel Wasser zu mir zurück. Immer noch hatte er die Augenbrauen zusammengezogen und betrachtete meine inzwischen kaum noch blutende Wunde, so als wäre sie eine persönliche Beleidigung gegen ihn. Vor dem Sofa ging er auf die Knie, stellte die Schale neben sich ab und wollte nach meiner Hand greifen, doch ich schloss die andere darum.

»Oberon«, verlangte ich mit fester Stimme nach seiner Aufmerksamkeit. »Es ist nur eine Schnittwunde. Ich werde weder verbluten, noch an irgendeiner Infektion sterben – sofern ein Arzt drauf geschaut hat.« Vorsichtig tupfte ich meine Hand soweit sauber, dass ich einen besseren Blick drauf werfen konnte. Wie erwartet, nur ein flacher Schnitt. »Siehst du?«

Behutsam nahm er meine Hand in seine, das halbtrockene Blut schien ihn dabei nicht weiter zu stören. »Schon eine solche Wunde kann einen Menschen das Leben kosten. Ich hätte besser aufpassen sollen, dass dir nichts geschieht.« Während er sprach, fühlte ich das inzwischen vertraute Kribbeln von Magie, das sich behutsam unter meine Haut schlich.

»Inwiefern hättest du denn bitte besser aufpassen sollen? Meine eigene Tollpatschigkeit ist dafür verantwortlich. Ich versichere dir, das war nicht das erste Mal, dass ich mich geschnitten oder anderweitig verletzt habe und es wird auch nicht das letzte Mal sein. Weder liegt es in deiner Verantwortung noch in deiner Macht, mich vor allem zu beschützen.« Ich löste meinen Blick von seinem und sah auf meine Hand herunter. Wie erwartet war nach Oberons Heilung von der Wunde bis auf einen dünnen, rosa Strich nichts mehr übrig. »Aber du darfst mich immer wieder gerne heilen, sollte ich mir mal wieder wehtun. Das ist nämlich echt praktisch. Es wird sicher den einen oder anderen Tag auf der Arbeit geben, an dem mich wieder einmal eine Katze mit einem Kratzbaum verwechselt.«

Mein Versuch, die ganze Situation mit einem dämlichen Scherz aufzulockern, brachte mir nicht mehr als einen zuckenden Mundwinkel ein. Nur das Blut, das immer noch an meinen Fingern klebte, hielt mich davon ab, die Hände um sein Gesicht zu legen. »Es geht mir gut, wirklich.«

»Nun gut.« Seufzend gab Oberon sich geschlagen. Immer noch auf dem Boden kniend, blickte er zu mir auf. »Du hast dich heute wirklich gut geschlagen. Mit dieser Strategie hatte ich nicht gerechnet.«

»Ab und an muss ich ja auch mal Glück haben.« Meine gute Laune vom Vormittag war wieder zurückgekehrt, diesmal sogar noch stärker. »Danke.«

»Wofür?« Oberon feuchtete eines der Handtücher in der bereitstehenden Schale an, bevor er mit vorsichtigen Bewegungen das Blut von meinen Händen wischte. Eine Geste, die so fürsorglich war, dass ich lächeln musste und mich für einen Moment in dem wohligen Gefühl, umsorgt zu werden, sonnte.

»Dass du mich nicht direkt abgewiesen hast. Und nicht mit voller Kraft auf mich losgegangen bist.« So viel Spaß es auch gemacht hatte, gegen einen Gegner wie Oberon anzutreten, in einem echten Kampf wollte ich ihm nicht begegnen.

»Ich helfe, wo ich kann.« Das glaubte ich ihm vollends. Meine Finger waren wieder sauber und das Wasser in der Schale nun rot. »Soll ich dich jetzt zu deinem Bruder bringen?«

Auch wenn ich meine Neugierde gerne noch ein wenig mehr befriedigt und etwas mehr Zeit mit Oberon verbracht hätte, war ich doch mit einem klaren Ziel hierhergekommen. »Sehr gerne.«

Ein letztes Mal ließ ich meinen Blick durch das Penthouse schweifen. Vielleicht hatte ich niemals wieder die Chance, sein Zuhause so zu sehen. Auf dem Weg zum Aufzug konnte ich noch einen flüchtigen Blick auf die andere Seite des Raumes werfen. Dort lag – wie erwartet – die Küche. Immer noch verborgen hinter dem Wintergarten konnte ich schließlich eine Bettecke ausmachen. Schnell wandte ich den Kopf wieder gen Fahrstuhl. Dahin sollten meine Gedanken jetzt erst recht nicht wandern.

Der Fahrstuhl brachte uns in eine Etage, die ich noch nicht kannte. Der lange Flur vor uns erinnerte mehr an ein gewöhnliches Wohnhaus und weniger an die allumfassende Büroatmosphäre des Towers.

»Das Stockwerk ist gerade größtenteils leer, die Wohnungen hier werden hauptsächlich für diplomatische Gäste genutzt.« Vor einer einfachen, grauen Tür blieb er stehen. »Ich hole dich in einer Stunde wieder ab.«

»Danke!« Schnell stellte ich mich auf die Zehenspitzen und hauchte ihm einen Kuss auf die Wange. Dann klopfte ich an die Tür.

»Jaha«, erklang es nach wenigen Augenblicken von drinnen. Schon allein beim Klang von Wills Stimme schossen mir Tränen in die Augen. Mit wild klopfendem Herzen wartete ich. Dann öffnete sich die Tür und ich war für einen Moment sprachlos. Da stand Will, mein Will, und blickte mich mit riesengroßen Augen an.

Kapitel sechsundzwanzig

»Nia! Was um alles in der Welt machst du hier?«, stieß er freudestrahlend aus und schlang die Arme um mich.

Es fühlte sich ein wenig so an, wie nach Hause zu kommen. Wills Umarmung, seine Nähe, fühlte sich immer so an. Als wäre ein Teil von mir endlich wieder vollständig. Dicke, heiße Tränen rannen meine Wangen hinab, als ich mein Gesicht in seinem Shirt vergrub.

Wie lange wir so in der offenen Tür standen und uns im Arm hielten, konnte ich nicht sagen. Doch irgendwann löste Will sich wieder von mir und betrachtete mich mit Abstand. »Was machst du hier? Wie bist du hier reingekommen? Hast du meinen Brief etwa nicht erhalten? Ach, Nia, du solltest nicht hier sein. Das ist gefährlich.«

»Will.« Ich legte ihm beide Hände auf den Mund, um ihn zum Schweigen zu bringen. »Halt mal einen Moment die Luft an. Ich habe einen Deal gegen Oberon gewonnen, deshalb haben wir beide eine Stunde, um uns zu sehen. Deinen Brief habe ich bekommen, genau deshalb bin ich hier.«

Will starrte mich mit großen Augen an. »Du hast noch einen Deal gemacht? Bist du verrückt geworden? Willst du auch so enden wie ich?«

»Können wir jetzt bitte reingehen?« Ich blickte den Flur entlang, in halber Erwartung, Oberon noch irgendwo zu sehen, aber er hatte uns alleine gelassen. »Ich möchte in Ruhe mit dir reden.«

»Klar, komm rein.« Will machte einen Schritt zur Seite, sodass ich in die überraschend große Wohnung treten konnte. Sie war schick, aber neutral eingerichtet. Wenn man mal von den Take-away-Verpackungen absah, die sich in der Küche stapelten.

»Hübsch hast du es hier.« Keine Zelle irgendwo in einem Kerker, sondern Küche, Wohnzimmer, Schlafzimmer und Bad. Ich wollte gar nicht wissen, wie viel eine solche Wohnung in dieser Lage wohl kostete.

»Tania, der Deal?« Anscheinend wollte Will sich nicht von meinem Smalltalk ablenken lassen.

»Es war nur ein winziger Deal und ich hatte einen Plan, als ich hergekommen bin. Das Einzige, was ich dabei an Oberon hätte verlieren können, war meine Antwort auf seine Frage.« Diese Frage würde ich immer noch gerne wissen wollen. Doch das musste noch warten. »Bisher haben mir seine Fragen keine Probleme bereitet.«

»Hast du denn gar nichts aus meinen Fehlern gelernt? Was hast du dir nur dabei gedacht?«

Ja, was hatte ich mir eigentlich dabei gedacht? Ich hatte mir selbst geschworen, niemals einen Deal einzugehen, aber ... »Mit Oberon ist es anders. Er würde mich niemals über den Tisch ziehen.«

Einen Augenblick lang blickte mein Bruder mich skeptisch an, bevor er knapp nickte. »Irgendwie verstehe ich das, aber das heißt noch lange nicht, dass es nicht gefährlich ist. Ich habe dich schon viel zu sehr in Gefahr gebracht.«

»Ich habe mich selbst in Gefahr gebracht. Ich habe diese Entscheidung für mich alleine getroffen.« Wieso tat denn jeder so, als hätte Will mich zu meinem Handeln gezwungen? »Ich habe mich freiwillig dazu entschieden, dir zu helfen. Weil ich dich nun einmal liebe, du Esel!«

Die Worte stockten mir im Hals, als ich meinen Bruder betrachtete. »Dein Gesicht. Es ist wieder normal.« Bei der ganzen Freude, ihn endlich wiederzusehen, war mir erst jetzt aufgefallen, dass sein Eselskopf verschwunden war.

Mit einem breiten Lächeln fuhr Will sich durch die Haare. »Ich bin eines Morgens aufgewacht und da war alles wieder normal. Ich weiß nicht wieso, aber ich hinterfrage das alles lieber nicht.«

Ich legte beide Hände auf seine Wangen. »Ich habe dein komisches Gesicht echt vermisst.«

»Ich auch. Ich denke, es ist das Beste an mir.« Tränen schimmerten in seinen blauen Augen.

»Oh, William. Jetzt redest du Blödsinn. Es gibt viele großartige Dinge an dir.«

Seine Finger schlossen sich um meine Handgelenke und zogen meine Hände nach unten. »Ich hatte sehr viel Zeit, um nachzudenken, Schwesterchen. Über mich, mein Leben, über uns. Über dich. Darüber, wie wundervoll du bist und wie stark. Wie du dir hier ein Leben aufgebaut hast und über dich hinausgewachsen bist, während ich immer nur auf derselben Stelle stehengeblieben bin.«

»Will.« Bei dem Schmerz in seiner Stimme zog sich mir das Herz zusammen. »Das stimmt doch gar nicht, du tust so viel ...«

»Tania, hör auf. Es ist gerade nicht deine Aufgabe, mich aufzubauen oder mich mit Liebe zu überschütten. Ich weiß, so bist du und das macht dich zu einem wundervollen Menschen, aber es ist nun mal nicht dein Job, dass ich mich gut fühle. Ich habe Scheiße gebaut, von vorne bis hinten. Ich habe mich so an meinen Traum geklammert, dass ich bereit war, mein eigenes Leben zu verlieren. Und noch viel schlimmer, ich habe deins auch noch aufs Spiel gesetzt. Das kannst du nicht schönreden oder wegargumentieren. Du solltest mich nicht in Schutz nehmen, sondern verdammt nochmal sauer auf mich sein.«

»Du willst, dass ich sauer auf dich werde?« Ich wusste nicht so ganz, was ich von seiner Ansprache halten sollte. In meinem ganzen Leben hatte ich Will noch nie so ernst erlebt.

»Ja, das will ich. Und ich verlange von dir, dass du aufhörst, Verantwortung für mein gedankenloses Verhalten zu übernehmen. Denn sonst kann ich es nicht selber übernehmen. Ich konnte mich schon immer auf dich verlassen, du hast immer alles für mich getan. Aber jetzt muss ich die Verantwortung für mich selbst übernehmen.«

Ein ungutes Gefühl machte sich in mir breit. »Was genau meinst du mit ›jetzt‹?«

»Wenn der Feenkönig dir gegenüber wirklich so freundlich gestimmt ist, dann will ich, dass du zu ihm gehst und euren Deal auflöst. Ich trete meine Jahre unter Feinri an und du lebst dein Leben weiter.« Wills Miene blieb starr und ausdruckslos, doch das leichte Zittern in seiner Stimme verriet ihn. Er wollte zwar das, was er sagte, konnte aber gleichzeitig seine Angst nicht verstecken.

»Nein, Will, das werde ich nicht tun.« Als er zum Sprechen ansetzte, hob ich schnell die Hand. »Ich schaffe es, diesen Trank zu brauen. Drei der fünf Zutaten sind bereits in meinem Besitz. Die anderen beiden finde ich auch bald. Und mir bleibt noch genug Zeit.«

»Das Risiko ist einfach zu groß, Nia. Ich könnte es mir niemals verzeihen, sollte dich dasselbe Schicksal ereilen wie mich.« Wills Verzweiflung schnitt wie eine Klinge in mein Herz.

So fest ich konnte, blickte ich meinem Bruder in die Augen. »Ich braue diesen Trank, ganz egal was geschieht. Du wirst frei sein. Und wehe, du widersprichst mir jetzt.«

Nach einigen Augenblicken nickte er kleinlaut.

»Wie geht es dir hier?«, wechselte ich das Thema.

Mit einem tiefen Seufzen führte Will mich zum breiten Sofa, von dem aus man einen herrlichen Blick über die Stadt hatte. »Gut soweit. Es ist etwas langweilig, viel zu tun gibt es nicht. Aber immerhin liefert ganz Manhattan bis hierher.«

Das erklärte zumindest die Take-away-Verpackungen. Mein Blick fiel auf den zugeklappten Laptop, der vor uns auf dem Tisch stand. »Aber ein wenig kannst du dich schon beschäftigen.«

»Ich hab nach Jobs gesucht.« Will rieb sich den Nacken und hielt den Blick aus dem Fenster gerichtet.

»Willst du es noch mal beim Phantom der Oper versuchen?« Mein verzweifelter Versuch, die Stimmung aufzulockern, funktionierte leider nicht so gut.

»Nein, ich suche nach einem richtigen Job. Du weißt schon, dreißig Stunden die Woche in irgendeinem Büro, montags bis freitags. In Anzug oder Business Casual, mit all dem Tamtam halt.« Seine Stimmlage und der gequälte Gesichtsausdruck ließen das Ganze wenig glanzvoll klingen.

»Willst du deinen Traum aufgeben?« Fassungslos schüttelte ich den Kopf.

»Ich will meinen Traum nicht aufgeben. Nur etwas realistischer sehen. Ich habe es jahrelang hier in New York versucht und bin einfach nicht dahin gekommen, wo ich hin will. Vielleicht ist es jetzt mal an der Zeit, etwas anderes auszuprobieren. Träume können sich ändern. Ich werde das Schauspiel nicht aufgeben oder so, aber dann mache ich halt Communitytheater oder Off-off-off-Broadway. Vielleicht bekomme ich noch eines Tages meinen großen Durchbruch, aber sollte ich hier rauskommen, will ich mich auf etwas anderes konzentrieren.«

»Wieso auf einmal diese Gedanken?« Ich zog die Knie an die Brust und legte das Kinn darauf ab.

»Ich hatte sehr viel Zeit nachzudenken.« Bedächtig nickte er. »Ich will etwas Neues probieren.«

»Und ich werde dich unterstützen, wo auch immer ich kann. Wir werden schon etwas Neues für dich finden.«

»Du klingst so sicher, dass wir hier beide rauskommen.« Will richtete sich wieder auf. »Das ist gut. Ich hatte Angst, dass dich diese ganze beschissene Situation zurück in dein Schneckenhaus treibt. Oder dass die Stimme wiederkommt, um dir Blödsinn einzureden.«

»Die letzten Wochen waren nicht einfach.« Was für eine Untertreibung. »Aber es gehören nun einmal auch schlechte Tage dazu. Davon lasse ich mich so schnell nicht mehr unterkriegen. Bloß, weil ich ein bisschen von meinem Weg abgekommen bin, heißt das noch lange nicht, dass ich mich wieder zurückentwickle.«

Aber Will hatte ungewollt einen Nerv getroffen. In den letzten Wochen hatte ich es mir irgendwie erlaubt, in meinem eigenen Unglück zu versumpfen. Trotz all meiner Arbeit hatte die Stimme wieder an Kraft gewonnen und war irgendwie erneut zum alltäglichen Teil von mir geworden. Sie wieder loszuwerden, würde ein Kampf werden, das wusste ich jetzt schon. Denn mittlerweile hörte ich sie fast täglich – ausgenommen die Momente, in denen ich Oberon geküsst hatte. Und wieder hatte der Feenkönig sich in meine Gedanken geschlichen. Prompt musste ich lächeln, war wieder im Hier und Jetzt und wandte mich erneut meinem Bruder zu. »Wenn du sagst, dass die Feen dich ausgefragt haben, war Oberon dann auch hier und hat sich nach deinem Leben erkundigt?«.

»Der Feenkönig war ein paar Mal hier, allerdings hat er sich da nur nach dir erkundigt. Er steht auf dich, weißt du.« Will schubste mich mit der Schulter an.

»Ach, quatsch«, wehrte ich schnell ab. Oberon hatte vielleicht Interesse an mir, aber mehr war da auch nicht.

»Doch und ich meine das jetzt auch nicht im Scherz oder irgendwie anzüglich. Er interessiert sich für dich. Und er ist seltsam stolz darauf, was für Fortschritte du machst. Gehst du mit ihm aus?«

»Klar, ich geh auf ein Date mit Oberon, was denn auch sonst?« So weit waren meine Gedanken bisher noch nicht gewandert. In meiner geborgenen, sicheren Wohnung Zeit mit ihm zu verbringen, war eine Sache, aber ein richtiges Date?

»Du kannst das natürlich auch direkt überspringen und herausfinden, wie gut so ein König eigentlich küsst.«

Ich wusste, dass Will das nur sagte, um mich aufzuziehen, aber leider konnte ich die Reaktion meines Körpers nicht verhindern. Als er meine sicher grellroten Wagen bemerkte, fiel ihm die Kinnlade herunter. »Er hat dich schon geküsst.«

»Eigentlich habe *ich* ihn geküsst. Beim ersten Mal«, murmelte ich ins Nichts.

Wills lautes Lachen erfüllte den Raum. »Ich bin echt stolz auf dich, Nia. Kein Wunder, dass er so begeistert von dir ist. War es gut?«

Mit einem der fluffigen Sofakissen schlug ich ihm gegen die Brust. »Ach, halt doch die Klappe.«

Den Rest unserer noch verbliebenen Stunde sprachen wir über Rosa, meine Arbeit und was es sonst so Neues gab. Nach der langen Zeit fühlte es sich wunderbar heimelig an, endlich wieder mit meinem Bruder auf dem Sofa zu sitzen. Deshalb durchzog mein Herz auch ein schmerzhafter Stich, als es mit einem Mal an der Tür klopfte.

»Ich muss los.« Heiße Tränen brannten in meinen Augen, aber ich hielt sie zurück. »Vielleicht schaffe ich es, dich in den nächsten Wochen noch mal zu besuchen.« Allerdings brauchte es dafür auch einen weiteren Deal mit Oberon.

»Du weißt ja, wo du mich findest«, sagte Will locker dahin, doch konnte er den Abschiedsschmerz in seinen Augen nicht verbergen. »Ich gehe hier bestimmt nicht so bald weg.«

Ein letztes Mal vergrub ich mich in der Umarmung meines Bruders, bevor ich mit schwerem Herzen aufstand und zur Tür ging. Es war besser, dass Will mich nicht begleitete, denn ansonsten hätte er die Tränen bemerkt, die nun meine Wangen herunterliefen. Ich wusste, dass auch er sein Bestes tat, um den Schmerz zu verbergen. Dennoch konnte ich hinter mir ein leises Schluchzen hören.

Als ich in den Flur hinaustrat, war dieser leer. Mit einem festen Ruck schloss ich die Tür hinter mir und lehnte mich mit dem Rücken dagegen. Es dauerte einen Augenblick, bis ich mich wieder gefasst hatte und nicht mehr weinte.

Ich hasste Abschiede. Noch mehr, wenn sie auf unbestimmte Zeit waren. Die Stunde – wenn auch so gut genutzt, wie ich konnte – kam mir am Ende doch viel zu kurz vor.

Ich war wenig überrascht, dass Oberon neben den Aufzügen an der Wand lehnte und auf mich wartete. Als er mich erblickte, steckte er das Handy in die Hosentasche und kam auf mich zu. »Hi.«

Ich brauchte irgendwie Halt, also streckte ich, ohne groß zu überlegen, die Hand nach ihm aus und krallte meine Finger in sein Shirt. Irgendwann in der letzten Stunde musste er sich umgezogen haben, denn Oberon trug jetzt wieder Jeans und seine Lederjacke. »Hey.«

Bevor ich noch etwas sagen konnte, überwand er den Abstand zwischen uns und nahm mich in den Arm. Einige Augenblicke standen wir nur so da, mein Gesicht an seiner Brust verborgen, während ich versuchte, nicht schon wieder loszuheulen. Ich hatte echt genug geweint. »Ich vermisse ihn so sehr.«

»Ich weiß.« Als Oberon sprach, konnte ich das Beben seines Brustkorbs unter meiner Wange spüren. »Du wirst ihn bald wiedersehen.«

Diese Aussage ließ ich unkommentiert. Entweder war Oberon sich sicher, dass ich als Siegerin aus unserem Handel hervorgehen würde, oder aber er plante, meinen Bruder und mich wenigstens am selben Ort arbeiten zu lassen.

»Danke«, murmelte ich.

»Du hast unseren Deal gewonnen.«

»Nicht dafür. Du hast Will von seinem Eselskopf erlöst.«

Bedächtig nickte Oberon. »Ich dachte mir, er hat genug gelitten. Außerdem bin ich kein Fan von sinnloser Folter.«

»Danke.« Ich stellte mich auf die Zehenspitzen, um ihm einen Kuss auf die Lippen zu hauchen.

Die Fahrt nach unten verbrachten wir schweigend, aber ich fühlte mich alles in allem leichter. Freier. Es ging meinem Bruder gut. Ich hatte ihn gesehen und mit ihm gesprochen. In ein paar Wochen würden wir wieder vereint sein, auf die eine oder andere Weise. Das war seltsam beruhigend.

Und ich war mir sicher, ich würde es schaffen, Will und mich selbst zu retten.

Kapitel siebenundzwanzig

Eine Woche später hielt die Stimme zwar immer noch die Klappe, aber ich war meinem Ziel leider keinen Schritt näher gekommen. Jede freie Minute verbrachte ich mit der Recherche über die fehlenden Zutaten, doch ergab sich da recht wenig.

Die Blodynblume hatte ich erst einmal komplett aufgegeben. Laut Internet hatte sie entweder gar nicht oder nicht länger existiert. Beides nicht das, was mir weiterhalf. Auch wenn es mir das ein oder andere Mal in den Fingern juckte, hielt ich mich zurück, Oberon wieder um Hilfe zu bitten.

Wenigstens hatte Jenny, die Fee aus der Glasbläserei, sich an dem Morgen gemeldet, um mir mitzuteilen, dass mein Paket eingetroffen war. Deshalb waren Hyacinth und ich jetzt nach der Arbeit auf dem Weg nach Brooklyn.

Bezüglich des Elfennektars gab es leider das gegenteilige Problem. Im Netz wimmelte es nur so von verschiedenen Tipps und Tricks, wie man an den Nektar der kleinen magischen Wesen herankommen könnte, aber keiner von ihnen schien von Erfolg gekrönt. Zumindest schloss ich das aus den erschreckend vielen Berichten von Leuten, die dabei versagt und sogar Verletzungen davon getragen hatten.

»Ist Elfennektar wirklich so toll, wie es in all diesen Blogs steht?«, fragte ich Hyacinth vom Beifahrersitz aus. Nebenbei scrollte ich auf dem Handy durch weitere Artikel über Elfen.

»Na ja, er soll halt unglaublich gut schmecken und auch noch heilende Kräfte haben. Was darauf zurückzuführen ist, dass Elfen der Legende nach eine sehr schwache Form der Magie in ihrem Nektar verarbeiten. Gerade deshalb schützen diese kleinen Biester ihn ja auch so gut. Wenn die sich einmal auf einen Nektardieb eingeschossen haben, dann sind sie schlimmer als ein Schwarm Wespen.« Hyacinth schüttelte sich.

»Leider muss ich aber an den kleinen Monstern vorbei«, entgegnete ich, »und das möglichst ohne dass sie sich auf mich stürzen.«

Wenig später hielten wir vor der Glasbläserei. Das Nachmittagslicht ließ das Buntglasfenster noch lebendiger wirken, was mich sofort wieder an Oberons Geschichte denken ließ. Wie konnte ein so scheinbar schöner und friedlicher Ort nur solch eine Grausamkeit verbergen?

»Glaubst du, es sieht dort immer noch so aus?«, fragte Hyacinth leise neben mir.

»Nein.« Sicher war nicht mehr viel von diesem ehemals prachtvollen Ort übrig. Nur noch blutige Erinnerungen.

»Seltsam, dass meine Vorfahren von diesem Ort kommen und ich trotzdem so wenig über ihn weiß. Niemand redet gerne darüber.« Meine Beste schüttelte den Kopf.

»Ist besser so, glaub es mir. Diese Geschichten willst du nicht hören.« Mit einem Ruck riss ich die Tür des Ladens auf und trat ein.

Jenny schien mich bereits erwartet zu haben, denn sie lehnte mit einem breiten Grinsen an der Theke, auf der ein einfaches braunes Paket stand. »Deine Lieferung. Sicher und am Stück angekommen.«

»Danke, bin schon gespannt!« Das war ich wirklich, immerhin hatte ich einige Wochen auf diesen Gegenstand gewartet. An die unglaubliche Menge an Geld und Lügen, die ich dafür zusätzlich aufbringen musste, wollte ich gar nicht erst denken. Meine Finger zitterten ein wenig, als ich den Karton öffnete.

Unter einer dicken Schicht aus Packpapier lag das herzförmige Glasfläschchen. Vom Durchmesser maß es kaum mehr als sechs Zentimeter und ich bezweifelte, dass mehr als ein großer Schluck darin Platz fand, aber es war trotzdem wunderschön gearbeitet. Sogar im Schatten des Pakets schimmerte das Glas wie flüssiges Gold. Als ich es herausnahm, stockte mir der Atem. »Wahnsinn.« Ich hätte Stunden damit verbringen können, die Lichtspiegelungen auf der glatten Oberfläche zu beobachten.

»Schick!« Hyacinth stieß einen leisen Pfiff aus. »Ich hoffe, die kannst du behalten, wenn du den Trank abgibst. Würde sich super als Flachmann machen.«

»Und was mache ich dann, wenn sie herunterfällt?« Behutsam verstaute ich das wertvolle Stück wieder im Karton.

»Das ist Feenglas. Theoretisch kannst du es als Ball verwenden, wenn du es drauf anlegst«, warf Jenny ein.

»Was auch besser so ist. Ich kann dir gar nicht sagen, wie oft ich als Kind irgendwelche Glasvasen heruntergeworfen habe«, fing Hyacinth an zu erzählen. Da ich sowieso noch das restliche Geld überweisen musste, ließ ich die beiden Feen plaudern. Mit dem Handy in der Hand wanderte ich solange durch den Raum, bis die Transaktion sicher abgeschlossen war. Erst dann erlaubte ich es mir, tief durchzuatmen.

Mein Blick fiel auf eine Reihe bunter Windlichter, die wild tanzende Reflexionen auf die gegenüberliegende Wand warfen. Sie bestanden aus Kristallen in verschiedenen Größen, die von goldenen Bändern zusammengehalten wurden. Ich kannte solche Sonnenfänger schon. Ein paar davon hingen bei uns in der Wohnung, aber normalerweise warfen sie Regenbogenlicht auf den Boden.

Doch diese Windlichter zeichneten goldene Spuren, wie ich sie noch nie gesehen hatte. »Was ist das?«, unterbrach ich die plaudernden Feen.

»Oh, das sind Elfenfänger. Gerade erst eingetroffen und extrem exklusiv.« Jenny lächelte. »Sie können einen ganzen Raum in Gold tauchen und na ja, sie locken Elfen an.«

Vorsichtig nahm ich einen von der Stange. »Das musst du mir genauer erklären.«

»Da du im Besitz eines alten Rezeptes bist, weißt du ja sicher schon, dass Elfennektar eine sehr wertvolle, magische Zutat ist. Mit diesen Windlichtern kann man die Elfen aus ihrem Stock locken, um an den Nektar heranzukommen. Diese Kristalle wachsen in den Höhlen unter dem Sonnenpalast, allerdings nur sehr langsam. Diese hier sind von meinem Bruder. Er dachte sich, als er dort war, dass er sie sich doch mal ausleihen könnte.«

»Ausleihen? Hat er etwa vor, die danach zurückzubringen?«, fragte Hyacinth von der Seite.

»Tatsächlich macht er das. Alle Dinge, die er aus Tír na nÓg entfernt, und die niemand haben will, werden dahin zurückgebracht. Allerdings verlieren sie nach einigen Wochen ihren Zauber.«

»Wie viel kostet so einer?«

»Den kriegst du geschenkt. Nur dank dir haben wir aktuell wieder welche.« Jenny zwinkerte mir zu.

»Wie genau benutze ich einen Elfenfänger?« Innerlich führte ich einen kleinen Freudentanz auf, da ich gerade zwei Fliegen mit einer Klappe geschlagen hatte. So viel Glück konnte ein Mensch doch eigentlich nicht haben. Aber einem geschenkten Gaul schaut man bekanntlich ja nicht ins Maul.

»Das ist eigentlich ganz einfach. Du musst nur das Licht neben einen der Stöcke platzieren, dann werden die kleinen Monster davon angelockt. Du greifst einfach nur noch hinein und holst dir raus, was du brauchst. Allerdings funktioniert das nicht lange, denn Elfen sind zu rege und verlieren schnell wieder das Interesse. Am besten funktioniert es am Morgen, dann sind sie noch träge.«

»Danke dir, Jenny, du hast ja gar keine Ahnung, wie sehr du mir geholfen hast.« Mit einem breiten Lächeln schnappte ich mir meinen Karton.

»Immer wieder gerne. Wenn du deinen Deal gewonnen hast, dann kannst du dich ja mal melden. Ich würde sterben, um alle Details zu erfahren.« Freudig grinsend winkte Jenny uns zum Abschied.

»Ich habe den echt miesen Verdacht, dass wir beide morgen früh bei Sonnenaufgang ein paar Elfen locken werden.« Theatralisch seufzte Hyacinth, nachdem sie die Wagentür zugemacht hatte.

»Um sechs Uhr im Central Park?«, fragte ich zuckersüß.

»Du bringst den Kaffee mit. Extra stark und extra groß.«

***

Am nächsten Morgen war ich genauso genervt von meiner Idee wie Hyacinth am letzten Abend. Mit zwei Kaffeebechern in der Hand wartete ich am

Eingang des Parks auf meine Beste, die mit einem großen Gähnen im Gesicht zu mir stieß. »Die sind beide besser für mich.«

Schnell reichte ich ihr einen der Becher, um ihre Qual ein wenig zu lindern. »Komm, wir erledigen das, dann kannst du zurück ins Bett.«

»Lass es uns einfach hinter uns bringen.« Hyacinth nahm einen großen Schluck, bevor sie losging.

Der Park war kurz vor Sonnenaufgang nicht so verlassen, wie ich erwartet hatte. Die ersten New Yorker waren bereits unterwegs, zwischen ihnen schlängelten sich die Morgensportler hindurch. In letzter Zeit war ich nicht mehr oft hier gewesen, eine Tatsache, die ich dringend mal wieder ändern sollte.

»Hast du eigentlich inzwischen mal Helene zurückgerufen?«, traute ich mich nach einigen Minuten zu fragen.

Lange und tief seufzte Hyacinth. »Nein, aktuell habe ich keine Lust auf ein Gespräch mit ihr. Ich verstehe sie einfach nicht. Kein einziges Wort von ihr in all den Jahren und auf einmal kann sie mich nicht in Ruhe lassen. Ich habe Tom, ich LIEBE Tom. Aber ich kann nicht aufhören, an sie zu denken.« Mit ordentlich Schwung schmiss sie den leeren Becher in einen Mülleimer.

»Was willst du jetzt machen?« Unsicher rollte ich meinen eigenen Becher zwischen den Fingern.

»Das, was ich bisher auch gemacht habe. Sie vergessen. Ich bin kein verliebter Teenager mehr oder eine wilde Studentin. Ich werde bald heiraten, den Mann, den ich liebe, und ich bin glücklich. Die Vergangenheit bleibt da, wo sie hingehört. In der Vergangenheit.« Ihre leicht zitternde Stimme widersprach ihren starken Worten.

Ich hätte so gerne etwas gesagt, das ihr den Schmerz nehmen oder sie wenigstens zum Lachen bringen konnte, aber mir fiel einfach nichts Kluges ein. Hyacinth war immer an meiner Seite und tat ihr Bestes, um mir zu helfen, doch bei ihrem Herzschmerz war ich keine große Hilfe.

»Auf geht's! Bringen wir es hinter uns. Das Gute an diesen kleinen Wesen ist ja, dass sie ihre Stöcke überall haben.« Bevor ich sie aufhalten konnte, stapfte Hyacinth über eine Grasfläche hinweg bis hin zu einem Rhododendronstrauch. Zwischen den großen Blüten und den dichten Blättern konnte ich tatsächlich die Umrisse eines Elfenstocks erkennen.

»Gleich geht die Sonne auf.« Vorsichtig holte ich den Elfenfänger aus meiner Tasche hervor und blickte mich um. Leider gab es in der Umgebung keinen Baum, an den ich das Ding hängen konnte, also lächelte ich meine Beste an.

»Ich mag den Blick überhaupt nicht«, stöhnte sie dramatisch, aber streckte auffordernd die Hand aus. »Das wird dich einiges an Kaffee kosten. Und Cupcakes!«

Einige Meter entfernt bezog Hyacinth Stellung, den Elfenfänger erhoben neben dem Kopf. Die ersten Sonnenstrahlen trauten sich hinter den Hochhäusern hervor und tauchten den Park in warmes Licht. Innerhalb weniger Augenblicke erreichte es auch den Elfenfänger. Atemberaubendes Gold ergoss sich über das Gras bis hin zu dem Strauch, in dem die Elfen lebten.

»Und jetzt?« Nachdenklich blickte Hyacinth zwischen dem Stock und dem Elfenfänger hin und her. »Vielleicht klopfst du einfach mal drauf?«

»Ganz sicher nicht. Die haben sich schon auf mich gestürzt, bevor sie das Licht entdeckt haben. Lass uns einfach einen Moment warten.« So als hätten die kleinen Elfen mich erhört, traute sich die Erste von ihnen hervor. Im Halbdunkel des Strauches konnte ich nicht mehr als einen schemenhaften Umriss erkennen, der blitzschnell zwischen den Blättern hervor- und zum Elfenfänger hinschoss.

Kurz darauf noch einer und noch einer, bis Hyacinth in einem ganzen Elfenschwarm stand. Dutzende kleine Flügel flatterten um sie herum und ein feines, hohes Klingeln lag in der Luft. »Beeil dich«, zischte meine Beste mir mit zusammengekniffenen Augen zu.

Vorsichtig trat ich näher an den Strauch heran, um einige der Zweige zur Seite zu drücken, bis ich einen besseren Blick auf den Stock hatte. Bisher hatte ich noch keinen aus der Nähe gesehen, aber ein wenig erinnerte er mich an einen Bienenstock. Allerdings war der hier deutlich größer und bestand aus Zeitungen, Stoffen und anderen Dingen. Von meinem Blickwinkel aus konnte ich vier Eingänge erkennen, alle etwa so groß wie meine Faust.

Aus meinem Rucksack holte ich ein Glas und einen langen Löffel hervor. Eine bessere Methode war mir nicht eingefallen, um den Nektar aufzufangen. Im Internet stand, dass dieser ähnlich gelagert wird wie Honig in einem Bienenstock. Demzufolge hoffte ich, ihn einfach abfüllen zu können.

Der Nektar sah anders aus, als ich ihn mir vorgestellt hatte. Nicht golden wie Honig, sondern pechschwarz, mit einer gummiartigen Konsistenz. So schnell ich konnte, löffelte ich das Glas halb voll, bevor ich einige Meter nach hinten flüchtete.

Die ersten Elfen hatten schon das Interesse am Elfenfänger verloren und waren wieder auf dem Weg zurück in ihren Stock. Hoffentlich bemerkten sie nicht sofort, dass ich ihnen etwas gestohlen hatte. Andernfalls sah ich mich schon von einem Elfenschwarm durch den Park gejagt.

Nachdem die letzte Elfe endlich wieder von Hyacinth abgelassen hatte, stürmte diese auf mich zu. »Haben wir was?«

Triumphierend hielt ich das Glas in die Höhe. »Ich denke, das sollte für unseren Zweck reichen.«

»Bestimmt.« Hyacinth warf einen Blick über die Schulter und sah, wie die Elfen wieder aus ihrem Stock hervorkrochen. »Jetzt lass uns von hier verschwinden, bevor sie doch noch bemerken, was wir getan haben!«

Kapitel achtundzwanzig

Auch wenn ich nun vier Zutaten in meinem Besitz hatte, wollte sich kein Triumphgefühl einstellen. Denn von der letzten Zutat fehlte immer noch jede Spur.

Als letzten Anlaufpunkt, bevor ich mich doch wieder an Oberon wenden würde, wählte ich die New York Public Library. Nachdem ich Rosa für den Nachmittag bei Claire abgeliefert hatte, machte ich mich auf den Weg zur 5th Avenue.

Seit meinem letzten Besuch im Tower hatte ich Oberon weder gesehen noch gesprochen und ich wusste nicht genau, was ich davon halten sollte. Auf eine gewisse Art und Weise vermisste ich ihn, aber gleichzeitig war ich froh über etwas Abstand zwischen uns. Seit dem Abend in meiner Wohnung war die Mauer zwischen uns eingestürzt. Dennoch konnte ich nicht genau sagen, wie ich mich dabei fühlte. Es war eine seltsam große Erleichterung, mich ihm gegenüber geöffnet zu haben. Die Stimme hielt sich seitdem sehr zurück, was mir eigentlich gute Laune bescheren sollte. Allerdings hatte sich jetzt ein neuer Gedanke – oder vielmehr ein Gefühl – in den Vordergrund geschoben. Ich vermisste Oberon und dieses Vermissen fühlte sich langsam an wie etwas, das größer war. Etwas, das erschreckende Ähnlichkeit mit Verliebtsein hatte.

Nein!

Mitten auf dem Weg blieb ich stehen und schüttelte den Kopf – und im New Yorker Fußgängergewimmel war das weiß Gott keine gute Idee, doch das kümmerte mich in diesem Moment nicht. Ich durfte nicht einmal ansatzweise ans Verliebtsein denken, dazu war es viel zu früh. Außerdem würde ich Oberon nur sehen, solange ich in diesem Deal feststeckte. Danach wäre alles vorbei. Ich wurde mir langsam dieser zeitlich begrenzten Situation bewusst, während ich weiter durch die Stadt ging. Zum ersten Mal, seitdem ich in dieses ganze Chaos gerutscht war, fühlte ich so etwas wie Bedauern darüber, dass ich bald frei sein würde. Zwar wusste ich nun genau, wo Oberon wohnte und er wusste, wo ich zu finden war, aber wir hatten nie unsere Nummern ausgetauscht. Sobald der Deal also gewonnen war, würden wir uns wohl nicht mehr sehen.

Bevor ich noch tiefer in dieses Gedankenkonstrukt rutschen konnte, erreichte ich endlich die Bibliothek. Die beiden Löwenstatuen, die an jeder Seite der Treppe thronten, blickten mit ausdruckslosen Steinaugen auf mich herab. Langsam schritt ich die Treppe hinauf, durch die drei Eingangsbögen hindurch.

Obwohl ich lange nicht mehr hier gewesen war, kannte ich mich immer noch gut aus.

Meine Schritte hallten in der riesigen Eingangshalle wider, in der zwei große Treppen die Besucher hinaufführten. Menschen- und feenleer mochte es hier wohl nie sein, doch hatte ich das Gefühl, dass gerade an diesem Tag besonders viel los war. Auf meinem Weg kamen ein halbes Dutzend schwarz gekleidete Feen an mir vorbei, die sich leise hinter vorgehaltener Hand unterhielten. In den alten und antik wirkenden Lesehallen schaute kaum einer von seinen Büchern auf. Jeder schien in seinen eigenen Gedanken versunken.

Mit einem Haufen Bücher bewaffnet, suchte ich mir einen Platz an einem der langen Tische und vergrub mich in meine Recherche.

Doch zu meiner großen Enttäuschung gaben die Bücher und Artikel auch nicht viel mehr preis als das Internet. Immer nur dieselbe unbefriedigende Aussage in anderer Wortwahl: Es gab keine Blodynblume mehr.

Frustriert und etwas zu fest schlug ich das Buch vor mir zu und vergrub die Hände in den Haaren. »Verdammt nochmal, Oberon.« Mir blieb wohl doch nichts anderes übrig, als mich an ihn zu wenden.

»Was habe ich angestellt?«, fragte eine Stimme mir gegenüber.

Ich musste nicht einmal aufsehen, um zu wissen, dass er mit einem breiten Grinsen vor mir saß. »Beschwört dein Name dich wirklich herauf?«

»Wenn dem so wäre, dann würde ich wohl niemals wieder einen ruhigen Tag haben.« Oberons tiefes Lachen drang an mein Ohr. »Ich habe nur ein wirklich großartiges Timing und tauche immer genau zur richtigen Zeit, am richtigen Ort auf.«

»Das kann man jetzt sehen, wie man will.« Ich hob den Kopf, nachdem ich den Schreck seines plötzlichen Auftauchens verarbeitet hatte.

»Woran arbeitest du?« Oberon legte seine Oberarme auf der Tischplatte ab und beugte sich vor, um einen Blick auf meine Bücher zu werfen. An diesem Tag trug er keine Lederjacke, sondern nur ein kurzärmeliges Shirt, sodass ich einen großartigen Blick auf seine Tattoos hatte.

»Du weißt doch ganz genau, woran ich arbeite«, grummelte ich leise vor mich hin. »Ich muss die Blodynblume finden.«

»Die letzte Zutat. Das Schwerste zum Schluss.« In gleichmäßigem Rhythmus trommelte Oberon mit den Fingern auf die Tischplatte. »Was weißt du bisher?« Für einen Moment löste sich sein Blick von mir und wanderte suchend durch den Saal. Generell schien er angespannter als sonst, fast als würde er unter Zeitdruck stehen.

»Die Blodynblume gilt als eine der mächtigsten magischen Pflanzen der Welt. Jeder Teil von ihr dient der Magie, von den Wurzeln über die dicken Dornen, die darauf wachsen, bis zu den Blüten.« Langsam klang ich schon selbst wie ein Wikipediaartikel.

»Ja, das ist alles korrekt«, unterbrach Oberon meinen Redeschwall.

»Freut mich. Sollte jemand eine Waffe auf mich richten und mich zu dieser magischen Blume ausfragen, komme ich wohl mit dem Leben davon. Aber leider bringt mich das auch nicht weiter. Denn Blodynblumen sind seit Jahrhunderten ausgestorben. Die letzten wuchsen in Tír na nÓg und selbst dort findet man keine mehr.« Völlig frustriert warf ich die Hände in die Luft.

»Ja, es ist wirklich sehr schwer, heutzutage noch eine Blume zu finden«, stimmte Oberon mir zu.

»Aber du weißt natürlich, wo ich eine finden könnte. Also, was willst du von mir? Stelle deine Frage oder Anforderung.« Auffordernd nickte ich ihm zu.

»So einfach ist das leider nicht. Ich kann dir nicht sagen, wo die Blume ist.

Diese letzte Zutat musst du ganz alleine finden.« Entschuldigend zuckte er mit den Schultern.

»Also bist du nur hierhergekommen, um mir beim Leiden zuzusehen? Na vielen Dank auch.« Wochenlang hatte Oberon sich voller Freude auf jeden Deal eingelassen und auf einmal ging es nicht mehr? Böse Worte brannten mir auf der Zunge, doch ich schluckte sie besonnen herunter. Wahrscheinlich würde seine Hilfe in diesem Fall wirklich zu weit gehen, wenn er mir direkt den Ort verriet, an dem ich die letzte Zutat fand.

»Die Sache mit der Blodynblume ist die, sie war gefährlich. Oder eher, was man aus ihr herstellen konnte, war extrem gefährlich. So ein Liebestrank klingt vielleicht witzig, aber er kann grausame Folgen haben. Dabei ist das noch eines der ungefährlichen Rezepte. Ein einziger Ableger in den falschen Händen kann massiven Schaden anrichten.«

»Also hast du die Blume ausrotten lassen?« Das machte tatsächlich Sinn.

»Sie ist nicht ausgerottet, nur ist sie jetzt für Feen nicht mehr zugänglich.« Völlig entspannt zuckte er mit den Schultern, aber sein intensiver Blick war auf mich gerichtet.

Tief in meine Gedanken versunken erwiderte ich seinen Blick. Die Blume existierte also noch irgendwo und Oberon wusste wo. Aber er konnte es mir nicht sagen, weil es eine zu große Hilfestellung gewesen wäre. Somit musste ich selbst herausfinden, wo sich die Blume befand. Im Augenwinkel bemerkte ich, wie Oberon in einer ganz untypischen Geste für ihn, anfing, mit dem Ring an seinem Finger zu spielen.

Mit einem Seufzen erhob ich mich. »Dann werde ich mir darüber wohl weiter den Kopf zerbrechen.«

»Du hast ja noch ein paar Tage Zeit.« Oberon tat es mir gleich, doch machte er keinerlei Anstalten, mir zu folgen. »Ich sagte ja, es war nur Zufall, dass wir uns hier getroffen haben.« Im selben Moment betraten zwei schwarz gekleidete Feen den Saal und endlich fiel bei mir der Groschen. Oberon war hier, nicht um mich zu beobachten, sondern um seinen königlichen Pflichten nachzugehen. Unser Treffen war tatsächlich zum zweiten Mal reiner Zufall gewesen.

Ich ignorierte den kleinen Stich in meiner Brust. »Kein Problem. Wenn wir uns das nächste Mal sehen, habe ich die Blodynblume.« Mit einem letzten Zwinkern drehte ich mich auf dem Absatz um.

Auf meinem Weg zurück durch die Stadt grübelte ich über Oberons Worte nach. Irgendwie wurde ich das Gefühl nicht los, dass er im Besitz der letzten Blume war. Wo aber hatte er sie versteckt? Bei Eden schon mal nicht, das hatte sie mir ja selbst gesagt.

Wo würde Oberon etwas aufbewahren, an das sonst niemand herankommen durfte? Er hatte betont, dass er es vor den Feen versteckte. Es gab nicht viel, was Feen abschrecken konnte, außer ... *Eisen!*

Prompt blieb ich wieder mitten auf dem Gehweg stehen und wurde sogleich von jemandem angerempelt. Der Mann fluchte laut, doch ich hörte von alledem nichts mehr.

Ich wusste jetzt, wo die Blume war!

Eilig rannte ich den Rest des Weges nach Hause. Wenn mein Verdacht korrekt war, dann würde ich noch heute Abend die letzte Zutat in den Händen halten. In einer Woche konnte ich den Trank brauen und zur Mittsommernacht in drei Wochen waren ich und mein Bruder frei.

Zurück in meiner Wohnung angekommen, wollte ich schon Hyacinths Nummer wählen, als alle Gedanken in meinem Kopf stockten. Ich würde frei sein, kein Deal mehr, keine Angst mehr. Aber eben auch kein Oberon. Keine Treffen, seien sie nun zufällig oder geplant.

Der Gedanke schmerzte unerwartet stark. Dabei sollte ich doch froh darüber sein, dass er nicht länger in meinen Wunden herumstochern konnte und versuchen wollte, mich zu verstehen. Aber alles, was ich fühlte, war Verlust.

Müde rieb ich mir übers Gesicht. Mein Triumphgefühl von eben löste sich sogleich wieder in Luft auf, stattdessen fühlte ich mich taub. Noch an diesem Nachmittag hätte ich zu ihm gehen können, um mir die Blume zu holen, doch meine Füße blieben regungslos.

Ich stand so kurz davor, meine Freiheit wieder zurückzubekommen, doch konnte ich diesen letzten Schritt nicht machen. Zumindest an diesem Abend nicht. Ja, es war unvorsichtig und riskant, die letzte Zutat nicht sofort zu holen. Doch ich schaffte es einfach nicht, einen Schritt in Richtung des Erltowers zu machen. Ich fühlte mich noch nicht bereit, mich von Oberon zu verabschieden. Stattdessen kuschelte ich mich mit Rosa auf die Couch und verdrängte jeden weiteren Gedanken an den Liebestrank, den Deal und an ihn.

***

Diese Strategie funktionierte über die nächsten Tage leider nur mäßig. Der Feenkönig schlich sich immer und immer wieder in meinen Kopf. Am dritten Abend nach unserem Treffen in der Bibliothek hielt ich es nicht mehr aus. Ich musste wissen, ob ich mit meiner Vermutung recht hatte, damit mich meine eigenen verwirrenden Gefühle nicht mehr erdrückten.

Nachdem ich eine letzte große Runde mit Rosa gegangen und sie für die Nacht versorgt war, machte ich mich mit einem immer noch mulmigen Gefühl im Bauch auf den Weg.

Die tiefstehende Sonne warf lange Schatten über die Straße, als ich am Erltower ankam. Diesmal hielt mich niemand auf, während ich durch das immer noch belebte Foyer schritt. Doch etwas kam mir an diesem Abend anders vor, eine Spannung lag in der Luft, die ich nicht so ganz nachvollziehen konnte. Wachsam standen einige Feen in schwarzen Uniformen neben den Eingängen. Zwar hielten sie mich nicht auf, als ich schnellen Schrittes an ihnen vorbeieilte, aber ich wurde das Gefühl nicht los, dass jeder, der an diesem Abend in den Tower kam, genau beobachtet wurde.

Mit wild klopfendem Herzen stieg ich in den Aufzug nach oben. Da ich keine Ahnung hatte, wo sich Oberon aufhielt, würde ich es erst einmal in seinem Büro versuchen. Ansonsten konnte Robin oder jemand anders mir sicher weiterhelfen. Mit einem lauten Ping öffneten sich die Türen vor mir und gaben den Blick auf Oberon frei, der mich mit einem trägen Lächeln erwartete.

»Langsam wird es gruselig«, konnte ich mir nicht verkneifen zu sagen. »Beobachtest du mich?«

»Im Foyer gibt es überall Kameras und ich werde möglicherweise informiert, wenn du hierherkommst.« Anstatt mich rauszulassen, trat Oberon zu mir in den Fahrstuhl. Es wunderte mich nicht einmal, dass er den Knopf nach oben drückte.

»Du weißt also, wieso ich hier bin?« Ich lehnte mich ihm gegenüber an die Wand, um wenigstens noch etwas Abstand zwischen uns zu halten.

Als Antwort erhielt ich lediglich ein breites Grinsen. Obwohl die Fahrt nur wenige Sekunden dauerte, kam es mir wie eine halbe Ewigkeit vor. Mein Körper reagierte jedes Mal so heftig, wenn ich mich in Oberons Nähe befand, und gerade schnürte mir der Wunsch, ihn zu küssen, fast schon die Luft ab.

Im Penthouse angekommen, ergriff ich beinahe die Flucht vor ihm, um mich wenigstens etwas zu beherrschen. Oberon folgte mir schweigend auf dem Fuß, als ich durch das riesige offene Wohnzimmer hin zum Wintergarten schritt.

»Sie ist wirklich wunderschön.« Direkt neben der Pflanze im Eisenkäfig blieb ich stehen. Eigentlich hätte es mir sofort klar sein müssen. Warum sollte ein Fee etwas hinter Eisen verstecken? Mit den Fingerspitzen strich ich über das enge Gitter, welches die wertvollen Blüten verbarg. »Und eine davon gehört jetzt mir.«

»Ach ja? So einfach machst du es dir?« Das spielerische Funkeln war in Oberons Augen zurückgekehrt, der nun neben mich trat. Je näher er mir kam, desto stärker kribbelte mein ganzer Körper.

»Ja, ich habe die Blodynblume gefunden, jetzt werde ich mir eine mitnehmen.« Diesmal würde es keine Spielchen oder Deals geben, das hier war der letzte fehlende Teil meiner Freiheit. Auffordernd streckte ich die Hand aus.

Oberon versuchte nicht einmal, sein Lächeln zu verbergen, als er den Eisenschlüssel hervorholte, um den Käfig aufzuschließen. Meine Hände zitterten wie verrückt, als ich durch die schmale Öffnung griff und eine der Blüten abpflückte.

Für einige Herzschläge betrachtete ich die filigrane Blüte in meinen Händen, die farbenfrohen Blätter und die feinen goldenen Pollen in der Mitte. Nun fiel mit einem Mal der ganze Druck von mir ab. »Ich hab es geschafft.«

»Das hast du. Nicht, dass ich daran gezweifelt hätte«, murmelte Oberon mit sanfter Stimme. Als ich den Kopf hob, trafen sich unsere Blicke. Ein intensiver Stolz lag in seinen Augen und mit ihm eine gewisse Erleichterung, die ich nicht wirklich zuordnen konnte. »Den Trank zu brauen, ist nun keine Kunst mehr.«

»Ich bin wirklich frei?«, fragte ich ungläubig.

»Ja!«, antwortete Oberon.

Von meiner eigenen Freude überrollt, warf ich die Arme um seinen Hals und zog ihn zu einem Kuss zu mir herunter. Gerade als mir klar wurde, was ich da eigentlich tat, legte Oberon den Arm um meine Mitte und vertiefte den Kuss. Die Blüte rutschte mir aus den Fingern, als ich diese in seinem Haar vergrub, um ihn näher an mich heranzuziehen. Die unbeschreibliche Euphorie, die mich in diesem Moment erfüllte, vertrieb jeden anderen Gedanken aus meinem Kopf, einschließlich der Stimme, die sich irgendwo tief in meinem Unterbewusstsein verkroch.

Ich bemerkte nicht einmal, dass wir uns bewegt hatten, bis ich mit dem Rücken gegen die Glaswand des Wintergartens stieß. Oberons Hände geisterten über meinen Körper, strichen über meinen Hals, meine Hüfte, meinen Rücken. Ein leises Stöhnen löste sich aus meiner Kehle, als seine Finger unter den dünnen Stoff meines Shirts schlichen. Die festen Muskeln bewegten sich unter seiner Haut und ich meinte, die feinen Narben, die seinen Körper zeichneten, spüren zu können.

Ein enttäuschtes Wimmern entfuhr mir, als Oberon sich auf einmal von mir löste. Schwer atmend und mit einem wilden Ausdruck in den Augen blickte er mir entgegen. »Bist du dir sicher, dass du was willst?«

Meine Hände stockten in ihrer Erkundungstour und ich versuchte, wenigstens einen halben klaren Gedanken zu fassen.

Wollte ich das?

Ja, schrie etwas in mir so laut, dass ich beinahe zusammenzuckte. Ja, ich wollte es. Ich wollte ihn, ohne Schuldgefühle, ohne Selbstzweifel, ohne Wenn und Aber. Ich wollte einmal dem nachgehen, was ich mir wirklich wünschte, ohne dass die Stimme es mir versagte. Ich wollte meinen Triumph, meine Freiheit, meinen Erfolg auskosten und feiern. Mit Oberon.

Mit einer einzigen Bewegung zog ich mein Kleid über den Kopf, sodass ich nur noch in Unterwäsche dastand.

»Ich bin mir sicher.« Damit zog ich Oberons Gesicht wieder zu mir herunter. Als wäre ein Damm gebrochen, tanzten seine Hände über meinen Körper, bis er mich an den Oberschenkeln hochhob. Nur am Rande bekam ich mit, dass wir uns bewegten, viel zu sehr war ich auf den alles verschlingenden, brennenden Kuss konzentriert. Erst, als ich kühle, weiche Lacken unter meinem Rücken spürte, war mir klar, dass wir auf einem Bett lagen. Schmerzhafter Verlust erfüllte mich für den Augenblick, den Oberon brauchte, um sein Shirt auszuziehen, bevor er sich wieder zu mir herunterbeugte. Raue, warme Finger strichen über meine Oberschenkel, Hüften bis zu meinem Rücken. Mein BH verschwand irgendwo, während ich mit fahrigen Fingern versuchte, seinen Gürtel zu lösen.

Als Oberon den Kuss erneut unterbrach, wollte ich schon protestieren, doch als seine Lippen meinen Hals hinunterwanderten, erstarb jedes Wort in meiner Kehle. Sein Mund fühlte sich lebendig heiß an auf meiner Haut. Hauchzarte Küsse verteilte er auf meinen Brüsten und meinem Bauch, bis er weiter zu den Innenseiten meiner Oberschenkel kam. Zärtlichkeit und Rauheit wechselten sich ab, als er ausgiebig mit seinen Lippen und seinem Bart meine empfindsame Stelle erkundete. Laut stöhnend schloss ich die Augen, während meine Finger sich in seine Haare krallten, um ihn an Ort und Stelle zu halten. Mein Körper fing an zu summen. Ein warmes Kribbeln breitete sich von der Stelle aus, an der seine Lippen mich berührten. Ich war kurz davor. So kurz davor. Doch dann richtete er sich auf. Ich musste hart gegen den Kloß in meiner Kehle anschlucken, als Oberon sich aus seiner Hose schälte. Meine Frage, wie weit sich seine Tattoos erstreckten, wurde nun beantwortet. Mit den Augen verfolgte ich die feinen schwarzen Linien, die sich über seine Oberschenkel zogen. Seine Hände kehrten wieder auf meinen Körper zurück, doch sein fragender Blick war ganz auf mich gerichtet. Ich hob mein Becken ein wenig an, sodass er das letzte störende Stück Stoff zwischen uns zur Seite schieben konnte. Das Herz pochte mir wie verrückt in meiner Brust, als er sich wieder über mich schob, um mich erneut zu küssen.

Nur am Rande hörte ich das Knistern einer Kondomverpackung, meine ganze Aufmerksamkeit wurde von dem Gefühl seiner Haut auf meiner eingenommen.

Vor freudiger Erwartung zog sich alles in meinem Körper zusammen. Doch anstatt endlich in mich einzudringen, drehte Oberon sich auf den Rücken und zog mich mit sich, sodass ich über ihm war. Die eine Hand vergrub er in meinen Haaren, während die andere meine Hand zu seiner Härte führte.

Mehr Aufforderung brauchte ich gar nicht, um mich auf ihn sinken zu lassen. Für einen Moment stockte ich in der Bewegung, um mich an das Gefühl zu gewöhnen, bevor ich langsam anfing, mit den Hüften zu kreisen. Oberon hielt mich immer noch an den Haaren gefangen, während sich seine freie Hand um meine Hüfte schlang, und mich näher an sich heranzog.

Wie Funken schossen die Gefühle durch meinen Körper. Überall, wo seine Haut auf meine traf, knisterte es. Mein Atem vermischte sich mit seinem, als er den Kuss löste, um sein Gesicht an meiner Kehle zu verbergen. Meine Bewegungen wurden immer schneller, angetrieben von den Wellen, die durch mein Innerstes jagten. Ein stummer Schrei löste sich schließlich aus meiner Kehle, als ich zusammen mit Oberon über die Klippe ins alles verschlingende, süße Nichts stürzte. Tief stöhnend versteifte er sich unter mir, ehe er in den Kissen zusammensackte und mich mit sich zog. Schwer atmend sackte ich auf seine Brust und versuchte wieder zu Atem zu kommen. Eine süße Entspannung breitete sich in meinem ganzen Körper aus, die nur noch davon bestärkt wurde, dass Oberon kleine Kreise auf meinen Rücken malte.

Ich wusste nicht, wie lange wir einfach nur so dalagen. Irgendwann beruhigte sich mein Herzschlag wieder, dafür legte sich einlullende Müdigkeit über mich, der ich jedoch nicht bereit war nachzukommen. »Wie lange trägst du den Eisenring schon?«

Oberon hob die Hand, sodass er besagten Ring besser betrachten konnte. »Solange, dass ich mich kaum noch daran erinnern kann, wie lange. Nützliches kleines Ding.«

»Deshalb hat Eisen auch keine Wirkung mehr auf dich. Du hast dich selbst immun gemacht.« Ein weiterer Vorteil gegenüber seinen Feinden.

Ein träges Lächeln zeichnete sich auf Oberons Lippen ab. »Es ist verdammt schwer, so lange am Leben zu bleiben. Da nutze ich jeden Vorteil, der sich mir bietet.«

Mein Gesicht tiefer an seinem Hals vergraben, fiel mein Blick auf das Tattoo auf seiner Brust. Nachdenklich fuhr ich mit den Fingern darüber. »Mir ist bisher nicht aufgefallen, an wie vielen Orten in der Stadt dein Symbol zu finden ist. Was bedeutet es?«

»Wir kämpfen für einen freien Tag und eine friedliche Nacht. Wir kämpfen für eine bessere Welt, für diejenigen, die wir lieben.« Da war sie wieder, die Schwere der vergangenen Kriege. Ich hob den Blick, um Oberon in die Augen zu schauen. »Für mehr kann man doch eigentlich nicht kämpfen.«

Einen Moment lang betrachtete er mich einfach nur, bevor sich ein sanftes Lächeln auf seine Lippen schlich. »Nein, kann man nicht.« Der Kuss, der darauf folgte, war sehnsüchtig und süß, voll von all den ungesagten Worten und Geheimnissen, die es immer noch zwischen uns gab. Doch mit der Realität wollte ich mich in dieser Nacht nicht auseinandersetzen, stattdessen schmiegte ich mich enger an meinen Feenkönig.

Ehe der Schlaf mich in die Dunkelheit zog, wurde mir jedoch noch eines bewusst: Noch nie in meinem Leben hatte die Stimme so lange geschwiegen.

Kapitel neunundzwanzig

Warmes Sonnenlicht kitzelte meine Nase und riss mich aus meinem traumlosen Schlaf. Hatte ich gestern die Vorhänge nicht zugezogen oder wieso war es so verflucht hell im Zimmer? Es dauerte einige Sekunden, bevor ich meine Augen ganz öffnen konnte. Anstelle der weißen Wände meiner Wohnung tat sich vor mir ein unbeschreiblicher Blick auf. Die Dächer von New York City wurden langsam von der aufsteigenden Sonne beschienen.

Der Nebel in meinem Kopf war so dicht, dass ich einen Augenblick brauchte, bevor ich mich an den gestrigen Abend erinnerte. Gerade, als die Erinnerungen zurückkehrten, legte sich ein Arm um meine Hüfte und zog mich zurück unter die Decke.

»Guten Morgen.« Oberons Stimme war nicht mehr als ein raues Grummeln, als er den Kopf in meiner Halsbeuge vergrub.

Leise kicherte ich, während ich die Arme um ihn schlang. »Morgen.« Das Hochgefühl von gestern Abend flackerte immer noch wie Funken in meinem Körper und wurde nur noch verstärkt, als Oberons Hände wieder auf Wanderschaft gingen.

Gerade wollte ich ihn zu einem Kuss zu mir heranziehen, da klingelte irgendwo im Raum ein Handy. Mitten in den Bewegungen erstarrten wir beide, bevor ich in Lachen ausbrach. »Du solltest da wohl rangehen.«

»Leider.« Oberon drückte mir einen Kuss auf die Lippen, ehe er aus dem Bett stieg. Ich kuschelte mich noch einmal in die Kissen, um das Spiel seiner Muskeln und Tattoos zu genießen, während er durch den Raum schritt. Nachdem Oberon das Gespräch angenommen hatte, verschwand er in den Wintergarten außerhalb meines Blickfeldes, und ich schaute aus dem Fenster.

Wie konnte man sich nicht wie der König der Welt fühlen, wenn man jeden Tag mit diesem Ausblick aufwachte? Der scheinbar unendliche Ozean aus Hochhäusern erstreckte sich bis zum Horizont. Das Sonnenlicht brach sich in den Abermillionen Fenstern, was die Stadt selbst in ein schimmerndes Gold tauchte. Von hier oben wirkte sogar New York irgendwie klein.

Immer noch etwas verschlafen rieb ich mir die Augen. Gestern Abend hatte ich mit vielem gerechnet, aber ganz sicher nicht damit, hier heute Morgen aufzuwachen. Das Hochgefühl war weiterhin da, auch wenn sich jetzt eine mulmige Nervosität dazu geschlichen hatte. Zu sagen, meine Erfahrung mit One-Night-Stands hielt sich in Grenzen, war eine Untertreibung, da ich absolut Null Erfahrungen damit hatte. Beklommen wanderte mein Blick durch das sonnendurchflutete Zimmer, bis es an meiner Kleidung auf dem Boden hängenblieb. Sosehr mich der Gedanke, hier noch etwas liegen zu bleiben und den Morgen zu genießen, reizte, fühlte ich mich in diesem Moment doch irgendwie ... nackt.

Oberons leise, aufgeregte Stimme drang bis zu mir, während ich mich, so schnell ich konnte, anzog und versuchte, irgendwie meine Haare zu ordnen. Mit jeder Sekunde, die ich auf seine Rückkehr wartete, wuchs das wirre Gefühl in meinem Magen, bis ich es nicht mehr aushielt und anfing, auf und ab zu laufen.

Ich konnte nicht sagen, was da gestern über mich gekommen war. Anscheinend war ich doch mutiger als gedacht. Denn ich hatte die Stimme in mir zum Schweigen gebracht – und das sogar bis jetzt.

Mitten in der Bewegung stockte ich, als mir dieser Gedanke klar wurde. Meine Nervosität kam nicht von der Stimme, die mir Unsinn über meinen Körper einredete, sondern lediglich von der Tatsache, dass ich nicht wusste, wie es nun weiterging. Diesen letzten Schritt mit Oberon hatte ich so nicht geplant – auch wenn ich es mir insgeheim gewünscht hatte.

Als hätten meine wilden Gedanken ihn heraufbeschworen, beendete er in diesem Moment das Telefonat und kehrte zu mir zurück. Irgendwann in den letzten fünf Minuten hatte er es geschafft, eine Hose anzuziehen, doch sein Oberkörper war immer noch nackt.

»Tut mir wirklich leid, aber die Arbeit ruht nie.« Zärtlich strich er mir eine Strähne hinters Ohr, bevor er die Hand an meine Wange legte. »Bereust du es?«

Mit dieser Frage hatte ich so schnell nicht gerechnet. »Nein, kein Stück«, antwortete ich, bevor mein Kopf noch anfangen konnte, das alles zu zerdenken. Ich wollte ausnahmsweise mal nicht über jeden noch so kleinen Gedanken grübeln.

Oberon kam näher und lehnte seine Stirn gegen meine. »Du hast keine Ahnung, wie sehr ich mir wünsche, den Rest des Tages mit dir alleine zu verbringen. Aber leider ...«

»Hast du einen sehr wichtigen Job, der keinen Aufschub kennt. Ich verstehe das schon.« Den kleinen Stich, den ich dabei verspürte, ignorierte ich. »Du solltest dich darum kümmern und ich sollte wohl nach Hause gehen.« Die Gedanken in meinem Kopf fingen langsam an sich zu drehen, ein wenig Abstand konnte mir da nicht schaden.

Oberon ließ seinen Blick einmal über mich wandern, bevor er langsam nickte. »Nun gut. Ich sorge dafür, dass dich jemand nach Hause fährt.«

Mein erster Instinkt war es zu widersprechen, doch dann lächelte ich. »Das wäre sehr schön.« Unsicher fing ich an, am Saum meines Kleides herumzuspielen. So viele Worte und Gefühle schwirrten in meinem Kopf herum, dass ich sie gar nicht alle fassen konnte.

»Vergiss aber nicht, wieso du hergekommen bist.« Aus dem Nichts zauberte Oberon eine Blodynblume hervor und reichte sie mir. Auch im Tageslicht war die Blüte noch genauso wunderschön und magisch.

»Hoffentlich überlebt sie die Fahrt«, scherzte ich etwas unbeholfen, während ich die Blume in der Hand drehte.

»Feuer ist das Einzige, was eine Blodynblume wirklich zerstören kann. Und sollte ihr doch etwas zustoßen, dann kannst du dir gerne jederzeit eine Neue bei mir holen.« Oberon zwinkerte mir spielerisch zu, doch etwas an seiner Körperhaltung sagte mir, dass er mit den Gedanken woanders war.

»Ich sollte jetzt echt gehen.« Vielleicht war ich ein wenig zu erfreut darüber, dass er noch etwas anderes zu tun hatte, aber gerade sehnte ich mich nach einem langen Moment der Stille, um das Chaos in meinem Kopf wenigstens halbwegs zu sortieren. Wortlos deutete er mir an, zum Aufzug zu gehen, der uns hinunter bis in die Tiefgarage brachte.

Nicht weit entfernt lehnte Demetri an einem schwarzen Wagen, einen Becher mit Kaffee in der einen Hand haltend, sein Handy in der anderen. Als er uns bemerkte, steckte er Letzteres weg, bevor er einen großen Schluck aus dem Becher nahm.

»Das Zeug bringt dich irgendwann noch um«, murmelte Oberon kopfschüttelnd neben mir.

»Wir haben doch alle unsere Laster.« Demetri grinste entspannt, doch zuckte sein Blick für eine Millisekunde zu mir, bevor er sich wieder seinem König zuwandte. »Die anderen warten oben schon auf dich.«

»Danke, dass du das machst.« Oberon nickte ihm ernst zu.

»Ich helfe doch immer gerne, wo ich kann.« Damit öffnete der Fee die Fahrertür und verschwand im dunklen Wageninneren.

Die Blume immer noch in der Hand haltend, wandte ich mich Oberon zu. »Dann sehen wir beide uns wohl, wenn ich dir den Liebestrank überreiche.«

»Und ich dir deinen Bruder zurückgebe. Das wird sicher ein spaßiger Nachmittag«, sprach er mit trockener Stimme.

»Danke. Für alles.« Für die unzähligen Male, in denen er mir so unauffällig wie möglich geholfen hat. Es war ein seltsames Gefühl, nun am Ende dieser Reise angekommen zu sein. Von nun an würde es keine regelmäßigen Treffen mehr mit Oberon geben, keine Geheimnisse – seine oder meine – die aufgedeckt würden. Mein Leben würde wieder ganz normal verlaufen, was zugegeben ein wenig langweilig klang.

»Das hier ist kein Abschied für immer«, flüsterte Oberon, so als hätte er meine Gedanken gehört. »Zumindest muss er das nicht sein. Kümmere dich erst einmal um dich und deinen Bruder, danach können wir weiterschauen.«

Das Brennen in meiner Kehle verhinderte, dass ich etwas dazu sagen konnte, also nickte ich nur. Ich wusste, wenn ich ihn jetzt küssen würde, dann würde ich nicht mehr gehen, also beließ ich es bei einem letzten zittrigen Lächeln und stieg in das bereits gestartete Auto.

Ich traute mich nicht noch einmal aus dem Fenster zu schauen, aber ich meinte zu spüren, wie Oberons Blick uns verfolgte, bis wir aus der Tiefgarage auf die volle Straße fuhren. Eingesunken in den bequemen Ledersitz lehnte ich den Kopf ans Fenster und schloss für einen Moment die Augen.

»Dann hast du es also fast geschafft«, meldete sich eine ruhige Stimme vom Vordersitz.

Sofort riss ich die Augen wieder auf. »Ja, scheint so.« Nachdenklich blickte ich auf die Blume in meinem Schoß. »So ganz habe ich es ja noch nicht geschafft.«

»Ach, so einen Trank zu brauen, dauert nicht lange. In ein paar Tagen ist ja schon Vollmond, weißt du schon, wo du es machen wirst?«

»Was meinst du?« Leider hatte ich den genauen Vorgang, den Trank zu brauen, nicht mehr im Kopf. Die Zutatenliste würde ich wohl niemals wieder vergessen, aber alles Weitere war mir entfallen.

»Ich weiß aus Erfahrung, dass man solche Tränke am besten draußen in der Natur brauen sollte. Zumindest haben wir das früher so gemacht. Es erlaubt der Magie, sich am besten zu entfalten. Außerdem schützt es vor möglichen giftigen Gasen, die dabei schon mal entstehen können.« Demetri schüttelte sich, so als wäre eine unangenehme Erinnerung über ihn gekommen. »Du kriegst das schon hin. Verlass dich einfach auf das Rezept und deinen Instinkt.« Zum ersten Mal schenkte er mir so etwas wie ein aufmunterndes Lächeln.

Das Gespräch zwischen uns erstarb, als ich wieder dazu zurückkehrte, die Blodynblume zu betrachten. Einen Ort in der Natur aufsuchen und auf meinen Instinkt hören? Dafür kam eigentlich nur ein Ort in Frage, der Central Park. Doch irgendwie war der Gedanke begleitet von einem mulmigen Gefühl. »Das ist vielleicht nicht die beste Idee.«

Warme, braune Augen blickten mich durch den Rückspiegel an. »Wieso? An welchen Ort hast du gedacht?«

»Den Central Park. Aber nachts sollte ich mich da nicht alleine herumtreiben.« Diese Lektion hatte ich vor ein paar Monaten gelernt.

»Ein sehr passender Ort, wenn du mich fragst. Deine Sorge ist verständlich, aber unbegründet. Du glaubst doch nicht wirklich, dass dir in dieser Stadt irgendetwas passieren kann. Es gibt wohl niemanden, der besser bewacht wird als du.«

Irgendwie musste ich bei seinen Worten lachen. Er hatte schon recht. Immerhin war es mir in den letzten Wochen kaum gelungen, Oberon auch nur einen Tag auszuweichen. »Ich überlege es mir.«

Mit einem sanften Ruck kam der Wagen zum Stehen. »Wir sind da.« Demetri wandte sich in seinem Sitz zu mir um.

»Danke fürs Bringen.« Ich stieß die Tür auf und sofort schwappte die heiße, stickige Sommerluft der Stadt herein.

»Immer gerne doch. Viel Glück bei diesem letzten Schritt.«

Nachdem ich die Tür zugeschlagen hatte, brauste der schwarze Wagen davon und ich stand allein auf der Straße. Irgendwie hatte ich in den letzten Wochen gar nicht mitbekommen, wie es Hochsommer geworden war, aber gerade prallte das Sonnenlicht mit voller Wucht auf mich herab. Schnell suchte ich Schutz in meiner kühlen, dunklen Wohnung.

***

Die nächsten drei Tage verflogen in einem seltsamen Nebel. Ich stand morgens auf, kümmerte mich um Rosa, ging zur Arbeit, kam nach Hause, und dann fing alles wieder von vorne an. Irgendwie nahm ich jede Sekunde glasklar wahr, konnte mich allerdings am nächsten Tag kaum an etwas erinnern.

Aber anscheinend war mein Verhalten vollkommen normal, denn Hyacinth stellte mir keine weiteren Fragen. Das schlechte Gewissen nagte ein wenig an mir, weil ich ihr noch nichts von meiner Nacht mit Oberon erzählt hatte, aber dieses Geheimnis wollte ich noch ein wenig für mich behalten. Meine kleinen, feinen Erinnerungen, die mich in der Nacht manchmal wach hielten.

Wir waren gerade dabei, die Praxis für den Feierabend fertig zu machen, als Doc Shaw sich zu uns gesellte. »Heute ist Vollmond. Wie genau sieht dein Plan für heute Nacht aus?«

»Sobald es draußen richtig dunkel ist, gehe ich mit all meinen Sachen in den Park, auf die große Liegewiese. Dann braue ich diesen Trank und schlafe morgen ordentlich aus. Übermorgen bringe ich Oberon den Liebestrank, abends gibt es dann Pizza bei mir.«

»Sehr guter Plan. Ich bringe passend zur Pizza Wein mit.« Hyacinth schenkte mir ein breites Lächeln.

»Bist du dir sicher, dass du das heute Nacht allein machen willst? Im Park kann es ganz schön gefährlich werden«, gab Doc Shaw zu bedenken.

Ich verstand ihre Sorge nur zu gut, aber Demetris Worte hatten mich ein wenig beruhigt. »Ja, ich will das alleine machen.« Irgendetwas sagte mir, dass ich diesen letzten Schritt alleine gehen musste. Ich wollte eine Nacht allein sein, nur mit meinen Gedanken und dem Vollmond. »Außerdem bezweifle ich, dass ich länger als fünf Minuten alleine bleiben werde. Zumindest sagt mir das meine Erfahrung.«

Bei der Erwähnung von Oberon nickte meine Chefin halbwegs zufrieden. »Ich bin stolz auf dich, Tania. Du hast es wie eine wahre Kriegerin gemeistert.«

»Danke. Ohne euch hätte ich das aber niemals geschafft.«

»Ja, wir sind schon toll«, stimmte Hyacinth mir mit einem breiten Grinsen zu.

Mit einem leichten Gefühl in der Brust verließ ich an diesem Abend meine Arbeit. Bevor ich mich in den Central Park aufmachte, ging ich noch eine große Runde mit Rosa, die sich danach in ihr Körbchen verzog, während ich alles für den Abend zusammensuchte.

Sorgsam holte ich die Zutaten aus ihrem sicheren Versteck hervor und verstaute sie zusammen mit dem Campingkocher und dem Topf in meinem Rucksack. Nur um sicherzugehen, griff ich nach der Dose Pfefferspray, die seit dem Winter neben der Tür stand. Es war ein seltsames Gefühl, diesen letzten Schritt nach all den Wochen endlich zu gehen.

»Sei schön brav, meine Süße«, verabschiedete ich mich von Rosa. »Ich bin bald wieder da und dann kuscheln wir.«

Vor Wills Zimmertür blieb ich noch ein letztes Mal stehen. Ein klein bisschen verstimmte es mich, dass ich nun bald wieder einen chaotischen Mitbewohner hatte. Aber die Freude, meinen Bruder zurückzubekommen, übertönte doch alles andere.

Die Restwärme des Tages empfing mich, als ich hinaus auf die Straße trat. Das Nachtleben der Stadt war wie immer in vollem Gange, aus den Restaurants drang Musik, Lachen und der wundervolle Geruch von Essen.

Mein Herz hüpfte freudig, als ich von Weitem eine Gestalt neben dem Eingang des Parks entdeckte. Doch wurde meine Freude deutlich gedämpft, als ich beim Näherkommen erkannte, dass es Demetri war. »Hi, was machst du denn hier?«

Er schenkte mir ein reumütiges Lächeln. »Du hast sicher mit jemand anderem gerechnet. Ich bin der Überbringer schlechter Nachrichten, Oberon ist im Tower aufgehalten worden, deshalb bin ich jetzt hier. Aber keine Sorge, ich verstecke mich wie ein gruseliger Stalker im Schatten und beobachte dich einfach nur schweigend.«

»Das klingt wirklich gruselig, aber ist auch unsagbar beruhigend. Danke schön.« Lachend schüttelte ich den Kopf.

»Aber ich meine es ernst. Ignorier einfach, dass ich da bin und mach dein Ding.« Freundschaftlich zwinkerte er mir zu und deutete mir an, voranzugehen.

Auch im Central Park wimmelte es noch von Leuten. Je weiter wir allerdings gingen, desto leerer wurde es. Ich tat mein Bestes, um Demetris Aufforderung nachzukommen, und ignorierte sowohl ihn als auch meine Enttäuschung darüber, Oberon an diesem Abend nicht zu sehen. Als ich auf der großen Wiese ankam, suchte ich mir eine ruhige Stelle, wo ich mein Lager aufschlagen konnte.

Der Vollmond hatte sich noch nicht ganz hinter den Hochhäusern hervorgetraut, also genoss ich zunächst den wundervollen Abend. Ich hätte Stunden hier verbringen können, einfach nur die Natur genießen, den Himmel beobachten und den Kopf abschalten. Für einen Moment schloss ich die Augen und ließ mich fallen. Wie jedes Mal in den letzten Tagen, wanderten meine Gedanken zurück zur gemeinsamen Nacht mit Oberon. Immer noch meinte ich seine Hände auf mir zu spüren, wie Schatten, die mich verfolgten.

Auch wenn ich die Erinnerungen immer wieder durchlebte, wusste ich noch nicht, wie ich mich ihm gegenüber verhalten sollte.

Seufzend richtete ich mich wieder auf. Inzwischen stand der Mond hoch genug am Himmel. Zuerst entzündete ich den Campingkocher, bevor ich die einzelnen Zutaten und das Rezept vor mir auf den Boden legte. Sorgsam las ich mir die Anweisungen auf dem Papier durch, bis ich sicher war, was ich zu tun hatte. Nicht zum ersten Mal fragte ich mich, ob dieses ganze Tamtam um die Zubereitung denn auch wirklich nötig war. Vielleicht war die Blume allein ja schon ausreichend? Aber wer war ich, dass ich ein uraltes, mächtiges Feenrezept in Frage stellte?

Obwohl ich es erst am Ende brauchen würde, hob ich das fein gearbeitete Glas schon jetzt hoch. Unglaublich, wie viel mich dieses Stück Glas gekostet hatte. Nicht nur an Geld, sondern auch an Nerven. Seit meinem Anruf vor ein paar Wochen hatte ich nur wenig mit meiner Mutter gesprochen. Wie sie wohl darauf reagieren würde, wenn ihr Goldsohn seine Zukunftspläne änderte? Vielleicht würde sie wieder mir die Schuld geben. Das würde sie auf jeden Fall tun, sollte sie jemals erfahren, was wirklich in den letzten Wochen passiert war. Eine brennende Wut erfasste mich, als ich an das vorwurfsvolle Gesicht meiner Mutter dachte. Aber das würde nicht mein Problem sein, sondern Wills.

Behutsam stellte ich das Gefäß neben mir ab, sodass es auch genug Mondlicht abbekommen würde. Genau nach Rezept gab ich zuerst die Gischt in den Topf, um sie zum Kochen zu bringen. Für einen Moment musste ich an Eden denken und mein Versprechen, dass ich sie noch einmal besuchen würde. Jetzt hielt mich ja nichts mehr davon ab, außerdem konnte ich ihr dann noch einmal für alles danken.

Während ich darauf wartete, dass das Wasser anfing zu brodeln, nahm ich die Blodynblume zur Hand. Auch nach fast einer Woche sah sie immer noch so frisch aus wie an dem Abend, an dem ich sie gepflückt hatte. Dass eine so wunderschöne Pflanze solchen Schaden anrichten konnte, war doch sehr traurig. Sorgsam zählte ich sieben Blütenblätter ab, die ich dann in den Topf warf. Wie im Rezept beschrieben, rührte ich danach mit der Liebestaubenfeder um.

Diese erste Zutat hatte ich vor einer gefühlten Ewigkeit besorgt, die Erinnerung daran kam mir nun vor wie ein ferner Traum.

Meine Gedanken wurden unterbrochen, als die Blütenblätter anfingen, sich in der Gischt aufzulösen. Das bisher klare Gebräu nahm für einen kurzen Moment dasselbe intensive Fuchsia der Blüte an, bevor es wieder klar wurde. Schnell las ich mir den vierten Schritt noch einmal durch. Nun sollte ich den Trank mit dem Elfennektar süßen, aber wie viel genau ich verwenden sollte, stand nicht geschrieben. Unbekümmert ließ ich zwei Löffel von der schwarzen klebrigen Masse in den Topf hineinfallen, die alles für einen Augenblick dunkel färbte. Dann löste auch sie sich auf. Ein letztes Mal rührte ich mit der Feder um, bevor ich den Topf vom Feuer nahm. Laut Rezept sollte der Trank nun im Mondlicht abkühlen.

Meine Gedanken wanderten zurück zu Oberon und seiner Erzählung über die Blodynblume. Auch wenn ich sie am liebsten als Erinnerung aufbewahrt hätte, war ich mir der Gefahr, die von ihr ausging, durchaus bewusst. Mit einem schweren Kloß im Hals hielt ich sie in die immer noch brennende Flamme des Campingkochers. Es dauerte einen Moment, bis das Feuer auf die Blume überging, dann erfüllte auf einmal ein zuckersüßer Geruch die Nacht. Nach und nach gingen die einzelnen Blütenblätter in Flammen auf, bis von ihnen nichts weiter übrig blieb als feine Funken, die in der Nacht verschwanden.

Mit einem Seufzen schaltete ich den Campingkocher aus. Irgendwie hatte sich das wie Abschied angefühlt. Nicht nur ein Abschied von diesem Deal, sondern auch von meiner Verbindung zu Oberon. Denn nach dieser Nacht würde sich zwischen uns alles verändern. Ich war frei, hatte mein Leben zurück. Die Stimme war wieder in den Hintergrund getreten, sodass ich zum ersten Mal, seitdem ich den Feenkönig getroffen hatte, klar denken konnte.

Mein Blick wanderte durch den in Mondlicht gebadeten Park. In einem anderen Leben wären Oberon und ich uns vielleicht auf eine andere Art und Weise begegnet. Wir hätten einander anders kennengelernt, ohne Geheimnisse, ohne Deals. Ich hätte vor ihm verborgen, wie es wirklich in mir aussah, stattdessen meine übliche Maske aufgesetzt und alle Sorgen und Ängste für mich behalten. Aber seien wir mal ehrlich. In welcher Realität hätte ich ihn denn auf andere Art kennenlernen können? Ohne diesen Deal hätten sich unsere Wege nie gekreuzt, er hätte nie etwas von meiner Existenz gewusst und für mich wäre er nur eine weitere lebende Legende gewesen. Ich würde jetzt nicht so weit gehen und dankbar für diesen verflixten Handel sein, aber wenigstens hatte er mir eines gezeigt: Auch mit dieser Stimme in meinem Kopf konnte ich erreichen, was ich mir vornahm. Übermorgen würde ich Oberon unter diesen Umständen das letzte Mal sehen. Dann war ich hoffentlich mutig genug, um ihn nach einem richtigen Date zu fragen.

Inzwischen war einige Zeit vergangen und der Trank ausreichend abgekühlt. So vorsichtig wie möglich füllte ich die Flüssigkeit in die Glasflasche, die ich daraufhin sofort fest verschloss. Eine seltsame Ruhe machte sich in meinem Inneren breit, als ich das nun volle Gefäß in der Hand wog. Von außen war nichts von seinem Inhalt zu erkennen, aber ich wusste um den Wert und meinen Triumph, die sich beide darin verbargen.

Das war es. Ich hatte einen Liebestrank gebraut. Zwar stand auf dem Rezept noch ein weiterer Schritt, doch da ich nicht vorhatte ihn jemandem zu verabreichen, faltete ich den Zettel sorgfältig zusammen und ließ ihn in den Tiefen meines Rucksacks verschwinden. Den Trank allerdings schob ich vorne in meine Hosentasche, damit ich stets sichergehen konnte, dass er wirklich noch da war.

Bevor ich aufstand, streckte ich mich ausführlich und ließ den Nacken kreisen. Die Nacht war noch jung, also würde ich noch eine Runde durch den Park spazieren, bevor ich nach Hause ging, um mit Rosa zu kuscheln.

Ich war gerade dabei, mich zu erheben, da hörte ich Schritte hinter mir. Noch bevor ich mich umdrehen konnte, legte sich von hinten eine Hand über meinen Mund. Kaum Zeit zu realisieren, was mit mir geschah, spürte ich einen Stich im Arm. Dann wurde alles um mich herum schwarz.

Kapitel dreißig

Irgendetwas stimmte nicht. Das war mir schon klar, bevor ich wieder richtig bei Bewusstsein war. In meinem Kopf schrillten sämtliche Alarmglocken, auch wenn ich nicht sagen konnte, wieso. Vorsichtig wackelte ich mit den Fingern und Zehen, doch körperlich schien alles in Ordnung zu sein.

Ich wollte die Augen öffnen, aber diesem Wunsch kam mein Körper nicht nach. In meinem Kopf hatte sich ein zäher, klebriger Nebel festgesetzt, der es mir unmöglich machte, irgendeinen klaren Gedanken zu fassen. Ich versuchte zu stöhnen, doch meiner trockenen Kehle entfuhr kein Geräusch. Um den Schmerz zu lindern, versuchte ich die Hände zu heben und gegen die Schläfe zu drücken, doch hielt mich etwas davon ab.

Mit aller Macht zwang ich meine Augen, sich endlich zu öffnen. Für einen Moment drehte sich die ganze Welt um mich herum, bis sie zu einem sehr seltsamen und beängstigenden Bild erstarrte. Ich blickte auf eine graue Betonwand, in der es mehrere Fenster gab, die mit dicken Metallstangen gesichert waren. Davor schwang eine einzelne Glühbirne leicht vor und zurück. Immer wieder vor und zurück.

»Was zur Hölle.« Mein Flüstern durchriss die Stille, die mich bisher umgeben hatte. Sosehr mein Verstand sich auch bemühte, ich konnte einfach nicht sagen, was ich hier machte und wie ich hierhergekommen war.

Ich konnte mich immer noch nicht bewegen, auch wenn das Hämmern in meinem Schädel langsam nachließ. Dafür nahm die Panik mit jedem meiner viel zu lauten Herzschläge zu. Ich wusste nicht, wie und ich wusste nicht, wieso, aber ich war anscheinend entführt worden.

Die Frage war nur noch, wer würde mich umbringen und wann?

Als die Panik drohte mich zu übermannen, schloss ich die Augen und konzentrierte mich auf meine Atmung. Ich schob alle Gedanken beiseite und versuchte mich zu erinnern, was ich vor meiner Entführung getan hatte.

Natürlich! Der Liebestrank.

Ich war dabei, den Trank zu brauen. Und soweit ich mich erinnerte, war mir das auch geglückt. Dann wollte ich losgehen und danach war alles schwarz.

Schwer atmend ließ ich den Kopf zur Seite fallen. Zu den Kopfschmerzen gesellte sich jetzt auch noch Übelkeit, die mir die Galle den Hals hochtrieb. Wegen der Fesseln um meine Hände dauerte es einen Moment, ehe ich mich halbwegs aufrichten konnte. Allmählich ließ das Schwindelgefühl nach.

Ich war in die Mitte des Raumes platziert worden und hatte von hier aus zumindest alles im Blick. Rechts an der Wand neben den Fenstern gab es eine dicke Eisentür. Den Versuch, sie zu öffnen, konnte ich mir sparen, da die Tür keine Klinke besaß. Ansonsten stand auf einer Seite des Raumes nur noch ein alter leerer Campingtisch. Die Fenster waren verschlossen und ließen nur den dunklen Nachthimmel durchscheinen. Allzu lange konnte ich noch nicht hier sein. Wo war ich?

Das Schwindelgefühl war so weit abgeklungen, dass ich mich auf die Knie hochkämpfen konnte. Mein ganzer Körper schmerzte, als hätte ich einen zehn Kilometer Marathon mit anschließendem CrossFit-Wettbewerb hinter mir. Der Kopfschmerz flammte erneut auf. Mit einem lauten Stöhnen sackte ich zusammen. Wie sollte ich mit verbundenen Händen hier herauskommen?

Nachdem ich mehrmals tief durchgeatmet hatte, bewegte ich meine Hände, in der Hoffnung, die Fesseln lösen zu können. Ein Rütteln an der Tür ließ mich mitten in der Bewegung erstarren. Mit einem lauten Knarren öffnete sie sich und gab für einen Moment den Blick auf einen langen, dunklen Flur frei. Panisch versuchte ich, mehr zu erkennen. Doch da waren nur weitere Betonwände und nackte Glühbirnen.

Erst als sich die Tür mit einem lauten Rumps wieder geschlossen wurde, konzentrierte ich mich auf die Person, die hereingekommen war. »Du! Was um alles in der Welt machst du hier?« Ich hatte mit vielem gerechnet, aber ganz sicher nicht mit diesem Fee an diesem Ort. Wut kochte in mir und verdrängte meine Panik.

»Du stellst die falschen Fragen, Menschlein. Willst du nicht wissen, was *du* hier machst?« Feinris irres Lachen hallte durch den Raum.

»Nein! Gerade interessiert es mich mehr, wie du hier sein kannst. Ich dachte, du wirst im Tower festgehalten?« Oberon hatte mich nicht angelogen, das wusste ich zu einhundert Prozent. Also musste jemand den Fee befreit haben.

»Du hast überhaupt keine Ahnung, wie viel Einfluss ich habe. Ich habe mächtige Freunde, Menschlein. So viel mächtiger, als du dir vorstellen kannst.« Langsam fing er an, um mich herumzuschleichen. Da ich immer noch auf dem Boden kniete, ragte er über mir auf. »Willst du jetzt wissen, wieso du hier bist?«

Ich wusste selber nicht, woher meine innere Ruhe oder der Mut kam, der mich auf einmal erfüllte. »Du wirst es mir doch sicher gleich sagen, so sehr wie du darauf herumreitest.«

Kalte Finger krallten sich in meine Haare und rissen meinen Kopf nach hinten. »Für die letzten paar Minuten deines Lebens auf einmal so frech? Mutiges kleines Menschlein. Zu schade, dass du den heutigen Tag nicht überstehen wirst. Du wirst sterben, Menschlein.«

»Das hatte ich mir schon fast gedacht«, brachte ich zwischen zusammengebissenen Zähnen hervor. »Wirst du mir auch sagen, warum?«

Statt einer Antwort erhielt ich nur einen weiteren festen Ruck an meinen Haaren, begleitet von diesem irren Lachen. Als er mich endlich losließ, fiel mein Kopf nach vorn. Mein Blick war auf den grauen, dreckigen Betonboden vor mir gerichtet, der sich bis ins Unendliche zu erstrecken schien. Todesangst und lähmende Wut lieferten sich in meinem Inneren einen Kampf um die Kontrolle und ich konnte nicht sagen, welches Gefühl am Ende gewinnen würde. Doch als er wieder zum Sprechen ansetzte, gewann Wut die Oberhand.

»Ich habe einfach nie verstanden, was er an dir findet. Oberon hatte in den

Jahrhunderten ein paar der umwerfendsten Feen. Und die eine oder andere nett anzusehende Menschenfrau. Alles, was du bist, ist durchschnittlich, ein ganz normales Menschlein. Also, wieso interessiert er sich so für dich?« Er wanderte nachdenklich durch den Raum.

»Ach Feinri«, begann ich ein wenig amüsiert, »da fragst du wirklich die Falsche. Sein Interesse an mir ist doch erst durch dich geweckt worden.« Mit aller Kraft schaffte ich es, mich wieder hinzuknien.

Feinri stockte mitten in der Bewegung und drehte sich zu mir um. Den Kopf schräg gelegt, musterte er mich. »Ist dein Gedächtnis so schlecht, kleines Menschlein? Oder was für ein Spiel spielst du hier?«

Bevor ich antworten konnte, öffnete sich die Tür erneut. Eine unendliche Erleichterung erfüllte mich, als ich den Fee erkannte, der hereintrat. »Demetri. Gott sei Dank.«

Er kam sicher, um mir zu helfen. »Feinri ist irgendwie entkommen. Wir müssen …« Meine Stimme erstarb, als ich den Ausdruck in seinem Gesicht bemerkte.

Demetri wirkte weder überrascht noch besorgt, mich hier so vorzufinden. Völlig entspannt stand er mit einem Kaffeebecher in der Hand neben der Tür und widmete Feinri seine ganze Aufmerksamkeit. »Was soll das hier, Feinri. Lass sie in Ruhe. Wir sind keine Monster!«

»Ich will doch nur ein klein wenig Spaß haben. Immerhin habe ich wochenlang in genau so einem Loch gesteckt. Wegen ihr und deines bescheuerten Plans«, keifte Feinri. Sein sonst so hübsches Gesicht war von Wut und Wahnsinn völlig entstellt.

»Und ich kann dich genauso schnell wieder in dieses Loch zurückstecken, wenn du dich nicht an den Plan hältst. Haben wir uns verstanden?« Demetri strafte ihn mit einem grimmigen Blick, ehe er vor mir in die Knie ging. »Entschuldige bitte seinen Auftritt. Die paar Wochen alleine haben ihm anscheinend langfristig geschadet.«

»Nein, ich bin mir sicher, der war auch schon vorher verrückt«, konnte ich mir nicht verkneifen anzumerken. »Was soll das hier? Was soll ich hier? Was machst du hier?« Die Fragen schossen aus meinem Mund. Ich musste reden und dem Druck in meinem Inneren irgendwie Linderung verschaffen, andernfalls wäre ich geplatzt.

»Es tut mir wirklich leid, Tania, das musst du mir glauben. Du bist da in etwas Großes hineingerutscht, das weit über dir stattfindet. Aber manchmal müssen Unschuldige geopfert werden, damit ein neues Zeitalter anbrechen kann.« Seine Stimme war völlig ruhig und entspannt, auch wenn in seinem Gesicht eine ehrliche Entschuldigung zu erkennen war.

»Hat das hier irgendetwas mit Oberon zu tun?« Flehend blickte ich ihn an. Natürlich hatte das Ganze etwas mit dem Feenkönig zu tun, aber ich brauchte Antworten, Erklärungen, einen Ausweg, irgendetwas, das mir Halt gab und mich nicht um den Verstand brachte.

»Das hier hat alles mit Oberon zu tun. Er ist nicht länger in der Lage, uns zu führen. Die Jahrhunderte haben ihn schwach gemacht, fast schon weich. Das können wir nicht länger hinnehmen.« Demetri erhob sich wieder und stellte seinen Kaffeebecher auf dem Campingtisch ab. »So arrogant es vielleicht klingen mag, aber wir Feen sind nun einmal besser als ihr Menschen. Von der Magie bis hin zu unserem beinahe unendlichen Leben, wir sind euch in einfach allem überlegen. Trotzdem will Oberon zwischen uns Freundschaft und Gleichberechtigung.«

»Darum geht es hier? Um deinen beschissenen Überlegenheitskomplex?« Wären sie nicht hinter meinem Rücken gefesselt gewesen, hätte ich mit meinen Händen wie wild umhergefuchtelt.

»Es geht hierbei um die korrekte Weltordnung, Tania. Darum, dass viele Feen unzufrieden damit sind, wie es gerade läuft. Darum, dass Oberon seinen Biss verloren hat, dass er sich von den Menschen unterdrücken lässt und auf ›gute Freunde‹ macht. Er handelt gegen den Willen seines Volkes.« Mit aller Wucht schlug Demetri auf den Tisch und zum ersten Mal zeigte seine entspannte Miene verärgerte Risse.

»Den Willen seines Volkes oder deinen Willen? Denn soweit ich das sehe, sind die meisten Feen stolz auf ihren König und dienen ihm aus Überzeugung. Wenn die Situation für euch so unerträglich ist, wieso sprecht ihr dann nicht einfach mit Oberon?«

»Das haben wir versucht. Schon so lange haben wir das versucht. Aber er wollte einfach nicht auf uns hören. Er vermeidet jegliche Konfrontation und lässt alles so, wie es ist.« Demetri schüttelte seinen gesenkten Kopf.

»Klingt für mich eher so, als wollte er den Frieden bewahren«, murmelte ich.

»Wieso erzählst du ihr das alles überhaupt?«, meldete sich jetzt Feinri zu Wort. »Lass uns den Plan einfach hinter uns bringen, ich ertrage ihr Gesicht nicht mehr.« In seinem Grinsen lag reine Mordlust.

Mein Interesse an der Vorgeschichte ließ schlagartig nach. »Was habt ihr mit mir vor?«

»Wir haben sehr lange auf eine Gelegenheit wie dich gewartet, Tania. Oberon war unantastbar, er hat sich in den letzten Jahrhunderten keinen Fehler erlaubt. Und dann kamst du. Auf einmal war da eine Lücke in seiner Abwehr, eine Möglichkeit, ihn zu Fall zu bringen.« Demetri fing an vor mir auf und ab zu gehen.

»Ihr wollt mich benutzen, um ihn zu erpressen?« Mein Leben für den Frieden. »Darauf wird sich Oberon niemals einlassen.«

»Da hast du recht. Ihm ist das Leben der Menschen wichtig, aber noch wichtiger ist ihm das Leben der Frau, von der er besessen ist. Aber nein, so einfach ist es nicht. Die ganze Welt weiß, was zwischen euch vorgefallen ist. Du bist der erste Deal, den Oberon seit Ewigkeiten gemacht hat. Und du hast ihn gewonnen. Ich muss zugeben, das hatte ich nicht erwartet, wir mussten unseren Plan etwas abändern. Aber so ist es besser.«

»Ich verstehe kein Wort!«, brüllte ich dem Fee so laut entgegen, dass es selbst mir in den Ohren dröhnte. Meine Wut war inzwischen beinahe ausgebrannt, stattdessen streckte nun die Todesangst ihre eiskalten Finger nach mir aus. Tränen der Verzweiflung brannten in meinen Augen, der Kloß in meinem Hals schnürte mir langsam aber sicher die Luft ab. Ich kniete auf dem harten, unnachgiebigen Betonboden vor den beiden Feen, die mein Leben in der Hand hielten, und war mir nie hilfloser und unbedeutender vorgekommen.

»Ursprünglich war ich davon ausgegangen, dass du den Deal nicht gewinnst, Oberon aber dennoch Williams Deal auflösen und dir deine Freiheit schenken würde.« Demetri schüttelte den Kopf. »Das wäre einfach gewesen. Wir hätten öffentlich gemacht, dass der große Feenkönig unsere – nein, seine eigenen – Gesetze missachtet und das alles nur, um einen unwichtigen Menschen zu retten. Wir hätten das Recht gehabt, seine königliche Stellung zu hinterfragen und schließlich zu kippen. Die richtige Weltordnung wäre damit wieder herstellt gewesen.«

Die Erinnerungen an den Ball, an meinen Tanz mit Oberon flackerten in mir auf. Für einen Moment zogen sie mich fort vom Abgrund meiner Angst. Denn mein brennender Drang zu verstehen, was hier vor sich ging, war überraschenderweise stärker als meine Panik. Dankbar hielt ich mich an ihm fest. »Toller Plan. Ein paar Fragen hätte ich da allerdings noch. Ihr wollt mir weiß machen, dass ihr die ganze Zeit nur auf mich gewartet habt, um euren Plan durchzuziehen? Was wäre gewesen, wenn ich nicht auf den Ball gekommen wäre und mir Oberon keinen Deal angeboten hätte?«

Die beiden Feen tauschten irritierte Blicke aus. »Du weißt es tatsächlich nicht.« Überrascht zog Demetri die Augenbrauen hoch. »Du bist seit Monaten Oberons Obsession. All die Informationen über dich und dein Umfeld habe ich auf seinen Wunsch zusammengesucht. Nur deshalb habe ich dich ausgesucht.«

»Mich ausgesucht?«, hakte ich ungläubig nach.

»Der Plan war echt einfach«, erklang Feinris Stimme direkt neben meinem Ohr. Er hatte sich an mich herangeschlichen und presste sich jetzt gegen mich. »Alles, was zu tun war, war deinen dummen Bruder zu einem gefälschten Deal zu überreden. Dann mussten wir nur warten, bis du zu seiner Hilfe eilst und dich an die einzige Person wendest, die euch helfen konnte.«

Ich war seit Monaten Oberons Obsession gewesen.

Die Erkenntnis traf mich wie ein Schlag. Ich hatte mich doch nicht geirrt, er war der Fremde im Park gewesen. Und anscheinend hatte er mich nicht vergessen. Die Sache mit dem Stalking war ein Witz gewesen. Aber anscheinend hatte ich doch richtig gelegen. Er hatte mich angelogen.

Meine Gedanken konnte man mir in dem Moment wohl vom Gesicht ablesen, denn Demetri nickte mir verständnisvoll zu. »Es fällt dir also wieder ein.«

»Können wir es jetzt bitte endlich hinter uns bringen?« Feinri löste sich endlich so weit von mir, dass ich wieder durchatmen konnte.

»Was genau habt ihr mit mir vor?«, fragte ich noch einmal.

»Wir werden dich umbringen, kleines Menschlein. Und dann schieben wir es gekonnt Oberon in die Schuhe. Öffentlich natürlich.« Feinri umrundete mich. »Du hast den großen Feenkönig in einem Deal besiegt, da ist er einfach durchgedreht. Wie schon sein Vorgänger, verrückt geworden durch die Macht, die er hatte. Und dann am Ende hat er es an den Unschuldigen ausgelassen, die er doch eigentlich so sehr beschützen wollte. Was für ein Skandal, was für ein Affront gegen die Menschen, dabei predigt er doch immer Frieden. Die Menschen werden sich gegen ihn wenden, da bleibt ihm nichts anderes übrig, als sich ebenfalls gegen sie zu wenden.« Ich schluckte.

Plötzlich zauberte Demetri wie aus dem Nichts den Liebestrank hervor. »Mit diesem kleinen Fläschchen hier, haben wir auch endlich den Beweis deines Sieges. Danke dafür.«

»Oberon würde niemals einen Krieg gegen die Menschen beginnen. Eher tritt er zurück«, zischte ich.

»Auch eine gute Möglichkeit. Dann wird sich jemand anders finden, der seinen Platz einnimmt. Jemand, der besser als König geeignet ist.« Ich verdrehte die Augen, als Demetri ganz selbstzufrieden lächelte.

»Wie bereits gesagt, es tut mir sehr leid, Tania. Irgendwie mag ich dich. Du hast Biss, für einen Menschen.«

Mit einer flinken Handbewegung zog er ein Messer aus seiner Hosentasche hervor. Um beide Hände frei zu haben, stellte er den Trank auf dem Tisch ab. Dann kam er auf mich zu. Gerade als ich schreien wollte, schnitt Demetri die Fesseln an meinen Handgelenken durch. »Du hast es verdient, die letzten paar Stunden halbwegs bequem zu verbringen.«

»Bist du verrückt geworden?« Feinri schüttelte den Kopf. »Warum lässt du sie frei?«

»Sie kommt hier sowieso nicht raus. Wir sind keine Monster, Feinri. Vergiss das niemals.« Laut klopfte Demetri an die Tür, die daraufhin von außen geöffnet wurde. Es waren also noch mehr Feen hier in dem Gebäude.

In der Tür blieb Feinri noch einmal stehen. »Wenn das hier vorbei ist, werde ich deinem Bruder einen Besuch abstatten. Immerhin schuldet er mir noch ein paar Jahre Arbeit.« Sein hysterisches Lachen hallte sogar noch im Raum nach, als die Tür zu meiner Zelle schon lange wieder geschlossen war.

Kapitel einunddreißig

Für einen Moment war ich wie versteinert, als mein Verstand versuchte das alles zu verarbeiten. Oberon hatte mich ausspionieren lassen, Demetri wollte mich umbringen. Mein Bruder. Der Frieden.

Hektisch schüttelte ich den Kopf, ich durfte mich jetzt nicht ablenken lassen. Ich konnte noch über alles genau nachdenken, sobald ich hier irgendwie herausgekommen war. Erst auf das Hier und Jetzt konzentrieren, dann weiterschauen.

Ich brauchte die wenigen klaren Gedanken, die ich noch hatte, für diese eine Sache. Hier lebend herauskommen.

Mein Blick wanderte durch den Raum und blieb an den beiden Gegenständen auf dem Tisch hängen. Der Liebestrank und ... *Der Kaffeebecher!* Demetri hatte ihn vergessen und er war noch fast voll.

Mein Plan war riskant und funktionierte möglicherweise doch nicht, aber er war immer noch besser, als rein gar nichts zu tun. Es dauerte einen Augenblick, bis ich mich an den letzten Schritt des Rezepts erinnerte.

Blut!

Ich musste mein Blut in den Trank geben, damit es funktionierte. Die Vorstellung war alles andere als angenehm, aber mir blieb keine Alternative. Mein Blick wanderte durch den Raum. Obwohl Feinri mich nicht sonderlich sanft behandelt hatte, gab es keine blutende Wunde an meinem Körper. Also suchten meine Augen nach etwas, mit dem ich mich schneiden konnte.

Da ich keine Ahnung hatte, wie lange es dauern würde, bis Demetri und Feinri zurückkamen, musste ich mich beeilen. Trotz des Schwindels, der mich immer noch gefangen hielt, schaffte ich es zur Tür. Doch wie erwartet konnte ich ohne Klinke hier nicht viel erreichen. Wahre Todesangst, wie ich sie nie zuvor erlebt hatte, machte sich in mir breit. Ein Gefühl, das mich wie Eisenketten in die Schwärze ziehen wollte. Doch ich würde nicht aufgeben. Also biss ich die Zähne zusammen und blickte mich weiter in meinem Gefängnis um. Die Wände waren alle gleichermaßen kahl und bedrückend. Die verblassten Graffiti ließen darauf schließen, dass dieses Gebäude schon länger leer stand. Die anderen Flecken, die ich auch auf dem Boden entdeckte, wollte ich lieber nicht deuten.

Auf Händen und Knien kroch ich am Boden herum, auf der Suche nach einer Scherbe oder Ähnlichem. Dabei fiel mein Blick immer wieder panisch zur Tür, in beklemmender Vorahnung, jeden Moment einen meiner Entführer dort hereinkommen zu sehen. Im Halbdunkeln tastete ich nach etwas, irgendetwas, was mir weiterhelfen konnte.

Plötzlich durchfuhr meinen Finger ein scharfer Schmerz. Ganz hinten unter dem Tisch hatte sich tatsächlich ein Nagel verborgen. Noch nie in meinem Leben war ich so froh über den Anblick meines eigenen Blutes gewesen. Vorsichtig darauf bedacht, mich nicht noch auffälliger zu schneiden, zog ich den Nagel hervor.

So schnell ich konnte, kam ich wieder auf die Beine und griff nach dem Liebestrank. Aufgrund meiner zittrigen Hände brauchte ich drei Versuche, bis ich die Flasche endlich geöffnet hatte. Mit hektisch klopfendem Herzen platzierte ich meine Hand genau über der Öffnung, bevor ich den Nagel schnell und mit aller Wucht in meinen Handballen rammte.

»Scheiße«, entfuhr es mir, ehe ich die Zähne zusammenbeißen konnte. Der Schmerz brannte grell auf, bevor er sich zu einem andauernden Pochen entwickelte. Langsam zog ich den Nagel aus der Wunde heraus. Die Sorgen über mögliche Blutvergiftungen oder dergleichen versuchte ich in dem Moment auszublenden. Ein dünnes Rinnsal Blut lief meine Haut entlang und tropfte in den Trank. Keine Ahnung, wie viel vonnöten war, damit es funktionierte. So genau waren die Angaben auf dem Rezept leider nicht gewesen. Als die Blutung langsam verebbte, drückte ich meine Hand auf meinen Oberschenkel, während ich mit der anderen das Fläschchen wieder verschloss, um es gut durchzuschütteln. Den kompletten Inhalt goss ich in den Kaffeebecher. Von außen war nicht zu erkennen, dass der Trank nun leer war. Gott sei Dank war das Gold blickdicht. Ich ging noch einmal sicher, dass beide Gegenstände wieder an genau derselben Stelle standen wie zuvor.

Nachdem das geschafft war, gaben meine Knie einfach unter mir nach und ich sackte wieder auf den Boden. Das Adrenalin rauschte mit aller Macht durch meinen Körper und hielt mich halbwegs bei Verstand. Die Schlinge der Angst um meine Kehle zog sich mit jeder Sekunde, in der nichts geschah, weiter zusammen. Ich hatte keine Ahnung, ob mein Plan funktionieren würde oder ob ich den Liebestrank überhaupt richtig gebraut hatte. Aber das war jetzt auch völlig egal, was getan war, war getan. Nun musste ich Demetri dazu bekommen, seinen Becher hier wieder abzuholen.

Da die Wunde an meiner Hand aufgehört hatte zu bluten, kämpfte ich mich wieder auf die Beine und lief zur Tür. Mit aller Macht fing ich an, gegen das kalte Metall zu hämmern. »Hey, Hallo! Ist da jemand? Hallo?!« Meine Stimme hallte schmerzhaft laut von allen Wänden wider.

Es dauerte eine Weile, bevor ich endlich Schritte in der Ferne vernahm. Kurz darauf ging die Tür auf und ein mir unbekannter Fee steckte den Kopf herein. »Was ist?«

»Ich muss mit Demetri sprechen, bitte«, flehte ich mit möglichst weinerlicher Stimme. Was sicher nicht sonderlich schwer war, so wie ich mich gerade fühlte.

Ohne ein weiteres Wort schloss der Fee wieder die Tür. Jetzt blieb mir wohl nichts anderes übrig, als darauf zu hoffen, dass mein Plan aufging. Nervös und ungeduldig lief ich von Wand zu Wand. Immer genau dreiundzwanzig Schritte in die eine Richtung und dann genauso viele wieder zurück.

Eine Runde, zwei, drei, vier ... Neben der Tür blieb ich jedes Mal stehen und lauschte, doch niemand kam. Nach meiner neunten Runde öffnete sich die Tür endlich und Demetri steckte seinen Kopf herein. »Was ist?«

»Was genau wird mit mir geschehen?« Etwas Besseres fiel mir nicht ein. Ich musste Demetri irgendwie in den Raum locken, damit ihm sein Kaffee wieder einfiel. Der andere Fee blieb vor der Tür stehen.

»Das willst du nicht wissen, Tania. Wirklich, tu dir das nicht an.« Schon wieder konnte ich so etwas wie Mitleid in Demetris Augen erkennen. »Es wird bald vorbei sein und wir werden es so schmerzlos wie möglich machen.«

»Ich verstehe einfach nicht, wie du so grausam sein kannst.« Bei seinem Anblick erfasste mich eine brennende Wut, in die ich mich nur zu gerne stürzte. »Du stehst hier und heuchelst Mitleid und Sorge für mich, während du gleichzeitig meine Ermordung planst. Und die Versklavung sämtlicher Menschen!«

Bei meinem Ausbruch schüttelte der Fee lediglich den Kopf und schlenderte zum Tisch hinüber. Völlig angespannt hielt ich den Atem an. Dann griff er nach dem Becher und nahm einen großen Schluck daraus. Bei seinem angeekelten Gesichtsausdruck rutschte mir das Herz in die Hose. Wieso konnte ich nicht mal genau sagen, viel schlimmer konnte es ja sowieso nicht mehr werden.

»Kalt«, brummte er unzufrieden und stellte den Becher wieder ab. Bei seinen Worten hätte ich vor Erleichterung beinahe aufgestöhnt. Er hatte anscheinend nicht bemerkt, dass sein Kaffee nicht nur kalt war. Die Sekunden verstrichen und fühlten sich an wie Minuten. Ich betete, dass der eine Schluck reichen würde, um seine Wirkung zu zeigen.

Demetri wandte sich bereits wieder zum Gehen, als er mitten in der Bewegung erstarrte. »Demetri?« Ich trat einen Schritt auf ihn zu, bis ich einen besseren Blick auf sein völlig ausdrucksloses Gesicht hatte. »Geht es dir gut?«

Langsam drehte sich Demetri zu mir um, während sich ein vollkommen grenzdebiles Grinsen auf seinem Gesicht ausbreitete. »Tania, meine Blume.« Sogleich fiel er vor mir auf die Knie, ergriff meine Hand und fing an, sie zu küssen. »Meine wunderschöne Geliebte, meine allmächtige Göttin!« Seine restlichen Worte waren nur undeutlich zwischen seinen Küssen zu verstehen.

»Okay«, murmelte ich gedehnt und versuchte meine Hand aus seinem Griff zu lösen. Anscheinend hatte der Trank funktioniert. Ziemlich gut sogar. Mit diesen Folgen hatte ich nicht gerechnet. Demetri blickte wie ein kleiner, verlorener Welpe zu mir auf, als wäre ich sein liebster Snack.

»Demetri, liebst du mich?«

»Lieben? Ich vergöttere dich, meine Blume. Ich werde dir die Sterne vom Himmel holen, dir jeden einzelnen Wunsch erfüllen, meine Liebste. Alles, was du willst.«

Okay, das war genau das, was ich hören wollte. Für einen Moment spielte ich mit dem Gedanken, ihn einfach zu bitten, mich hier herauszuführen. Aber ich bezweifelte stark, dass Feinri und die anderen Feen im Gebäude das zugelassen hätten. Ich brauchte einen anderen Plan. »Demetri, hör mir ganz genau zu. Ich wünsche mir nur eine Sache von dir. Wenn du mir deine Liebe beweisen willst, dann musst du genau tun, was ich dir sage!«

»Alles, was du willst, meine Blume.«

Bei diesem Kosenamen überkam mich beinahe ein Würgen.

»Geh zu Oberon und erzähl ihm ganz genau, wo ich bin. Außerdem musst du ihm im Detail darüber berichten, was hier vor sich geht, hörst du mich? Wenn du das nicht tust, dann werde ich deine Liebe niemals erwidern.«

»Alles, was du willst«, wiederholte er treudoof.

»Dann los. Jetzt sofort«, wies ich ihn an. »Aber du darfst niemandem da draußen sagen, was du vorhast, hast du mich verstanden? Sag keinem, was los ist, und geh auf direktem Weg zu Oberon!«

Noch immer denselben Hundeblick in den Augen, nickte Demetri, bevor er endlich aus dem Raum verschwand. Der Fee, der die Tür öffnete, schien nichts von seinem seltsamen Verhalten zu bemerken, und kurz darauf saß ich wieder alleine in meiner Zelle fest.

Eine grausame Einsamkeit ergriff schlagartig von mir Besitz. Vielleicht würde ich die letzten paar Stunden in meinem Leben alleine in einem Kellerloch verbringen, ohne dass jemand wusste, was mit mir geschah. Ich vermisste meine Freunde, meine Familie und Oberon. Ohne Zeitgefühl oder eine Möglichkeit, auf die Uhr zu schauen, konnte ich auch nicht sagen, wie lange ich hier bereits festsaß.

Ob schon jemand nach mir suchte?

Normalerweise war Will derjenige, der auf mich wartete, aber er schied ja aus bekannten Gründen aus. In der Wohnung war nur noch Rosa, die leider niemanden darüber informieren konnte, dass ich nicht nach Hause gekommen war. Da ich am nächsten Tag frei hatte, rechnete auch Claire nicht damit, dass ich meine Hündin bei ihr abgab. Hyacinth würde sich auch erst am Morgen wundern, dass ich nicht zurückkam und ihr auch nicht schrieb, wie es gelaufen war. Aber dann würde es womöglich schon zu spät sein.

Dann blieb nur noch Oberon. Immerhin hatte er in den letzten Wochen jederzeit genau gewusst, wo ich mich aufhielt. Und wenn ich Demetri glauben konnte, schon Monate davor. Hatte er vielleicht sogar mitbekommen, dass mich jemand entführt hatte und Feinri nicht mehr festsaß? Nein, dann wäre er schon längst zu meiner Rettung geeilt. Bei dem Gedanken an den Feenkönig zuckte ich innerlich zusammen. Demetris Worte klangen immer noch in meinem Kopf nach. Wieso hatte mich Oberon belogen? Warum hatte er es jedes Mal verneint, dass er der Fremde im Central Park war? All die Informationen, die er bereits über mich gesammelt und die ganze Aufmerksamkeit, die er mir schon auf dem Ball geschenkt hatte ... Jetzt machte alles Sinn.

Schützend rollte ich mich auf dem Tisch zusammen. Mir blieb jetzt nichts weiter übrig, als zu warten, zu hoffen, dass ich hier irgendwie wieder herauskam – und zwar nicht in einem Leichensack. Bei diesem Gedanken konnte ich nicht anders, als kurz aufzulachen. Fast schon gespenstisch hallte das unpassende Geräusch von den kahlen Betonwänden wider. Meine Situation war wirklich mehr als beschissen.

Ich bemerkte nicht einmal, dass ich weinte, bis ein lautes Schluchzen aus mir herausbrach. Diesmal hielt ich die Tränen nicht zurück, sondern ließ sie laufen. Alles in meinem Inneren tat mir weh, als ich daran dachte, dass mein Leben nun bald vorbei sein könnte. Sogar die Panik war abgestumpft, ich fühlte nichts anderes als Einsamkeit.

So versunken in meine eigene Trauer, bemerkte ich zunächst nicht, was sich draußen in der Ferne abspielte. Zwar drangen die Geräusche bis an mein Ohr, doch nahm ich sie erst bewusst wahr, als der erste Schuss ertönte. Als zwei weitere durch die stille Nacht hallten, saß ich aufrecht auf dem Tisch.

Ich wusste nicht, wie viel Zeit vergangen war, als ich Schritte draußen auf dem Flur hörte, kurz darauf gefolgt von leisen, aufgeregten Stimmen. Durch die Tür konnte ich nicht sagen, wer da sprach, aber ich war nicht bereit, ein Risiko einzugehen. Mein ganzer Körper zitterte, als ich vom Tisch herunterkroch. Aus meiner Hosentasche zog ich die leere Glasflasche hervor. Selbst wenn ich so auch nur einen von ihnen ausschalten konnte, würde ich nicht kampflos untergehen.

Als sich die Tür endlich öffnete, achtete ich nicht einmal darauf, wer dort hereinkam. Mit einem lauten Schrei, der sich seit Stunden in mir angestaut hatte, schmetterte ich das wunderschöne Gefäß auf die Person vor mir. Leider gab es kein befriedigendes Geräusch, als das Feenglas auf Fleisch traf. Stattdessen folgte lautes Fluchen.

»Na sag mal! Wir kommen dich retten und das ist der Dank dafür?« Es dauerte einen Moment, bevor ich die kühle Stimme erkannte. Mein Blick glitt zuerst zu Helene, die in der Tür stand, dann zu Oberon, der bereits einen Schritt in den Raum getreten war. Alle Überlegungen und Zweifel der letzten Stunden waren vergessen. Er war gekommen. Ich war gerettet. Ohne auf meine Umgebung zu achten, eilte ich auf ihn zu und schmiss mich in Oberons offene, wartende Arme. Heiße, dicke Tränen rannen meine Wangen hinab, als ich das Gesicht in seiner Halsbeuge verbarg.

»Sch, ich hab dich. Sch«, flüsterte Oberon immer wieder in mein Ohr. Seine Hände strichen über mein Haar, meine Arme, meinen Rücken, bevor er mich wieder an sich presste. »Ich hab dich. Jetzt ist alles wieder gut.«

»Bring sie hier weg«, raunte Lyander neben uns. »Wir kümmern uns um alles.«

Ich konnte spüren, wie Oberon nickte. Wortlos legte er den Arm um mich, dann verließen wir endlich diesen gottverlassenen Ort.

In meinem Kopf drehte sich alles, sodass ich kaum in der Lage war, einen klaren Gedanken zu fassen. Jedes Mal, wenn ich zum Sprechen ansetzte, verklangen die Worte unausgesprochen auf meiner Zunge. Ich wollte weinen, schreien und lachen, doch kein Ton kam heraus. Nur am Rande bekam ich mit, was um mich herum ablief. Da waren Feen, sehr viele von ihnen. Die meisten in derselben schwarzen Uniform wie Helene und mit Schusswaffen an der Seite oder Schwertern auf dem Rücken. Andere trugen zivile Kleidung, aber sie alle waren auf die eine oder andere Art gefesselt oder bewegungsunfähig. Stimmen und Schreie hallten durch die Flure, doch ich verstand kein Wort.

Oberon neben mir schwieg ebenfalls, den Blick stur geradeaus gerichtet. Keiner der Feen, an denen wir vorbeikamen, traute sich ihm ins Gesicht zu schauen, alle hielten den Blick gesenkt. In diesem Moment sah ich in ihm den Fee, der eine grausame Diktatur gestürzt und eine neue Weltordnung geschaffen hatte. Niemand würde sich ihm in diesem Augenblick in den Weg stellen.

Trotz meiner Freude, ihn zu sehen, spürte ich eine seltsame Distanz zwischen uns. Ich konnte es nicht ganz benennen, aber es fühlte sich beinahe so an, als würde er sich vor mir zurückziehen. Panisch versuchte ich, gegen das trockene Gefühl in meiner Kehle anzukämpfen, doch leider war es zwecklos.

Wir verließen diesen schrecklichen Ort durch ein riesiges Tor und erreichten einen Parkplatz, auf dem mehrere schwarze Einsatzfahrzeuge warteten. Ohne es zu wollen, blickte ich über die Schulter noch einmal zurück, um mir ein Bild von dem Ort zu machen, an dem ich hätte sterben können. Es war ein Lagerhaus, wie es sicher viele in New York gab. Alte Backsteinwände, an denen Feuerleitern bis zum Dach hinaufführten. Mit den Augen suchte ich die Wand ab, so als könnte ich von außen erkennen, in welchem Raum sie mich festgehalten hatten. Gerade wollte ich mich wieder nach vorn drehen, als ich den Schatten bemerkte, der eine der Feuerleitern entlanghuschte. Dann sah ich eine Waffe auf uns gerichtet. So schnell ich konnte, schubste ich Oberon zur Seite, nur um selbst genau in der Schusslinie zu stehen.

Das Letzte, was ich sah, bevor sich ein Schmerz wie Feuer in meinem ganzen Körper ausbreitete, war sein schreckverzerrtes Gesicht. »Tania!« Sein hysterischer Schrei dröhnte in meinen Ohren und die Welt um mich herum verschwand.

Kapitel zweiunddreißig

Das Bewusstsein tröpfelte nur langsam zurück in meinen Kopf. Zunächst waren da Geräusche: ein gleichmäßiges Piepsen direkt neben meinem Ohr, Stimmen und Schritte weiter entfernt. Irgendwo klang das undeutliche Summen eines Radios.

Dann kamen die Gerüche hinzu: scharf und steril. Desinfektionsmittel. Als Nächstes kehrte langsam wieder mein Körpergefühl zurück. Eine Tatsache, auf die ich lieber verzichtet hätte. Jeder Muskel schmerzte schlimmer als nach jedem Workout. Jeder Atemzug fühlte sich an, als stäche mir jemand eine brennende Nadel in den Körper.

Ich lag in einem weichen Bett, unter einer dicken Decke. Bis auf meine linke Hand, die sich seltsam kalt anfühlte, lag ich warm und bequem. Am Rande meines Verstandes lauerte das Wissen, dass etwas Schreckliches passiert war, dass mich etwas Grausames erwartete, wenn ich die Augen öffnete. Also schwebte ich weiter in dem Nebel vor mich hin, ohne Gedanken. Es war ein seltsames Gefühl, so als würde mich nichts mehr an diesem Ort halten, während mein Inneres gleichzeitig schwer war wie ein Stein.

Welche Medikamente sie mir wohl verabreicht hatten?

Dieser eine Gedanke ließ meinen Traumzustand zerplatzen wie eine Seifenblase. Ich befand mich nicht auf einer Wolke, Kilometer über dem Boden in meiner eigenen kleinen Welt, sondern in einem Krankenhaus. Und so, wie ich mich fühlte, lag ich hier aus einem sehr guten Grund.

Langsam öffnete ich die Augen und starrte an die weiße Decke über mir. Zu mehr war ich vorerst nicht in der Lage. Ich lag einfach nur da und versuchte mich zu erinnern.

Ein Geräusch zu meiner rechten gab mir endlich genug Kraft, meinen Kopf zu bewegen. Eine Fee in dunkelblauer OP-Kleidung kam in diesem Moment herein. Als sie bemerkte, dass ich wach war, breitete sich ein frohes Lächeln auf ihrem Gesicht aus. »Miss Anders, schön, dass Sie wieder bei uns sind. Bleiben Sie einfach liegen, ich sage dem Arzt Bescheid.« Bevor ich noch irgendetwas sagen konnte, war sie schon wieder verschwunden.

Die Tür hatte sie aufgelassen, sodass ich jetzt einen Blick auf den Flur werfen konnte. Hellgraue Böden und himmelblaue Wände, die von Neonlichtern bestrahlt wurden.

Die Krankenpflegerin war keine Minute aus der Tür, da drangen aufgeregte Stimmen an mein Ohr. Kurz darauf versuchten Hyacinth und Will gleichzeitig durch die Tür hereinzukommen, wobei sie in einer filmreifen Szene mittendrin stecken blieben. Wie gerne wäre ich meinem Impuls gefolgt und hätte laut aufgelacht. Aber der Schmerz in meinem Brustkorb war stärker.

Zu meiner großen Verwunderung war Will derjenige, der einen Schritt nach hinten machte und Hyacinth den Vortritt ließ. Sofort stürmte meine Beste auf mich zu, um auf dem Stuhl neben mir Platz zu nehmen. »Tania.«

»Hey.« Meine Stimme klang heiser und schwach wie die eines Kettenrauchers. Mehrmals räusperte ich mich. Sofort reichte mir Hyacinth den Becher Wasser, der neben meinem Bett bereitstand.

Während ich in winzigen Schlucken trank, nahm Will auf der anderen Seite Platz und griff nach meiner freien Hand. Mein Blick wanderte zwischen meinem Bruder und meiner besten Freundin hin und her. Beiden liefen Tränen über die Wangen.

»So schlimm steht es also um mich?« Mir fiel nichts Besseres ein in dem Moment.

Hyacinths tiefer Schluchzer war mir Antwort genug. Es passte so gar nicht zu ihr, derartig die Kontrolle zu verlieren. Da ich mich ansonsten nicht wirklich bewegen konnte, drückte ich ihre Hand, so kräftig ich konnte. »Sch, jetzt ist ja alles wieder gut. Mir geht es wieder gut.«

Einige Minuten saßen wir einfach nur so da. Den beiden rannen ungehindert weiter die Tränen über die Wangen. Auch wenn ich den Tränen genauso nah war – aus Angst, aus Sorge und aus Freude – konnte ich nicht weinen. Stattdessen hielt ich die Hände der beiden und ließ ihnen alle Zeit der Welt, sich auszuweinen.

»Du bist angeschossen worden«, erklärte Will irgendwann mit fester Stimme. »Ausgerechnet von Feinri. Er hat dich irgendwo in den Bauch getroffen.«

»Scheiße.« Langsam kamen die Erinnerungen wieder zurück. Wie Oberon mich aus dem Lagerhaus geführt hatte, der Schatten auf der Feuerleiter. Der Schuss und die Schmerzen. »Wie lange war ich weg?«

»Sieben Tage«, sprang Hyacinth ein. »Du wurdest operiert und sie haben einen Haufen Zauber über dich gelegt und dir irgendwelche Tränke eingeflößt. Aber du hast überlebt.«

»Jetzt weiß ich wohl endlich, wie es sich anfühlt, angeschossen zu werden. Ich kann es keinem empfehlen.« Diesen schlechten Scherz bestrafte sogleich ein tiefer, stechender Schmerz. »Was ist sonst noch passiert?«, fragte ich recht abgeklärt und gefasst. Vielleicht lag es an den Medikamenten oder daran, dass mein Körper alle Kraft für Emotionen verbraucht hatte.

Bevor einer der beiden meine Frage beantworten konnte, klopfte es an der Tür. Lyander trat mit einem riesigen Strauß Blumen und einem Ballon herein, gefolgt von Helene, die keine Geschenke, aber ein breites Lächeln trug.

»Da ist ja unsere Heldin.« Die Arme immer noch voll beladen, beugte Lyander sich vor, um mir einen Kuss auf die Wange zu drücken. »Du hast uns einen ganz schönen Schrecken eingejagt!«

»Tut mir leid. Von jetzt an passe ich besser auf und lasse mich nicht mehr so einfach entführen«, gab ich grinsend zurück. Aus irgendeinem Grund wollte mich der Humor nicht verlassen. Den anderen erging es wohl nicht so.

Helene hatte hinter Hyacinths Stuhl Stellung bezogen, von wo aus sie mich nun musterte. »Guter Einfall, den Liebestrank einzusetzen. Demetri hatte uns alle hinters Licht geführt, wir wussten nicht einmal, dass dir etwas geschehen war, bis er bei uns auftauchte.«

»Auch ein blindes Huhn findet mal ein Korn.«

Der Gedanke an den liebeskranken Demetri war für mich in dem Moment wirklich wie ein Schlag vor den Kopf. Denn tief in mir drin hatte ich schon beim Verabreichen des Tranks gewusst, was das für mich bedeuten würde. Ich hatte den Trank zwar erfolgreich gebraut, aber nicht an Oberon ausgeliefert. Das bedeutete, dass ich meinen Deal nicht erfüllt hatte.

»Was ist eigentlich aus Demetri geworden?«, fragte ich schnell, um diese letzte Erkenntnis von mir wegzuschieben.

Lyander kicherte leise vor sich hin. »Oh, der erlebt gerade seine ganz eigene Folter. Getrennt von seiner großen Liebe, seiner ›Blume‹.«

Angewidert verzog ich den Mund. »Das ist nicht witzig. Ich glaube, ich möchte dieses Wort nie wieder hören.« Gerade erschien mir Demetris kurzer Ausbruch in ewige Liebesschwüre wie das Traumatischste der ganzen Nacht. »Was wird nun mit ihm geschehen?«

»Das wird jemand anderes entscheiden«, murmelte Helene leise.

Ich wusste genau, von wem sie sprach. Was in mir die Frage aufwarf, wieso Oberon nicht hier war. Ich erinnerte mich noch an das seltsame Gefühl zwischen uns, so als würde er auf Abstand gehen. Was war zwischen uns passiert?

Bevor die ungeweinten Tränen mir noch die Stimme nahmen, wechselte ich schnell das Thema. »Und was habe ich in den letzten Tagen so verpasst?«

Hyacinth sprang zum Glück sofort darauf an. »Das absolute Chaos. Die ganze Stadt versinkt gerade darin. Ich habe so ein bisschen das Gefühl, als würden wir uns im Krieg befinden. Überall bewaffnete Soldaten.«

»Was ist mit Rosa? War sie die Tage bei einem von euch?« Es war das erste Mal, dass meine Hündin und ich so lange getrennt waren. »Geht es ihr gut?«

»Oh, ihr geht es wunderbar. Sie macht gerade so etwas wie Urlaub.« Will tätschelte meine Hand.

»Urlaub?« Besorgt blickte ich in die Runde.

»Oberon kümmert sich aktuell um sie«, erlöste Helene mich mit einem entschuldigenden Lächeln. »Es geht ihr gut.«

Anscheinend war es doch nicht so einfach, den Feenkönig zu vergessen. »Das ist gut. Er kümmert sich sicher gut um sie.« Ich verstand nur nicht, wieso er gerade nicht hier war.

»Er hat viel zu tun, Tania.« Lyander beugte sich vor und drückte meine Hand. »Sonst wäre er jetzt hier.«

Ich nickte und senkte den Kopf so, dass die anderen meine Tränen nicht sahen. Es schmerzte erschreckenderweise sehr, dass er nicht bei mir war. Aber natürlich hatte er viel zu tun, da konnte er nicht Tag und Nacht an meinem Bett wachen. Erleichtert atmete ich auf, als in diesem Moment die Tür aufging und die Krankenpflegerin und ein Arzt hereinkamen. Dieser schenkte mir ein professionell freundliches Lächeln.

»Miss Anders, schön, dass Sie wieder bei uns sind. Wie geht es Ihnen?«

»Gut soweit, denke ich. Das Atmen tut mir ein wenig weh, aber ansonsten ist alles gut.« Ich war selbst überrascht, wie sehr diese Aussage stimmte. Will meinte etwas von einem Schuss in den Bauch, aber so wie es sich anfühlte, war es doch eher meine Lunge gewesen, die das meiste abbekommen hatte.

»Auch das sollte in ein paar Stunden vollständig abgeklungen sein.« Der Arzt tippte auf einem Tablet herum. »Ihre Verletzungen sehen soweit gut aus, es ist alles so verheilt, wie wir es wollten. Allerdings würden wir Sie gerne noch für eine Nacht hier behalten, nur zur Sicherheit.«

Helene und Lyander tauschten einen kurzen Blick aus, den ich nicht deuten konnte. Ein ungutes Gefühl setzte sich in meinem Magen fest, doch ich ignorierte es. »Danke.«

»Sie sollten noch etwas schlafen, dann kann sich der Körper besser erholen.« Der Arzt lächelte noch einmal in die Runde, bevor er das Zimmer verließ.

»Das ist dann wohl unser Zeichen, dich in Ruhe zu lassen.« Hyacinth drückte mir einen Kuss auf die Wange. »Schlaf dich richtig aus, Sweetie. Wir kommen morgen wieder!«

Will schlang die Arme um meinen Hals und hielt mich für einen Augenblick lang fest. »Du bist die beste Schwester der Welt. Ich liebe dich so sehr!«

Wortlos erwiderte ich seine Umarmung, wobei mir heiße Tränen die Wangen herunterrannen. Schnell – und hoffentlich unauffällig – wischte ich sie mir ab, bevor ich den anderen zum Abschied zuwinkte. Als Lyander die Tür hinter sich schließen wollte, schoss Panik wie ein Blitz durch meinen Körper. »Nein, lass sie auf!«

Verwirrung zeichnete sich im Gesicht des Feen ab. »Bist du dir sicher? Es könnte ganz schön laut werden.«

»Absolut sicher.« Allein der Gedanke an eine geschlossene Tür brachte mich innerlich zum Schreien. Sofort fand ich mich zurückversetzt in dieses schreckliche Loch, ohne eine Möglichkeit zu entkommen.

»Na gut.« Lyander nickte mir noch einmal zu, bevor er ging und die Tür offen ließ.

Ich rollte mich auf der Seite zusammen, sodass ich den Flur von meinem Bett aus genau im Blick hatte. Sonderlich viel war da draußen gerade nicht los, nur gelegentlich lief eine Pflegekraft vorbei. Da ich die letzten paar Tage durchgehend geschlafen hatte, rechnete ich eigentlich nicht damit, dass ich noch mal müde werden würde. Dennoch fühlten sich meine Augenlider immer schwerer an und als der Schlaf mich übermannte, wehrte ich mich nicht dagegen.

Als ich das nächste Mal erwachte, war es bereits Nacht. Durch die großen Fenster hatte ich einen guten Blick über die erleuchtete Skyline der Stadt, der Rest des Zimmers lag im Dunkeln. Einige Herzschläge lang starrte ich hinaus, als die Reste des Schlafes langsam von mir abfielen.

Es war seltsam still im Zimmer, sogar dafür, dass es Nacht war. Hektisch zuckte mein Kopf in Richtung der Tür, die fest verschlossen war. Mein eben noch ruhiger Puls schoss in die Höhe, was die Geräte neben mir in Aufruhr versetzte. Als ich aus dem Bett springen wollte, um die Tür wieder aufzureißen, drückte mich eine große Hand zurück in die Kissen.

»Bleib liegen. Du bist nicht eingeschlossen.« Beim Klang von Oberons Stimme breitete sich eine Gänsehaut auf meinem ganzen Körper aus. Diesmal piepsten die Geräte aus einem ganz anderen Grund. Langsam wandte ich mich zu ihm um, doch war mein armes Herz nicht auf seinen Anblick vorbereitet. Seine Silhouette hob sich dunkel von der Skyline ab. Ich hatte nicht einmal bemerkt, dass er neben dem Bett saß, so bewegungslos war er gewesen. Sein Gesicht lag weiterhin im Dunkeln, lediglich die goldenen Sprenkel in seinen Augen leuchteten.

Schwere, drückende Stille breitete sich zwischen uns aus. Ich traute mich kaum zu atmen und war mir nicht einmal sicher, ob Oberons Brustkorb sich bewegte. Es kam mir vor, als läge eine unsichtbare Mauer zwischen uns. Klar und doch undurchdringlich wie Glas. Ich hatte das unerklärliche Gefühl, dass dies ein vollkommen anderer Mann war, der mir gegenüber saß. Ein Fremder, der mich weder kannte, noch etwas für mich empfand. Bei dem Gedanken erfassten mich die Gefühle der Einsamkeit und des Verlustes.

Die Stille zog sich weiter, bis ich es irgendwann nicht mehr aushielt. Mit fahrigen Fingern tastete ich neben dem Bett nach dem Lichtschalter. Für einen Moment war ich geblendet von der plötzlichen Helligkeit, dann gewöhnten sich meine Augen an das Licht und ich konnte den Feenkönig vor mir sehen.

Oberon sah wie immer und zugleich doch völlig fremd aus. Der Bartschatten auf seinen Wangen war dunkler als sonst, seine Haare waren durcheinander, aber nicht auf die übliche gewollte Art. Schrecken durchzuckte mich, als ich die Schatten unter seinen Augen bemerkte. Ich wusste nicht einmal, dass Feen so aussehen konnten.

Ich streckte ungewollt die Hand aus, um ihm über die Wangen zu streicheln, doch der Ausdruck in seinen Augen hielt mich davon ab. Eine eiskalte Starre lag in ihnen, die mir einen Schauer über den Rücken jagte.

»Du lebst.« Sogar seine Stimme klang kalt, fast schon abweisend.

»Sieht so aus.« Ich zog die Knie an die Brust, um mich so gut ich konnte dahinter zu verstecken. »Was ist passiert?«

»Es gab eine Rebellion. Direkt unter meinen Augen. Ein paar wenige Feen waren wütend über die Art, wie unsere Welt funktioniert.« Sein Blick fiel ins Leere, er schaffte es nicht einmal mehr, mich anzuschauen. »Und ich habe zu spät reagiert. Schon seit Monaten gab es Anzeichen, dass so etwas passieren könnte, aber ich habe sie ignoriert. Wegen meines Versagens sind Unschuldige verletzt worden.«

»Bin ich verletzt worden«, beendete ich seinen Satz.

»Ja.« Zum ersten Mal konnte ich eine Gefühlsregung in seinem Blick sehen und sie brach mir beinahe das Herz. Eine solche Menge Selbstvorwurf hatte ich in meinem Leben noch nicht gesehen. »Es tut mir so leid, Tania. Ich habe niemals gewollt, dass dir etwas geschieht. Und noch weniger wollte ich, dass du dein Leben für mich opferst.«

Mit diesen Worten klang der Schuss erneut in meinem Kopf nach. Mehrmals atmete ich tief durch, bis das Zittern in meinen Händen endlich nachließ. »Es war meine Entscheidung und ich würde es wieder tun, also mach dir keine Vorwürfe.« Ich konnte sehen, dass Oberon meinen Worten nur wenig Glauben schenkte. »Nichts von alldem ist deine Schuld, Oberon. Du hast mich weder entführen lassen, noch hast du auf mich geschossen. Außerdem bist du gekommen und hast mich gerettet.«

»Du hast dich selbst gerettet.« Aus der Hosentasche zog er das leere Gefäß für den Liebestrank hervor. »Geniale Problemlösung.«

»Ich konnte doch nicht kampflos diesen Bastarden gegenübertreten. Und man nimmt alles, was man kriegen kann.« Ich war beinahe hypnotisiert von dem Fläschchen. Sogar in dem schwachen Licht schimmerte es golden. »Steht Demetri immer noch unter dem Zauber?«

»Das ist einer der Gründe, wieso ich die Blodynblume und alle Zauber, die damit zu tun haben, unter Verschluss halte. Es gibt kein Gegenmittel. Demetri wird bis ans Ende seiner Tage von dir besessen sein. Aber mach dir keine Sorgen, bis dahin ist es nicht mehr lange.«

»Oh.« Etwas Besseres fiel mir nicht ein. Natürlich war mir klar gewesen, dass keiner der Feen in diesem Lagerhaus lange weiterleben würde, aber es laut zu hören, machte es irgendwie real.

»Dank deiner Hilfe ist es nicht zu einem Krieg gekommen.« Oberon beugte sich vor und legte das Gefäß vor mir ab. »Aber dafür musstest du den Trank verwenden.«

Plötzlich war ich mir bewusst, was ich da getan hatte. »Nun ja.« Ich hob das Fläschchen auf. »Ich hatte die Wahl zwischen dem Tod und vierzig Jahre unter deiner Fuchtel. Da fiel mir die Entscheidung irgendwie nicht schwer.« Ich hatte genau gewusst, was ich da getan hatte. Und ich bereute es keine Sekunde. »Ich habe den Deal verloren und ich bin bereit, meine Schuld abzuarbeiten.«

Lange blickte Oberon mich nur schweigend an, dann breitete sich ein winziges Lächeln auf seinem Gesicht aus. »Du überraschst mich immer wieder. Wir besprechen alles Weitere, wenn es dir besser geht.« Er erhob sich. »Schlaf jetzt noch etwas.« Zum Abschied drückte er mir einen Kuss auf die Stirn, bevor er ging. Die Tür ließ er offen. »Danke für deine Rettung.« Seine Worte klangen im Raum nach.

Ich wusste nicht, wie lange ich nur so da saß, das goldene Gefäß in den Händen, und an die Stelle starrte, an der Oberon eben noch gesessen hatte. Etwas war vorgefallen, irgendetwas hatte sich verändert, aber ich wusste einfach nicht was. Zwischen uns war so vieles unausgesprochen, doch gerade eben war er beinahe vor mir geflohen.

Irgendwann kamen die Tränen, heiß und still. Sie rannen meine Wangen hinab und tropften ungehindert auf das Gefäß. Das war ein Abschied gewesen und ich wusste nicht einmal, wovon oder weshalb. Und tief in meinem Verstand rührte sich eine Erinnerung, die versuchte ans Tageslicht zu kommen.

Kapitel dreiunddreißig

Ich sah Oberon nicht mehr wieder. Als ich am nächsten Morgen mit geschwollenen Augen und einer alles verschlingenden Trauer im Herzen erwachte, wurde ich als Erstes vom Arzt untersucht, der mich für vollkommen gesund erklärte. Ich wollte mir gar nicht vorstellen, mit wie viel Magie sie mich in den letzten Tagen zugedröhnt hatten, damit ich nach einer Schussverletzung so schnell wieder vollständig auf den Beinen sein konnte. Aber den Tower durfte ich trotzdem nicht verlassen. Noch bevor ich duschen oder mir endlich mal die Zähne putzen konnte, holte Lyander mich mit einem weiteren Strauß Blumen in der Hand und einem entschuldigenden Lächeln ab. »Ich bring dich in deine neue Unterkunft.«

»Dann beginnt meine Dienstzeit also jetzt schon?« Irgendwer hatte mir eine Jogginghose und eines meiner Lieblingsshirts gebracht, die mir deutlich lieber waren als der Kittel, in dem ich bisher gesteckt hatte.

»Nein, du wirst dich erst einmal noch weiter erholen.« Der Fee legte den Arm um meine Schultern und führte mich aus dem Krankenzimmer einen langen Flur entlang. Bei den Aufzügen machten wir halt. »In den nächsten drei Tagen heißt es für dich nur schlafen, essen und entspannen. Auf ärztliche und meine Anweisung darfst du dich unter gar keinen Umständen anstrengen.«

»Ich werde mir Mühe geben.« Mir war auch nicht danach, irgendetwas zu unternehmen. Nachdem ich die halbe Nacht mit Weinen verbracht hatte, fühlte ich mich innerlich so leer, dass ich mich kaum auf den Beinen halten konnte.

Das Stockwerk, in dem wir hielten, war nicht dasselbe, in dem ich Will besucht hatte. Unbekümmert ließ ich mich von Lyander bis zu einer Tür etwa in der Mitte des langen Flures führen.

»Ruh dich aus, Tania«, wies er mich an, bevor er mir eine Schlüsselkarte überreichte.

»Danke.« Für mehr Worte hatte ich gerade keine Kraft. Lyander blieb noch im Flur stehen, bis ich in meinem neuen Zuhause verschwunden war. Ich schenkte der sicher luxuriösen Wohnung kaum einen zweiten Blick, nicht einmal der Ausblick konnte mich begeistern.

Was mir an Freude fehlte, brachte Rosa tausendfach. Ich war nicht einmal ganz im Wohnzimmer angekommen, da stürzte sie sich bereits auf mich und riss mich beinahe von den Beinen. Für einige Minuten war alles andere vergessen, während ich mich mit ihr auf dem Boden zusammenrollte und versuchte die Kuscheleinheiten der letzten Tage aufzuholen.

Irgendwie schaffte ich es, uns beide aufs Sofa zu befördern, von dem aus man einen spektakulären Blick über die Stadt hatte. Aber selbst dieser heiterte mich nicht auf. Tatsächlich war mir die Skyline, die ich sonst so liebte, einfach egal geworden. Mit Rosa an meiner Seite zusammengerollt, schloss ich die Augen und versuchte zu verstehen, was genau in den letzten Tagen vorgefallen war. Und noch viel mehr, wieso Oberons Abschiedsworte mir nur so bekannt vorgekommen waren.

Danke für deine Rettung.

Ich konnte die Erinnerung, die an ihnen hing, fast greifen, doch jedes Mal, wenn ich glaubte, dass ich sie hatte, verschwand sie wieder. Ich sollte mich erleichtert fühlen, dass ich noch am Leben war, oder besorgt, weil nun bald meine Dienstzeit anfangen würde. Stattdessen fühlte ich nichts außer den brennenden Drang nach Antworten, in der Hoffnung, dass sie gegen die Leere in meinem Inneren halfen.

Die nächsten drei Tage zogen wie in einem Traum an mir vorbei. Die meiste Zeit davon verbrachte ich zusammengerollt auf dem Sofa, mit Blick über die Stadt, tief in meine Gedanken versunken. Die einzige Unterbrechung waren die drei Mahlzeiten, die jeden Tag zur gleichen Zeit geliefert wurden, und die Fee, die Rosa viermal am Tag zum Spazierengehen abholte.

Ansonsten geschah nicht sonderlich viel um mich herum. Sowohl Will als auch Hyacinth kamen mich für einige Stunden besuchen, aber ihr gespielt fröhliches Auftreten verblasste nach einigen Minuten und Schweigen legte sich über uns. Irgendwann saßen wir einfach nur noch beisammen, jeder in seine eigenen Gedanken versunken. Es gab einfach nichts zu sagen.

Und obwohl ich wusste, dass er nicht zu mir kommen würde, wartete ich auf Oberon. Wartete darauf, dass er mir erklärte, was vorgefallen war. Doch jeden Abend ging ich ins Bett, ohne auch nur ein Wort von ihm. Die Nächte waren das Schlimmste. Denn mit der Dunkelheit kamen die Erinnerungen. Erinnerungen an dieses Loch, die Einsamkeit, die Aussicht auf meinen Tod. Ich war so unendlich müde, so erschöpft von meinen eigenen Gedanken, doch schaffte ich es kaum, mehr als ein paar Stunden durchzuschlafen. Jedes Mal erwachte ich aus einem wilden Albtraum mit verschlossenen Türen, durchgeknalltem Gelächter und Schüssen. Blut, das auf den Betonboden tropfte. Blumen, die aus meinem Mund wuchsen und mich erstickten. Eine vernichtende Einsamkeit, begraben unter einer frischen Schicht Schnee.

Manchmal, wenn ich nach einem besonders schlimmen Traum ruhelos durch die fremde Wohnung streifte, meinte ich Schritte im Flur zu hören. Jedes Mal kamen sie bis direkt vor die Tür, doch wenn ich diese aufriss, war niemand zu sehen. Nach dem dritten Mal gab ich es auf, nichts weiter als ein gemeiner Streich meines Unterbewusstseins, das sich Oberon herbeiwünschte.

Am Nachmittag des Mittsommertags klopfte es zu einer ungewöhnlichen Zeit an der Wohnungstür. Rosa war erst vor einer halben Stunde abgeholt worden, also gab es keinen Grund, wieso jetzt jemand zu mir kam. Mein naives, verräterisches Herz fing wild an zu klopfen, während ich zur Tür ging.

Ich versuchte, mir meine Enttäuschung nicht anmerken zu lassen, als Lyander, Hyacinth und zwei mir unbekannte Feen, beladen mit Tüten und Kartons, vor der Tür standen. »Was ist jetzt passiert?«

Lyander drückte mir einen Kuss auf die Wange, während er sich an mir vorbei in die Wohnung schob. »Du, meine Liebe, musst dich für einen Ball fertig machen. König Oberon persönlich hat dir eine Einladung geschickt.«

Er reichte mir einen cremefarbenen Briefumschlag, den ich keines zweiten Blickes würdigte.

»Ich kann mich nicht dran erinnern, dass er mich zu irgendetwas eingeladen hat.« Ich versteckte die Schärfe und Enttäuschung in meiner Stimme nicht einmal. »Ich habe keine Lust auf einen Ball.«

Lyander warf mir einen entschuldigenden Blick über die Schulter zu. »Leider kann man die Einladung des Königs nicht ablehnen. Aber es wird ein toller Abend, das verspreche ich dir, Tania.«

»Na gut.« Es war ja nicht so, als hätte ich etwas anderes vorgehabt. Außerdem konnte ich sowieso nichts tun, wenn Oberon es anordnete. Daran musste ich mich von jetzt an wohl gewöhnen, er gab mir eine Anweisung – anscheinend durch jemand anderen – und ich hatte dem Folge zu leisten.

»Vertrau mir. Das wird ein Riesenspaß. Ich lasse euch beide dann jetzt mal alleine, damit ihr euch fertig machen könnt.«

Die beiden Feen hatten ihre Ladung inzwischen in der Wohnung verteilt und verschwanden zusammen mit Lyander. In der darauffolgenden Stille wandte ich mich an Hyacinth. »Was soll das Ganze?«

»Geh heute Abend auf diesen Ball, Tania. Sieh es als Abschluss von allem.« Sie legte mir die Hand an die Wange, damit ich ihrem Blick nicht ausweichen konnte. »Du brauchst das!« Aber in ihren Augen konnte ich erkennen, dass sich hinter ihren Worten mehr verbarg.

»Worum geht es hier wirklich?«

Was wird diesmal mit mir auf diesem Ball geschehen? Die letzte Frage ließ ich unausgesprochen in der Stille zwischen uns verklingen.

»Geh auf diesen Ball, Tania. Mehr darf ich dir nicht sagen«, flehte mich Hyacinth beinahe an. Verstehend nickte ich. Auch sie hatte eine Anweisung von ihrem König bekommen und genauso wenig wie ich, konnte sie sich dagegen wehren.

»Na gut«, wiederholte ich meine Worte mit noch weniger Begeisterung. »Dann lass uns mal loslegen.«

Es war ein seltsames Gefühl, mich wieder mit Hyacinth für einen Ball vorzubereiten. Noch vor ein paar Wochen waren wir in einer ähnlichen

Situation gewesen, nur hatten wir da in ihrer Wohnung zusammen gelacht. Damals hatte ich noch so etwas Ähnliches wie Hoffnung gehabt, als ich Oberon nicht kannte. Als ich noch nicht in ihn verliebt gewesen war.

Ein leiser Seufzer entfuhr mir, bevor ich ihn zurückhalten konnte. Es mir gegenüber zuzugeben, machte die ganze Situation leider auch nicht einfacher. Dieses sonst so schöne Gefühl war wie eine Folter, wenn es jemandem galt, der nicht einmal mehr mit mir sprach.

Irgendwann heute Abend würde ich Oberon wiedersehen, das erste Mal seit vier Tagen. Bei der Vorstellung drehte sich mir der Magen um. Ich hatte keine Ahnung, wie ich mich ihm gegenüber verhalten sollte. Mein Bedürfnis ihm gegenüber war gespalten. Einerseits wollte ich ihm einfach nur eine pfeffern. Andererseits sehnte ich mich nach seiner Nähe und nach Antworten.

»Du siehst unglaublich toll aus.« Hyacinth führte mich an den Schultern zu einem bodenlangen Spiegel. »Noch schöner als beim letzten Mal.«

Einige Herzschläge lang betrachtete ich mein Spiegelbild schweigend. »Wo kommt das Kleid her?« Mit den Fingerspitzen strich ich über den feinen, dunkelvioletten Stoff, der sich eng an meinen Oberkörper anschmiegte und nach unten hin breiter wurde. Feine, goldene Verzierungen säumten den herzförmigen Ausschnitt bis hinauf zu meinem Hals und bis hinunter zum Saum des Kleides.

»Ich denke, du weißt woher.« Hyacinth drückte meine Schultern.

Violett und Gold. Ich wusste ganz genau, von wem es kam. Nur verstand ich nicht wieso.

»Wollen wir los?« Hyacinth selbst trug ein schlichtes, schwarzes Kleid, das sich wie ein Wasserfall auf den Boden ergoss. »Du siehst einfach umwerfend aus.«

Ich hakte mich bei ihr ein. »Genauso wie du.«

»Ach, wir beide sind schon ein schönes Paar.« Sie zwinkerte unserem Spiegelbild zu, bevor wir zur Tür gingen, an der es in diesem Moment klopfte. Im Flur warteten Lyander und Will auf uns, beide in schicken, schwarzen Anzügen.

»Oh mein Gott, Nia, du siehst so atemberaubend aus.« Mein Bruder fiel mir sofort um den Hals.

»Wir sollten los, man erwartet uns schon.« Lyander hielt mir den Arm hin.

»Wer erwartet uns?« Verwirrt blickte ich zwischen den anderen hin und her. Hyacinth hakte sich, ohne zu antworten, bei meinem Bruder ein, der meinem Blick auswich. »Was geht hier vor?«

»Komm!« Lyander zog mich voran in Richtung der Aufzüge.

Ein dicker, schmerzhafter Stein setzte sich in meinem Magen fest, als wir den Ballsaal betraten. Diesmal empfing mich keine Musik oder aufgeregte Besucher, stattdessen lag eine beinahe unwirkliche Stille über allem. Zwei Pucks öffneten uns die großen Flügeltüren. Hätte Lyander mich nicht mitgezogen, wäre ich an Ort und Stelle stehen geblieben. Nein, ich hätte die Flucht ergriffen. Unter uns im Ballsaal erwartete mich ein ganzer Ozean aus Feen und Menschen, allesamt in Schwarz gekleidet, allesamt blickten zu mir auf.

Mit hocherhobenem Kopf führte Lyander mich durch die Menschenmenge, die sich wie das Meer vor uns teilte. Sie alle starrten mich an, sie verbargen es nicht einmal mehr.

Es dauerte einen Moment, bis ich unser Ziel entdeckte, und mit ihm den Mann, den ich in den letzten Tagen vermisst hatte. Oberon trug wie alle anderen Schwarz, doch wirkte sein Anzug weniger festlich und mehr wie eine Uniform. Es lag nicht wie sonst ein charmantes Lächeln auf seinem Gesicht, sondern ein völlig ausdrucksloser Blick. Wie der König, der er war, thronte er über dem Ballsaal auf der Bühne.

Neben dieser blieb Lyander stehen. »Hoch mit euch«, wies er mich und Will an. »Stellt euch einfach nur auf und hört genau zu.«

Mein Bruder reichte mir die Hand, um mir die kurze Treppe hinaufzuhelfen. Oder vielleicht auch, um sicherzugehen, dass ich nicht doch noch die Flucht ergriff. Ein Gedanke, der mir mit jeder Stufe verlockender erschien. Ich hielt den Blick streng nach vorne gerichtet, auf irgendeinen Punkt an der gegenüberliegenden Wand. Unter gar keinen Umständen würde ich in die Feenmassen schauen und noch weniger zum Feenkönig.

»Normalerweise wäre dies ein Anlass zum Feiern«, begann Oberon seine Rede, ohne das Publikum vorher zu begrüßen. »Wir feiern den längsten Tag, den Umschwung der Natur, das ewige Licht der Sonne, das uns am Leben erhält.«

Ich war nicht die Einzige, deren Blick in diesem Moment zu den großen Fenstern und der Stadt dahinter wanderte. Es war kurz nach acht Uhr, aber die Skyline wurde immer noch von der Sonne in goldenes Licht getaucht.

»Stattdessen betrauern wir den Verlust einiger Freunde. Freunde, die sich nach Jahrtausenden dazu entschieden haben, einen Krieg zu beginnen. Und ich gebe mir selbst dafür die Schuld. Denn anscheinend war das Vertrauen, das ich ihnen und euch allen entgegengebracht habe, zu viel. Vor Jahrhunderten habe ich einen König entthront, der zum Spaß seine Untergebenen gequält hatte. Einen König, für den der Tod eines unschuldigen Feen nicht einmal einen Gedanken wert war. Ich habe einen Krieg geführt, um Frieden zu bringen. Diejenigen, die mit mir für diesen Frieden gekämpft haben, waren auch diejenigen, die mich verraten haben.«

Komplette Stille lag über dem ganzen Saal. Ich war mir nicht einmal mehr sicher, ob die Feen überhaupt noch atmeten. Mein Vorsatz, nicht zu Oberon zu blicken, war leider vergessen. Wie gebannt starrte ich auf seinen Rücken, in düsterer Erwartung seiner nächsten Worte.

»Aber der Fehler lag bei mir. Ich war zu sehr darauf bedacht, es allen recht zu machen, einen instabilen, aber halbwegs funktionierenden Frieden zu schaffen, in dem ich auf die Meinung so vieler wie möglich achtete. Ich wollte uns alle, Feen und Menschen, euch und mich, gleichgestellt sehen. Was, wie mir nun klar ist, ein Fehler war. Ich bin euer König und es liegt in meiner Verantwortung, die besten Entscheidungen zu treffen, auch wenn sie euch vielleicht nicht gefallen. Seid euch dessen bewusst, dass die Regeln weiterhin für euch alle gelten, und von nun an verschärft darauf geachtet wird, ob ihr sie einhaltet. Jeder noch so kleine Verstoß wird unangenehm für euch enden. Aber ich werde von nun an tun, was ich für richtig erachte, ohne mich um eure Meinung oder Zustimmung zu scheren. Jeder von euch ist herzlich dazu eingeladen, sich deshalb gegen mich auszusprechen, aber ich rate es keinem.«

Ein Raunen ging durch die Reihen, als sich der Saal mit einem Mal verdunkelte. Magie knisterte wie Funken in der Luft und machte mir das Atmen schwer. Draußen schien immer noch die Sonne, doch hier drin herrschte tiefste Mitternacht.

»Dies ist eure einzige Warnung, missachtet mich nie wieder oder ihr werdet keinen weiteren Tag erleben.« Innerhalb eines Herzschlages war alles wieder beim Alten. Warmes, helles Licht flutete den Raum.

In dem darauffolgenden Schweigen fiel ein Fee nach dem anderen vor seinem König auf die Knie, den Blick streng zu Boden gerichtet. Erst da bemerkte ich die bekannten Gesichter in der ersten Reihe, Hyacinth, Lyander, Helene und Eden. Im Augenwinkel sah ich, dass auch Will auf die Knie fiel.

Gerade als ich es ihnen allen nachtun wollte, streckte Oberon mir die Hand entgegen. Meine Knie zitterten, als ich einen Schritt auf ihn zumachte und seine Hand ergriff. Seine Berührung fühlte sich so unglaublich vertraut an, dass es mir fast das Herz zerriss. Trotzdem schaffte ich es irgendwie, eine ausdruckslose Maske zur Schau zu tragen.

»Auf dem letzten Ball habe ich einen Deal mit einer jungen Frau gemacht, der allem widersprach, wofür ich stehe. Schon da ist mir bewusst gewesen, dass etwas Großes in meiner Stadt brodelt, doch ich hatte gehofft, es ohne Blutvergießen zu lösen. Leider ist *mir* dies nicht gelungen. Doch dieser jungen Frau. Es war *Tania,* die diese Verschwörung aufgedeckt und die Verräter entlarvt hat. Nicht nur ist es ihr als Erste in tausend Jahren gelungen, einen Liebestrank zu brauen, sie hat ihn auch noch gegen ihre Entführer eingesetzt. Die Verräter wollten ein menschliches Leben benutzen wie einen Spielball. Am Ende sollte ihre eigene List ihr eigenes Verderben sein.

Nur Tanias klugem und mutigem Einsatz verdanken wir es, dass kein Krieg über New York und die ganze Welt kommen wird. Aus diesem Grund, und weil der ursprüngliche Deal gefälscht war, erkläre ich den Handel zwischen Tania Anders und mir hiermit für ungültig. Tania und ihr Bruder William sind frei.«

Mein Kopf zuckte zur Seite, als ich versuchte, etwas in Oberons Blick zu sehen, doch seine Miene war immer noch ausdruckslos. Hinter mir hörte ich

Will erleichtert aufatmen, aber ich war wie gebannt und konnte mich nicht zu ihm umdrehen.

»Sollte irgendjemand ein Problem damit haben, dann kann er jetzt sehr gerne sprechen.« Abwartend blickte Oberon in die Runde, doch niemand rührte sich. Kurz darauf nickte der Feenkönig. »Auch wenn dies ein dunkler Anlass ist, sollten wir die Mittsommernacht feiern.«

Auf einmal setzte Musik ein, doch keiner der Feen rührte sich. Oberon hielt weiterhin meine Hand in seiner, als er mich von der Bühne und durch die Massen führte. Keiner von ihnen blickte auf und plötzlich erfasste mich wieder dieses Gefühl der Einsamkeit. Nicht einmal Oberons engste Vertraute oder meine Freunde hoben den Kopf.

Oberon führte mich auf den Balkon. Unwillkürlich musste ich an den letzten Ball denken. Die Türen schlossen sich lautlos hinter uns und sperrten wie damals alle anderen aus. Zum ersten Mal seit einer gefühlten Ewigkeit konnte ich tief durchatmen. Mehrmals sog ich die laue, frische Abendluft in meine Lungen, bevor ich meine Hand aus Oberons Griff befreite. »Was sollte das?«

»Du bist frei, Tania. Der Deal ist hiermit komplett aufgehoben.« Immer noch schaute er mich nicht an, sondern hielt den Blick auf die Stadt unter uns gerichtet.

»Müssen nicht beide Parteien zustimmen, damit so etwas geschieht?« Eine Wut entbrannte in mir, die ich nicht ganz erklären konnte.

»Ist es das, was du willst? Vierzig Jahre in meinem Dienst?« Endlich wandte er sich zu mir um.

»Was ich will, sind Antworten. Was ist bitte in den letzten Tagen vorgefallen? Wieso kannst du mir auf einmal nicht mal mehr in die Augen schauen? Was ... was habe ich falsch gemacht?« Meine letzte Frage wurde beinahe von dem Kloß in meinem Hals verschluckt. Diesmal war ich diejenige, die den Blick abwandte, damit er meine Tränen nicht sah.

Oberon legte beide Hände an meine Wangen und zwang mich, ihn wieder anzusehen. »Du hast rein gar nichts falsch gemacht, Tania. Bitte glaube nicht, dass irgendetwas von dem, das geschehen ist, deine Schuld ist. Du bist so wundervoll und ich wünschte, ich könnte dir zeigen wie sehr. Das alles ist meine Schuld, verstehst du? Nur wegen mir bist du in solch eine Gefahr geraten. Du bist beinahe gestorben, weil ich dich nicht beschützen konnte.«

»Also lässt du mich jetzt gehen?«, fragte ich kraftlos.

Das traurige Lächeln auf seinem Gesicht zerriss mir beinahe das Herz. »Nein, ich verbanne dich. Nach heute Abend darfst du den Tower nicht mehr betreten. Wir beide werden uns nicht mehr wiedersehen.«

»Das kannst du nicht tun!«, protestierte ich, obwohl ich es besser wusste. Mein kindischer Ausbruch würde mir schon bald leidtun, aber im Angesicht meiner ohnmächtigen Hilflosigkeit fiel mir einfach nichts Besseres ein.

»Das kann ich sehr wohl tun. Es ist das Beste für uns beide. Ich werde von jetzt an alles tun, um dich zu beschützen, und das heißt auch, dass ich dich aus der Schusslinie halte.« Er beugte sich vor, um mir einen Kuss auf die Stirn zu drücken. »Vergiss die letzten Wochen, Tania, und lebe dein Leben weiter. Und bitte pass auf dich auf, wenn du nachts im Central Park unterwegs bist.«

Hinter uns öffneten sich die Balkontüren. Ich musste mich nicht einmal umdrehen, um zu wissen, dass Hyacinth und Will gekommen waren, um mich abzuholen. Ich wollte schreien, toben, um mich schlagen und nach Antworten verlangen, stattdessen ließ ich mich kraftlos von den anderen mitziehen.

Die Gedanken rasten in meinem Kopf, als die verschollene Erinnerung endlich unter einer Schicht Schnee hervorbrach.

»Danke, für deine Rettung.« Einem Impuls nachkommend, stellte ich mich auf die Zehenspitzen und drückte ihm einen Kuss auf die kalte Wange. Bevor mich die eigene Peinlichkeit überrollte, drehte ich mich schnell um und eilte davon.

An der nächsten Ampel angekommen, konnte ich jedoch nicht anders, als noch einmal über die Schulter zu schauen. Der Fremde stand weiterhin am Parkeingang, nichts weiter als eine dunkle Gestalt vor dem schneebedeckten Hintergrund.

Demetri hatte meine Vermutung ja bereits bestätigt, aber jetzt gab sogar Oberon es zu. Er war der Retter im Central Park gewesen. Nur warum hatte er es vorher nicht zugegeben und mich die ganzen letzten Wochen angelogen? An der Tür konnte ich nicht anders, als noch einmal über meine Schulter zurückzublicken. Der Feenkönig stand immer noch auf dem Balkon, nichts weiter als eine dunkle Gestalt vor dem goldenen Hintergrund.

Kapitel vierunddreißig

»Ich werde jetzt ins Bett gehen«, verkündete Will und erhob sich vom Sofa. »Schließlich muss ich morgen früh raus.«

»Ja, Will. Wir haben es alle verstanden. Morgen ist dein erster Tag im Praktikum«, konnte ich mir nicht verkneifen ihn zu necken. Dabei grinste ich meinen Bruder an. »Du wirst das toll machen.«

»Ich hoffe es.« Unsicher fuhr er sich durch die Haare. »Ich freu mich auf jeden Fall sehr.« Seitdem Will vor zwei Wochen vom Eventplaner Bescheid bekommen hatte, dass er dort ein Praktikum machen könne, hatte er nicht mehr aufgehört, darüber zu reden.

»Du wirst das ganz großartig machen«, versicherte ich ihm zum gefühlt hundertsten Mal. So voller freudiger Erwartung hatte ich Will schon seit Ewigkeiten nicht mehr erlebt. Gleichzeitig spiegelte die Sorge in seinem Blick meine eigene nur zu gut wider. Will hatte großes Glück gehabt, diese Stelle zu bekommen, bezahlte Praktika waren rar. Nun war die Zeit, in der mein Bruder sich auf dem Geld meiner Eltern ausruhen konnte, endgültig vorbei. Während ich im Tower im Koma lag, hatte Will unseren Eltern die ganze Wahrheit erzählt. Einfach alles. Das hatte dazu geführt, dass meine Mutter einen Nervenzusammenbruch erlitt und selbstverständlich meinem Bruder und mir die Schuld daran gab. Will musste nun jeden Cent des Geldes an meine Eltern zurückzahlen und war zum ersten Mal finanziell auf sich alleine gestellt.

All das erfuhr ich allerdings erst zwei Tage, nachdem ich wieder zuhause angekommen war. Robin war vor unserer Haustür aufgetaucht und lieferte einen Check auf Wills Namen ab. Fünfundvierzigtausend Dollar, genau der

Betrag, den ich mir von unseren Eltern geliehen hatte. Ich musste nicht einmal einen Blick darauf werfen, um zu wissen, von wem er kam. Und auch wenn das Geld in den nächsten Jahren sicher knapp werden würde, teilten mein Bruder und ich dieselbe Ansicht: Wir würden nichts von Oberon annehmen. Von dem Check war nichts weiter übrig als ein Häufchen Asche und eine Portion Wut in meinem Bauch.

»Du solltest auch bald mal ins Bett gehen«, wies Will mich mit geschwisterlicher Strenge an. Seit unserer Rückkehr in die Wohnung waren die Rollen irgendwie vertauscht. Er war derjenige, der pünktlich um zehn im Bett lag, um noch vor acht Uhr morgens aus dem Haus zu sein, während ich mir die Nacht um die Ohren schlug und bis mittags im Bett blieb.

Aber was sollte ich denn auch anderes tun? Arbeiten konnte ich nicht, Doc Shaw hatte mich einen Monat lang in bezahlten Zwangsurlaub geschickt. Eine Geste, die unglaublich nett gemeint war, mir aber langsam den Verstand raubte. Und Sport oder andere anstrengende Tätigkeiten durfte ich nicht machen, da meine Verletzungen zwar so gut wie verheilt waren, ich mich aber immer noch schonen sollte.

»Ich gehe gleich ins Bett«, versprach ich meinem Bruder. »Vorher wollte ich noch eine große Runde mit Rosa drehen.«

Für einen Moment blickte Will mich wortlos an, dann nickte er. »Natürlich. Pass auf dich auf.« Er hielt überhaupt nichts von meiner neusten Angewohnheit, stundenlang durch den Park zu geistern, bis es dunkel wurde. Aber abhalten konnte er mich nicht davon. Inzwischen war es so etwas wie ein Zwang geworden. Die einzige Möglichkeit, meinem völlig überarbeiteten Verstand etwas Erlösung zu bieten.

Nachdem Will in sein Zimmer verschwunden war, blieb ich noch einige Minuten auf dem Sofa sitzen und starrte auf das goldene Gefäß, das gegenüber auf dem Regal stand. Das war die zweite Sache gewesen, die Robin mir vorbeigebracht hatte. Zuerst hatte ich das Fläschchen zusammen mit allen anderen Erinnerungen an Oberon vernichten wollen, doch je länger ich es angestarrt hatte, desto mehr war es mir ans Herz gewachsen.

Es war die Erinnerung daran, was ich alles geschafft hatte, wie weit ich gekommen war. Ich würde die letzten Monate wohl nie wieder vergessen können. Immer noch brach mir beim Anblick einer geschlossenen Tür der kalte Angstschweiß aus. Ich schreckte bei jedem Geräusch zusammen und warf immer wieder Blicke über meine Schultern, so als stünden Demetri oder Feinri auf einmal hinter mir. Aber ich war nicht bereit, mich von den Erinnerungen brechen zu lassen. Ich hatte überlebt, hatte geschafft, was niemand mir zugetraut hatte, und das konnte mir niemand mehr nehmen.

»Komm, Süße, wir gehen spazieren«, lockte ich Rosa aus ihrem Körbchen heraus. So viel innere Stärke ich auch aus den vergangenen Wochen gezogen hatte, eine andauernde Schwäche schleppte ich doch mit mir herum. Meine Sehnsucht nach Oberon. Sie war es auch, die mich Abend für Abend in den Park trieb, auf der Suche nach Antworten, auf der Suche nach ihm.

Die Sonne senkte sich langsam dem Horizont entgegen, als ich nach draußen auf die Straße trat. Der Sommer verwandelte New York jedes Jahr in einen wahren Kochtopf, zwischen den dichten und hohen Gebäuden hatte die trockene Hitze kaum eine Chance, zu entweichen. Nicht mal die Dunkelheit brachte Erleichterung. Deshalb beeilte ich mich zum Central Park zu kommen, solange es noch hell war.

Auch einen Monat nach dem Mittsommerball hatte sich die Stadt noch nicht beruhigt. Immer noch wurde in den Nachrichten über die Revolte berichtet und Polizisten und Feen patrouillierten durch die Straßen. Ich wusste nicht, wie viel die Öffentlichkeit genau über Oberon und mich wusste, da ich es nicht ertrug, Berichte darüber zu lesen. Aber bloß, weil ich mich nicht dafür interessierte, bedeutete das nicht, dass die Öffentlichkeit das auch so sah. Denn anscheinend hatte sich die Faszination der Feen für mich nun auch auf die Menschen übertragen. Irgendwie hatten sie herausgefunden, wo ich wohnte und die Straße vor meinem Haus war plötzlich voll mit Nachrichtensendern und Klatschreportern gewesen, die alle von mir ein Statement wollten. Oder gleich direkt die ganze Geschichte, mit all ihren dreckigen und blutigen Details. Die Neugierde reichte sogar so weit, dass ich mein Haus nicht mehr verlassen konnte, da diese Aasgeier mir vor der Tür auflauerten. Nur Hyacinths mahnende Worte, mich auf nichts einzulassen, hielten mich davon ab, ihnen mal gehörig die Meinung zu geigen. Meine Beste kümmerte sich schließlich um alles, was übersetzt hieß, dass sie Helene Bescheid gab. Diese tauchte einen Tag, nachdem die Reporter ihre Zelte vor meiner Tür aufgeschlagen hatten, zusammen mit einer halben Armee an Feen auf, um die Straße blitzschnell und gekonnt zu räumen. Innerhalb einer Stunde war niemand mehr zu sehen, aber ich war mir sicher, dass sie noch irgendwo lauerten.

Ich spürte unsichtbare Blicke auf mir, immerhin war mein Gesicht einmal quer durch alle großen Medien gegeistert. Dennoch traute sich niemand mich anzusprechen, was sicher auch daran lag, dass Feenwachen Tag und Nacht in der Nähe meiner Wohnung standen. So viel dazu, dass Oberon komplett aus meinem Leben verschwinden wollte.

Im Park angekommen, atmete ich mehrmals tief durch. Hier war die Luft kühler und klarer, der süße Duft der Sommerblumen vermischte sich mit dem Gestank der Abgase zu diesem einzigartigen, kaum beschreibbaren Geruch der Stadt. Noch war es hell genug, dass ich ohne Bedenken spazieren gehen konnte. Außerdem war der Park noch immer voll mit Leuten, die sich ebenso die Füße vertraten und den Abend genossen. Die Hände in die Hosentaschen gesteckt, schlenderte ich über die Wege, ohne ein klares Ziel vor Augen zu haben.

Ich hatte damit eine Woche nach dem Ball angefangen, als ich es nicht länger in der Wohnung ausgehalten hatte. Zuerst war ich froh darüber gewesen, mich in meinen bekannten vier Wänden verstecken zu können, aber irgendwann hatten meine Gedanken angefangen sich im Kreis zu drehen.

Im Kopf wurden die letzten paar Wochen immer wieder abgespielt und abgelöst von den Erinnerungen an die erste Nacht im Park. Nach abermaliger Wiederholung war ich langsam wütend auf mich, dass ich mich von Oberon so einfach hatte abspeisen lassen.

Immerhin hatte ich ihn doch von Anfang an im Verdacht gehabt, in jener Nacht mein fremder Retter gewesen zu sein. Aber er hatte es niemals zugeben wollen. Und nun verbrachte ich jeden Abend hier im Park, ging, wohin mich meine Beine trugen, und versuchte zu verstehen, was ich für Oberon empfand. Dass ich verliebt in den Feenkönig war, hatte ich inzwischen verarbeitet und akzeptiert, aber was ich von unserem Abschied hielt, wusste ich immer noch nicht.

Ich war todtraurig, dass ich ihn nicht länger sehen würde. Ich fühlte mich verraten, dass er mich so lange im Unklaren gelassen – oder treffender – angelogen hatte. Und ich war wütend darüber, dass er mich einfach so abserviert hatte. Dazu kamen noch so viele weitere Gefühle, die ich nicht benennen konnte und die mich nachts wach hielten.

Trotzdem trieb mich noch etwas anderes in den Central Park. Das Fünkchen Hoffnung, das in meinem Inneren nicht verblassen wollte. Dass ich ihm hier vielleicht noch einmal begegnen würde. Dass ich noch eine Chance bekommen würde, ihn zur Rede zu stellen.

Bisher war mein Vorhaben noch nicht von Erfolg gekrönt und ich wusste nicht, wie lange ich mich noch selbst enttäuschen wollte. Immerhin waren seine Abschiedsworte sehr klar gewesen, wir würden uns nicht wieder sehen.

Mein Blick war in die Ferne gerichtet, wo der Erltower wie jede Nacht beleuchtet in den Himmel ragte. Seit dem Ball war ich nicht mehr dahin zurückgekehrt. Der Peinlichkeit, abgewiesen zu werden, wollte ich mich nicht aussetzen. Langsam wurde es dunkel und ich wollte wieder zu Hause sein, bevor die Nacht die Stadt vollständig verschluckte.

Plötzlich rannte Rosa in vollem Sprint los. Zuerst erkannte ich die näherkommende Gestalt gar nicht. Doch als meine Hündin aufgeregt an ihr hochprang, wusste ich, wer auf mich zukam. Wenige Meter von mir entfernt blieb Oberon stehen und begrüßte Rosa liebevoll. Wir blickten einander schweigend an. Keiner von uns beiden wollte einen weiteren Schritt machen.

»Du solltest nicht hier sein«, waren seine ersten Worte.

»In deinem Tower kannst du ja vielleicht den Ton angeben, aber soweit ich weiß, hast du keine Macht darüber, wer sich im Park aufhalten kann.« Von allen Gefühlen drängte sich zuerst die Wut nach vorne, worüber ich in diesem Moment sehr dankbar war.

Er wandte den Blick ab. »Ich will nur nicht, dass dir etwas zustößt.«

»Ich bin vierundzwanzig Jahre ziemlich gut alleine klargekommen, bis ich dir begegnet bin«, schoss ich zurück.

»Genau das meine ich. Du bist nur wegen mir in Gefahr. Hätte ich es geschafft, dich zu vergessen, dann wäre das alles niemals passiert.« Er strich Rosa ein letztes Mal über den Kopf, bevor er sich langsam zur vollen Größe aufrichtete.

Irgendwie hatte ich in den letzten Wochen vergessen, wie beeindruckend er in natura war. Wie jede Faser seines Seins Macht und Einfluss ausstrahlte. Seine stechenden Augen blickten mich abwartend, fast schon herausfordernd an. Vielleicht wäre ich vor ein paar Monaten noch unter ihnen zusammengezuckt, doch jetzt stachelten sie mich nur noch mehr an.

»Wieso hast du mir nicht die Wahrheit erzählt?«, verlangte ich endlich zu wissen. Der Feenkönig würde diesen Park nicht eher verlassen, bis ich meine Antworten bekam.

»Ich wollte es. Als du auf dem Ball aufgetaucht bist, dachte ich, das wäre einfach nur ein glücklicher Zufall. Immerhin warst du mit Hyacinth da. Ich wollte den Abend mit dir verbringen und schauen, ob ich dasselbe spüre wie bei unserem Treffen im Park. Aber dann hast du von dem Handel mit Feinri erzählt und mir wurde klar, dass es keine Zufälle gibt. Hinter deinem Auftauchen steckte der Plan, deinen Bruder zu befreien und dahinter – ich ahnte es – der größere Plan von Verrätern, mir zu schaden.«

»Du hast geahnt, dass hinter all dem ein Plan steckte? Und trotzdem hast du mir diesen elenden Deal vorgeschlagen und mich mit vollem Wissen in die Klinge laufen lassen?«

»Es hatte schon lange in der Stadt gebrodelt, schon bevor wir uns begegnet sind. Die Verräter hatten ein perfektes Timing. Es war öffentlich und es war gut durchdacht. Mir blieb kaum Zeit für einen Gegenplan, aber ich wusste, dass ich dich beschützen musste.«

Die vielen Male, in denen Oberon mir geholfen hatte, nun machte es endlich Sinn. »Du hast mir eine Aufgabe gestellt, die du kontrollieren konntest.«

»Ich muss zugeben, eine Zeit lang war ich sehr stolz auf meinen Geniestreich. Ich habe drei Fliegen mit einer Klappe geschlagen: Ich konnte meinen Feinden ein Schnippchen schlagen; sichergehen, dass du als Siegerin aus dem Handel hervorgehst und dich gleichzeitig besser kennenlernen. Letzteres nicht unter optimalen Voraussetzungen, aber immerhin.«

»Und es ist dir nicht in den Sinn gekommen, mich in deinen Geniestreich einzuweihen? Ich habe wochenlang um mein Leben gefürchtet, um das meines Bruders. Ich dachte, ich verliere den Verstand, weil ich mich ausgerechnet zu dem Mann hingezogen fühlte, der mein Leben in seinen Händen hielt. Und in all der Zeit ist es dir nicht einmal in den Sinn gekommen, mir die Wahrheit zu sagen?« So langsam kam ich richtig in Fahrt und es fühlte sich so unglaublich gut an, all die Dinge auszusprechen, die mir meinen Verstand raubten.

»Ich habe nie den richtigen Zeitpunkt gefunden.«

»Dein Ernst? Was war falsch an dem Zeitpunkt, als du mir das übersetzte Rezept gegeben hast? All die Male, als du mich durch die Stadt kutschiert hast? Als du mich nach dem Kuss hier im Park gefragt hast? Als ich dir davon erzählt habe, wie mies es mir ging? Wieso war es nicht der richtige Zeitpunkt, als du mich nach unserer gemeinsamen Nacht im Arm gehalten und mir erzählt hast, dass du alles tust, um diejenigen zu beschützen, an denen dir etwas liegt? Warum hast du mich angelogen?« Heiße Tränen brannten bei den Erinnerungen in meinen Augen, aber ich hielt sie mit aller Macht zurück.

»Weil ich mich so sehr vor mir selbst geschämt habe. Weil ich tief in mir drin selbstsüchtig und arrogant bin. Weil ich es nicht riskieren wollte, dass du mich so ansiehst wie jetzt. Ich konnte nicht riskieren, dass du mich ablehnst, dass du mich hasst. Ich habe ein einziges Mal eine Grenze überschritten, dem dunklen irrationalen Teil in mir nachgegeben, der dich einfach nur kurz für mich haben wollte. Und die Konsequenzen dafür musstest du tragen. Was ich getan habe, kann ich nicht mehr rückgängig machen, ich kann dich nur um Verzeihung bitten, und hoffen, dass nicht alles zerstört ist.«

»Dann tu es.« Meine Stimme klang kalt und fremd. »Denn ein ›es tut mir leid‹ hat deinen Mund bisher noch nicht verlassen.«

»Ich wünschte, ich könnte in Worte fassen, wie sehr es mir leidtut. Ich bitte dich tausende Male um Verzeihung, Tania, für all den Schmerz und die Sorgen, die ich dir bereitet habe. Wenn ich das, was geschehen ist, irgendwie ändern könnte, dann würde ich es sofort tun.«

Einen Augenblick lang grübelte ich über seine Worte nach. Die Entschuldigung tat nicht viel, um das Feuer in meinem Inneren zu beruhigen. Ich war immer noch wütend, nicht darüber, dass er mich in Gefahr gebracht, sondern darüber, wie es geendet hatte.

Meine Beine setzten sich in Bewegung, ohne dass ich es gemerkt hatte, und auf einmal trennten uns nur noch wenige Schritte voneinander. »Wenn ich nicht auf dem Ball aufgetaucht wäre, hättest du mich dann für den Rest meines Lebens aus der Ferne beobachtet?«

Ein winziges Lächeln erhellte sein Gesicht. »Vielleicht. Ich weiß es nicht.«

»Wieso ich? Ich bin es immer wieder durchgegangen. Was habe ich in jenen paar Minuten damals im Park getan, dass ich die Aufmerksamkeit des großen Feenkönigs auf mich gezogen habe?«

»Du hast gar nichts getan. Ich wünschte, ich könnte es erklären oder selber verstehen. Aber ich kann es nicht. Ich komme oft hierher, nachts. Von allen Orten auf dieser Welt erinnert mich der Central Park am meisten an mein Zuhause, an den Ort, an dem ich aufgewachsen bin. Hier kann ich für ein paar Minuten vergessen, wer ich bin, woher ich komme und was von mir erwartet wird. Was ich selber von mir erwarte.

Ganz egal wohin ich gehe oder mit wem ich spreche, ich bin immer der Feenkönig. Ich werde immer von jemandem daran erinnert. Nur bei dir war das anders. Bei dir war ich einfach nur ich.«

»Weil ich dich nicht erkannte?«

»Vielleicht lag es daran, aber im Endeffekt ist es egal. Ich habe mich einfach gut gefühlt, als ich mit dir gesprochen habe. Es ist nicht so, dass ich vergesse, wer ich bin, wenn ich bei dir bin, aber es spielt in dem Moment einfach keine Rolle mehr. Alles, was ich wollte, war mehr Zeit mit dir zu verbringen. In meinem größten Moment der Schwäche habe ich Demetri damit beauftragt, mehr über dich zu erfahren. Ich habe nicht gewusst, dass ich dich damit auf den Radar meiner Feinde bringe. Ich wollte wenigstens deinen

Namen kennen, einen kurzen Ausschnitt aus deinem Leben erfahren. Es war ein einziges Mal, aber es hat gereicht, dass du in die Schusslinie geraten bist. Mein Plan war es, dir einfach nur beim Beschaffen der Zutaten zu helfen, nicht mehr und nicht weniger. Aber dann sind wir uns immer wieder begegnet und je mehr ich über dich erfahren habe, desto weniger konnte ich mich von dir fernhalten. Du kämpfst mit jeder Faser deines Herzens für diejenigen, die du liebst, bist bereit, dich allem und jedem zu stellen, ganz egal wie groß deine Angst ist. Ich wusste erst nicht, wieso ich so fasziniert von dir war, bis mir klar wurde, dass es keine Faszination, sondern Respekt davor ist, dass du dich jeden Tag deinem schlimmsten Feind stellst, dir selbst. Du lebst ein so bewundernswert menschliches Leben und bist doch stärker als die meisten Feen, denen ich über die Jahrhunderte begegnet bin. Ich weiß nicht, ob das Liebe ist. Ich habe seit Jahrhunderten nicht mehr für jemanden so empfunden. Aber ich weiß, dass ich dich beschützen und nicht noch mehr in Gefahr bringen will.«

Einen Moment ließ ich seine Worte auf mich wirken.

»Bullshit!«, entfuhr es mir dann lauter als gewollt. Bei Oberons überraschtem Gesichtsausdruck hätte ich sicher losgelacht, wenn ich nicht so wütend gewesen wäre. »Ich verstehe deinen Wunsch, mich beschützen zu wollen, aber wenn du hier schon von Liebe redest, dann solltest du mich wenigstens mit einbeziehen. Das tun Liebende nämlich.

Du magst vielleicht der große Feenkönig sein, aber das gibt dir noch lange nicht das Recht, meine Gefühle oder mein Leben zu kontrollieren. Oder mich monatelang zu verfolgen, dich wochenlang in mein Leben zu drängen und dann zu verschwinden, bloß weil etwas Schlimmes passiert. Es gibt dir kein Recht, zu bestimmen, wie ich mein Leben lebe! Zur Liebe gehören immer zwei Personen, also auch zwei Meinungen. Du solltest also endlich anfangen, mich mal nach meiner Meinung zu fragen!«

Meine Worte klangen wie ein Donnerschlag zwischen uns. All die Dinge, die sich in den letzten Wochen in mir angestaut hatten, waren endlich ausgesprochen. Ich entließ all meine Wut, all meinen Zweifel und die Schuld in die Nacht, denn ich war nicht länger bereit, mich von ihnen herunterziehen zu lassen. Wie Oberon gesagt hatte, was geschehen war, war geschehen. Jetzt blieb mir nur noch die Zukunft, aber wie die aussah, hing davon ab, was der Mann vor mir nun sagen würde.

Ich konnte sehen, dass er versuchte, ein Grinsen zurückzuhalten. »Was ist deine Meinung zu mir? Zu uns?«

»Ganz ehrlich, ich weiß es nicht. Ich weiß nicht, was wir außerhalb dieses Deals sind und was noch auf uns wartet. Ich weiß nicht, ob das mit uns funktionieren wird oder nur ein Hirngespinst ist. Ich kann dir nicht sagen, ob das zwischen uns Liebe ist. Aber ich kann dir Folgendes sagen: Die Angst davor, dass es doch keine Liebe ist, sollte uns nicht davon abhalten, es herauszufinden.« Denn das war es, was ich wollte. Eine ehrliche, faire Chance für uns beide. Ohne das ganze Drumherum. Nur wir beide, als Gleichgestellte.

Nur Tania und Oberon.

Er überwand den letzten Abstand zwischen uns mit einem einzigen Schritt und nahm sanft mein Gesicht in beide Hände. »Dann lass es uns versuchen.«

Ich stellte mich auf Zehenspitzen und zog ihn für einen Kuss zu mir herunter. »Deal.«

ENDE

Nachwort/Danksagung

Dieses Buch hat sich ganz anders entwickelt als am Anfang gedacht. Eigentlich wollte ich nur eine Geschichte inspiriert von »Ein Sommernachtstraum« schreiben, doch als ich die Entscheidung getroffen hatte, Tania curvy zu machen, hat sich das ganze Projekt geändert.

Ich hadere schon sehr lange mit meinem Körper und meinem Aussehen. Mit dieser Stimme in meinem Kopf, die mir immer wieder weiß machen will, dass ich nicht perfekt sei. Dass mein Körper etwas sei, für das ich mich schämen sollte.

Ein Jahr lang habe ich an »A Midsummer Nights Deal« geschrieben und mit jedem Wort ist ein bisschen mehr von mir auf die Seiten geflossen. An vielen Stellen hat das Schreiben wehgetan. All die gemeinen Gedanken, die sich manchmal in meinen Kopf schleichen, aufzuschreiben und andere sehen zu lassen, war kein einfacher Schritt.

Und auch wenn ich immer noch voller Zweifel bin, die Stimme immer noch in meinem Kopf wohnt, bin ich stolz, dass ich diesen Schritt gewagt und der Welt diesen einen Teil von mir offengelegt habe.

Ich möchte an dieser Stelle den unglaublichen Menschen danken, die mich im letzten Jahr begleitet haben. Meiner wundervollen Autorenfamilie – Ju, Sam, Janny, Emy und Christin –, die mich angefeuert haben, mit mir geflucht und geweint haben, die Tania vom ersten Moment an ins Herz geschlossen und mich immer daran erinnert haben, wieso ich diese Geschichte so liebe.

Meinen großartigen Testleserinnen, Saski und Jen. Ihr beide habt mir auf den letzten Metern Kraft und Mut gegeben.

Meine Lektorin Janina, die von Anfang an an dieses Projekt geglaubt hat.

Meinen Freundinnen Moni und Sarah, die immer an mich glauben.
Und meiner Familie, die immer mein Sicherheitsnetz sein wird.

Meine wundervollen Leser, bitte vergesst niemals, dass ihr großartig seid, wunderschön und einzigartig. Dass ihr es wert seid, geliebt zu werden, von anderen und vor allem von euch selbst.

Triggerwarnung

Diese Geschichte behandelt in unterschiedlicher Intensität folgende sensitive Themen:

Körperliche Gewalt
Sexualisierte Gewalt
Emotionale Gewalt
Essstörung (Internalisierte Fettfeindlichkeit)
Toxisches Selbstbild
Depression
Ängste (soziale Ängste)
Traumaverarbeitung
Schuldgefühle
Selbstzweifel

Die magische Welt der Elfen und Feen

Leni Wambach
ELFENMAL 1: GEZEICHNETE DER SCHATTEN
ISBN 978-3-551-30317-2
Softcover
Auch als E-Book erhältlich

Neia hat es als gezeichnete Elfe nicht leicht. Dunkle Male zieren ihr Gesicht und machen sie zur Außenseiterin. Als sie beobachtet, wie ein Prinz des Nachbarlands durch verfluchte Magie stirbt muss sie fliehen. Ihr zur Seite steht ein junger Adeliger, der eine magische Anziehungskraft auf sie ausübt.

Leni Wambach
DIE FEENWELT-REIHE 1: EIN KÖNIGREICH AUS FEUER UND EIS
ISBN 978-3-551-30151-2
Softcover
Auch als E-Book erhältlich

Gegensätzlicher könnten die Feenvölker Adaliens nicht sein: Wo die Wasserfeen die Kälte eines eisigen Winters lieben, bevorzugen die Feuerfeen die flimmernde Hitze des Sommers. Nun soll Andira, Prinzessin der Wasserfeen, ausgerechnet mit dem Erben der Feuerfeen ein mächtiges Artefakt finden, um das Schicksal der Feen zu retten.

Nicole Alfa
PRINZESSIN DER ELFEN 1: BEDROHLICHE LIEBE
ISBN 978-3-551-30132-1
Softcover
Auch als E-Book erhältlich

Eben wurde Lucy von Unbekannten angegriffen, als sie sich im nächsten Moment in einer fremden Welt wiederfindet. Ein Portal hat sie in ihre angebliche Heimat, das Reich der Elfen, gebracht. Sie soll die verloren geglaubte Königstochter sein. Dort begegnet sie Daan mit den eisblauen Augen und einem unergründlichen Blick.

IMPRESS

WWW.IMPRESSBOOKS.DE

Impress

Die Macht der Gefühle

Wir produzieren nachhaltig

- Klimaneutrales Produkt
- Papiere aus nachhaltigen und kontrollierten Quellen
- Hergestellt in Europa

FSC
www.fsc.org
MIX
Papier aus verantwortungsvollen Quellen
FSC® C083411

Impress

Ein Imprint der Carlsen Verlag GmbH

Juni 2022

Lektorat: Denise Mallon

Coverbild: shutterstock.com / © KatyArtDesign / freepik / © Theevnening / © starline / © nurianti / © pikisuperstar

Covergestaltung: Emily Bähr

ISBN 978-3-551-30461-2

www.impressbooks.de